Das Buch

Der Bankangestellte Martin Johann Blenheim leidet an einer seltenen rheumatischen Erkrankung mit heftigsten Schmerzanfällen. Nach vergeblichen Therapieversuchen reist er in die Kleinstadt Dienbach und wendet sich an einen Arzt, der unkonventionelle Heilmethoden einsetzt. Blenheim wird in das Heilfieber versetzt, einen anhaltenden Zustand erhöhter Körpertemperatur.
Die im *Status febrilis* vielfach gesteigerte Sensibilität ermöglicht ihm tiefe Einsichten und ungeahnte Wahrnehmungen. Ein neues Zeitgefühl, neue sittliche Maßstäbe lassen sein bisheriges Leben als fragwürdig erscheinen.
Die Liebe zu Ana, einer jungen Frau aus dem Süden des Kontinents, die mit anderen Leidensgenossen durch einen Bürgerkrieg nach Dienbach verschlagen wurde, öffnet Blenheim die Augen für die Not seiner Mitmenschen. Als Ana die Aufenthaltsgenehmigung entzogen wird, trifft Blenheim die Entscheidung für sein zukünftiges Leben.
Eine großartige Parabel zu Schuld und Verantwortung, zu Raum und Zeit.

Der Autor

Anton Zimmermann, Jahrgang 1949, Sohn einer Hamburgerin und eines Österreichers, ließ sich nach einem Medizinstudium in Wien und einer dreijährigen Ausbildung für Innere Medizin in der Gemeinde Mannersdorf im Burgenland als Landarzt nieder, wo er seit 16 Jahren praktiziert. Seine Leidenschaft gilt neben der Literatur der Fotografie, vor allem der mittelburgenländischen Landschaft. »Blenheims Fieber« ist nach dem Erzählband »Späte Stunde« seine zweite Buchveröffentlichung.

Anton Zimmermann

Blenheims Fieber

Die seltsamen Fieberwahrnehmungen des Martin Johann Blenheim in Dienbach und seine wundersame Heilung

Der Allitera Verlag ist ein BoD™ Verlag der Buch & medi@ GmbH. Dieser Verlag publiziert ausschließlich Books on Demand in Zusammenarbeit mit der Books on Demand GmbH, Norderstedt, und dem Hamburger Buchgrossisten Libri. Die Bücher werden elektronisch gespeichert und auf Bestellung gedruckt, deshalb sind sie nie vergriffen. Books on Demand sind über den klassischen Buchhandel und Internet-Buchhandlungen zu beziehen.

Weitere Informationen über den Verlag und sein Programm unter:
www.allitera.de

Juli 2001
Allitera Verlag
Ein BoD™ Verlag der Buch & medi@ GmbH, München
© 2001 Anton Zimmermann
Umschlaggestaltung: Kay Fretwurst, Spreeau
Herstellung: Books on Demand GmbH, Norderstedt
Printed in Germany · ISBN 3-935284-98-5

Hinweis für den Leser

Lesen Sie den folgenden Roman nur dann, wenn Sie sich erwärmt haben. Auf keinen Fall sollten Sie Kälte verspüren. Wenn hier von irgendeiner Form der Körpertemperatur gesprochen wird, dann sind weder ein warmer Bauch noch kalte Füsse gemeint. Schon eher die Wärme des Herzens und die Kälte berechnender Gedanken. Sollten Sie aber zufällig einem Fieber durch irgendeine Infektionskrankheit anheimgefallen sein, dann sind Sie der ideale Leser, dem dieses Buch zur Pflicht werden könnte. Das Fieber hätte Ihr Sensorium dann nämlich in entgegenkommender Weise eingestimmt, sozusagen zum »molekularen Gedankenzittern« gebracht, und das wäre allemal das Beste, das Ihnen widerfahren könnte.

Status febrilis wird in der Medizin der Zustand länger anhaltenden, kontinuierlichen Fiebers genannt. Während dieser Phase der erhöhten Körpertemperatur befindet sich der menschliche Organismus, seine Lebensfunktionen und vor allem sein Immunsystem auf einem leistungsfähigeren Niveau, verursacht durch intensiver ablaufende Stoffwechselvorgänge. Solch ein Fieberzustand wird hervorgerufen durch verschiedene Krankheiten, kann aber auch iatrogen, also durch ärztliche Maßnahmen bewirkt werden.

1. Kapitel

Der Schmerz kam wieder in Wellen. Schwoll dumpf an, erreichte ein Plateau stärkster Intensität, das mehrere Stunden dauerte und klang dann wieder ab. Der Art nach entsprach er einem Zahnschmerz, war nur nicht so punktuell, sondern erfaßte ein größeres Projektionsareal, das mitunter weit auf die benachbarten Muskeln und Sehnen ausstrahlte. Es schien dabei einen Morgen- und einen Abendschub zu geben, aber nicht immer gehorchte das Auftreten des Schmerzes einer Gesetzmäßigkeit. Es gab Tage völliger Schmerzfreiheit, so wie es auch schon eine Woche stärkster andauernder Pein gegeben hatte. Sie war dann so präsent, daß sie sich zwischen alle Intentionen drängte und schließlich vor jeden Gedanken stellte. Meist begann diese Pein an den Fußgelenken, kroch empor über die Knie-, weiter über die Hüftgelenke, um schließlich die Schultern und die Ellenbogen zu erfassen. Dabei wurden jene warm, röteten sich und gaben ihre Funktion auf; das heißt, sie versteiften und waren aus Eigenkraft nicht mehr zu beugen oder zu strecken. Sie wurden also, wenn der Schmerz anflutete, in ihrem momentanen Funktionszustand gehalten, was auf jeden Fall die unnatürliche Verkrümmung und damit ihre befremdliche Haltung erklärte.

Martin Johann Blenheim wollte dann davonlaufen. Zumindest versuchte er durch schnellende, hastige Bewegungen diesen Schmerz abzuschütteln, indem er in seinem Zimmer auf- und abging, immer hektischer, entsprechend der zunehmenden Dumpfheit und dabei mit heftigen Schritten laut die Füsse auf den Teppichboden stampfend, von einer Zimmerwand zur anderen lief. Waren seine Bewegungen anfangs noch behende, so verlangsamten sie sich allmählich, verloren ihren geschmeidigen, flüssigen Verlauf, um schließlich in eckige und mühsam auspendelnde Gliederversteifungen überzugehen. Vorerst hatte diese Art der selbstverordneten Therapie Erfolg gehabt, ja es war ihm gelungen, durch Steigerung seiner Schritte bis zum Laufen eine gewisse Ablenkung seiner Empfindungen zu bewirken, indem er seinen Muskeln monotone Kontraktionen abrang, sie damit zum Schwitzen und sich zum Keuchen brachte und seine sensiblen Nervenbahnen auf diese Weise durch das Überstülpen eines übertriebenen Bewegungsmusters etwas hemmte. Er stieß sich jeweils mit beiden Händen von den Wänden seines großen Wohnzimmers ab, was zusätzlich seine Schultergelenke ein wenig lockerte.

Aber allmählich funktionierte diese Gegenstrategie nicht mehr, und Martin Blenheim ließ sich dann oft mit einem laut vernehmlichen Stöhnen, in dem die soeben erfahrene Enttäuschung über die Vergeblichkeit seiner Versuche mitschwang, in einen seiner grünen Fauteuils sinken. Dort heftig atmend verharrend, wurden seine Atemexkursionen nicht schwächer, wie es seinem abebbenden Herzschlag entsprechen müßte, sondern sie gingen über in ein Keuchen, verstärkten sich also noch durch den nunmehr massiv einsetzenden Schmerz. Er begann dann leise zu stöhnen, preßte dabei seine Zähne gegeneinander, so daß die Kaumuskel in seinen Wangen harte Wülste bildeten, die auseinandergezogenen Mundwinkel seine Zahnreihen offenlegten und er dadurch zu grinsen schien. Es war aber lediglich die fratzenhafte Veräußerlichung eines heftigst empfundenen Schmerzes, wie er kaum von jemand bislang Gesunden erfahren worden war. Dermaßen erschöpft verblieb er oft lange in dieser Position und begann mit seinem Zustand zu hadern: wie alles gekommen sei, wie ihm alles widerfahren konnte, so aus heiterem Himmel, wie ihm das zustoßen konnte als einem sportlich durchtrainierten Mann, der sich auch keiner unmäßigen Lebensweise und keinen extremen Selbstforderungen hingegeben hatte. Der niemals unzufrieden mit dem Erreichten war und sich keinen irrealen, schicksalszwingenden Zielen verschrieben hatte. Der sich also, soviel war ihm über die menschliche Psyche geläufig, nicht durch Unzufriedenheit und Selbstbestrafung innerlich aufzehrte.

Der Mechanismus der Schmerzkompensation konnte diesmal jedoch nicht durchgeführt werden. Denn Martin Johann Blenheim saß in einem Zugsabteil. Glücklicherweise alleine. Er hatte einige Stunden dagesessen, und die Begleiterin, eine ältere, wortkarge Dame, die von Anbeginn der Reise ihm stumme Gesellschaft geleistet hatte, war schon bei der ersten Haltestelle aus dem Zug gestiegen.

Daß ihm dies hier passieren mußte. Vielleicht hatte es daran gelegen, daß er längere Zeit, vielleicht eine Stunde oder gar zwei, eingeschlafen war, eingelullt durch die Monotonie der Fahrgeräusche und den Rhythmus der anschlagenden Geleise. Die Verkrampfung seiner Muskulatur beim Schlaf hatte möglicherweise die Schmerzattacke provoziert. Um das zu Beginn steil ansteigende Schmerzplateau einigermaßen zu kupieren, um es durch diese übertriebene Bewegung abfangen zu können, würde er viel mehr Platz benötigen, als ein Zugsabteil und vielleicht der davor befindliche schmale Gang herzugeben vermochten.

Es würde ihm heute wohl nichts anderes übrig bleiben, als zu seiner Notfalltablette zu greifen, sich also genau zu dem zu flüchten, was er immer zu vermeiden trachtete: die pharmakologische Keule. Er schätzte diesen Ausdruck sehr, denn die Bezeichnung weckte das Bild von einer niedersausenden Keule, die in ihrem Treffbereich alles, was ihr zu nahe kam, durch die Luftwelle und ihre erschütternde Gewalt beschädigte. So mochte es auch bei seiner Kortison-Tablette sein, die er nun mit einem Schluck Selterswasser einnahm. Ein Wasser verwahrte er in einem Flakon, den er in letzter Zeit zusätzlich zu einigen dieser Tabletten immer mit sich herumtrug. Er lächelte gequält, als er nun – anstatt eines kräftigen Cognacs, der normalerweise diese Behältnisse füllt – ein fades Mineralwasser in den Schraubverschluß goß. Das Kortison setzte allem, womit es in Kontakt kam, zu: den Schleimhäuten des Magens, nach häufigerer Einnahme dann auch den Nieren und vielleicht auch bald seinen Knochen, auf daß sie brüchig würden wie dürre Herbstäste.

Dennoch war das Kortison gleichwohl imstande, diesen tiefen, direkt an den sensiblen Nervenbahnen nagenden Schmerz zu vertreiben, so als wäre er nie passiert. Und die begehrte Euphorie, die bald darauf einsetzte, war eigentlich nur die Wiederherstellung des Normalzustandes, auf den er ja ein Anrecht zu haben glaubte, nur das Geraderücken einer aus dem Lot gekommenen Sinneswahrnehmung. Er empfand in diesen Minuten ungeahnte Glücksgefühle allein dadurch, daß der Schmerz langsam nachließ. Die oft begleitenden trüben Gedanken waren mit einem Male verflogen, seine Miene hellte sich auf und ein trivialer Spruch fiel ihm dann ein, leicht abgewandelt: »Glück ist die Abwesenheit von Schmerz«.

Wie wahr.

Martin Johann Blenheim drückte sein Haupt in das weiche Kopfkissen und atmete tief durch. Welch günstige Fügung doch, daß er bislang in seinem Abteil alleine geblieben war, obwohl ihm nun, da der Schmerz nachzulassen schien, eine Bekanntschaft nicht mehr so widrig gewesen wäre.

Er ließ seine Blicke wieder durch das spiegelnde Fenster auf die Landschaft draußen gleiten, sah weiter hinaus zum Horizont, der sich trotz der Fahrtgeschwindigkeit des Zuges kaum bewegte. Dort verweilte sein Blick auf einer imaginären Linie, an der er sich mit der Vorwärtsbewegung des Zuges entlangtastete. Es war eine Sicht der Selbstermüdung und in dem Maße, wie seine Lider langsam herabsanken, schwollen die Fahrgeräusche an. Martin Johann fiel in einen angstlosen Dämmerzustand, in jenes Vorstadium des Schlafes, wo sich die Gedanken noch beeinflussen lassen, indes sich schon die ersten verwaschenen Bilder, noch keine Träume, aber schon ereignete Szenen aus dem Leben vor die geschlossenen Augen drängen.

Was hatte sich bisher nicht alles an kräftezehrender und mehr noch – zeitraubender Untersuchungstortur ereignet. Die nicht wahrhabenwollende Einsicht, daß seine Beschwerden nicht eine der üblichen Bagatellen war, wie sie jedermann schon einmal durchgemacht hat: Gelenkschmerzen, Muskelverspannungen nach extremem Sport, Versteifungen, Funktionseinschränkungen bei grippalen Infekten oder unerklärliches dumpfes Ziehen an Armen und Beinen bei abrupten Änderungen der Großwetterlage, die man hinnimmt in dem sicheren Wissen, daß sie von alleine bald aufhören und an die man kurz darauf keinerlei Erinnerung mehr hat.

Die anfängliche Ahnung, daß die Schmerzen nicht mehr nur der häufigen Konsultationen seines Hausarztes bedurften, der selbst anfangs mit routinehafter Miene mißtrauische Vorahnungen abgewiegelt hatte. Der aber, da der Schmerzcharakter doch eine eigenere, seltenere Ausprägung annahm, schnell die Spezialisten in der großen Klinik zu Rate zog und Martin Blenheim aus seiner Betreuung in die eines bestausgestatteten Ärzteteams entließ.

Darauf im weiteren die Erfahrung eines mächtigen Systems der maschinengesteuerten Diagnosen, der fließbandhaften Untersuchungsstraßen, die flankiert waren von blinkenden Analysegeräten, von bunten Monitoren, vom leisen Surren schwerer Serienprozessoren, eingebettet in das Dämmerlicht abgedunkelter Röntgenräume und enger Röhren, aus denen imaginäre, lautlose Strahlen nach seinen Molekülen tasteten.

Gleichwohl hatte am Beginn eine junge, hübsche Schwester gestanden als »Maschinenbetreuerin«, als Einweiserin auf dem langen Weg durch labyrinthartig miteinander verwobene Labor- und Meßräume. Freundliche Sekretärinnen hatten eine stetig anwachsende Bürokratie begleitet, die sich wiederum in unzähligen, in einem dickbäuchigen, weißen Ringordner ansammelnden vorläufigen Befunden, Resumees und Verdachtsdiagnosen äußerte. Die dann anwachsen sollten zu einem dicht beschriebenen Druckwerk, aber nicht in einer exakten Aussage kulminierten, sondern sich in viele seltene Möglichkeiten der Medizin verästelten. Diese Befunde waren wohl exakt in der Sammlung der Symptome, präzise in der systematischen Zuordnung, aber am Ende jeweils flankiert von vielen Fragezeichen.

Ja, je vielfältiger und präziser die Untersuchungsmethoden, desto mehr, so hatte ihm geschienen, entfernten sich die Ärzte von einem in sich schlüssigen, vor allem therapierbaren Krankheitsbild. Immer seltenere Namen tauchten auf, vor allem Eigennamen, wobei nicht mehr von anderen Ärzten nachvollziehbare Nosologien, sondern absolut isolierte, vereinzelte Krankheitsverläufe beschrieben wurden.

Er, Blenheim, war also in das zweifelhafte Vergnügen gekommen, eine äußerst seltene rheumatische Erkrankung aquiriert zu haben. Und sogar dabei waren viele Fragezeichen übrig geblieben, Theorien, kühne und düstere Prognosen, begleitet von Kopfschütteln und Achselzucken. Und das Interesse der Ärzte an ihm war in dem Maße gestiegen, in dem ihre eigene Unwissenheit zugenommen hatte.

Unwiderlegbar war allein seine Identität: Martin Johann Blenheim, fünfunddreißig Jahre alt, Bankangestellter, verheiratet, keine Kinder. Besondere Kennzeichen: keine, einmal abgesehen von einer weißlichen, unpigmentierten Narbe seitlich unterhalb seines Herzens. Die aber kaum drei Zentimeter in der Länge maß und nicht als ein äußeres, sofort erkennbares Mal bezeichnet werden konnte. Sie rührte von einer Spießverletzung her, zugefügt durch die Metallspitze eines Friedhofszaunes, den er als Schulkind zu überklettern gedachte, um die Namen der Grabinschriften zu entziffern. Er war damals knapp zehn Jahre alt gewesen, als er ausgeglitten und mit dem Gewicht seines ganzen, wenn auch jugendlichen Körpers daraufgefallen war. Eine rostige Metallspitze war ihm dabei in die seitliche Brust gefahren, nicht zu tief, denn sonst hätte sie sein Herz durchbohrt und er wäre unweigerlich verblutet, aber immerhin soweit, daß sie im Lungenraum zu liegen kam und die Lunge selbst zum Kollabieren brachte. Lange Zeit hatte er anschließend im Krankenhaus gelegen, sich dank seiner Jugend aber bald erholt. Die Narbe war ihm äußerlich geblieben, und es war eine Wetternarbe geworden. Das heißt: sie machte sich durch ein Ziehen, manchmal durch ein Brennen bemerkbar, immer dann, wenn sich ein abrupter Wetterwechsel vollzog.

Seine Anamnese ansonsten leer, ohne besondere Erkrankungen, die erinnerlich wären, ohne Leiden, von denen man immer wieder so erzählt, als wäre man im letzten Moment einer Gefahr für Leib und Leben entronnen,

Sein bisheriger Werdegang also so unauffällig wie der vieler anderer auch, wie beispielsweise der seiner Arbeitskollegen in der Bankfiliale, wo er arbeitete: eingebettet in einen jeden Tag ähnlich ablaufenden Rhythmus, der vorgegeben wurde von den üblichen Arbeitszeiten, die wiederum umrahmt wurden morgens vom hastigen

Frühstück, der gehetzten Fahrt zum Arbeitsplatz und abends vom gemeinsamen Abendessen mit seiner Frau Helga, die als Sekretärin in einer Anwaltskanzlei arbeitete. Und dies tagaus-tagein, fünf Tage die Woche und siebenundvierzig Wochen das Jahr. Mit intensiv geplanten Urlauben zwischendurch, vielfach begierig genossen in fremden Kontinenten und an exotischen Gestaden und der jeweils enttäuschten Rückkehr zu seinem Alltagstrott.

Und Vorlieben, private Neigungen, Hobbies? Ja doch. Außer sportlicher Betätigung wie Laufen – was für ein günstiges Arrangement, daß sich unmittelbar vor seiner Wohnung der Stadtpark befand – noch das heftige Interesse an wissenschaftlichen Abhandlungen. Vor allem die Physik hatte es ihm angetan. Er schätzte deren Exaktheit, mochte die Klarheit ihrer Gesetze und war von ihrem zentralen Element, durch das sie sich erklärte, fasziniert: der Beweisbarkeit ihrer Konklusionen durch logisch zusammenwachsende Fakten. Diese Faszination wurde ihm als Marotte vorgeworfen, nicht zum Erscheinungsbild eines adretten Bankangestellten passend, der sich des Tages durch Papierwust wühlte und mit endlosen Druckrollen elektrischer Rechenmaschinen umhüllte. Und dem man des Abends eher das Sammeln von Briefmarken zutraute.

Politische Interessen? Kaum, eher passiv wie seine Freunde, da mit einem Bekenntnis zu irgendeiner Partei oder einem politischen Programm wahrscheinlich die beruflichen Chancen gelitten hätten.

Insgesamt also eine völlig unauffällige Biographie, austauschbar gegen die seiner Bekannten und Freunde, nur abgeändert durch individuelle Details und einmalig vielleicht nur durch von außen nicht nachvollziehbare geheimste Wünsche, die ja doch jedermann mit sich herumträgt. Das heißt also: extrem angepaßt sich verhaltend, was die eigentliche Karriere anbelangte und ausgestattet mit dem entsprechenden Maß an beruflichem Ehrgeiz sowie dem heftigen Streben nach der nächsten Sprosse auf dieser langen Karriereleiter, die zu erklimmen ihm schon während seiner Ausbildung als erste Tugend verheißen wurde. Er verfügte über jene »gesunde« Portion allseits akzeptiertem Egoismus, der schließlich auch in der Anschaffung allerorten angestrebter materieller Sehnsüchte kulminierte: vielleicht einem Wochenendhaus auf dem Lande, sogar einer Segelyacht am Meer, wie sein Vorgesetzter, der Filialleiter Hermann Strabort sich letzten Sommer eine gekauft hatte – wenn auch freilich aus zweiter Hand. Und noch besser: mit diesen persönlichen Lebensplänen völlig übereinstimmend mit seiner attraktiven Gattin Helga, die ähnlich dachte –

oder sich aber vielleicht den Plänen ihres Gatten völlig untergeordnet hatte. Es war letzteres nicht so leicht zu sagen, denn eine länger währende Zwiesprache, Diskussion gar gab es zwischen beiden eigentlich nie. Wann auch, wo beide doch nur kurz morgens und etwas weniger kurz abends Kontakt zueinander hatten, ausgenommen die schnellen Umarmungen nachts, aber da wurde miteinander nicht gesprochen. Daher war auch nie erforscht worden, ob beide Kinder wollten, da sie ja doch schon sieben Jahre miteinander verheiratet waren. In dieser so wichtigen Angelegenheit bestand eher eine stille Übereinstimmung, daß sie ein Kind nicht wollten und sich Gespräche daher erübrigten.

Blenheim war nun doch eingeschlafen, denn die Kortison-Tablette hatte die volle Wirkung entfaltet. Seine kurz zuvor noch schmerzenden, schwellenden Gelenke waren leicht geworden, schienen schwerelos, so daß er in einen traumlosen Schlaf sank. Er lehnte mit seinem seitwärts geneigten, sanft die Fahrtschwingungen mitpendelnden Kopf knapp vor der großen Fensterscheibe des Abteils, während draußen die vorbeiziehende Landschaft in eine violette Dämmerung getaucht wurde.

Jäh weckte ihn die anschlagende Schiebetür des Zugabteils. Der inwendige graue Vorhang, der die Glasfenster bis dahin bedeckt hatte, wurde zur Seite geschoben.

Blenheim, noch schlaftrunken, streckte sich kerzengerade und richtete mit kurzen, glättenden Handbewegungen seinen Anzug zurecht, um damit die ihm unangenehme Situation zu überspielen. Ein älterer Herr in einem grünen Lodenmantel setzte sich gleich auf den ersten Sitz ihm schräg gegenüber. Er öffnete die obersten Knöpfe des Mantels, seinen kurzkrempigen Filzhut legte er mitsamt einer abgewetzten Ledertasche auf die Gepäckablage über seinem Kopf. Er wandte sich Blenheim zu, deutete mit einem kurzen Kopfnicken einen Gruß an, der aber genausogut eine Entschuldigung hätte sein können. Sein Gehabe hatte überhaupt etwas Unterwürfiges, Serviles, denn es war ihm offensichtlich peinlich, jemanden beim Schlafen gestört zu haben.

Da er sich nun aber der völligen Wachheit seines Gegenübers sicher war, stieß er über die geblähten Wangen laut vernehmlich die Luft aus, so als ob er sich einer übermäßigen Anstrengung ausgesetzt hätte und fixierte mit seinen Augen den mit weißem Leinen überzogenen Kopfpolster auf dem leeren Sitz ihm gegenüber. Er tat dies einige Male hintereinander, nickte dabei rhythmisch und es hatte den Anschein, als wolle er mit diesem auffälligen Gebaren einen Kontakt herstellen.

Blenheim hatte seine Absichten durchschaut und drehte seinen Kopf unwillig zum Fenster, sah aber sofort ein, daß dies ein Fehler gewesen war. Denn draußen war es inzwischen stockdunkel geworden und es gab dort absolut nichts zu sehen. Nur ein neuerliches Sich-Schlafen-Stellen hätte ihn vor einer Konversation bewahrt. Dazu war es nun aber zu spät.

»Früh dunkel geworden heute, nicht?«

Hätte Blenheim gegen die Decke des Abteils geblickt, oder gegen den schmutzigen Fußboden, so hätte der ältere Mann von dem für die Augen schädlichen Neonlicht oder dem schlechten Reinigungsdienst der Bahngesellschaft gesprochen. Es wäre ziemlich gleich gewesen, wohin er geblickt, was er getan hätte. Nirgendwo gibt es so unerbittliche Ausweglosigkeiten wie in einem Zugabteil, dachte Blenheim.

»Ja, wir haben allerdings auch noch nicht Sommer. Aber man merkt schon, wie die Tage länger werden«. Blenheim empfand diese Aussage als schlagfertig, und er war stolz auf sich. Die Beurteilung der saisonalen Wetterlage war für Bahnreisende interessanterweise immer ein gutes Thema. Es mußte mit der Tatache zusammenhängen, daß die Landschaft und der Himmel als Ereignisorte des Wettergeschehens gleichsam vor einer Panoramascheibe vorgeführt wurden, und es sich dahinter, aus sicherer, glasgetrennter Distanz, wohlig abgekapselt und von künstlicher Wärme umfangen, trefflich kommentieren ließ.

»Sie haben recht, aber es wurde Schlechtwetter vorhergesagt«. Der ältere Mann erhob sich nun abrupt, knöpfte seinen Mantel auf und hängte ihn an einen Aluminiumhaken seitlich der Nackenstütze. Er schien damit die Geborgenheit eines Zugsabteils unterstreichen zu wollen. »Regen und Sturm haben sie prophezeit. Wenn man denen glauben kann.« Er wollte mit diesem Kommentar offensichtlich eine Bestätigung einholen. Martin Johann Blenheim ging aber nicht darauf ein, sondern nickte lediglich. Er hätte gerne selbst den Zeitpunkt einer Konversation bestimmt.

»Hauser, mein Name, Georg Hauser«. Von der Seite schob sich eine fleischige Hand ins Blickfeld von Blenheim, der bisher vermieden hatte, sein diagonales Gegenüber anzusehen. Auch das schien ein Fehler gewesen zu sein, denn Herr Georg Hauser rückte nun einen Sitz weiter, in die Mitte des Zugsabteils, so daß sich beider Knie beinahe berührten.

Blenheim war nun vollends gefangen. Er blickte einem dicklichen Mittfünfziger ins runde Gesicht, dessen spärlicher Haarwuchs ein dichtes, graues Oberlippenbärtchen kompensierte. Eigentlich hatte Herr Hauser eine Glatze. Aber er begegnete diesem für ihn offensichtlich unangenehmen Mangel mit einer peniblen Frisiertechnik. Die im Schläfenbereich noch dichter sprießenden Haare hatte er lang belassen und wußte sie nun geschickt von der Seite quer über die Schädelwölbung zur anderen Seite hin zu frisieren. Es waren nur einige Strähnen, die allerdings in korrekt parallelem Verlauf von einem angedeutetem Scheitel von rechts nach der gegenüberliegenden Seite links strebten. So gewann man beim ersten Kennenlernen nicht sofort den Eindruck von Kahlheit. Erst wenn er sich etwas nach vorne beugte, leuchtete der hautglänzende, bis zum Nackenansatz wie poliert wirkende Hinterkopf einem entgegen. Blenheim kannte zu solchen Schädeldecken die Analogie der Gesichter: schütteres Haupthaar bedeutete meist kräftigen Bartwuchs. Beidseits der Schläfen wechselte das Kopfhaar als lang gelassene Koteletten in das Barthaar über, war aber im Bereich der Kieferwinkel scharf geschnitten. Die nackte, fein ausrasierte Haut war dort gerötet, und die Rötung glänzte durch feinste Schweißperlen.

Er reichte ebenfalls seine Hand.

Herrn Hausers ganzes Gesicht wurde dominiert von einer dickglasigen Brille, die schwer auf den Nasenrücken drückte. Die Gläser waren bikonkav geschliffen, Herr Hauser mußte weitsichtig sein. Jedenfalls war die Dioptrienzahl sehr hoch, denn es kam, wenn man ihn anblickte, der ausgeprägte Vergrößerungseffekt solcher optischen Linsen zum Tragen. Die Augen dahinter stellen sich um ein Vielfaches vergrößert dar, dem ganzen Gesicht wird so eine fratzenhafte, wenn nicht entstellende Physiognomie verliehen, zugleich aber auch ein observierender, überwachender Charakter. Unentwegt zog Hauser mit dieser optischen Besonderheit seiner Brille die Blicke des Gesprächspartners auf sich, ja, hielt dessen Blicke dazu an, über die ganze Wölbung der Glasfläche zu tasten, um sie dann erschreckt irgendwohin abgleiten zu lassen, da die Eindringlichkeit seiner übergroß dargestellten Augenpaare nicht zu ertragen war.

»Martin Blenheim, sehr erfreut« log er. Und er beschloß, seine abwehrende Passivität in der Konversation zu beenden. Jedes andere Verhalten hätte sowieso keinen Sinn gehabt.

»Woher kommen Sie, wenn ich fragen darf?«, kam er seinem Gegenüber zuvor.

»Selbstverständlich dürfen Sie. Das Gleiche wollte ich Sie eben fragen. Ich sage mir immer: Offenheit im Gespräch, auch wenn man

dem Verdacht der Neugierde anheimfällt, reißt alle Grenzen nieder«.
Nicht der Neugierde, sondern der Geschwätzigkeit, sollte es heißen, dachte Martin Blenheim, nickte aber zustimmend.
»Ich komme gerade aus der Bezirkshauptstadt, habe dort meine Schwester besucht. Mache das öfters am Sonntag, ein paar Mal das Jahr. Sie ist verwitwet, und ich habe nie geheiratet. Bin also ein alter Junggeselle, und jetzt im fortgeschrittenen Alter, wenn ich das so als Endfünfziger sagen darf, tun wir uns eben häufiger zusammen. Der Freundeskreis schränkt sich immer mehr ein, die Bekannten werden weniger, und so besuche ich sie von Zeit zu Zeit. Bin Magistratsbeamter, habe noch drei Jahre bis zur Pensionierung. Und Sie? Sie dürften aus der Hauptstadt kommen.«
»Sieht man mir das an?«
»Ja doch, ich fahre öfters diese Strecke – mag das Autofahren nicht – und da bekommt man einen Blick für die Gesichter, aber auch für den bevorzugten Bekleidungsstil der Bahnreisenden. Ich habe da eine ziemliche Treffsicherheit entwickelt und die läßt mich bei der Beurteilung der Herkunft selten im Stich. Leichter sind die Frauen einzuschätzen, da sie sich ja doch vielfältiger kleiden. Da sind die Unterschiede zwischen Stadt- und Landbevölkerung, rein bekleidungsmäßig, viel augenfälliger. Stadtfrauen kleiden sich zum Beispiel bunter, greller und natürlich modischer, während die Landfrauen mehr die althergebrachte Kleidung, das Konservative bevorzugen. Gezwungenermaßen, da das Leben draußen immer langsamer, bedächtiger abläuft. Und natürlich, nicht zu vergessen, ist das Kleidungsangebot auch nicht so vielfältig.«
Seltsam, dachte Blenheim, daß immer von drinnen und draußen gesprochen wird, wenn Stadt und Land gemeint sind. So als ob es sich um in sich abgeschlossene Räume, Areale handelt, wo zwei verschiedene Menschengruppen, verschieden bekleidet, ihr Leben verbringen.
»Ja, ich komme aus der Hauptstadt. Es wird Sie natürlich interessieren, wie es mich an einem Sonntagabend in diese Gegend verschlägt. Mein Gott, es ist eine lange Geschichte und doch ist sie kurz zu erzählen.«
Blenheim gedachte kurzen Prozeß machen. Es wäre ja doch auf eine genaue Befragung bezüglich des Reisezwecks hinausgelaufen, und er wollte Herrn Hauser abermals zuvorzukommen.
»Ich dürfte an einer seltenen rheumatischen Erkrankung leiden, so selten, daß es bislang noch keine einheitliche, standardisierte Therapie – wie die Ärzte zu sagen pflegen – gibt. Kurzum, es ist also dagegen

noch kein wirksames Mittel gefunden worden. Und ich komme hierher, vielmehr will nach Dienbach, um dort gleichsam auf Kur zu gehen. Es soll dort einen Spezialisten geben, vielleicht auch einen Wunderheiler, den man mir empfohlen hat. So, nun wissen Sie sehr viel von mir, sozusagen etwas sehr Intimes.«

Georg Hauser lehnte sich zurück und blies wieder, wie zum Ausdruck einer soeben erfahrenen Überraschung, die Luft zwischen den Zähnen hervor. Er formte dabei seine Lippen zu einem Wulst, so als wollte er pfeifen.

»Ich weiß Bescheid. Habe hier an dieser Stelle schon genug Reisende getroffen, die das Gleiche vorhatten. Habe, so gesehen, viele nach Dienbach begleitet, zumindest die letzten Kilometer. Und manchmal auch einige, so sie sich als geheilt fühlten, wieder während der Rückreise. Komme selbst aus dieser Gemeinde und kenne auch den dortigen Arzt sehr gut.«

Blenheim beugte sich nun vor. Sein Interesse war geweckt, denn Herr Hauser machte Anstalten, mehr über diesen Arzt zu erzählen. Die Gesprächigkeit vieler Menschen rührt ja nicht von einem vielfältigen Wissen her, ist vielmehr Folge von allen möglichen aufgenommenen Gerüchten, von aufgesogenen Anekdoten. Herr Hauser schien zu diesen Menschen zu gehören, die gleichsam Bestandteil und Verursacher sind von Phänomenen wie: einen Ruf mehren, sich einen Namen machen, aber auch Reputation verspielen. Sie sind Mittler vermeintlicher Tatsachen und Bindeglieder von Einzelbegebenheiten, die durch sie erst zu nachvollziehbaren, in sich schlüssigen Geschichten werden. Solche Menschen sind notwendig, wenngleich sie gerne dem Spott anheimfallen, weil ihnen Tratschsucht unterstellt wird.

Herr Hauser war Martin Johann Blenheim mit einem Mal nicht unsympathisch, ja er traute ihm gar zu, genauere Einzelheiten über diesen Arzt zu erzählen. Denn das, was er von seinem gutmeinenden Kollegen an seinem Arbeitsplatz erfahren hatte, war in seinen vermuteten Einzelheiten nie der Wahrheit so nahe, wie die Schilderungen eines Ortsansässigen.

»Dr. Assmuth ist sein Name. Ist eine Berühmtheit und zugleich auch nicht. Ist für viele ein Wunderheiler und zugleich auch nicht. Ist für manche ein Halbgott und zugleich auch nicht. Habe ich damit schon viel gesagt? Das sollte nur andeuten, daß er die Meinung der Leute spaltet, daß er sehr umstritten ist.«

Blenheim wollte seine Hoffnung nicht erschüttern lassen.

»Das ist doch bei allen Menschen gleich, wenn Sie jemanden beur-

teilen sollen, der ihnen einiges an Fähigkeiten und Visionen voraus hat. Sie lehnen ihn ab oder himmeln ihn an. Ich würde meinen, daß diese Haltung gerade das Kriterium der Besonderheit ist. Ungeteilt ist die Beurteilung nur bei der Verehrung der Heiligen oder bei der Ablehnung der Massenmörder.«
Herr Hauser bekam einen nachdenklichen Gesichtsausdruck.
»Da gebe ich Ihnen recht. Bei Dr. Assmuth kam noch der Umstand hinzu, daß er als praktischer Arzt schon einige Zeit in Dienbach ordinierte. Für alle Kassen zugelassen hatte er dort einen guten Ruf, wie ja alle praktischen Ärzte einen guten Ruf haben allein dadurch, daß es keine Konkurenz, also keine Vergleichsmöglichkeit gibt, was ich nebenbei bemerken will. Aber Dr. Assmuth hätte sicherlich auch unter anderen ortsansässigen Ärzten eine gute Reputation gehabt, weil er ein gewisses Charisma hat. Und das macht ja vornehmlich die Qualität eines Arztes aus. Kurzum: eines Tages, so von heute auf morgen, kündigte er die Verträge mit allen Krankenkassen und änderte abrupt seinen Behandlungsstil.«

Herr Hauser schien bei einem ihm wichtigen Thema angelangt zu sein. Seine Stimme klang nun aufgeregter, und er beugte sich etwas nach vorne.

Mit dem Niederlegen der Kassenzulassung habe Dr. Assmuth viele seine Patienten, vor allem ältere und Pensionisten, vor den Kopf gestoßen. Wohin sollten sie sich mit ihren Beschwerden wenden, wohin mit ihren Problemen, wenn alles nun in barer Münze bezahlt werden mußte? Die wohlwollende Meinung über ihren Arzt sei damals – vor über zehn Jahren – plötzlich in Ablehnung umgeschlagen. Völlig verunsichert habe die Bevölkerung von Dienbach jedoch der Umstand, daß Dr. Assmuth seinen Behandlungsstil änderte. Kein hastiges Verschreiben von Medikamenten mehr, kein Wust mehr von Rezepten, mit denen die Patienten die Gemeindeapotheke aufsuchten, also keine Pillenmedizin mehr, in deren Geist die meisten praktischen Ärzte ja ordinierten. Sondern plötzlich lange Gespräche, obskure Injektionsserien und sicherlich zwischendurch immer wieder selbst zusammengebraute Mixturen, Essenzen, die in einem bestimmten Modus, nach einem ausgeklügelten System der Applikation, zu ingestieren waren.

Und in dem Maße, in dem der Zustrom der Ortsbevölkerung in seine Praxisräumlichkeiten abnahm – teure Behandlungsserien konnten sich die Bewohner von Dienbach nicht leisten – setzte der Zustrom fremder Klientel ein. Von überallher kämen sie nun, vor allem aus den Städten und vor allem auch solche, die in den Spitalshochburgen trotz modernster Behandlungsmethoden keine Hilfe erfahren hätten. Viele Krebspatienten seien dabei, deren letzte Hoffnung Dr. Assmuth sei.

Blenheim hatte aufmerksam zugehört.

Ja, er habe eben auch durch Mundpropaganda von dessen außerordentlichen Fähigkeiten gehört. Wenngleich er persönlich aber immer skeptisch sei, wenn von Wunderheilern die Rede sei. Gerade bei Krebspatienten, die sich bekanntermaßen an jeden Strohhalm klammerten, sei Vorsicht geboten. Die glaubten jedem Scharlatan, der ihnen die kleinste Verbesserung in Aussicht stellte. Dem sollte ein Riegel vorgeschoben werden. Er käme als äußerst kritischer Patient nach Dienbach, als einer, der sich erzwungenermaßen mit der Medizin auseinandergesetzt und der schon viel vom modernen Krankenhausbetrieb mitbekommen habe. Als einer, der dieses System der seelischen und folglich auch körperlichen Auslieferung, der Aufgabe seiner körperlichen Integrität – wenn er es so bezeichnen dürfe – vielfach erlebt und erlitten habe. Ihm könne man also nicht viel vormachen.

Herr Hauser schüttelte seinen kahlen Kopf.

Dr. Assmuth nähme bei Karzinompatienten kein Honorar, nur wenn sich eine objektivierbare Verbesserung oder gar Heilung eingestellt hätte. Also nachträglich. Dies habe ihm auch schon des öfteren Anzeigen wenig wohlwollender Kollegen bei der Ärztekammer eingebracht.

Herr Hauser schien gut informiert zu sein. Er fuhr fort: »In so einer kleinen Gemeinde wie Dienbach kennt jeder jeden. Wir haben kaum fünfzehn oder sechzehnhundert Einwohner, sind ein kleiner Marktflecken. Und ich bin übrigens auch schon einige Male Patient von Dr. Assmuth gewesen. Habe schrecklich unter Migräne gelitten. Habe mich mit schmerzstillenden Medikamenten vollgepumpt, habe haufenweise dieses Gift in mich hineingestopft, jeweils nur mit kurzer Wirkung und vor allem dann um den Preis umso schlimmerer Beschwerden. Dr. Assmuth hat mir geholfen und heute geht es mir besser, auch ohne Medikamente. Lange Gespräche hat er mit mir damals geführt. Die Behandlung ging eher in Richtung Beratung, lief auf eine Korrektur von ganz nebensächlich erscheinenden Kleinigkeiten hinaus, wie ich zu vielen Dingen stehe und sie auch beurteile. Aber machen Sie sich selbst ein Bild von ihm. Wo werden Sie wohnen?«

»Im ›Gasthaus zur goldenen Krone‹. Habe mir längere Zeit freigenommen, mich eigentlich als Bankangestellter beurlauben lassen für den Fall, daß meine Behandlung gar mehrere Wochen dauern könnte«

»In der ›Goldenen Krone‹ wohnen Sie? Es ist nicht das feudalste Hotel. ›Der goldene Krug‹ wäre besser gewesen. Aber wie dem auch sei, Sie sind ja nicht zum Urlauben hier. Sehr gut. Ich heiße Sie also in Dienbach willkommen. Wir sind nämlich schon da.«

Blenheim war aufgestanden, streckte und reckte sich, um dann seinen braunen Lederkoffer und eine dazupassende Segeltuchtasche von der Garderobe über ihm herunterzuhieven.

»Hoffentlich reicht meine Wäsche. Ich weiß nämlich nicht, wie lange ich bleiben werde. Es gibt doch eine Kleiderreinigung oder Wäscherei in Dienbach?«

»Ja, sicherlich, aber ich könnte Ihnen auch privat jemanden vermitteln. Kenne da einige Leute, die das gerne machen würden und billiger ist es obendrein auch noch. Ich werde Ihnen meine Telefonnummer geben, falls Sie irgendetwas brauchen.«

Herr Hauser entnahm seiner Geldbörse, die er aus der Gesäßtasche hervorgenestelt und die sich der Rundung seines Gesäßes angepaßt hatte, eine Visitenkarte und hielt sie Blenheim hin. Sie war aus marmoriertem Papierkarton und hatte die Wölbung der Geldbörse angenommen. Georg Hauser, Magistratsbeamter, Paßabteilung, stand in schnörkeliger Schrift darauf zu lesen.

»Danke. Ich werde vielleicht darauf zurückkommen.«

Der Zug verzögerte abrupt, begleitet von einem anschwellenden Quietschton sich festkrallender Bremsen, um schließlich mit einer auspendelnden Erschütterung zum Stillstand zu kommen. Unmittelbar danach herrschte absolute Stille. Es war die Bestätigung, daß Blenheims Reise zu Ende war.

Obwohl sich Herr Hauser erboten hatte, ihm den Weg zur »Goldenen Krone« zu weisen, wehrte er ab und bestand darauf, sich zu verabschieden. Er wollte den Weg alleine finden. Er schüttelte jenem die Hand und es erfüllte ihn mit einem Wohlgefühl, als er feststellte, daß der Händedruck ihm noch keine Schmerzen bereitete. Die entzündungshemmende Wirkung der Kortisontablette hielt also immer noch an. Er ließ Hauser beim Verlassen des Zugsabteils den Vortritt.

Als er auf den Perron des Bahnhofs hinuntertrat, umfing ihn pechschwarze Nacht, in der Hauser verschwand. Es mochte zweiundzwanzig Uhr geworden sein, aber Blenheim konnte das nicht so genau sagen, denn seine Uhr war stehengeblieben und in dem von einer einzigen Glühbirne spärlich beleuchteten Warteraum ein paar Meter vor ihm war keine zu sehen.

2. Kapitel

Wie sehr sich doch Kleinstädte von Metropolen unterscheiden. Was so trivial erscheint wird in der genaueren Analyse erkennbar. Es ist nicht die Zahl der Häuser, noch die Anzahl der Stockwerke, es ist nicht die Breite der Straßen mit der Menge der darin fahrenden Autos. Es ist auch nicht die Intensität der vieltönenden Geräusche, noch ist es der Grad der Geschäftigkeit und die Vielzahl der Geschäftslokale, die den Unterschied machen. Nein, die Andersartigkeit besteht nicht in diesen Äußerlichkeiten architektonischer und planerischer Besonderheiten, sondern allein in dem Bewußtsein der Menschen, die darin wohnen.

Was in der Metropole die Unkenntnis der miterlebenden Menschen, die Anonymität ihrer Identitäten ist, mag hier in der Kleinstadt gerade das Gegenteil davon sein: die genaue Kenntnis der Lebensumstände des Nachbarn, die exakte Gewärtigung seiner Gedanken sowie die präzise Erahnung seiner Vorhaben. Nichts entzieht sich hier der Observanz, keine Tätigkeit geschieht ohne die Kenntnis durch die Mitbewohner. Es beginnt dies unter den scharfen Blicken vieler, während sich jenes vollendet im Kommentar anderer. Alle Begebenheiten laufen ab auf einer kleinen Bühne, die von applaudierenden, kommentierenden und kritisierenden Dauerbesuchern umringt wird. Alle Winkel des Seele werden ausgeleuchtet, verborgene Ideen an das Licht gezerrt, geheimen Wünschen wird in dem Beharren nachgespürt, es öffentlich, allgemein zu machen.

Vielleicht erklärt dieser Umstand auch die großen, steingepflasterten Marktplätze – Bühnenplätze eben – die viele Kleinstädte und Marktgemeinden besitzen, als zu Stein gewordene Veräußerlichung dieses Spezifikums. Der Marktplatz wird umringt von vielen Häusern und konzentrisch dazu angeordneten Straßenreihen – als sanft ansteigende Sitzreihen, wie in einem Theater.

Vielen Menschen mag diese Situation gegen ihren Lebensnerv gehen, sie mögen darunter leiden, wenn sie sie als Einengung empfinden, die ihren persönlichen Lebensfluß hemmt. Anderen aber wieder gilt diese Anordnung der gemeinsamen, öffentlichen Beobachtbarkeit als äußerst erstrebenswert. Erzeugt sie doch ein ungemein starkes Gefühl der Zugehörigkeit dadurch, daß vielfältigste Informationen gehört, gesammelt und weitergeleitet werden. Dadurch, daß man selbst Teil dieses Informationsflusses wird, ein ungeheuer »wissendes« Bewußtsein erlangt, macht das möglicherweise bedeutungsschwache eigene Leben wieder besonderen Sinn. Die eigene Person wird mehrfach wichtig und das ist gut so. Denn alles andere wäre Melancholie durch Ereignislosigkeit und Trübsinn durch Nichtgeschehen.

Martin Johann Blenheim wußte davon nichts, hatte vielmehr diese Erfahrung als gelernter Stadtmensch, als »Metropoleur« noch nicht gemacht, auf keinen Fall schon zu dem Zeitpunkt, als er die zwei Fensterflügel seines Gastzimmers öffnete, um die Vormittagssonne hereinzulassen. Ein Stockwerk tiefer hatte längst das Leben des steingepflasterten Marktpkatzes zu pulsieren begonnen. Nein, »pulsieren« wäre eine unpassende Bezeichnung, ein Ausdruck für die Metropole. Das Leben in Dienbach, auf diesem ovalen Rondell, in dessen Mitte ein mit einem schmiedeeisernen Gitter bewehrter Brunnen sein kaltes Wasser aus zwei Löwenmäulern in ein steinernes Becken ergoß, hatte nichts von Dynamik oder Geschäftigkeit an sich. Nein, es lief an diesem Aprilmorgen gemächlich ab, war bedächtig in seinen Minuten und träge in seinen Stunden. Wie immer schon und wie auch heute, da es keinerlei Anstalten machte, sich einem Neubesucher aus der Großstadt anders als sonst zu präsentieren.

Blenheim sog die kühle Morgenluft ein und hielt den Atem an, beließ den Sauerstoff in seinen geblähten Lungen, so als ob er sich dadurch mehr Morgenfrische zuführen könnte. Er sah hinüber zur gegenüberliegenden Seite des Marktplatzes, wo aus einem alten Fachwerkhaus eine dickliche Frau ins Freie trat, um ihren Besorgungen nachzugehen. Sie bewegte sich langsam, ließ behutsam die Eingangspforte ins Schloß fallen und strebte dann behäbigen Schrittes der Bäckerei einige Meter weiter zu.

Blenheim blickte nach oben, wo vor dem blauen Himmel der auf einem Schuttkegel errichtetete Kirchenbau sich über die Ortschaft erhob und seinen noch langen Turmschatten über die Dächer warf.

Blenheim sah nach links, wo aus einer in den Platz einmündenden Gasse ein Schulkind mit einem Hund an der Leine dem Stadtbrunnen zustrebte. Wohltuend bemerkte er das völlige Fehlen von Kraftfahrzeugen jeglicher Art. Die engwinkeligen Gäßchen und ein fortschrittlich denkender Gemeinderat hatten offensichtlich ein fußgängerfreundliches Konzept bewirkt. Lediglich aus der Ferne hörte er ein dezentes Rauschen, den üblichen Grundpegel des Autoverkehrs, wie er ihn aus der Großstadt, nur viel lauter, kannte.

Blenheim trat zurück und ließ genußvoll das nun entstehende Potpourri der giebeligen und winkeligen roten Dächer auf sich einwirken. Er streckte seine Hände von sich, um die letzte Schlafmüdigkeit abzuschütteln und sank in einen der beiden Lehnstühle. Sie waren alt, vielbenutzt und an den blumenmustrigen Armlehnen schon abgewetzt. Aber das bemerkte Blenheim nicht, denn er hatte die Augen geschlossen und atmete ruhig durch, wie sonst auch, wenn er eine seiner meditativen Übungen machte. Aber diesmal erinnerte er sich nur.

Wie hatte er nur gut geruht. Trotz des vorweggenommenen Schlafes gestern nachmittag im Zug, trotz seiner dumpf im Hintergrund dräuenden Schmerzen war er tief versunken gewesen in einer an Bewußtlosigkeit grenzenden, länger dauernden Phase erqickender Erholung. Und dennoch entsann er sich einiger Träume. Sie hatten im Morgengrauen eingesetzt, zu dem Zeitpunkt, da man mit seinen gefesselten, blinden Gedanken wieder der Oberfläche des Bewußtseins zustrebt und auf dem Weg dorthin oft diesen bunten, wirklichkeitsnahen Bildern anheimfällt, aber gleichwohl schon weiß, daß es nur Träume sind.

Er war in diesen Träumen in einen heftigen Disput mit seinem Vorgesetzten Strabort verwickelt gewesen. Dabei war es um nicht ordnungsgemäß verbuchte Zahlungen auf ein Konto im Ausland gegangen. Blenheim wußte wohl, daß dieser Traum sich nur auf ein Gespräch knapp vor seiner Abreise bezogen haben konnte, das freilich damals in freundschaftlicher Atmosphäre verlaufen war, denn er duzte Strabort manchmal sogar; und doch berührte dieser Traum, in welchem ihm eine Unregelmäßigkeit zum Vorwurf gemacht worden war, die Urangst aller Bankangestellten in diesem elektronischen, kleinzetteligen Wust von Papieren, die sich Belege, Bestätigungen oder Überweisungen nannten und wo hastig hingekritzelte Unterschriften den Fokus aller eventuellen juristischen Belangbarkeiten darstellten. Er konnte sich damals beim besten Willen nicht erinnern, so einen Auslandstransfer eines doch beträchtlichen Geldbetrages mit seiner Unterschrift bestätigt zu haben. Aber wie es eben so war an einem betriebsamen, hektischen Arbeitsplatz: die tägliche Routine, das Gefühl der eigenen Unfehlbarkeit und das Vertrauen durch seinen Vorgesetzten, mit dem er sich bei allen Tätigkeiten in wortloser Übereinstimmung fühlte, mochten schon einmal blind machen für eben diese eine unangemessene, am falschen Ort und auf dem falschen Beleg hingekritzelte Unterschift.

Und der Traum hatte sich noch weiter gesponnen: zu Hause hatte er dann mit seiner Gattin Helga diskutiert und sie hatte ihm Vorhaltungen gemacht über seine Gutgläubigkeit, über seine Naivität im beruflichen Umgang mit Mitarbeitern und Vorgesetzten. Sie hatte ihm mangelnde Menschenkenntnis vorgeworfen, gerade sie, die sich als Sekretärin in einer Rechtsanwaltskanzlei auch nicht gerade gegen die Arbeitsvereinnahmung durch ihren Chef zur Wehr setzte. Er hatte ihn übrigens einige Male kurz gesehen, war diesem Rechtsanwalt Dr. Eichhorn bei einem Empfang zur Eröffnung seiner neuen Kanzleiräumlichkeiten vorgestellt worden. Er mochte ihn ganz und gar nicht. Er hatte sich damals eingestanden, daß dieser Advokat zu jener Sorte Mensch gehörte, der berufliche Erfordernisse, wie trickreiches Verhalten, geschicktes Taktieren und Überinterpretieren zum Attribut ihres täglich zur Schau gestellten Charakters geworden war. Er hätte sich zumindest im Privaten eine Distanzierung von tagtäglichen Spitzfindigkeiten erwartet, eine distinguierte Trennung von beruflicher Taktik und privater Erhabenheit. Aber dieser Dr. Eichhorn, so schien ihm, war auch in den kurzen Gesprächen damals, als zur Begüßung mit einem Glas Sekt angestoßen wurde und man sich höflichst wohlwollend gegenseitg bekannt machte, von einer beinahe körperlich spürbaren Falschheit. Mit Helga konnte man über das Gehabe ihres Chefs nicht sprechen. Sie war von seiner Person höchst eingenommen, sprach von Charisma und begnadeter Verhandlungstaktik, von glänzenden Plädoyers, die schon des öfteren mit kurzen Vermeldungen in den diversen Journalen vermerkt worden seien.

Davon hatte Blenheim geträumt, und eigentlich empfand er es als seltsam, daß er sich der Träume entsann, da ihnen nichts besonderes anhaftete, sie ihm weder Angst noch angenehme Gefühle bereitet hatten.

Er blickte sich in seinem Gastzimmer um. Es stand in unwirklichem Kontrast zu seiner modern eingerichteten Wohnung zu Hause in der Stadt. Es war ein Ambiente des Zufalls, eine Ansammlung von allerlei verschiedenem Mobiliar, billig erworben und lieblos im Zimmer verteilt, um diese hohen Räumlichkeiten irgendwie auszufüllen. Vom Gastzimmer zweigten weder Badezimmer noch WC ab, sondern es bot nur die minimalste hygienische Erfordernis: ein kleines Keramikwaschbecken im Winkel neben der Zimmertür mit zwei beweglichen unpolierten Chromstangen an quietschenden Gelenken seitlich, um Handtücher zu halten, die – oftmals gewaschen und nur mehr aus grobem, hautscheuerndem Gewebe bestehend – nun steif und verbleicht daran hingen. Darüber ein fleckiger, an den Rändern vielfach schon splitternder Spiegel. Die Zimmerwände waren mit streifigen Tapeten versehen, die schon verblaßt wirkten und in der Höhe der Stuhloberkanten an einigen Stellen bis zum darunterliegenden Mauerwerk durchscheuert waren. In der Zimmermitte stand ein quadratischer Tisch mit einer abwaschbaren, durchsichtigen Plastikfolie überzogen. Darunter lag freilich keine Tischdecke, sondern es schimmerte lediglich die blanke hölzerne Tischplatte durch, vielfach mit Narben übersät, mit frischeren Holzvertiefungen, die noch eine hellere Farbe hatten und älteren, die schon die geglättete, polierte Patina der übrigen Tischoberfläche angenommen hatte. Im Zimmerwinkel neben dem geöffneten Fenster stand sein Bett, schmal und mit einem durchhängenden Matratzenrost, in dem Blenheim gleichwohl die vergangene Nacht nicht schlecht geruht hatte. Und von der Zimmerdecke herunter, mittig und so lang gelassen, daß sie erst unmittelbar über der Tischoberfläche endete, hing eine Zimmerleuchte an einer Messingstange, die in ihrem Hohlraum die elektrischen Leitungen führte und sich am Ende zu drei als Blumenblüten modellierten gläsernen Lampenschirmen weitete.

Blenheim verglich das Zimmer mit den luxuriösen Hotelzimmern, in die es ihn mit seiner Gattin bei ihren Ski- und Stranduralauben so gerne gezogen hatte. Auf einem gewissen Luxus hatten beide immer bestanden, ein erstklassiges Hotel mit entsprechender Ausstattung erschien ihnen immer als die kongeniale Ergänzung ihrer hohen beruflichen Ansprüche und ihrer geplanten Karriere. Und nun dies hier: ein eindeutiger Rückschritt, ein Rückfall in die Zeiten, als er noch mit schmaler Börse und erst kurz der Gemeinsamkeit des Zimmers mit seinem Bruder entwachsen, seinen ersten Urlaub angetreten hatte.

Blenheim atmete tief durch und schloß abermals die Augen. Er war zwar immer noch ohne Schmerzen, aber es beschlich ihn kurz ein Gefühl der Verunsicherung. Er, der sich immer durch einen stabilen, unerschütterlichen Optimismus ausgezeichnet hatte und ihn auch seine Kollegen in der Bank hatte fühlen lassen, mit aufmunternden Worten eine Atmospäre der Machbarkeit und Lösbarkeit zu verbreiten gewußt hatte, er hatte in den letzten Wochen Anwandlungen der Ohnmacht verspürt. Er erklärte es damit, daß es sich um ein Begleitsymptom seiner Erkrankung handeln mußte, die sich nicht nur über bestimmte »Gewebe«, über niedrige Zellverbände wie Sehnen und Schleimbeutel hermachte, sondern auch an seinen Empfindungen nagte. Soviel wußte er: Krankheiten waren nicht nur minderfunktionierende Organsysteme, gebremste Funktionen, stockende Stoffwechselabläufe, sondern immer auch Defekte der Seele. Inwieweit diese aber als Verursacher oder als verursacht zu sehen waren, inwieweit das eine im Zusammenhang mit dem anderen dominierte oder bewirkt war, vermochte er nicht zu sagen, denn darüber waren sich auch die gescheitesten Ärzte nicht einig. Jedenfalls auch dem Arglosesten mußte geläufig sein, daß Schmerzen selten mit einem Lächeln auf den Lippen zu ertragen waren, genauso wie ja höchste Wonne kaum Tränen machte.

Außerdem glaubte er, daß ihm der morgendliche Kaffee fehlte, jenes köstliche Koffeingebräu, das ihn und auch Helga erst in einen arbeitsfähigen Zustand versetzte. Er würde ihm schon die trüben Gedanken vertreiben, würde ihm auf die Sprünge helfen, die Blutzirkulation ankurbeln, die Gefäße »tonisieren«, auf daß vermehrt Energie in seine Glieder, aber auch in seinen Kopf gelangte. Er registrierte dabei jeweils mit einem Wohlgefühl dieses innere Anfluten von Wärme und Kraft.

Er machte oberflächlich seine Morgentoilette, denn zur Gangdusche, wie ihm gestern abend der Wirt noch kurz erklärt hatte, wollte er nicht gehen, kleidete sich langsam an und bemerkte zufrieden, daß ihm Helga den Koffer wohl bestückt hatte. Mit Unterwäsche und Hemden würde er zumindest vierzehn Tage auskommen. Wie lange die Behandlungen bei Dr. Assmuth insgesamt dauern würden, konnte er nicht wissen, aber er rechnete schon mit zwei bis drei Wochen. Es würde auch ganz davon abhängen, welche Art von Therapie wie oft pro Woche durchgeführt würde.

Blenheim trat aus dem Zimmer in den Gang hinaus. Der knarrende Fußboden, nur mit einem beigen Bastteppich belegt, fügte sich in die allgemeine Tristesse. Er war am Vorabend todmüde angekommen und hatte dann für nichts mehr einen Blick gehabt. Außerdem erschienen abends im warmen, gelbstichigen Licht der Glühbirnen die Räumlichkeiten immer anders als am Tage.

Die Tür am Fuße der Treppe führte direkt ins Gastzimmer. Er hatte diese Anordnung gestern nicht mehr wahrgenommen, da er nur schnell an der Theke einen warmen Tee aus Minze getrunken hatte, um dann sein Zimmer aufzusuchen. Heute ging er den Weg in genau umgekehrter Reihenfolge. Er hängte seinen Zimmerschlüssel an den vorgesehenen Drahthaken auf dem kleinen Holzbord, das neben der Vitrine mit den Biergläsern war. Es bot lediglich Platz für sechs Schlüssel und Blenheim mußte feststellen, daß er sich nicht in einem Hotel, sondern lediglich in einer Gaststätte befand, die nebenher auch den einen oder anderen Durchreisenden, vielleicht einen Vertreter oder manchmal auch Bauarbeiter beherbergte.

Das Gastzimmer war vollkommen leer. Kein Wunder, so früh am Vormittag war für den Schankbetrieb noch nicht die Zeit. Die Gaststube, in die nun von den beiden Fenstern neben dem Eingang die Strahlen der Morgensonne schräg einfielen und die Reste des kalten Rauches vom Abend zuvor durchschnitten, die feinste Staubpartikelchen schweben und leuchten ließ und in dem ungeordnet und wahllos verstreut noch die Stühle um die blanken Holztische standen, war genau das, wozu er bestimmt war: ein Ort der oberflächlichen Begegnung und zugleich der hintergründigen Sucht, sich einfach und schnörkellos billigen Wein und abgestandenes Bier zu genehmigen.

Es hätte doch noch ein anderes Hotel geben müssen. Zu dumm, daß er die Organisation ganz Helga überlassen hatte. In der überbordenden Arbeit, die vor einem längeren Urlaub immer anfällt, hatte er Helga gebeten, das Hotel und seinen Aufenthalt zu organisieren. Er hatte lediglich gemeint, nicht zu teuer sollte es sein, weil man ja das Ende der Therapie nicht abschätzen konnte. Obwohl es ihm an Geld nicht mangelte, ihnen beiden nicht. Die Sorgen, die beide mit Finanzen hatten, bezogen sich längst nicht mehr auf irgendwelche Grundbedürfnisse, sondern bereits auf Umverteilungen, Anlagen und Gewinnmehrungen.Kinder hatten sie ja keine, denn die bedeuteten ja den Hauptteil aller täglichen Fixausgaben, und die üblichen Ankäufe wie Eigentumswohnung, je ein Auto für beide und all die üblichen Elektrogeräteanschaffungen, hatten sie schon längst getätigt.

Ob er noch absagen, umbuchen sollte?

Aus der neben der Schank zur Küche führenden Tür kam der Wirt. Er war beleibt, groß gewachsen und füllte mit seinem Körper beinahe den ganzen Türstock aus.

»Guten Morgen! Hoffe, gut geruht zu haben. Mein Name ist Stefan Penthor. Übrigens noch einmal willkommen in Dienbach«

Er war an den Tisch herangetreten, rückte sich einen Stuhl zurecht und setzte sich unaufgefordert zu Blenheim an den Tisch. Als Besitzer des Gasthofes nahm er sich wohl heraus, sich über jegliche Regeln des Anstandes hinwegsetzen zu können.

»Ja, ich habe gut geschlafen, tief und traumlos, es wird der abrupte Klimawechsel gewesen sein oder die frische Luft die Ihr da heraußen habt. Könnte ich ein Frühstück haben, vielleicht einen starken Kaffee und Gebäck?«

Der Wirt hatte sich plötzlich wieder erhoben, hatte dabei mit einem quietschenden Geräusch den Stuhl, auf dem er gesessen hatte, weggeschoben.

»Es tut mir leid, beinahe hätte ich dies vergessen. Sie müssen wissen, derzeit bin ich alleine hier, denn meine Kellnerin kommt erst in einigen

Tagen zurück. Aber ein gutes Frühstück werde ich schon noch zusammenbringen. Kaffee, sehr stark, nicht wahr, denn so trinken ihn doch die Hauptstädter, und frisches Weißgebäck vom Bäcker gegenüber mit etwas Butter und Marmelade dazu. Sollte kein Problem sein.«
Er war auf dem Weg zur Küche zurück.
»Ist es möglich, Filterkaffee zu bekommen?« rief Blenheim ihm nach. »Er hat viel mehr Aroma als der aus der Espressomaschine und ich bin ihn außerdem gewöhnt«.
Auf halbem Weg drehte sich der Wirt um.
»Es ist zwar nicht üblich hier, aber ich werde mich bemühen. Er ist auch in dem Preis der Nächtigung nicht inkludiert. Sie müßten seine Kosten extra begleichen.«
Er war in der Küche verschwunden.

Von draußen drangen die Sonnenstrahlen nun kräftiger durch die gardinenlosen Fensterscheiben. Martin Johann Blenheim hatte sich umgewandt. Der Marktplatz schien nun, da von ebener Erde her die Perspektive verändert war, nicht mehr so groß. Auch war seine ovale Form nicht mehr zu erkennen, und der Steinbrunnen mittendrin bewirkte eine Raffung der räumlichen Tiefe. Die gegenüberliegenden Häuser waren aus diesem Blickwinkel näher herangetreten, und Martin Johann Blenheim konnte sich gut vorstellen, daß zu dämmriger Stunde oder gar zur dunklen Winterszeit dieses Areal wie eine Weitung, eine Lichtung eines Waldes empfunden werden konnte, wobei freilich die schmalen Häuser die Bäume und deren Abstand zueinander die Zwischenräume bedeuteten.

»Wir haben leider keinen Filterkaffee. Sie müssen doch mit dem aus der Espressomaschine vorliebnehmen.«

Blenheim wußte genau, daß der Wirt log, daß ihm in der Küche der plötzliche Mehraufwand einer Filterzubereitung bewußt geworden war. So hatte er sich mit seiner massigen Gestalt wieder auf den ächzenden Stuhl gesetzt, zuvor das Tablett mit zwei Brötchen, etwas Butter und lieblos auf eine kleine Kaffeetasse hingekleckster Marillenkonfitüre abgestellt. Zuguterletzt folgte schließlich noch die dickrandige Schale mit Espresso.

»Ich muß ihnen leider gestehen, daß ich ohne meine Kellnerin ziemlich hilflos bin. Auch das Mittagessen bitte ich Sie, die nächsten Tage woanders einzunehmen. Falls Sie überhaupt daran gedacht haben, bei uns zu essen. Es gibt sowieso immer nur ein Menü. Wie gesagt, ab nächster Woche hat der Betrieb dann wieder seinen üblichen Rhythmus gefunden.«

Blenheim war in diesem Moment alle Logistik der Frühstückzubereitung gleichgültig.

»Ich bin sowieso nicht als Feriengast hier. In gewissem Sinne wohl zur Erholung, aber nicht, um mich vom Arbeitsstreß, sondern vielmehr von den Strapazen einer Erkrankung zu erholen. Vielleicht sollte man besser sagen, zu kurieren.«

Die Aufmerksamkeit des Wirtes war geweckt, und er beugte sich über seine an der Tischkante verschränkten Arme nach vorne, als ob er schlecht hörte oder als ob er ein geflüstertes Geheimnis zu erfahren erwartete.

»Ich war zu höflich, danach zu fragen, aber natürlich hat es mir schon Kopfzerbrechen bereitet, was einen jungen Mann aus der Großstadt hierherbewegen könnte. Es gibt im Prinzip nur zwei Arten von Touristen, oder man sollte besser von »Fremden« sprechen: die einen, das sind diejenigen, die unseren Dr. Assmuth konsultieren. Man kennt sie meist an einer sichtbaren Wohlsituiertheit, an einer Gepflegtheit, viele scheinen nach Geld zu riechen. Es sind diejenigen, die etwas Geld nach Dienbach bringen und für eine Art Tourismus sorgen. Von den anderen möchte ich lieber nicht sprechen.«

»Ja doch, tun Sie es, wenn Sie sie schon erwähnten«. Blenheim wollte Genaueres wissen.

»Es sind diese Flüchtlinge, die sich in den letzten Jahren, auch in den Gemeinden der Umgebung, als Vertriebene, als Asylanten ausgeben und in Wahrheit doch nur geflohen sind vor der wirtschaftlichen Verantwortung zu Hause – oder vor dem Gesetz. Man hört kaum mehr die Muttersprache. Aber ich will mir nicht und auch sicherlich nicht Ihnen die Morgenlaune verderben. Sie gehören zur ersten Gruppe. Ich dachte es mir schon.«

Blenheim hatte wohl registriert, daß sich der Wirt mit einigen wenigen Sätzen deklariert hatte, sein soziales Empfinden und damit auch sein politisches Lager mitgeteilt hatte. Aber er empfand nichts dabei, denn diese Standpunkte sah er täglich in Zeitungen vertreten und an seiner Arbeitsstätte diskutiert. Er hatte sich eigentlich nie näher mit dieser Problematik beschäftigt. Außerdem waren seine ganzen Lebensbestrebungen derzeit lediglich von dem Wunsch besessen, endlich wieder seine Gesundheit zurückzuerlangen. Denn alle Diskussionen, über welches Thema auch immer, waren doch in ihrer Bedeutung relativ, wenn sie von jemanden geführt wurden, der fortwährend an eigene Gebrechen oder gar Schmerzen gemahnt wurde.

Ja, er habe recht. Er sei als Patient von Dr. Assmuth hier. Heute nachmittag habe er seinen ersten Termin bei ihm. An dieser Stelle würde er gerne gleich erfahren, wo die Wiesengasse läge. Die Hausnummer wüßte er schon und der Praxiseingang sei ja sicherlich mit einem Schild versehen. Im übrigen sei er mit allem, so wie es sei, zufrieden. Eine Gaststätte, wo er vorerst sein Mittag- und sein Abendessen einnehmen könne, würde sich wohl noch finden.

»Aber ich hoffe doch, daß Sie sich leidlich wohlfühlen werden bei uns. Die Gästezimmer sind nicht luxuriös ausgestattet, und wenn das eine oder andere fehlt, so läßt es sich schon noch besorgen.«

»Danke, ich bin nicht sehr anspruchsvoll, vor allem nicht, wenn ich mich einer Therapie unterziehe. Aber eine Karaffe mit Selterswasser hätte ich gerne auf meinem Zimmer. Es ist gleich, welche Marke, aber es sollte nicht mit zuviel Kohlensäure versetzt sein«.

Blenheim schätzte die andauernde Möglichkeit, seinem Körper Flüssigkeit zuzuführen. Er hatte irgendwo gehört, daß ein steter Flüssigkeitsdurchsatz auch zur Entgiftung beitrüge. Welchen Giftes auch immer. Aber seiner Vorstellung von Krankheitsmechanismen kam das Bild, daß Abbauprodukte, schädliche Metaboliten eventueller Krankheitserreger mit der Kraft der Diurese aus seinem Körper ausgeschwemmt werden könnten, sehr entgegen. Auch zu Hause legte er Wert darauf, daß in jedem Zimmer – mit Ausnahme der Hygieneräume – ein Behältnis mit Wasser stand, aus dem er dann oft beiläufig, »en passant«, in ein nebenstehendes Glas einschenkte und dieses zügig austrank.

»Das sollte kein Problem sein. Aber Sie können auch läuten und ich bringe Ihnen Bier oder gespritzen Wein, außer um Mitternacht natürlich.«

Penthor bemühte sich um Zuvorkommenheit, um jenes Mindestmaß an Dienstbarkeit, das seine Gastwirtschaft gerade noch von der Anrüchigkeit eines Selbstbedienungbetriebes abhob.

Blenheim war noch nicht zum ersten Frühstücksbissen gekommen, da hörte er auf der Straße ein Stimmengewirr. Kurz darauf öffnete sich die Eingangstür und drei jüngere Männer, lachend und laut scherzend, strebten der Schank zu. Sie hatten blaue Monteursgewänder an, praktische Hosenanzüge mit vielen Taschen daran, um allerlei Werkzeuge aufnehmen zu können. An der Schank stehend blickten sie sich kurz im Gastzimmer um und einer nickte Blenheim kurz zu. Der dikke Wirt hatte sich längst erhoben und stand schon hinter der Theke.

»Das Übliche?« fragte er mit leiernder Stimme, hatte dabei aber längst schon ein Seidel Bier bis zur Hälfte gefüllt.

3. Kapitel

Überall dort, wo kleine Städte und Marktflecken sich mit der umliegenden Landschaft berühren, tragen die Gassen und Straßen allgemein gehaltene Bezeichnungen. Sie entspringen meist einer allerorts so benannten Hauptstraße, welche gleichsam die Basis aller nachfolgenden Straßenverzweigungen darstellt und selbst wieder dem Mündungstrichter eines Hauptplatzes entspricht. Die Straßen heißen hier Augasse und dort Waldstraße, sie verästeln sich als Rosen- oder Weidenweg, um vielleicht als Feld- oder Ackergasse die Häuser zu begrenzen und in die Gegend hinauszuweisen. Bei der Namensgebung braucht es hier nicht viel Phantasie, die Bezeichnungen sind dort, wo sich die Neubauten zügig um die alten Ortskerne scharen, schnell gefunden und drängen sich ebenso schnell als allgemeinverständliche Benennungen auf.

Seltsam, dachte Blenheim. Seltsam, daß alle Straßenbezeichnungen, alle Gassennamen einen Bezug zur Natur haben. Es ist wohl nicht nur in Dienbach so, sondern ebenso in allen anderen Dörfern und Weilern. Und eigentlich laden diese Bezeichnungen viel mehr zum Wohnen ein, als die Straßen in den Städten, die eher Eigennamen, Namen von Berühmtheiten tragen. Wie sollte ich mich in einer Straße mit dem Namen Gneisenau oder Kottwitz oder gar Manstein wohlfühlen, deren Klang ja schon so martialisch ist, dachte Blenheim. Die Menschen in der Stadt ehren ihre berühmten Söhne, indem sie ihre Gassen nach ihnen benennen, die Menschen der Dörfer ehren sich selbst, indem sie die Straßen, in welche sie ihre neuen Häuser hinzustellen gedenken, mit Namen versehen, die ihren starken Bezug zu Grund und Boden ausdrücken sollen.

Blenheim wußte in jenen Augenblicken nicht, warum er diese Vergleiche aufstellte, warum ihm diese Dinge in den Sinn kamen. Er führte seine veränderten Empfindungen darauf zurück, daß er nicht den üblichen Montagstreß hatte. Meist war er um diese Zeit dabei, dem Ansturm der Kunden in der Bank entgegenzutreten, war umgeben von Hektik und einer summenden, klappernden Geräuschkulisse. Strabort, sein Vorgesetzter, verglich ihrer aller Arbeit im Geldinstitut mit einer hochdrehenden Maschine. So gesehen war es also bei ihm zu einem »Drehzahlabfall« gekommen Er hatte solch ein Phänomen auch schon in den ersten Tagen des Urlaubes empfunden und es war dann jeweils begleitet von übler Laune und einem trägen Mißmut.

Aber schließlich war er doch in der Wiesengasse angelangt, nachdem er sich mindestens dreimal nach ihr hatte erkundigen müssen. Die Leute waren allesamt freundlich gewesen, wenngleich sie ihre Neugier nach seiner Person und seinem Vorhaben kaum hatten verhehlen können. Aber dies war wohl überall so. Dienbach mußte ein alter Marktflecken sein. Durch winkelige Gäßchen mit teils schiefen alten Häusern war er gekommen. Schmale Eingangspforten und Fenster in zweistöckigen Häusern hatte er gesehen, die bis auf neu eingesetzte Glasscheiben sicherlich schon längere Zeit keine Renovierung erfahren hatten. Er wollte sich, wenn die Zeit es zwischendurch erlaubte – und was sollte auch dagegensprechen – mit der Ortschronik befassen, etwas mehr über die Geschichte erfahren. So übel hatte alles nicht ausgesehen, und vielleicht war dieser Zeit der medizinischen Behandlung hier doch noch ein Urlaubsaspekt abzugewinnen.

Dennoch waren ihm die vielen Flüchtlinge – oder waren es Vertriebene? – aufgefallen, die ihm auf Schritt und Tritt begegnet waren.

Überall standen sie herum. Lehnten, lungerten mit fahlen, bartstoppeligen Gesichtern in den Gassen und Seitenwegen, und er erkannte bei näherer Betrachtung ihre vermeintliche Muße als Ohnmacht, ihre untätige Langeweile als Verzweiflung. Blenheim hatte sie natürlich auch in der Hauptstadt bemerkt, so neu waren ihm die Gestalten nicht. Dort vermengten sie sich jedoch mit der Buntheit anderer Menschen, mit deren Vielfalt an Kleidung, Gehabe und Lebensart, wie sie eben Großstädte bevölkern. Dort absorbierte die große Zahl ethnischer Ausprägungen ihre Andersartigkeit. Blenheim waren sie dort dennoch unangenehm aufgefallen, sie waren ihm nicht gleichgültig gewesen auf seinem täglichen Weg in die Arbeit. Er mißtraute ihnen, so wie der von seiner Tätigkeit her überzeugte Malocher allen Untätigen den Willen zu ihrem Lebensglück abspricht. Blenheim mochte sie einfach nicht, wobei die Ablehnung sich eher daraus ableitete, daß sie etwas in Frage stellten, was er als Lebensmaxime längst verinnerlicht hatte: Strebsamkeit, Redlichkeit, Fleiß. Nicht etwa, daß er – wenn die Sprache auf die sich in immer größerer Zahl nun auch in der Hauptstadt einfindenden Vertriebenen kam – in den Chor seiner Kollegen einfiel und mißbilligende, abwertende Äußerungen machte. Nein, dies verbot ihm ein von klein auf anerzogenes Verhalten, Ausgegrenzte und Schwächere zu beschützen. Aber er konnte sich bei ihrem Anblick nicht verhehlen, daß sie allein und nur sie allein für ihre Misere die Verantwortung trügen. Ja, es stellte sich eine Art Entrüstung ein, daß er sich mit so etwas wie Armut auseinandersetzen mußte. Denn darauf war er nun ja wirklich nicht vorbereitet – auf seinem Weg zu einem smarten Bankkaufmann, mit der Möglichkeit, sich eines Tages vielleicht als Anlageberater selbstständig zu machen. In Dienbach standen die Flüchtlinge und Vertriebenen in besonderem Kontrast zur ortsstämmigen Bevölkerung allein dadurch, daß sie sich in einer Umgebung bewahrender Lebensart und identitätsbedachter Menschen befanden. Blenheim hatte die Flüchtlinge näher betrachtet. Hauptsächlich Männer waren ihm begegnet. Sie hatten allesamt einen dunklen Teint, rauchten und bliesen den Rauch aus ihren unrasierten Gesichtern. Sie taten dies anscheinend ohne Genuß, sondern lediglich, um sich die Zeit zu vertreiben. Sie hatten ihn gegrüßt in ihrer akzentbeladenen Sprache und ihm unterwürfige Blicke zugeworfen, waren aber ohne Hektik und schienen nur zu warten. Was Blenheim völlig befremdete, war die Untätigkeit, die er bei ihnen bemerkte und ihre ungelenke Hilflosigkeit darin. Erstmals ahnte er, daß es kaum etwas Schlimmeres geben konnte, als jeden Tag leere Stunden und vage Ungewißheiten vor sich herzuschieben. Aber es waren nur flüchtige Eindrücke, die er auf der Suche nach Dr. Assmuths Ordination kurz gewann. Die Probleme mit sich und seinem Körper verdrängten schnell alle Mutmaßungen über ihm völlig fremde Menschen.

So stand er nun vor einem ebenerdigen, langgestreckten Bau mit hellbeigen Außenwänden und großen Fenstern, dessen Dach einmal rot gewesen sein mochte, nun aber eine Patina von grau-braunem, fleckigen Bewuchs angenommen hatte. Es waren wohl Flechten, denn dieses Dach erinnerte an den nordseitigen Bewuchs so mancher Bäume im Wald, paßte aber zu den Mauern dieses Hauses, da sie dem allgemeinen Alter entsprachen: Er schätzte es auf mindestens vierzig oder fünfzig Jahre, es ließ sich keiner typischen Bauweise, keinem Stil zuordnen. Das Haus war einige Meter von der Straße zurückgesetzt und ließ einem grünen Saum von niedriggewachsenen Hecken Platz. Zur Straße hin war es durch einen stabilen Gitterzaun abgegrenzt, dessen oberer Rand sich in gesenkten Bögen von einem Mauerwerkpfeiler zum andern schwang und der mit stumpf gewordenen Metalldornen bewehrt war, die die gleiche Farbe wie das Dach hatten. Der Zaun war teilweise rostig, aber in diese hellbräunlichen Schattierungen mischte sich dünner, dunklerer Bewuchs von Flechten. Blenheim trat näher an die Gitterstäbe und kratzte mit seinem Zeigefinger an der Oberfläche. Nein, es waren Moospflanzen, über viele Winter erstorbene

Moospflanzen auf Metallgrund, vermischt mit der splitternden ehemals grauen Farbe.

Blenheim, der sich nie zuvor für Umzäunungen welcher Art auch immer interessiert hatte, erkannte plötzlich, daß er unbewußt gezögert hatte, hier einzutreten. Ein Gefühl allgemeiner Unsicherheit hatte ihn ergriffen, war von diesem nichtssagenden, gewöhnlichen Bau noch verstärkt worden und hatten ihn zögern lassen. War er doch bisher immer in diversen breitausladenden, granitgeschliffenen Ambulatorien gewesen, in glattfassadrigen, hochaufragenden Kliniken, deren Äußeres schon Modernität und Fortschritt verhieß. Sogar die Privatpraxen titelgeschmückter Professoren und Dozenten – wieviel hatte er nicht schon an privater Initiative aufgewendet, um dem Charakter seiner Erkrankung auf die Spuren zu kommen – befanden sich meist in mehrstöckigen Häusern und zumindest in jenen Teilen der Stadt, die vornehm und somit bedeutend sind. Denn Bedeutsamkeiten haben ihre Äußerlichkeiten: ein hohes Haus beeindruckt mehr, desgleichen ein mächtig langgestrecktes mit dicken Grundfesten. Die Menschen darin erscheinen beachtlicher, wenn ihre Position eine erhöhte ist, und mit dem Volumen der Mauern um sie herum wird auch ihr Wort gewichtiger.

Blenheim musterte den niedrigen Bau und war höchst verunsichert. Wäre da nicht das unscheinbare Aluminiumschild gehangen, auf dem mit schnörkelloser Schrift »Dr. Assmuth, Arzt für Allgemeinmedizin« stand, so hätte er es nicht glauben mögen, vor einer Arztpraxis zu stehen. Er umfaßte seine wohlgeordnete Mappe mit vorläufigen ärztlichen Befunden, Interpretationen, Therapievorschlägen, die er – photokopiert und durchnumeriert – chronologisch zusammengeheftet hatte, preßte sie an sich und trat ein. Zwei Treppen führten in ein Wartezimmer, dessen Ausstattung dem äußeren Erscheinungsbild entsprach: linker Hand standen fünf abgescheuerte Stühle an einer lediglich mit einem dickrahmigen Bild versehenen weißen Wand. Der Raum wirkte karg und fern jeder flüchtigen Modernität. Auch das Bild zeigte lediglich ein nachgedunkeltes altes Landschaftsmotiv und war unsigniert. Dem Eingang gegenüber lag ein beinahe bis an den Boden reichendes, gardinenverhangenes Fenster, das aber den Blick in ein, wie ihm schien, grünes Paradies freigab. Ein wild wuchernder Garten, in dem kaum eine pflegende, ordnende Hand zu erkennen war, ein Dickicht von Büschen und Blättern mit bunten Tupfen von Blüten darin. Dieses Fenster wirkte selbst als Bild, freilich als eines mit einer in sich beweglichen, sich verändernden Perspektive, von der man sich nicht abwenden wollte. An der rechten Wand befand sich dann eine schlichte weiße Tür ohne Beschriftung.

In dem leeren Wartezimmer wies nichts auf die Räumlichkeiten einer Arztpraxis hin. Kein niedriger Beistelltisch mit diversen Journalen, vor allem keine Plakate auf weiß getünchten Wänden, auf denen in bedrohlicher Manier auf Krankheiten hingewiesen oder gar zur Verhütung dieser aufgefordert wurde.

Blenheim war hundeelend zumute. Er hatte das Gefühl, sich verirrt zu haben. Das konnte doch nicht gemeint sein: eine auf den ersten Blick alles andere als für sich einnehmende Landarztpraxis in tiefster Provinz und zudem noch menschenleer, was ja schon auf die Fähigkeiten des Betreibers hinwies. War er doch den Andrang in überfüllten Ambulanzen, die Wartezeiten durch beschwichtigende Sekretärinnen gewohnt, die unsichtbar am anderen Ende des Telefons in Vormerkbüchern Termine vergaben; hatte er es doch schließlich als üblich erachtet, jeweils durch verschiedenste vorgeschaltete Instanzen, Mauern der Verhinderung und Gräben der Hinauszögerung hingehalten zu werden, bis er endlich einen Termin bei einem Arzt bekam und sich dort dann nur kurz und hastig äußerte, seine Beschwerden mit trockener Stimme mitteilte, um ja nicht die Zeit des Professors unnötig zu strapazieren und dadurch dessen Zuwendung als lästiger Patient zu verspielen. Und hier? Nichts als gähnende Leere, keine Ordinationshilfe, die mit unbewegter Miene einen Platz zuwies oder seine persönlichen Daten aufnahm, sondern nur Leere und Stille.

Nein: hier wollte er nicht bleiben. Er dachte an Flucht, an ein schnelles, unauffälliges Verschwinden aus diesem Raum, aus dieser Ortschaft. Was sollte er noch hier, wo ihn trotz vereinbarten Termines offensichtlich niemand erwartete.

Gerade als er im Begriff war, den Raum zu verlassen, öffnete sich die seitliche Tür.

»Ich habe Sie schon erwartet, guten Tag«

Dr. Assmuth stand in der Tür, den weißen Kittel geöffnet, nicht nur so, als ob er ihn als lästige Beigabe, als notwendige äußere Kennzeichnung seines Berufes empfand, sondern weil er ihn offensichtlich über seiner Beleibtheit nicht mehr schließen konnte. Er war klein und untersetzt, und sein rundliches Gesicht wurde geteilt von einer randlosen Brille.

Martin Johann Blenheim hatte solche Situationen in den letzten Monaten schon oft erlebt: die erste Begegnung mit einer Person, mit einem Gesicht, an das sich viele Erwartungen, Hoffnungen knüpft, dem ein gewisser Ruf vorauseilt und um das sich bestimmte Gerüchte ranken. Er war dann jeweils dazu geneigt, diese Gestalt als besonders anzusehen, die normale, übliche Physiognomie als herausragend zu erkennen, aber auch Gesten und Bewegungen, die gewöhnlich und beiläufig waren, als bedeutsam zu interpretieren. Die personenbezogene Welt der ärztlichen Therapie verklärte den Ersteindruck und so wie es immer bei einem Abhängigkeitsverhältnis ist: die Bewunderung eilt der eigenen Erfahrung voraus, entkoppelt sich von dem üblichen Vorgang des Kennenlernens und der Meinungsbildung. So erging es Jugendlichen, wenn sie ihre Idole der Musik und des Sportes persönlich trafen und so erging es jenen, die eine Heilung ihrer Krankheiten erhofften. Es waren Momente der höchsten Voreingenommenheit.

Er aber mochte dieses vage, unterwürfige Gefühl an sich nicht mehr. Daher erwiderte Blenheim schroff und grußlos: »Ich dachte, ich wäre falsch. Weil es so ruhig hier ist.«

»Ich habe es immer ziemlich ruhig bei mir. Ich erachte es als Grundvoraussetzung für ein gedeihliches Arbeiten. Allerdings hängt es auch damit zusammen, daß ich nur mehr gegen Voranmeldung arbeite und nicht mehr diesem Massenansturm der Kassenmedizin ausgesetzt bin. Diese Medizin hat eine Eigendynamik, einen Charakter von Einkaufsmärkten oder Behörden, wo drängend und ungeduldig auf irgendeine, ganz gleich welche, Erledigung gewartet wird. Die ärztliche Tätigkeit braucht die Gemächlichkeit, die Ruhe und Stille, in der sich ein vertrauliches Gespräch und die Sammlung von Fakten einbetten kann. Das habe ich so zumindest bewirkt. Kommen Sie herein, treten Sie näher«.

Blenheim merkte, daß sich mit den ersten Worten des Arztes seine Ablehnung abschwächte und eine gewisse Einstimmung erfolgte. Er fühlte seine Zweifel schwinden und akzeptierte die Kargheit ringsherum, als wäre sie ihm nie aufgefallen.

Das Zimmer, in das er nun gebeten wurde, hatte ebenfalls nichts von einem Behandlungsraum üblicher Ausstattung an sich. Es war schlicht gehalten: einige wenige Möbelstücke aus braun furniertem Holz wie etwa ein Schreibtisch mit allerlei Papierutensilien, Bleistiften, Kugelschreibern in einem Glasbecher darauf und eine Liege mit beigem Plastikbezug, abwaschbar und leicht sauber zu halten. An der Wand gegenüber der mit Gardinen dekorierten Fensterfront stand ein Bücherschrank aus hellerem Kirschholz mit zwei Flügeltüren und gläserner Durchsicht. Es war offensichtlich ein wertvolleres

Möbelstück, vielleicht einmalig irgendwo als Okkasion erstanden oder aber vererbt und als einzelstehendes Mobiliar, nicht flankiert von Bildern oder gar einer Zimmerpflanze, in besonderen Ehren gehalten. Was Blenheim in diesem Zimmer vermißte, was er vielmehr als angenehm im Unterschied gegenüber den vielen bisher gesehenen Ordinationsräumlichkeiten empfand, war das völlige Fehlen irgendeines Hinweises auf ärztliche Tätigkeit. Kein chromglitzerndes Instrumentarium, kein weißer Vitrinenschrank mit Ampullen, auf deren Etiketten bedrohliche Eigennamen standen, keine weißgetünchten Untersuchungsliegen, mit Gelenken vielartig verstell- und justierbar und keine Lehrtafeln mit menschlichen Körpern oder skizzierten Organsystemen darauf.

Er erkannte, daß diese Schlichtheit vorneweg dazu angetan war, Vertrauen herzustellen, daß sie einen wichtigen strategischen Teil eines Behandlungsbeginnes darstellten. Sie war ihm nicht unangenehm, auf jeden Fall schuf sie in ihm so etwas wie Behaglichkeit, was ja angesichts seiner allgemeinen Malaise schon sehr viel war.

Dr. Assmuth mochte Anfang fünfzig sein, bei rundlichen Menschen ist das Alter schlechter zu schätzen. Er hatte sein schütteres, an den Schläfen schon angegrautes Haar nach hinten gekämmt und seine Stirne wirkte dadurch höher. Zu dieser Wirkung trugen auch einige in der Mitte senkrecht verlaufende Falten bei, die in spitzem Winkel zwischen den Augenbrauen zusammenliefen. Bei jeder Erklärung, aber auch bei jeder Frage hatte er die Angewohnheit, diese Falten zu vertiefen, indem er seine dichten Augenbrauen niederzog. Dadurch, daß er sich seinem Gegenüber unentwegt in einer eindringlichen Aufmerksamkeit zuwandte, bekam sein Gesicht einen strengen Ausdruck. Blenheim wurde an das Phänomen der Hypnose erinnert, versuchte aber dennoch, diesem Augenpaar nicht auszuweichen. Denn die Augen selbst versprühten Verständnis und aufrichtiges Interesse.

»Sie haben den Weg aus der Hauptstadt hierher gefunden? Wenn Sie doch bitte Platz nehmen wollen.«

Dr. Assmuth hatte sich an seinen Schreibtisch gesetzt und beide Hände auf der Tischplatte verschränkt.

»Wie ich sehe, haben Sie mir Ihre Befunde mitgebracht«

Er nahm die blaue Mappe entgegen, die ihm Blenheim so zögerlich aushändigte, als gäbe er dabei einen wichtigen Teil seiner Person weg und schlug die erste Seite auf, ohne auch nur ein einziges Mal seinen musternden Blick von Blenheim abgewandt zu haben. Die penible Sammlung physikalischer Ergebnisse und chemischer Daten, die die seitenlangen Schriften über den Funktionszustand eines Körpers beinhalteten, schienen ihn nicht sonderlich zu interessieren. Er hielt die Mappe geöffnet und leicht angehoben so in seinen Händen, daß das Konvolut nur an seinen Unterkanten die Tischplatte berührte, sah aber Blenheim unentwegt an.

»Haben Sie sich gut einquartiert hier? Großartige Quartiere haben wir hier nicht zu bieten, aber auf einem gewissen, nicht allzu anspruchsvollen Niveau läßt sich hier schon leben. Aber erzählen Sie einmal von sich.«

Dr. Assmuth hatte nun wieder die Einbandseiten des Ordners auf die Tischplatte gelegt, die Hände neuerlich gefaltet und machte vollends keine Anstalten mehr, irgend eine Zeile zu lesen. Blenheim wunderte sich darüber, hatte er doch angenommen, daß die Vorerhebungen anderer Ärzte Dr. Assmuth viel Zeit bei dessen eigener Anamneseerhebung würden sparen helfen. Es wunderte ihn auch, daß kein Wort über den Ablauf der nächsten Tage erklärt, keine einleitende Erklärung seiner Methoden abgegeben und daß auch keinerlei mündliche Vereinbarung über das Honorar getroffen wurde. Die ganze Situation hatte etwas lässig-oberflächliches und war momentan abermals nicht dazu angetan, sein Vertrauen in diesen Arzt zu stärken. Die Atmosphäre erinnerte ihn an eine Situation, als er unlängst mit einem Agenten eine Versicherung abgeschlossen hatte. Da war, angesichts des sicheren Honorars und der zu erwartenden besiegelnden Unterschrift, die Rede des Maklers ähnlich locker gewesen, voll launiger Freundlichkeit und oberflächlicher, routinehafter Schmeicheleien.

»Fangen Sie ganz von vorne an, gehen Sie zurück zu ihren frühesten Erinnerungen.«

Die Zweifel, die Blenheim beim Eintreten in den Warteraum gehabt hatte, waren nun wieder da. Gleichwohl wiederholte er mit bedächtiger Stimme, wie schon viele Male zuvor, den Werdegang seiner Person, die Entwicklung seiner Situation.

Er begann bei seiner Jugend, bei seinen Geschwistern, bei seinen Eltern. Er erzählte von seinen Jugendfreunden, von seinen Spielen und seinen damaligen Freuden und wurde mehrmals von Dr. Assmuth unterbrochen und aufgefordert, auch ihm nebensächlich erscheinende Vorkommnisse zu erwähnen.

Wann hätte er denn erwähnt, daß das abhanden gekommene Lieblingsspielzeug, dessen er sich ja längst nicht mehr erinnerte, das ihm nun jedoch durch bohrende Fragen wieder in den Sinn gekommen war, ihn wochenlang und nachhaltig beschäftigt hatte? Es war für ihn ein

Verlust gewesen. Wann hätte er denn erzählt, daß die Übersiedlung in ein strenges Internat ihm monatelang den Alltag mit melancholischen Sehnsüchten nach Hause zu den Eltern erschwert hatte. Es war eine Trennung gewesen, die er damals, weil für den heranwachsenden Knaben als unmännlich erachtet, nicht als schmerzhaft zugeben durfte. Und wann hätte er denn darüber gesprochen, wenn auch stockend und unsicher, daß die Abweisung durch seine erste Jugendliebe ihm nachhaltig eine Verunsicherung bei anderen Mädchen bescherte, die so sehr nachwirkte, daß sie seine Sexualität später als Adoleszent immer wieder blockierte. Es waren Ängste des Versagens gewesen, die er stumm für sich behielt, in einen Kokon aus ausweichenden Erklärungen packte und tief in einem dunklen Keller der Seele versteckte, dorthin, wo er nie und nimmer wieder hinzugelangen gedachte. Während der Gespräche wurde ihm klar, daß die für sich allein dastehenden Bruchstücke der Erinnerungen durch ein unsichtbares Band sehr wohl zusammengehalten waren, diese Bruchstücke aber nur teilweise wahrgenommen werden konnten, da ein Großteil ihrer wahren Ausmaße unter einer glatt spiegelnden Oberfläche eingetaucht war, die die flüchtigen Blicke darauf immer wieder abwies.

Ihm war sehr wohl bewußt gewesen, daß früheste Geschehnisse, die damals nicht zu erkennen, zuzuordnen, zu bewältigen waren, irgendwo in einem Regal, einem Archiv der Verletzlichkeit abgelegt worden waren, dort aber – weil zu nichts gehörend und unpassend – weiterhin ihre Fremdartigkeit bewahrten. Es war ein ihm geläufiger psychologischer Mechanismus, der beinahe schon als trivial zu benennen war. Und doch merkte er bei Dr. Assmuth eine gewisse Fertigkeit im Fragen, Unterbrechen und vorsichtigen Hinsteuern auf Zusammenhänge beiläufiger Art, die ergänzt wurde durch die äußerst eindringliche Art des Zuhörens und Anblickens. Vor allem dadurch fühlte sich Blenheim gedrängt, zusätzlich noch und mehr als überhaupt hinterfragt, die unscheinbarsten Bruchstücke seiner Erinnerungen aufzuklauben, zusammenzusetzen und als einigermaßen logisch verknüpfte Abschnitte seiner Biografie auszusprechen.

Und er fuhr fort mit seinen Darlegungen, beschrieb seine jetzigen Lebensumstände, seinen Arbeitsplatz, seine Vorgesetzten, schilderte die Attraktivität seiner Frau Helga, ihre gemeinsamen Pläne und die Interessen, von welchen er glaubte, daß sie sie beide verbanden. Die Fragen entfernten sich zunehmend von einer klassischen Anamneseerhebung, so daß sie den statistischen Fahndungen diverser Institute Ehre gemacht hätten, aber trotz alledem wurden sie von ihm gerne beantwortet.

Drei Stunden hatte er nun dort gesessen in diesem Raum, bis in den Spätnachmittag hinein, und draußen war kaum merklich die bläuliche Dämmerung des Abends aufgezogen. Kein Telefonat hatte sie unterbrochen, keine sich öffnende Tür und kein Schritt im Vorraum draußen. Der ganze Raum war nur erfüllt gewesen von seinen monologhaften, allmählich aber immer befreiter und flüssiger formulierten Erklärungen. Er fühlte sich ungemein erleichtert, stellte aber überrascht fest, daß ihm keine einzige Frage nach den Symptomen seiner Erkrankung, derentwegen er ja hierher gefunden hatte, nach seinen Beschwerden, nach der Art seiner Schmerzen gestellt wurde, noch er einer körperlichen Untersuchung unterzogen worden war, auf die doch die meisten Ärzte immer so viel Wert legten.

Dr. Assmuth schien seine Überlegungen erraten zu haben und lehnte sich in seinem Stuhl zurück.

»Ich erachte es vorerst als nicht wichtig, Sie zu untersuchen. Das haben andere Ärzte« – und er hielt dabei die Mappe mit den medizinischen Befunden kurz hoch – »viel besser getan. Da steht alles drinnen und in der kurzen Zeit seit Ihrer letzten Untersuchung wird sich nicht so viel geändert haben. Mir ging es heute vor allem darum, SIE kennen zu lernen. Ich muß mir übrigens erst überlegen, welche Art von Therapie für Sie in Frage kommt, muß auch noch mit Ihnen darüber sprechen, wie Ihre Schmerzen geartet sind, welche Dynamik und welchen zeitlichen Bezug zu irgendwelchen Situationen sie haben. Für heute wollen wir es genug sein lassen. Ich würde meinen, Sie besuchen mich morgen wieder um die gleiche Zeit.«

»Und Ihr Honorar? Wir haben noch kein einziges Wort über Ihr Honorar gesprochen. Ich wüßte gerne, mit welchen Dimensionen ich zu rechnen habe.« Blenheim hatte dies eigentlich vor der Sitzung erfragen wollen.

»Ich halte es anders. Ich verlange nur ein Honorar, wenn sich ein gewisser Therapieerfolg eingestellt hat. Sollten Sie so etwas wie eine Heilung erfahren – ich sage »so etwas«, weil darunter durchaus auch nur Schmerzfreiheit verstanden werden kann –, dann hängt die Höhe meines Honorars auch von der Anzahl der Behandlungstage ab und so weiter. Also arm werden Sie durch mich nicht werden, wenn Sie dies nun beruhigen sollte. Ich nehme an, sie haben die letzten Jahre sicherlich eine Menge Privatärzte bezahlt. Ich bin mir übrigens durchaus bewußt, daß eine Zahlung bei vielen Patienten schon einen Heilerfolg erzwingt, weil wahrscheinlich die damit verbundene Erwartungshaltung das gesamte Sensorium einstimmt, somit ein nützliches, therapiegünstiges Vorurteil bewirkt wird. Leider wird der Ruf eines Arztes sehr oft von den gesalzenen Rechnungen, die er schreibt, mitgetragen. Möglicherweise handelt es sich hier um ein Phänomen des exquisiten Selbstbetruges, aber – sie mögen mir diesen Zynismus verzeihen – das Geld wird allgemein für noch viel sinnlosere Dinge hinausgeschmissen, als für den vermeintlichen Heilerfolg. Es war ja immer schon so: je reicher die Patienten, desto schamloser sind oft ihre Ärzte. Es wäre dazu noch viel zu sagen, aber wir werden ja noch einige Male Gelegenheit haben zu einem Plausch oder Meinungsaustausch.«

Sie verabschiedeten sich, und Blenheim trat auf die Straße hinaus. Ein milder Frühlingsabend mit würziger, linder Luft umfing ihn, aber er bemerkte ihn kaum, so sehr war er noch mit den Gesprächen kurz zuvor beschäftigt.

Was sollte er von diesem Arzt halten? Ein sonderbarer Kauz schien er zu sein. Kein Gehabe von dem anderer Ärzte, die ihn hofiert hatten, ihn zuvorkommend, fast servil zu den diversen Untersuchungsliegen begleitet hatten und immer wieder Kompetenz, unerschütterliches Wissen bewiesen, dadurch oft doch aber auch eine Unnahbarkeit erzeugt hatten. Ja richtig, je gescheiter sie gesprochen hatten, desto weniger Vertrauen hatte er zu ihnen gefaßt. Dr. Assmuth hatte nichts von alledem an sich. Das wesentlichste Merkmal an ihm dürfte seine Offenheit sein. Und Geld nahm er anscheinend nicht so schnell wie die anderen. Vielleicht zierte er sich aus dem gegenteiligen Grund, den er den anderen unterstellt hatte; vielleicht war dies ebenfalls eine Behandlungsstrategie: vermitteln zu wollen, daß hier einer wäre, der nicht an Geld, sondern nur am Schicksal des Patienten interessiert wäre, und dadurch erst recht die Erwartung des Patienten einstimmte?

Blenheim war wieder verwirrt. Er fühlte sich auch nicht sonderlich wohl, denn schon vorhin im Behandlungszimmer, während der Gespräche, hatte er nur ganz schwach, aber unverkennbar die ersten leichten Schmerzen verspürt. Interessanterweise in der Wirbelsäule, an deren kleinen, starren Gelenken waren sie diesmal aufgetreten, nicht wie sonst an beiden Schulter- oder Kniegelenken. Ohne Zweifel hatte die Wirkung der erst gestern eingenommenen Kortisontablette wieder nachgelassen.

Ob er wieder eine Tablette einnehmen sollte?

Er war am Ende der Straße angekommen. Um zurück ins Gasthaus zu gelangen, hätte er nach rechts einbiegen müssen, aber er war nach der linken Seite gegangen, wollte noch nicht so vorzeitig in sein Zimmer gelangen. Was hätte er auch dort tun sollen, da es zum Schlafen noch zu früh war. Die Straße, die sich nach wenigen Metern verengte und deren Kopfsteinpflaster zu einfacher Sandbeschüttung wurde, führte zur Kirche hinauf, die er schon morgens vom Zimmer aus gesehen hatte. Er fühlte sich wirklich elend, denn zu der Erkenntnis vom wiederkehrenden Schmerz war nun auch das Gefühl der Verlassenheit gekommen. Und in fremder Umgebung können unangenehme Dinge bedrohlich werden, wie ja auch ganz allgemein dem Banalen etwas besonderes anhaften kann dadurch, daß es in den Unwägbarkeiten einer ungewohnten Umgebung geschieht. Zu Hause hatte er jeweils eine Behandlungsstrategie gegen diese Schmerzen gehabt, sie waren besser abzuschätzen gewesen und er hatte auf nichts und niemanden Rücksicht nehmen müssen, wenn er seine an Gymnastik gemahnenden Verrenkungen und Schnellbewegungen durchführte. Aber hier sah er sein Konzept der Selbstbehandlung in Frage gestellt, da er keinen kannte und ihm kein Haus, kein Baum geläufig war. Doch er hatte ja gestern abend Herrn Hauser kennengelernt und dessen Visitenkarte bekommen. Allerdings so ohne Anmeldung irgendwo hineinplatzen, nur um sich die Einsamkeit zu vertreiben, diese zugleich auch dadurch noch einzugestehen, indem man nach dem Desinteresse von gestern abend nun doch so unvermutet erschien nein, das wollte er nun auch wieder nicht.

Er war vor der Kirche, einem neoklassizistischem Bau aus dem letzten Jahrhundert, angekommen. Stumm und groß und vor allem verschlossen stand sie da. Er betrachtete das bröckelnde Mauerwerk und den Turm, dessen Schatten sich mächtig über die Stadt warf. Die hölzerne Eingangspforte war verschlossen. Blenheim ging um den Bau herum und versuchte, den Eingang zur Sakristei zu finden. Ein unscheinbarer Anbau mit ebenso bröckelnden Mauern wie beim Hauptschiff schmiegte sich an dieses an. Auch hier war die Tür verschlossen, und am Rost der Türklinke konnte man erahnen, daß durch diesen Eingang schon längst kein Priester mehr ging. Das Läuten der Glocken wurde anscheinend von einer automatischen Zeitschaltuhr bewerkstelligt, und die Glocken selbst von Elektromotoren bewegt. Das lange Seil, das durch die Türme bis auf den Boden der Kirche früher gehangen hatte und das von Ministranten in spielerisch-lustiger Manier bewegt wurde, gab es hier wohl nicht mehr. Der Kirchenbau erinnerte Blenheim an ein Umspannwerk einer Elektrizitätsgesellschaft, die die Landschaften als Knotenpunkte der Energieversorgung überzogen und deren Innenleben ebenfalls maschinengesteuert war. Zugleich erschien das Bauwerk ihm aber auch wie eine Ruine, deren Verfall deshalb noch nicht feststellbar ist, weil sie durch eine frühere Bedeutung zusammengehalten wurde. Er mußte daran denken, daß Kirchen vielleicht eines Tages abgerissen werden könnten und erinnerte sich, davon auch schon gehört zu haben. Abgerissen, durch schwere Maschinen in Schutt gelegt, weil sie ihre Funktion nicht mehr erfüllten. Was seine Funktion nicht erfüllte, war nicht mehr brauchbar.

Er wäre gerne in die Kirche hineingegangen. Unabhängig von ihrer zunehmenden Bedeutungslosigkeit schätzte er die Weite solcher Hauptschiffe. Die Mächtigkeit des Gewölbes nahm zwar einerseits die Helligkeit aus den Seelen, spannte sich aber zugleich auch wie ein Schutzschirm über deren Ängstlichkeit.

Eigentlich wußten Kirchenbauten physikalische Phänomene gut zu nutzen, dachte Blenheim. Denn so man nicht taub war, konnte einem der vielfach gebrochene Schall des Schrittes schon zusetzen. Wenn er immer aufs neue, in vielfach vermehrter, abschwellender Form auf das Trommelfell niederprasselte und durch die Wiederholung seiner selbst bedrohlich wirkte. Jedes Atmen hatte ein Echo, jedes Stoßgebet wurde durch die großen Flächen gebrochen und kam immer aufs neue zurück. Es wurde umso mehr verdeutlicht, daß man nicht mehr alleine war. Man vervielfältigte sich und gab somit seine Einmaligkeit auf. Ein phänomenaler Effekt, um klein gehalten zu werden, dachte Blenheim.

Viel einladender sah die kleine Sitzbank vor der Kirche aus, und so nahm er darauf Platz.

Blenheim hatte von dort einen guten Ausblick auf die darunter liegenden Häuser, der ovale Marktplatz schien zum Greifen nah. Er konnte von hier auch den Gasthof ausmachen, in dem er wohnte und aus dessen Fenstern nun das gelbe Licht auf das Kopfsteinpflaster davor fiel. Der lange Tag ging in die Dämmerung über. Was des abends in der großen Stadt als sich verändernde Geräuschkulisse, als Wechsel der Tonqualitäten in den rauschenden Häuserschluchten geschah, war hier lediglich ein tonloses Hinübergleiten von Ereignislosigkeiten in die Stille der Nacht.

Martin Johann Blenheim war nun tief verzweifelt, und die Intensität dieses Gefühles war zudem auch noch neu für ihn. Wann zuvor hatte er denn so eine lähmende Müdigkeit gespürt, so eine Energielosigkeit für die geringsten Tätigkeiten, gar für den Weg zum Gasthof zurück. Es mußte die gänzliche Abhängigkeit sein, die ihm dieses Gefühl bescherte. Die Abhängigkeit von einem Menschen, von Dr. Assmuth eben, dem sich auszuliefern er während der nächsten Tage im

Begriff war und zugleich die Abhängigkeit von dieser Örtlichkeit hier, deren Fremdartigkeit ihm abweisend erschien. Er war nicht mehr so beweglich wie früher und meinte damit die Unmöglichkeit, spontan diese Ortschaft verlassen zu können. Helga hatte ihm geraten, zwecks allgemeiner Schonung das Auto doch zu Hause zu lassen. Es würde nicht zu einer Therapie, zu einem Kuraufenthalt passen. Nun fühlte er sich gefangen hier.

Hinter ihm, auf dem Sandweg, der zur Kirche führte, hörte er Schritte, schleppend und auf dem feinen Schotter schleifend. Zwei ältere, dunkel gekleidete Frauen kamen gebückt und keuchend und mit seitlich ausholenden, ja pendelnden Gehbewegungen – wie sie einen wegen arthrotischer Versteifungen der Hüftgelenke überkommen – einher, wandten sich ihm kurz zu, grüßten leise und strebten dann weiter der Kirche entgegen. Beide hatten ihr Haupt in ein schwarzes Kopftuch gehüllt. Die eine sperrte mit zwei raschen Drehbewegungen das Schloß des Eingangsportales auf. Sie traten ein, ließen aber das schwere Eichentor offen.

Blenheim starrte hinüber, verdrehte seinen Kopf, so daß nun die Halswirbelsäule erst recht schmerzte. Ob er hineingehen sollte? Offensichtlich war die Eingangspforte zur Abendvesper geöffnet worden und lud ihn geradezu ein. Eine Ablenkung von seinen trüben Gedanken wäre es, gewiß, aber zugleich wäre es auch ein Eingeständnis seiner verfahrenen Situation. Er würde damit nur zugeben, daß er sich in einer Lebenskrise befand, da er schon Ewigkeiten in keiner Kirche mehr gewesen war. Zumindest den Stolz, vor einem Herrgott – sollte es ihn geben – nicht dann angekrochen zu kommen, wenn etwas zu erbitten war, den wollte er sich noch bewahren.

Blenheim erhob sich und ging den Weg, den er gekommen war, zurück. Er spürte zwar nun überall die Schmerzen, aber durch die Steigerung der Gehgeschwindigkeit fast bis zum langsamen Laufen konnte er einen Teil seiner sonst immer durchgeführten Therapie imitieren und die Schmerzen dumpf halten.

Er wollte noch mit Helga telefonieren, denn gestern war er ja nicht dazu gekommen. Sie würde auf eine Nachricht von ihm sicherlich schon ungeduldig warten. Nicht einmal sein Mobiltelefon hatte er mitgenommen, es sah tatsächlich so aus, als hätte er unbewußt diese Einsamkeit, aber auch diese Unzugänglichkeit gesucht.

Auf dem Weg zum Gasthaus begegnete er abermals den jungen Männern, die diesmal an den Mauern eines alten Hauses lehnten. Offensichtlich war dieses Haus ihre Wohnstatt, denn aus einem ebenerdigen Fenster lehnte eine jüngere Frau mit eng gebundenem Kopftuch, keinem schwarzen, wie es die älteren Frauen hier gerne trugen, sondern einem hellen, gar weißen, das das früh gealterte Gesicht zu einem der vielen anderen, ähnlichen Gesichter machte. Dadurch – das erkannte Blenheim trotz der Dämmerung –, daß die Frauen aus dem Süden ihre Haarpracht verbargen, nahmen sie ihren Gesichtern viel von ihrer Einmaligkeit. Und die strenge Regel, ihre Physiognomie zu verstümmeln, schien nur ein erster Schritt dazu, auch ihre Identität gänzlich zu leugnen, indem ihnen schließlich der Gesichtsschleier zum Gebot gemacht wurde. Dies hatte sicherlich auch Vorteile: Es war ihnen so zunehmend möglich, unter die Oberfläche der Geschehnisse einzutauchen, keine Rolle in ihnen zu spielen, ihren Lauf durch nichts zu beeinflussen, aber trotzdem dabei zu sein in verantwortungsloser, beobachtender Rolle. Blenheim beneidete sie in diesen Momenten um diesen Zustand, weil er sich gleichfalls danach sehnte, so unbedeutend zu werden, daß sogar die Schmerzen vergaßen, ihn heimzusuchen.

Hastig durchmaß er das grobe Kopfsteinpflaster des ovalen Marktplatzes. Aus seiner Herberge, aus dem Schankraum brodelte Lärm und lautes Stimmengewirr, wie er es heute morgen noch nicht für möglich gehalten hatte. Als er eintrat, sah er beinahe alle Tische besetzt, auch von einigen Flüchtlingen. Sie sprachen erregt, gestikulierten, wie es ihrer Mentalität entsprach, und die Themen, die sie diskutierten, waren sicherlich politischer Natur. Frauen sah Blenheim keine darunter, aber die hatte er hier auch nicht zu sehen erwartet. Er setzte sich an den letzten freien Tisch, an denselben, an welchem er heute Morgen gesessen hatte, denn er wollte noch einen kleinen Imbiß zu sich nehmen.

Die hünenhafte Gestalt des Wirtes stand auch schon neben ihm.

»Sie haben ihre Sachen erledigt heute? Zu ihrer Zufriedenheit? Ich muß mich gleich bei Ihnen für diesen Menschenauflauf entschuldigen. Obwohl heute Montag ist, habe ich regen Besuch, nicht zuletzt auch durch die vielen Flüchtlinge, die manchmal wie die Horden hier einfallen. Sie sind schon mehrere Monate hier, haben da und dort von den Behörden zugewiesene Herbergen, alte, leer stehende Häuser und baufällige Wohnungen vermittelt bekommen, von welchen es aber hier in Dienbach nicht so viele gibt. Ich weiß nicht, warum man sie hierher verfrachtet hat, in der Großstadt sind die Möglichkeiten der Flüchtlingsversorgung viel besser. Jedenfalls sollte man nun hier in Dienbach schleunigst ihre Sprache erlernen, solche Zeiten sind angebrochen. In mein Lokal kommen sie überfallsartig, und dann ist man gegen ihr fremdartiges Benehmen ziemlich machtlos.«

Ihn würde niemand in diesem Raum stören, meinte Blenheim, im Übrigen sei er etwas hungrig.

»Was darf es denn sein? Ich hätte da für Sie einen kalten Aufschnitt, Käse und Wurst mit Bier.«

Blenheim zögerte. Ein Festmahl hatte er sowieso nicht erwartet. Aber das mit dem Bier klang nicht schlecht. Er vermied es ansonsten, Alkohol in irgendeiner Form zu sich zu nehmen, aber heute brauchte er ihn als Seelentröster. Der Hopfen würde ihn schläfrig machen, und außerdem konnte Alkohol auch zur Schmerzlinderung beitragen, wenn auch in großer Menge dann und wohl in konzentrierterer Form.

Während der Wirt in der Küche das Essen vorbereitete, musterte Blenheim die Menschen hier. Seine Sitzposition war hervorragend, da sie ihm einen guten Überblick verschaffte, ihn zugleich aber nach dem Rücken zu abschirmte, da sich dort das Fenster befand. Inmitten eines Raumes zu speisen, sich zu präsentieren, nein das hatte er nie gemocht. Er hatte in allen Lokalen, Restaurants jeweils ähnliche Sitzpositionen bevorzugt, da er eine gewisse Heimeligkeit und Geborgenheit schätzte. Die Nahrungsaufnahme war für ihn ein intimer Akt, wie ein Teil der privaten Körperhygiene. Helga hatte, wenn sie diese Eigenart schmunzelnd erwähnte, auch gemeint, daß es die Urangst vor dem Diebstahl der Nahrung wäre. Die Steinzeitmenschen früher hätten sich ebenfalls in den Schutz einer Felswand oder einer dunklen Höhle begeben, wenn sie sich um das Feuer scharten.

Ja, es waren tatsächlich viele Südländer hier und angesichts der ländlichen Bevölkerung fielen schon einige wenige auf. Da verhielt es sich in der Stadt anders. Dort waren sie ihm eigentlich nie aufgefallen, trotz ihrer anders gearteten Kleidung und vor allem ihrer anders gearteten Sprache. Lauter sprachen sie, dies bemerkte er jetzt wieder, da er auf sie hinstarrte. Sie betonten anders, hatten einen anderen Rhythmus der Vokale und diese selbst waren in ihrer oftmals langgezogenenen Aussprache in sich noch einmal melodisch. Der wechselnde und manchmal laute Ton ihrer Worte erweckte den Eindruck von Erregung, war aber lediglich der übliche Umgangston ihrer gestenreichen Erklärungen, Beschreibungen und Hinweise. Sie tranken Kaffee und Mineralwasser, nur wenig und langsam, rauchten aber unentwegt filterlose Zigaretten, die sie bis knapp vor die Fingerspitzen glühen ließen.

Auch die drei Männer mit ihren blauen Monteurgewändern sah er mitten unter ihnen sitzen, an einem eigenen Tisch allerdings. Sie schienen wieder hier hereingefunden zu haben oder waren gar vom Vormittag noch hier, hatten das Lokal gar nicht mehr verlassen. Das war ihm früher in jüngeren Jahren, als er noch unstet war, des öfteren widerfahren. Eine Gaststube morgens zu betreten und erst spät abends wieder, nicht freiwillig, sondern vom Wirt bedrängt zu verlassen. Volltrunken bis zu den Ohren und weinselig bis zum Weltschmerz. Daß dem Bier so eine körperbeschwerende Wirkung innewohnte, die die Gesäße tagelang auf ein und den gleichen Stuhl drückte! Eine situationsbewahrende, eine beharrende Kraft hatte es.

Blenheim freute sich diesmal auf den braunen Saft. Das Bier war hier im Ort gebraut, war nicht zusätzlich mit Kohlensäure versetzt und schäumte kaum, wie es auch nur offen ausgeschenkt und nicht in Flaschen angeboten wurde.

Einen halben Liter stellte ihm der Wirt hin. In einem hohen, vielekkigen Glas mit einem langen Henkel daran. Den ersten Schluck sog er in sich hinein, in einem durch – bis das Glas halb geleert war. Das Bier mundete ihm vorzüglich, hatte viel von seiner Stammwürze noch in sich, aber er wußte während des prickelnden Trunkes, daß ihm nicht der Geschmack den Genuß bedeutete, sondern die Sehnsucht nach der zu erwartenden Schmerzfreiheit. Und darüber hinaus wollte er diesen warmen Dunst herbeiführen, der den Magen erwärmte und schließlich seinen Kopf umhegte, ihn einlullte und ihm verlogene Gedanken einsagte. Er wollte sich nicht betrinken, sondern nur eintauchen oder schweben, das wollte er. Er hatte noch nichts gegessen seit dem Frühstück und er spürte, wie mit dem ersten Schluck der stechende Schmerz, der von der wehrlosen Magenschleimhäute herrührte, gleich darauf in eine angenehme Wärme überging. Sie stieg von der Magengrube auf und machte sein Gesicht heiß.

Der Wirt brachte Käse und Wurst. Dazu stellte er frisches dunkles Brot, das an den Schnittflächen noch feucht war. Blenheim hatte Appetit bekommen. Die depressive Verstimmung wich langsam einem Wohlbefinden, genau dem, das er durch das nüchtern genossene Bier angestrebt hatte.

Herr Hauser stand plötzlich neben ihm. Unvermittelt, aber Blenheim wußte zugleich, daß dieses Treffen nicht zufällig stattfand.

»Haben sich also gut eingelebt hier, wie ich sehe. Mahlzeit, es soll Ihnen schmecken. Darf ich mich setzten?«

Ohne das Einverständnis abgewartet zu haben, setzte er sich nieder, rückte seinen Stuhl näher und lehnte seinen Oberkörper auf seine auf der Tischplatte verschränkten Arme.

»Nun, wie gefällt Ihnen Dienbach? Ein kleines Städtchen, nicht wahr? Mit gutem Bier und stets frischem Brot.«

Hausers Worte waren lauernd zynisch, bemerkte Blenheim. Nur so daher gesagt, wo es ihm in Wirklichkeit nur darum ging, mehr über seinen ersten Tag in Dienbach zu erfahren. Nun, da er das Gesicht mehr von der Seite betrachten konnte, fiel ihm auf, daß Hausers Augen gar nicht so groß waren, wie sie ihm durch die dicken Brillengläser von vorne betrachtet erschienen waren. Eher schienen sie klein zu sein, schienen überhängende, querfaltige Lider zu haben mit kurzen dünnen Wimpern darauf. Jedenfalls hatten sie nichts Bedrohliches an sich.

Ja, er hätte seinen ersten Kontakt mit Dr. Assmuth gehabt. Nicht viel wäre passiert, nur gesprochen hätten sie lange. Morgen wäre der zweite Besuchstermin vereinbart.

Herr Hauser störte Blenheim überhaupt nicht, im Gegenteil: zur benebelnden, euphorisierenden Wirkung des nunmehr zweiten Bieres paßte Gesellschaft gut. Und es schien ihm auch jede Konversation recht, jedes letztrangige Gesprächsthema. Er war zwar hundemüde, aber empfand dabei eine behagliche Weltvergessenheit, in die sich jedes beliebige, oberflächliche Geplauder wunderbar fügte.

»Ich wollte noch einmal mein Angebot erneuern. Wenn Sie jemanden für die Wäschereinigung brauchen, kann ich Ihnen jemanden besorgen. Absolut vertrauenswürdige Leute.«

Es wäre noch zu früh, darüber zu sprechen, meinte Blenheim. Er könne die Dauer seines Aufenthaltes noch nicht abschätzen. Momentan wäre er noch gut von seiner Gattin ausgestattet. Er wolle sich aber für die Fürsorge bedanken. Ein ausgezeichnetes Bier hätten sie hier übrigens.

Hauser hatte sich ebenfalls ein Seidel hinstellen lassen.

»Nicht zu verachten, das haben Sie wohl gleich geschmeckt. Wir haben hier ein Gemeindebrauhaus, wo viele noch nach eigenen, alten Familienrezepten ihr Bier brauen. Als Haustrunk sozusagen. Aber das ist heutzutage so manchem hier schon etwas Fremdes.«

Er hatte sich umgedreht und blickte kurz im Kreise. Seine Blicke sollten bedeutungsvoll auf den Umstand hinführen, daß viele in der Gaststube Anwesende diesem Trunk nichts abgewinnen konnten.

»Andere Länder, andere Sitten«, dabei wandte er sich wieder Blenheim zu und blickte ihn fragend an.

Blenheim hatte ihn sehr wohl verstanden, er wußte, daß Hauser nun von ihm einen Kommentar, eine Bestätigung für seine Beobachtung wollte. Er fühlte vorsichtig vor, ob er mit ihm als kongenialem Partner rechnen konnte, er wollte sich Übereinstimmung einholen. Aber Blenheim war nun schon zu müde. Diskussionen über ein Thema führen zu müssen, daß ihn angesichts seiner persönlichen Probleme überhaupt nicht interessierte, war für ihn an diesem Abend das letzte, was er wollte. Zudem hatte ihn das Bier nun doch schon leicht berauscht, und er wolle auf keinen Fall diesen angenehmen Schwebezustand ändern. Er nickte nur und drehte sein fast leeres Bierglas mit beiden Händen langsam auf dem feuchten Bierdeckel. Einmal nach rechts, und dann im gleichen Drehwinkel nach der anderen Richtung, wobei der Rhythmus gleich blieb.

Er wolle sich das Angebot mit der Wäsche überlegen und beizeiten darauf zurückkommen. Im Übrigen müsse er mit seiner Gattin Helga telefonieren, er hätte es schon längst vormittags tun müssen und bevor er es wieder aufschiebe, wolle er es sofort tun. Er käme aber nicht mehr zurück, sondern würde schlafen gehen, denn die Luftveränderung, die vielen neuen Eindrücke und nicht zuletzt der kräftige Hopfen im Bier hätten ihn müde gemacht. Auf ein nächstes Mal also, meinte Blenheim und reichte Hauser die Hand, als wollte er die Unhöflichkeit einer so unvermuteten Verabschiedung dadurch mindern.

Das Münztelefon, das als grauer Wandapparat mit abgeschlagenem Lack neben dem Treppenaufgang hing, benützte Blenheim aber nicht. Er ging daran vorbei, obwohl er wußte, daß ihn Hauser mit seinen Blicken verfolgte. Er wollte ihn in der Annahme belassen, daß auf seinem Zimmer oben noch eines sei. Aber solche Zimmer, wie er eines bezogen hatte, würden wohl immer eines Telefones entbehren. Der Reiz, sollte ihnen überhaupt einer anhaften, lag auch darin, daß man sich in ihnen verstecken konnte. In solche Zimmer verkroch man sich, um unentdeckt zu bleiben. Und das funktionierte besser, wenn es keine Telefonverbindung, keine Sprechanlage gab, die einen wie in einem Drahtknäuel an das alte Leben fesselte.

Als Blenheim in seinem Bett lag, schon mit geschlossenen Augen, stellte er freudig fest, daß seine Glieder leicht und warm waren. Vor allem empfand er keine Schmerzen. Helga hatte er abermals nicht angerufen, aber er verspürte deshalb kein schlechtes Gewissen. Das dumpfe Stimmengewirr, das aus dem Gastraum unter ihm heraufbrodelte, hörte Blenheim nicht mehr. Er war mit dem wohligen Empfinden der Schmerzfreiheit eingeschlafen.

4. Kapitel

Die Uhr! Wo war seine Uhr?
Blenheim umfaßte sein linkes Handgelenk genau an der Stelle, wo die ungebräunte Haut die Spuren des Uhrarmbandes erkennen ließ und rieb daran. In seiner Schlaftrunkenheit hatte er sich nicht sofort entsonnen, daß die Uhr ja bei der Anreise ihre Funktion aufgegeben hatte. Daß er sie gestern nicht vermißte, wo er doch seinen Termin bei Dr. Assmuth hatte!
Er hatte sich in seinem Bett aufgerichtet. Der Tag draußen begann gerade erst mit einem blauen Dämmer, hinter der Kirche türmten sich noch die schweren Wolken der Nacht. Es hatte geregnet. Nicht das Geringste hatte er bemerkt davon. Wie günstig es sich doch fügte, daß das riesengroße Ziffernblatt auf dem Kirchturm ihm gegenüber kaum zu übersehen war. Es würde ihm schon den täglichen Takt vorgeben. Trotzdem wollte er einen Uhrmacher in der Ortschaft aufsuchen, oder zumindest einen Juwelier, der sich auch auf die Reparatur einer Uhr verstand. Er hing sehr an diesem vergoldeten, platinveredelten Erinnerungsstück an einen seiner Geburtstage. Welcher es wohl war? Jedenfalls hatte er die Armbanduhr von Helga geschenkt bekommen und deshalb wollte er sie besonders in Andenken bewahren. Zudem funktionierte sie noch mechanisch, besaß keine Elektronik, sondern ließ sich durch ein Federwerk antreiben, freilich ein selbstaufziehendes, das sich die Energie durch die Handbewegungen holte. Er hatte den Deckel der Rückseite schon einige Male abgeschraubt, nur um diese verwirrende Menge von kleinsten Zahnrädern bewundern zu können. Lautlos griffen sie ineinander, und die Zacken winzigster, rubingelagerter Räder paßten sich behend in die Kerben anderer, die mit einer Unwucht versehen waren. Die Zähne messingglänzender Scheiben bewegten eine Viehlzahl darum herumgruppierter Rädchen. Eine chaotische Anordnung metallener Einzelteile, zusammengefügt jedoch nach einem genauen Plan. Er bewunderte das exakte mechanische Spiel sich langsam und schneller drehender Teile, die nur Mikromillimeter ausschwingenden Gewichte kleinster Massen, von welchen man, sowie die Abdeckung wieder darangeschraubt wurde, von außen nichts merkte, sondern lediglich ein leises Ticken vernahm, wenn man es die an die Ohrmuschel preßte.
Helga hatte ihm oft teure Geschenke gemacht. Er liebte mechanische Gegenstände, wo die Funktion durch eine beobachtbare Mecha-

nik noch nachvollziehbar war. Sie hatte sich nie lumpen lassen, wenn es um die Anschaffung eines Fotoapparates ging, der noch Zeitenräder zu drehen hatte oder dessen Objektivblende noch von Hand einzustellen war. Sie hatte ihm zuliebe sogar an Auktionen teilgenommen, weil sie – wie sie zu sagen pflegte – das »Leuchten« in seinen Augen so gerne sah, wenn sie ihm ein so erstandenes Stück als Präsent überreichte. Er hatte eine ganze Sammlung solcher Apparaturen in einer Glasvitrine stehen, ältere, lederverzierte Modelle, säuberlich gepflegt und die metallenen Flächen glänzend gehalten, indem er sie oft mit einem feinen Ledertuch polierte. Zur Ausübung der Fotografie hatte er sich jedoch nie entschließen können. Denn sobald er die mechanischen Teile eines solchen Fotoapparates in Bewegung setzte, um sie dem Endzweck ihrer Konstruktion zuzuführen, schwand seine Faszination. Die Geräte schienen ihm nur wertvoll, wenn er sie ungebraucht betrachten, in den Händen hin und her wenden und mit ihrer Funktion lediglich kokettieren konnte. Es hätten daher genauso gut beschädigte Objekte sein können, die er sammelte. Aber dies wollte er nicht, er wollte schon die Möglichkeit in ihnen wissen, daß sie auch zu benutzen seien.

Blenheim hatte an diesem Morgen einen Brummschädel und im Mund einen schlechten Geschmack. Er wollte zukünftig den Alkohol meiden, obwohl es ja nur einige Biere waren, die er sich gestern Abend gegönnt hatte. In der Nacht hatten ihn wieder aufwühlende Träume heimgesucht, und der Blick nach der Uhr an seinem Handgelenk hatte ihn dann, als er deren Fehlen bemerkte, endgültig wach gemacht. Er öffnete das Schiebefach des Nachtkästchens und holte das edle Stück heraus. Die Datumsanzeige war beim Sonntag stehen geblieben. Uhren waren auch auf abrupte Klimawechsel empfindlich, auf Änderungen des Luftdruckes und der Luftfeuchtigkeit. Er wollte aber nicht so recht daran glauben, daß diese Umstände die Ursache der Fehlfunktion waren, denn an der Rückseite war das Zeichen für Wasserdichtigkeit eingraviert und er hatte beim letzten Badeurlaub an der französichen Riviera mit der Uhr sogar getaucht.

Er erhob sich von der Bettkante und trat zum Fenster, schüttelte dabei einige Male die Uhr, heftiger und weit ausholender, als er es schon vorgestern getan hatte und hielt dann das Zifferblatt an sein Ohr. Absolute Stille, kein kurzes Ticken, kein kurzes Nachschwingen, das auf irgendeinen nur leichten Fehler hingedeutet hätte, das zumindest aufgezeigt hätte, daß die mechanischen Teile funktionsfähig waren. So aber schien es, als ob irgendwo eine totale Blockade stattgefunden hätte. Ein Staubkorn etwa? Lächerlich, denn wie hätte dieses hineingelangen sollen? Eher eine dieser winzigsten Schrauben, die sich gelockert hatte und nun, nachdem sie quer durch das Räderwerk und Teile-Geäst gekullert war, das Ineinandergreifen eines Zahnes in eine Kerbung blockierte.

Er legte die Uhr auf den Tisch und öffnete das Fenster. Die frische Luft, die von draußen hereinwehte, war würzig und roch nach den nassen Tannennadeln der Wälder um Dienbach. Zum Frühstücken war es noch zu früh. Der Wirt würde wahrscheinlich noch schlafen, denn der Glockenturm gegenüber schlug fünf Uhr. Er wollte auf keinen Fall mehr zu Bett gehen. Ein Morgenspaziergang würde ihm guttun, dabei könnte er auch gleich nach einem Uhrmacher Ausschau halten.

Das eiskalte Wasser machte ihn vollends wach, als er sich an der Waschmuschel einer gründlichen Reinigung unterzog. Er rieb mit bloßen Händen damit sein Gesicht und beobachtete, wie unter dem kalten Wasser die Haut blaß wurde, die zwei Falten zu beiden Seiten des Mundes flacher wurden und die Haut sich hernach durch das Abreiben mit dem groben, vielfach gewaschenen Handtuch wieder rötete. Sie wurde warm, fing zu prickeln an, und eine angenehme Wohligkeit stieg hinab in seine nachtsteifen Glieder. Er vermißte eine Dusche oder gar eine Badewanne kaum. Er entkleidete sich völlig und rieb seine übrigen Körperteile gleichfalls mit Wasser ein, um sie anschließend genauso mit dem Handtuch zu massieren. Er sah seinen nackten Oberkörper im Spiegel, sah ihn bis zum Nabel. Er drehte sich leicht nach beiden Seiten und stellte fest, daß an ihm noch keine Spuren der Erkrankung festzustellen waren. Er war noch muskulös und sehnig, der gelegentliche Kortisongebrauch hatte offensichtlich noch keine Spuren hinterlassen, zumindest nicht äußerlich bemerkbare. Die kalte Luft, die durch das offene Fenster hereinströmte, spürte er wohl, aber sie war ihm nicht unangenehm.

Martin Johann Blenheim saß wieder auf der kleinen Bank neben der Kirche. Er hatte die Feuchtigkeit auf den Holzpaneelen mit einem Papiertaschentuch weggewischt, ein zweites hatte er ausgebreitet und sich daraufgesetzt. Er war durch die menschenleeren Straßen des Städchens gegangen und seine Schritte hatten widergehallt. Er hatte sich dabei so einsam gefühlt wie vorgestern abends nicht, als er mit der Eisenbahn in Dienbach angekommen war. Aber diese Einsamkeit hatte etwas Wohltuendes, sie war nicht bedrückend und keinesfalls war sie Teil einer Isoliertheit, wie man sie als Neuankömmling an fremden Orten oft empfindet. Vielmehr hatte sie etwas exklusives, das sich darin begründete, daß er im Bewußtsein völliger Unabhängigkeit von einem Heim, von einer Verpflichtung und momentan auch von einer Beziehung zu einem anderen Menschen durch den Morgen schritt. So hatte er diese Ruhe, dieses Sich-dem-Moment, dem Augenblick-Überlassen noch nie empfunden. Kein unentrinnbares Netz war da geworfen, an dessen Verknüpfungen sich die Verpflichtungen eines Tages weiterhangelten. Es waren keine Fäden gespannt, nicht nach der Seite, nicht in irgendeine Richtung, die ihm als vorgegebener Tagesplan seine Wege wiesen. Er empfand die augenblickliche Konzeptlosigkeit seines Daseins als beglückend, ahnte freilich nicht, daß sie der Beginn eines allgemeinen Wendepunktes in seinem Leben sein würde.

Ihm gegenüber beleuchtete der Morgenhimmel rot die herabhängenden Regenwolken. Er verlieh ihnen Konturen, tauchte sie dann in ein orangenes Licht, und als sie sich darin dann auflösten, war der Himmel dahinter azurblau. Als die Kuppe der Sonne sich langsam über den Horizont schob, ergossen sich ihre ersten Strahlen auf die Stadt. Sie fluteten von vorne an und ließen alle Häuser und Dächer, alle Schornsteine und Gesimse konturenhaft aufleuchten. Sie schienen ihnen eine flammende Korona zu verleihen, ähnlich den astronomischen Fotografien von der Sonne, wie sie Blenheim schon des öfteren gesehen hatte, wenn deren Körper durch Davorhalten einer Scheibe weggeblendet wurde. Er blickte fasziniert auf das Schauspiel vor ihm und schloß erst seine Augen, als ihn das gleißende Licht von vorne traf und zu blenden begann. Die Luft um ihn begann zu schwirren, durch die in die Nachtkühle einschneidenden Sonnenstrahlen knisterte sie allerorten, als würde sie sich mit Energie aufladen.

Obwohl Blenheim noch keinen Kaffee getrunken hatte, fühlte er sich hellwach und innerlich so vibrierend, als hätte er Unmengen Koffein in sich hineingeschüttet. Er empfand seinen momentanen Zustand so, als würde mit der aufgehenden Sonne auch alle die Sinne belebende Energie in ihn hineinströmen, durch weit geöffnete Augen ihr belebendes Licht, durch den geöffneten Mund und seine Nasenöffnungen die von ihr erwärmte Luft, durch seine Poren alle durch sie vermittelte Kraft. Er fühlte sich wohl wie schon lange nicht. So erquickt wie damals, als er als Halbwüchsiger sich bewußt wurde, wie das Leben zu empfinden war: als vollkommene Unmittelbarkeit des Geschehens. Jugend war als solche nur durch die Erfahrung dieses Gefühls zu definieren. Und Alterung war somit lediglich der Verlust dieser Unmittelbarkeit. Blenheim dachte an alte Gedichte, die das Einssein mit der Natur besangen, und obwohl diese Bilder ihm doch banal vorkamen, empfand er diesen Ausdruck als höchst treffend. Aber zugleich mit solchen Anmutungen regte sich in ihm Mißtrauen. Oft schon hatte er diese Euphorie, wenngleich in anderer Form und in anderen Situationen, lediglich als Vorspiel zum später einsetzenden Schmerz erkennen müssen. Oder war sie gar die erste Vereinnahmung durch die Kortisontabletten, die er in den letzten Wochen doch häufiger genommen hatte und die ihre ersten Nebenwirkungen zeigten? Als eindeutig chemisch definiertes Gebilde, hochwirksam und im Organismus vielfach eingreifend in alle möglichen Stoffwechselkaskaden, war es doch nur naheliegend, daß dieses Kortison auch in den Gefühlsstoffwechsel eingriff. Ja, schließlich seine Gedanken manipulierte, ihn sozusagen zu steuern begann, indem es ihm Ideen, Einfälle und Kreativität suggerierte und damit Entscheidungen für ihn traf.

Blenheim hatte sich erhoben. Er stampfte mit seinen Beinen kurz auf und schüttelte dabei auch seine Zweifel ab. Wie dem auch sei. Er wollte sich durch sein ewiges Grübeln nicht die Laune verderben lassen, wo doch der Tag so gut begonnen hatte. Wie gestern abend auch hörte er Schritte auf dem Weg zur Kirche. Es waren wieder die zwei alten Frauen, die diesmal offensichtlich zur Morgenandacht gingen. Abermals sah er, wie sie die Eingangspforte der Kirche aufschlossen und abermals starrte er durch die offene Pforte in das Innere des Gebäudes. Diesmal erkannte er drinnen Einzelheiten, da sich die Morgensonne durch die hohen schlanken Fenster in sie ergoß. Eine Unzahl leerer Sitzbänke konnte er sehen, ganz hinten den Altar, der allerdings durch das gleißende Licht davor nur diffus zu erkennen war. Aber Blenheim mochte abermals nicht hineingehen, sondern wählte wieder den Weg zurück in die Stadt, um seinem knurrenden Magen ein opulentes Frühstück zuzuführen. Die Adresse eines Uhrengeschäftes oder eines Juweliers wollte er später erfragen.

»Haben Sie heute Appetit auf ein weiches Ei? Habe von einem Bauernhof aus der Umgebung frische Eier bekommen. Von Laufhühnern. Mit dunkelgelbem Dotter und nicht zu vergleichen mit den farblosen Gebilden der Hühner aus den Legebatterien.«

Der Wirt Penthor stand mit seiner massigen Gestalt vor ihm, und das war für Blenheim Argument genug, dem Angebot zuzustimmen.

Obwohl er Diät zu halten pflegte, schien ihm die Kombination eines frischen Landeies mit knusprigem Gebäck und dampfendem Kaffee zu verlockend. Er bemerkte an sich wieder die Neigung, alle Vorsätze bezüglich einer bewußten Lebensführung zu brechen. Alle diese schon hundertfach und jeden Tag aufs neue vorgenommenen Gelübde waren nur in der gewohnten Alltagsumgebung, am Arbeitsplatz und zu Hause einzuhalten, so wie sie auch nur in dieser Atmosphäre gefaßt werden konnten. Es waren Gelobigungen des Augenblicks und zugleich Eingeständnisse der Schwäche. Entfernte er sich aber von seiner gewohnten Umgebung – auch im Urlaub stellte er dieses Phänomen fest – so erweichten sich seine Prinzipien. Helga erging es genau so, wenn sie, ansonsten auf ihre schlanke Linie bedacht, in den noblen Hotels vom Schlemmerbuffet nicht wegkam, aber auch bei den stets stattfindenden Empfängen und gesellschaftlichen Verpflichtungen die bunten und saftigen Delikatessen in sich hineinstopfte, so als hätte sie schon tagelang nichts zu essen bekommen. Sie meinte dann immer, gar nicht vom schlechten Gewissen geplagt, daß Prinzipien auch dazu da wären, manchmal gebrochen zu werden. Zu Hause angelangt, erbrach sie sich dann, was bei der großen Nahrungsmittelmenge, die sie zuvor in ihrem zarten Magen untergebracht hatte, auch nicht verwunderlich war.

Blenheim erblickte das Telefon ihm gegenüber. Wie ein dumpfer Schmerz durchfuhr es ihn: er hatte abermals vergessen, sie anzurufen. Er war nun schon den zweiten Tag hier, und sie wartete sicherlich schon auf eine Nachricht. Zu dumm von ihm. Er konnte sich sein Zögern nicht erklären und doch wußte er, daß nichts ohne tiefere Ursache war. Alle Entscheidungen, so man sie traf, aber so man sie auch hinauszögerte, hatten irgendwo in den Winkeln der Seele ihre Wurzeln. Aber was war die Seele denn schon? Seine Seele! Vielleicht jener Ort, wo seine wahren Intentionen lagen, in ihrer ursprünglichen Konzeption als exakte biochemische Planung rein gehalten, unverfälscht als Engramme vorliegend und gleichnishaft benannt als seine tiefsten Vorstellungen von Lebensgestaltung? Die aber zu allem Glück sich erst dann dem Bewußtsein offenbarten, wenn sie abgeschwächt, zurechtgebogen und vor allem angepaßt einigermaßen von seiner Umgebung akzeptiert werden konnten. Die aber manchmal wie ein Blitz die Umklammerung aller Konventionen durchbrachen und als unverfälschter, als SEIN Wille sich äußerten? Vielleicht WOLLTE er Helga nicht anrufen.

Während er den gelben Dotter mit dem geronnenen Eiweiß vermengte und aus der braunen Kalkschale löffelte, beschloß er, Helga nicht mehr anzutelefonieren. Nach zwei Tagen hätte der Anruf sowieso schon eine schiefe Perspektive gehabt, er wollte es lieber ganz dabei belassen, durch irgendwelche Umstände behindert worden zu sein. Sie würde sich schon melden, und dann konnte er sich immer noch auf das schlechte Quartier, auf seine Schmerzen, vielleicht auch auf ein nicht funktionierendes Telefon ausreden.

Nein, ausreden, notlügen wollte er nicht. Er würde einfach sagen, wie es war. Daß er sich in einem Zustand der Außerordentlichkeit befand, wo das übliche Verhalten nicht mehr funktionierte, weil ihm die gemäße Umgebung abhanden gekommen war. So ähnlich würde er mit ihr sprechen.

Der Wirt Penthor stand wieder neben ihm. Ob ihm das Frühstück gemundet hätte. Hier auf dem Land könne man noch leben. Nicht wahr? Solch gelben Eidotter gäben nur die Laufhühner her. Da wäre noch Kraft darin, die würden einem morgens auf die Sprünge helfen. Auch für die Manneskraft wären sie gut.

Er machte nach dem letzten Satz eine Pause und sah Blenheim grinsend und dessen Reaktion prüfend an.

Blenheim hatte solche Anzüglichkeiten nie leiden mögen, er kannte den unterschwelligen Tonfall so mancher Männergespräche, wo meist das Thema in prahlerische Andeutungen verfiel und wo alle Geschlechtlichkeit sich auf andauerndes und immerwährendes Begehren reduzierte.

Er richtete sich auf und blickte Penthor ruhig an.

»Mag schon sein. Ich glaube allerdings, daß der Spargel da mehr vermag, oder der Sellerie. Auch Kaviar soll Wunder wirken. Sie können das Ei mit Kaviar aufwerten, aber echtem. Haben Sie vielleicht welchen hier?«

»Wo sollte ich wohl Kaviar hernehmen!«

Penthor schien irritiert.

»Die Menschen hier brauchen so etwas nicht. Die haben hier ihre natürlichen Kräfte noch bewahrt. In der Stadt mag so etwas vielleicht üblich sein, wo sich jedermann irgendwie stimulieren muß, um etwas zuwege zu bringen. Da ist es dann auch zu den Drogen nicht weit.«

Blenheim freute sich insgeheim, Penthor aus der Reserve gelockt zu haben.

»Was macht es für einen Unterschied, ob Sie ein Ei als Stimulans oder ein Amphetamin, ein Halluzinogen etwa nehmen, um irgend etwas zu bewirken. Entscheidend ist doch nur, daß Sie irgendein Hilfsmittel benötigen«.

»Ich denke doch, daß es da himmelhohe Unterschiede gibt. Ein Ei ist etwas Natürliches, nichts künstlich Hergestelltes, es ist wie ein Kulturgut, wenngleich nur ein Nahrungsmittel.«
»Sie verstehen mich nicht. Das Ei, wie Sie es vorhin zu verstehen gaben, dient Ihnen doch nur dazu, irgendeine Leistung zu bringen, sie gar zu verbessern. Sie benützen es zu etwas, was Sie ansonsten nicht zu erreichen glauben. Aber ich will mich hier nicht auf irgendwelche Diskussionen einlassen. Es schmeckt ausgezeichnet, und ich würde mir auch morgen eines zum Frühstück wünschen.«

Blenheim sah ein, daß sich da eine hohe Mauer auftürmte, eine aus ihm fremden Gedanken und anders gebauter Logik. Es fehlte wohl die gemeinsame Voraussetzung für eine gedeihliche Diskussion, etwa ähnliche Lebensvorstellungen oder gleich geartete Ansprüche. Er kannte diese Hürden, die so plötzlich da waren, sich hindernd in ein emphatisches Gespräch stellten, gerade in dem Moment, wo der Gedankenfluß sich steigerte bis knapp vor eine Übereinstimmung, um dann doch auseinanderzuklaffen. Wo trotz Beweisen und unwiderlegbaren Fakten dann das leere Unverständnis des Gesprächspartners alles vergeblich machte, als unwahr, als nicht wahrgenommen zusammenbrechen ließ. Blenheim war auch wütend auf sich selbst, da er diese Diskussion vom Zaune gebrochen und sich nicht des Verständnisses seines Gesprächspartners versichert hatte. Denn Penthor hatte doch nur provozieren wollen, das wußte er, hatte dies aber leider zu spät bemerkt.

Er wüßte noch gerne, wo hier in der Stadt ein Uhrmacher oder zumindest eine feinmechanische Reparaturwerkstätte sei.

Penthor war wieder glatt wie immer. Einen Uhrmacher gäbe es nicht, aber einen alten Mann, der sich unter anderem auch auf die Reparatur von Uhren verstünde. Ein sonderbarer Kauz wäre er, aber beschlagen in der Kenntnis vieler technischer Apparaturen. In der Waldgasse fände er ihn, gegenüber der alten Bleistiftfabrik.

Natürlich, Waldgasse mußte die Straße sich benennen, wie denn auch anders. Blenheim bedankte sich und ergänzte noch, daß er das Mittagessen heute im »Goldenen Krug« einzunehmen gedenke.

Der Wirt nickte und zuckte mit den Schultern.

Er habe volles Verständnis, wenn seine Gäste »fremd« gingen. Aber morgen käme seine Serviererin zurück. Oder seine Kellnerin, wie auch immer. Jedenfalls gäbe es dann wieder etwas Warmes zu essen. Auch ein Mittagessen. Es wäre aus geschäftlichen Überlegungen falsch gewesen, sie nun, da der Sommer nahe und vermehrt Arbeit anfalle, zu entbehren. Aber sie habe Dringliches zu erledigen gehabt und er habe dem armen Ding – sie sei übrigens eine Ausländerin – nicht unnötige Schwierigkeiten machen wollen.

Die Waldgasse glich vielen anderen Gassen in dieser Kleinstadt: kurz und schmal und außerdem von stillosen Häusern beidseits eingefaßt, deren Entstehung kaum Reichtum und Luxus begleitet haben mochte. Mitten darin lag die alte Bleistiftfabrik, ein nunmehr verfallender Ziegelbau mit rückwärtigen Arbeits- und Maschinenhallen. Die Vorderfront hatte noch den gelblichen, aber nunmehr bröckelnden Putz von ehedem, der schon verblassende Name des einstmaligen Besitzers war noch zu lesen: »Ehmann und Söhne«. Die Gräser wucherten durch die zerborstenen Scheiben der Fenster, und vor der verrosteten, metallenen Eingangstür des Portales wuchs mit vielen krummen Verästelungen ein Fliederbusch. Es war dem alten Bau schnell anzusehen, daß seine besten Zeiten schon viele Jahre zurücklagen.

Der Industrieruine gegenüber war die beschriebene Adresse nicht zu verfehlen: Ein altes, verwittertes Schild prangte über einer winzigen Geschäftsauslage: Ambrosius Ehmann – feinmechanische Reparaturen aller Art. Die ganze äußere Erscheinung dieses Reparaturbetriebes entsprach dem verfallenden Bau gegenüber.

Blenheim betrachtete die kleine Auslage. Es lagen viele kleinmechanische Gegenstände auf den drei Stellagetreppen hinter dem Glas. Alte Grammophone neben Spieluhren sah Blenheim, Tischwaagen mit Gewichten, Eßbestecke in samtausgelegten Holzschatullen, Puppen mit beweglichen Augen, Messer und Reparaturwerkzeuge. Er sah dahinter auch allen möglichen Tand, der Blenheim wie metallener Abfall der Geschichte erschien. Messingumrahmte Handspiegel für die Morgentoilette, Puderdöschen, schon mit der grauschwarzen Patina des Silbers belegt, und verchromte Metalldosen verschiedener Größe, deren Deckel nicht lose daraufzustecken, sondern mit feinen Gelenken abzuklappen waren. Der ganze Laden schien Blenheim ein Anachronismus zu sein, denn woher sollte in dieser kleinen Stadt und in dieser abseitigen Gasse wohl die Kundschaft kommen. Und von Reparaturen allerlei Gerätschaften war heutzutage wohl nicht mehr zu leben, da immer häufiger neu gekauft, anstatt Altes bewahrt oder wiederhergestellt wurde. Blenheim trat durch die mit einem großflächigen Glas versehene Eingangstür, in welche nochmals der Name des Inhabers eingraviert war. Er löste dabei einen Glockenmechanismus aus, ein krächzendes, hartes Bimmeln ohne Nachklang, das ihn an seine Kindheit erinnerte.

Im Inneren des Geschäftes setzte sich die verwirrende Vielzahl von nicht zueinander gehörenden, keinesfalls passenden Gegenständen fort. Das einzige, was wie ein unsichtbares Band die Geräte gegensätzlichster Verwendungszwecke zusammenhielt, war das beträchtliche Alter und die Unbrauchbarkeit. Es sei denn, man sammelte aus Leidenschaft und hatte Muße, die Nutzlosigkeit klug ersonnener technischer Behelfe nach vielen Jahrzehnten zu ignorieren, indem man sie den moderneren Errungenschaften gegenüberstellte: als Exponate der Vergänglichkeit wie als Schaustücke menschlichen Erfindergeistes, wenn sie auf einem Kühlschrank als alte tickende Tischuhr oder auf einem Mikrowellenherd als gußeiserne Küchenwaage standen. Blenheim kannte diese Lokalitäten aus der Stadt, wo sie von wohlhabenden Touristen und Pensionisten mit viel Zeit aufgesucht wurden und sich als noble Antiquitätengeschäfte ausgaben. Auch Helga hatte ihn öfters dorthin mitgenommen, wenn sie ihm ein Geschenk offerieren wollte und er ihr dabei die Auswahl durch vage Eingrenzungen erleichtern sollte.

»Sie wünschen?«

Es mußte Herr Ehmann sein, der plötzlich hinter dem Verkaufstisch stand. Sehr alt mußte er sein, weit über die Siebzig. Er war klein, schon eher in sich zusammengefallen und auf der Nasenspitze trug er eine Nickelbrille, die aus seinem großen Fundus gestammt haben mochte.

»Ich wollte fragen, ob sie eine mechanische Uhr reparieren können? Sie ist mir vor zwei Tagen stehen geblieben. Obwohl sie sehr teuer war. Das spielt aber nicht die Rolle. Vielmehr ist sie mir wertvoll, weil sie ein Geschenk meiner Frau ist.«

Herr Ehmann nahm die Uhr an sich, schob seine Nickelbrille auf die Stirn und drehte und wendete das goldfunkelnde Stück kurz vor seinen Augen. Dann schüttelte er sie, wie es Blenheim schon getan hatte, und hielt sie an sein rechtes Ohr. Er spitzte die Lippen und nickte kurz.

»Ich muß Sie bitten, sie hier behalten zu können. Ich kann so nicht sagen, was kaputtgegangen ist. In ein paar Tagen kommen Sie wieder vorbei. Sie sind, glaube ich, nicht von hier, sonst würde ich Sie kennen. Machen Sie Urlaub hier? Ansonsten muß ich sie Ihnen zurückgeben, denn es dauert eben ein wenig.«

»Nein, ich gedenke etwas länger hier zu bleiben. Ich bin ein Patient von Dr. Assmuth.«

»Ah, Dr. Assmuth!«

Herr Ehmann ging nicht weiter auf diese Mitteilung ein. Er hatte die Uhr wieder geschüttelt, sie nun aber an sein linkes Ohr gehalten. Er nickte abermals.

»Meist ist es ein gebrochenes Zahnrad, oder die Aufzugsfeder klemmt. Wie gesagt, ich werde sie mir inwendig genauer ansehen«.

Blenheim wandte sich um und deutete auf die Auslage.

»Sie haben dort einige Metalldöschen stehen. Ich wäre an einem solchen interessiert.«

Er wollte seine Kortisontabletten in einem stabileren Behältnis aufbewahren. Er würde doch viel unterwegs sein die nächsten Tage, nicht nur weil Bewegung grundsätzlich seinen Gelenken gut tat, sondern auch weil er Erkundungsspaziergänge unternehmen wollte.

Mit den Beinen am Boden schleifend und unsicheren Schrittes ging Herr Ehmann zur Auslage und schob die Stellagen zur Seite. Dann nestelte er einige Dosen aus dem Konvolut der ausgestellten Gegenstände hervor. Der alte Mann tat Blenheim leid. Er wollte ihm auf jeden Fall ein kleines Geschäft zukommen lassen.

»Ich nehme alle. Für die kleine hier habe ich schon eine Verwendung, für die anderen wird sich schon eine finden. Als stabile Aufbewahrungsbehältnisse eignen sie sich allemal.«

Herr Ehmann lächelte zufrieden.

»Man kann Hemd- oder goldene Manschettenknöpfe darin aufbewahren, aber auch allerlei Kleinzeug, für das man meist keinen geeigneten Aufbewahrungsort findet, auf daß diese dann gerne verloren gehen.«

Blenheim bezahlte und verabschiedete sich.

»Ich schaue in ein paar Tagen wieder vorbei. Vielleicht Anfang nächster Woche«.

Er hatte nicht das Gefühl gehabt, einen Reparaturschein oder eine Quittung für das wertvolle Stück verlangen zu müssen. Er spürte, daß es hier keiner schriftlichen Bestätigung des Auftrages, lediglich einer mündlichen Zusage bedurfte. Nicht einmal seinen Namen hatte er genannt, geschweige denn, daß er von Herrn Ehmann erfragt worden wäre. Dies allerdings schien ihm schon seltsam. Er schloß die bimmelnde Eingangstür behutsam, so als hätte er Angst, daß das Glas darin zerspringen könnte.

Martin Johann Blenheim hatte keinen Appetit. Anstatt das Mittagessen im »Goldenen Krug« einzunehmen, gedachte er eine weitere Entdeckungsreise durch die Stadt zu machen. Er stand zwar vor der Glasvitrine des Hotelrestaurants und sah wehmütig das ungleich feudalere

Ambiente dieser Gaststätte. Hier hätte er wohnen sollen, nicht in der Tristesse der »Goldenen Krone«. Wahrscheinlich war die Namensgebung schuld an der Verwechslung gewesen. Eine goldene Krone ist ja in der Wertigkeit über einen goldenen Krug zu stellen, und dies dürfte Helga irregeführt haben.

Das Speisenangebot in der Anschlagtafel war zwar nicht üppig, aber er sah einige anständige Gerichte angeboten, unter anderem auch Wild, das er immer geschätzt hatte. Aber sein Magen rebellierte, wahrscheinlich hatte ihm das Bier gestern Abend und die Kortisontabletten wieder die Schleimhäute angegriffen. Er wollte nachmittags Dr. Assmuth um ein Antazidum bitten. Lutschtabletten oder eines dieser weißen Granulate, die im Wasser gelöst zu faden Milchen wurden – das hatte ihm immer wieder gut getan. Außerdem spürte er die ersten Vorboten seiner Gelenkschmerzen. Zunächst nur ein dumpfes Ziehen und noch nicht so präsent, daß sie nicht mehr zu ignorieren waren, aber doch ein deutlicher Hinweis, daß er ein kranker Mensch war. Und dagegen war die Bewegung immer noch das beste. Vielleicht würde er irgendwo auf ein Lebensmittelgeschäft treffen, in dem er sich ein Wurstbrot oder gar einen Gabelbissen würde kaufen können. Einen mit Fisch zwischen Majonnaise und grünen Erbsen sowie Karotten und eingepackt in einer dicken Schicht von Aspik.

»Wieder unterwegs?«

Georg Hauser stand hinter ihm.

»Auf Erkundungstour, nicht? Kann Ihnen vielleicht einige Tips bezüglich der hiesigen Sehenswürdigkeiten geben. Wenn ich Sie nicht aufhalte. Zum Beispiel die Reste einer alten Stadtmauer, sowie einige besonders gut erhaltene Fachwerkhäuser. Wollte übrigens gerade zum Mittagessen. Kommen Sie auch mit? Habe mir doch die ganze Woche frei genommen. Man braucht manchmal Zeit, um gewisse Erledigungen machen zu können.«

Er würde tatsächlich lieber einen Stadtrundgang machen. Er hätte heute keinen Appetit, verneinte Blenheim. Er war von der Begegnung mit Hauser nicht angetan.

»Dann vielleicht ein anderes Mal. Aber was machen Sie sonst so den ganzen Tag? So viel gibt es hier ja auch nicht zu sehen.«

»Oh, da habe ich vorerst keine Langeweile. Wenn ich nicht herumspaziere, sitze ich oft auf der kleinen Bank dort oben neben der Kirche. Es wundert mich eigentlich, daß da nicht auch andere sitzen. Ich bin meistens alleine.«

»Wundert Sie nicht auch, daß es kaum Kirchengänger gibt?«

»Ja, richtig. Nur ein paar alte Frauen. Ich habe auch noch keinen Pfarrer gesehen. In so einer kleinen Gemeinde müßte er doch omnipräsent sein.«

»Es gibt keinen. Unsere Pfarre ist verwaist. Schon seit Jahren. Laien betreuen sie wochentags, und sonntags kommt manchmal ein Pfarrer aus der Nachbargemeinde. Aber nicht immer. Das hängt mit der Überalterung der Priesterschaft und dem fehlenden Nachwuchs zusammen.«

Hausers Gesichtsausdruck wurde spöttisch.

»Aber wir sind deshalb keine gottlose Gemeinde. Das Gute und die Religiosität definiert sich sowieso nicht über die Anzahl der Priester und die Zahl der Kirchgänger.«

»Aber warum ist die Kirche denn andauernd abgeschlossen?«

»Eben deswegen. Wer sollte denn die Kunstschätze oder das, was die Leute dafür halten, bewachen?«

Blenheim schüttelte seinen Kopf.

»Es geht nicht darum, etwas zu bewachen, zu verteidigen. Die Kirche sollte ein Zufluchtort sein können, das war früher auch die Tradition der Gotteshäuser. Aber sie schließt sich heute weg, sie schließt sich aus. Das hat für mich schon Symbolcharakter, wenn die Eintrittspforte andauernd verschlossen ist.«

Hauser spitzte seine Lippen.

»Wem sollte sie denn Schutz bieten. Ihnen vielleicht, auf der Flucht vor den Ärzten oder vielleicht Ihrer Frau? Oder den Flüchtlingen, die sowieso eine andere Konfession haben? Die sind exzellent versorgt durch unsere staatliche Fürsorge. Finden Sie nicht?«

»Ich weiß nicht so recht. Es fehlt mir die Betreuung der Seelen, wie es ein Priester früher als seine Aufgabe angesehen hat. Aber wahrscheinlich ist das eine idealistische Jugenderinnerung.«

»Für diese Art der Betreuung braucht man heutzutage Psychologen. Den Gott unserer Priesterschaft kennen diese Menschen ja doch nicht.«

»Darum ginge es auch gar nicht. Die Betreuung wäre nur ein Symbol für die Güte an sich. Ohne Hintergedanken einer Seelenfängerei, das würde ich einer Kirche schon zumuten wollen. Aber es ist sowieso ein akademisches Gespräch, das wir hier führen. Vielleicht ist es möglich, einen Schlüssel zu besorgen, damit ich mir die Architektur und den Schmuck inwendig ansehen kann.«

»Kein Problem, ich kann Ihnen das bei Bedarf vermitteln. Nicht nur äußerlich ein markanter Bau, wie er sich so über die Stadt erhebt, sondern auch inwendig mit einigen erwähnenswerten Kunstschätzen ausgestattet. Einem kostbaren Marienaltar beispielsweise und einer Renaissanceorgel. Warten Sie einen Moment.«

Hauser verschwand kurz im Restaurant und kam kurz darauf mit einem farbigen Prospekt in der Hand wieder heraus.

»Habe das von der Rezeption. In diesen Kurzbeschreibungen steht alles Wissenswerte über Dienbach. Sehen Sie es sich an. Stehe Ihnen aber darüberhinaus gerne als Berater zur Verfügung, der nicht nur Oberflächliches weiß, sondern auch Details über diese Stadt und ihre Bewohner – und Intimes.«

Sein Blick hinter den dicken Gläsernglasigen Brillen war vielsagend, sein Gesichtsausdruck nicht minder.

»Außerdem komme ich noch einmal auf das Angebot mit der Wäsche zurück. Denken Sie daran!«

Blenheim wollte nun wirklich alleine sein. Er verabschiedete sich und die übertrieben hingestreckte Hand konnte kaum seinen Unwillen verbergen.

Auf dem Weg durch die Stadt, inmitten des Marktplatzes, setzten die Schmerzen nun doch massiv ein. Hatten sie zuvor im Hintergrund geschwelt, sich dort gesammelt, organisiert, so befielen sie nun gleichzeitig alle Gelenke. Blenheim fühlte, daß der Schmerzausbruch diesmal anders war als sonst, daß die Gleichzeitigkeit des Auftretens und der steile Anstieg der Schmerzintensität auf einen äußerst schweren Schub hindeuteten. Seine Schritte wurden langsamer, auch weil eine gleichzeitig einsetzende Versteifung und Anschwellung der Kniegelenke besonders ausgeprägt war, was er ja schon als zwanghaften Zusammenhang typischer Entzündungssymptome erfahren hatte: die Zusammengehörigkeit von Schmerz, rötlich-heißer Schwellung und Funktionseinschränkung. Ein Symptom war mit dem anderen vergesellschaftet, wie es die Ärzte nannten. Ein zahmer und irreführender Ausdruck, wenn es sich um aggressive Äußerungsformen von Krankheiten handelte. Blenheims Mund war trocken, die Zunge klebte am Gaumen, weil er den Mund geöffnet hatte und vor Anstrengung die Luft hastig aus- und einsog. Es war ihm jede Lust auf einen Stadtspaziergang vergangen. Er wollte seine Kortisontabletten sogar ohne Wasser einnehmen, hatte sie aber nicht bei sich, mußte sie wohl im Hotelzimmer gelassen haben. Er blieb kurz stehen und überlegte, in welche Richtung er gehen sollte. Dann entschied er sich, Dr. Assmuth aufzusuchen, obwohl es kurz nach der Mittagszeit war. Er wollte den

Arzt konsultieren, dringlich und unangemeldet, denn der vereinbarte Sprechstundentermin war erst nachmittags. Die Zeiger der Kirchturmuhr hoch über ihm zeigten gegen ein Uhr.

Seine Schritte wurden mühsam und seine Füße schleiften schließlich über die gewölbten Steine des Kopfsteinpflasters. Er hörte das abgehackte, stakkatoartige Geräusch, wenn seine Fersen über dessen Kuppen scheuerten, die Vertiefungen aber unberührt ließen. Seine Körperhaltung war dermaßen unnatürlich geworden, daß sie sogar das Interesse der Flüchtlinge erregte, die abseits des Hauptplatzes herumlungerten. Verständnislos starrten sie ihn an, aber Blenheim versuchte gar nicht, irgendeine Korrektur vorzunehmen, es war ihm gleichgültig.

Wie – wußte er nicht genau. Aber er war vor der Praxis von Dr. Assmuth angekommen. Er läutete an der Glocke und trat sofort ein, ohne irgendein gewährendes Zeichen abgewartet zu haben.

»Entschuldigen Sie mein vorzeitiges Erscheinen. Mich hat ein starker Krankheitsschub überkommen, ich brauche jetzt Ihre Hilfe. Alle meine Gelenke glühen, ich möchte schreien vor Schmerz. Ich bitte um eine Injektion.«

Dr. Assmuth nickte nur, er war ohne weißen Mantel im Warteraum erschienen. In seinem Behandlungszimmer applizierte er dann eine rötliche Substanz aus einer injektionsfertigen Spritze mit langer Kanüle. Er hatte sie aus dem untersten Fach seines Schreibtisches hervorgeholt, denn einen Arzneischrank, gläsern und glatt, besaß er ja nicht. Blenheim kannte das Medikament, es enthielt selbstverständlich Kortison, zusätzlich zu einem Antirheumatikum, sowie Vitamin B. Jede einzelne Komponente wirkte synergistisch und er wußte, daß es ihm helfen würde. Er stand dort mit halb heruntergelassener Hose, hatte deren Bund mit beiden Händen umkrampft und hielt seine rechte entblößte Gesäßhälfte Dr. Assmuth entgegen, wie er es schon oft bei anderen Ärzten getan hatte, auch zu Hause noch, als ihn sein Hausarzt behandelt hatte. Es war immer wieder die gleiche unwürdige Situation, in dieser Haltung die Hilfe zu bekommen. Bei aller Sehnsucht nach alternativen, sanften Behandlungsmethoden, dachte er, wenn schnell und effizient geholfen werden soll, kommt man anscheinend um die Schulmedizin, vielmehr die oft geschmähte Pharmakologie nicht herum.

Der Stich tat nicht weh, auch daran konnte er bemessen, wie sehr sein ganzes übriges Schmerzsensorium mit seiner Grunderkrankung beschäftigt war. Es nahm das widerstandslose Eindringen der langen, spitzigen Nadel in seinen seitlichen Gesäßmuskel gar nicht wahr. Desinfiziert hatte Dr. Assmuth die Haut nicht, aber das hatte er wohl vergessen in dem Bestreben, schnell helfen zu wollen.

»Sie haben wahrscheinlich die Alkoholdesinfektion vermißt!« Dr. Assmuth schien seine Gedanken erraten zu haben. Er überklebte den kaum sichtbaren Blutpunkt aus der Injektionsstelle mit einem hautfarbenen Pflaster. Blenheim knöpfte die Hose zu.

»Sie ist doch nur ein vernachlässigbares Ritual, das kaum Effizienz hat. So lasse ich sie gleich bleiben. Ein typisches Beispiel für vordergründige Gedankenlosigkeiten in der Medizin, denn die in den Hautvertiefungen nistenden Keime erreichen Sie so nie und nimmer.«

Blenheim waren diese Aspekte momentan völlig gleichgültig. Er bat darum, bis zu seinem Termin am Nachmittag im Wartezimmer verbleiben zu dürfen. Die Wirkung des Medikamentes würde auch prompter eintreten, wenn er sich ruhig verhielte.

»Nur zu«, meinte Dr. Assmuth. »Ich werde auch früher kommen, sobald ich mein Mittagessen eingenommen habe.«

Blenheim fiel ein, daß er ihn ja vorzeitig gestört hatte und er entschuldigte sich noch einmal. Dann setzte er sich auf den Stuhl im Wartezimmer und versuchte seine Körperhaltung zu entspannen, indem er die Beine von sich streckte und wieder anwinkelte. Aber die wallenden Schmerzen in seinen Gelenken ließen sich davon kaum beeinflussen. Dr. Assmuth war wieder verschwunden.

In der nächsten halben Stunde begann die Injektionsstelle zu ziehen und dann zu brennen. Er wußte, daß die Wirkung des Medikamentes nun allmählich eintrat, da die abflauenden Schmerzen des höheren Niveaus die des niedrigeren Niveaus freigaben. So war zumindest seine Vorstellung. In der Phase der Schmerzminderung wurde er müde. Sein Kopf sank nach vorne und er nickte ein. Freilich war es kein erquickender Schlaf, sondern nur ein Art Erschöpfung nach dem Streß aller pulsierender Schmerzfasern. Denn Schmerz war mehr als äußerste körperliche Anstrengung, zehrte mehr als energieverbrauchende Muskelarbeit, verbrauchte nach innen wie nach außen ungeheure Lebensenergie.

Es kam wieder die Phase der besitzergreifenden Gedanken. Erlebnisfetzen also, die knapp unterhalb der Bewußtseinsoberfläche darauf warten, sich neu mitzuteilen, auf daß sie einer Beurteilung, Klassifizierung und Zuordnung endlich zuzuführen seien, die aber durch vielfältigste Tageserlebnisse, meist gewöhnlicher Art, in Schach gehalten werden. Gerne hingehalten werden, da ihre Aufarbeitung aus verschiedensten Ursachen unangenehme Arbeit bedeutet.

Aus dem grauen Nebel dieser Erinnerungen tauchten die ersten bunten Bilder auf. Er diskutierte mit Helga. Es ging um die Anschaffung eines teuren Schmuckstückes, für dessen Ankauf sie sich nicht entscheiden konnte und dazu seinen aufmunternden Zuspruch erhoffte. Er war wohl dagegen, wollte auf keinen Fall Geld dazuschießen, weil er nur die Nutzlosigkeit von Schmuck sah, nicht die Möglichkeit einer Wertanlage. Er hatte sich damals sehr uneinsichtig verhalten. Danach hatte es Streit gegeben, zumindest war ihre Beziehung die darauffolgenden Tage angespannt, was sich in Schweigen und im Austausch nur notwendigster Floskeln äußerte. Es waren solche Momente, da jeder von beiden permanent seinen Frust pflegte, der sich dann zwischen alle Gedanken stellte und den ganzen Tag verdarb. Wo aber keiner den Schritt aus dieser Umklammerung der schlechten Laune tun wollte, in kindlich-trotziger Art schwieg und mit beleidigter Miene die Sprachlosigkeit vor sich herschob.

Eine andere bunte Begebenheit tauchte auf: einer dieser Empfänge war es, eine Feier oder ein Jubiläum zu irgendwem oder zu irgendwas. Einer dieser Vorwände, in vermeintlicher Geselligkeit die anderen und vor allem sich selbst anlügen zu müssen, indem bei einem edlen Getränk in der einen Hand und einer kulinarischen Köstlichkeit in der anderen öde Belanglosigkeiten getauscht wurden. Wo keiner einen Satz zu Ende sprach, einen Gedanken ausformulierte, oder gar ein Denkkonzept präsentieren konnte, weil Jedermann selbst konzeptlos dastand und lediglich von dem Bestreben beseelt war, Jederfrau zu begrüßen, um dadurch die eigene Präsenz zu würdigen. Wo die Kommunikation in einem ergatterten Buchstaben hier, einem eingeflochtenen Wort dort und in einer Bemerkung drüben und einem Rülpser zwischendurch bestand. Schalentiere waren dies, ähnlich den Krebsen, die als Genuß auf den langen Buffets zum Verzehr präsentiert wurden, Menschen, aus Hülsen bestehend. Hüllen von Oberflächlichkeit, von Äußerlichkeiten und das unangenehmste dabei: daß sie es in ihrem Innersten wußten, vielleicht gar nicht wollten, aber diesen Etiketten, Zwängen sich hingaben und damit sich selbst betrogen.

Helga war vorher schon besorgt gewesen wegen ihres Kostüms. Sie hatte ihn andauernd genervt mit Fragen über dessen korrekten Sitz. Barsch hatte er schließlich gemeint, um endlich dem Gerede eine Ende zu bereiten und sicherlich boshaft dazu, daß es zu lange geraten sei. Er hatte sie damit verunsichert, so daß sie ihre Laune plötzlich verlor, diese trotz aller seiner abschwächenden Beteuerungen auch nicht wiederfinden wollte und nur mit Widerstand bereit war, der Abendveranstaltung beizuwohnen. Freilich war dort das Bekleidungsstück applaudiert, sie vielfach belobigt worden, aber trotz dieser sogar ehrlich gemeinten Zusprüche war ihre Zuwendung zu ihm an diesem Tag verloren.

Wie die Erinnerung nun die Bilder zurechtrückte, schien besonders Strabort, sein eigener Vorgesetzter aus der Bank, sich um die Gunst von Helga zu bemühen. Er trottete ihr nach, scharwenzelte um sie herum, indem er servil Brötchen und Sekt besorgte, mit übertriebener Körpersprache ihr in dem Gedränge am Buffet Platz verschaffte, gleichsam Straßen in das Menschengedränge schlug. Sein Interesse war eindeutig, und Helga genoß es anscheinend und würdigte ihn – Blenheim – an diesem Abend keines Blickes mehr.

»Haben die Schmerzen schon etwas nachgelassen?«

Dr. Assmuth stand vor ihm, er hatte sein Eintreten nicht gehört. Tatsächlich waren die Schmerzen kaum mehr vorhanden, waren zwar noch da, aber hatten ihre Krallen von seinen Gelenken gelöst, lauernd auf die nächste Gelegenheit. Nur in seinen Kniegelenken verspürte er die Versteifung, er konnte sie nur mit starker Muskelkraft durchstrekken, als er sich aus dem Stuhl erhob, um mit Dr. Assmuth ins Sprechzimmer zu gehen.

»Ich wollte mit Ihnen noch einige Punkte klären, ansonsten hätte ich dann einen Therapievorschlag zu machen.«

Beide setzten sich wieder wie am Tag zuvor an den Schreibtisch, auch das Hinsetzen bedeutete Blenheim Anstrengung. Er stieß einen Seufzer dabei aus.

Dr. Assmuth musterte ihn.

»Ich hoffe doch, daß es Ihnen bald besser gehen wird. Nur noch einige Fragen, zur Vertiefung der Anamnese.

Und endlich fragte Dr. Assmuth nach seinen Symptomen, er fragte nach seinen Schmerzen. Wie sie begannen, sich steigerten, wie schnell dies geschah und wie lange sie anhielten. Er fragte nach dem Ort des Beginnes, ob dieser immer gleich bliebe, nach ihrer Ausstrahlung, nach ihrem Übergreifen, nach ihrer schleichenden Besitzergreifung auch gelenkferner Organe und nach ihrer Fähigkeit, die vegetativen Funktionen mit zu beeinflussen: ob er dabei schwitzte, ob sein Puls schneller schlug, er einem Kollaps anheimfiel, sich gar erbrach oder ob es ihm den Urin in die Kleider schlug. Er fragte auch, ob es bestimmte Situationen wären, da sie auftraten, ob ein Bezug da wäre zu seiner Tätigkeit, zur Anwesenheit bestimmter Menschen oder gar zu bestimmten Gedanken wie auch zu bestimmten Nahrungsmitteln, die er sich zuführte.

Blenheims Angaben auf die gezielten Fragen des Arztes waren äußerst genau, ja, er staunte, wie sehr man das Wort Schmerz präzisieren konnte, ihm einen bestimmten Charakter, ihm viele Erscheinungsformen zuordnen konnte. Nie hätte er gedacht, daß hinter einer gewöhnlichen Empfindung ein vielfältiges System von Einteilungskriterien, Zuordnungsmustern stehen konnte und daß anscheinend das Erkennen spezifischer Äußerungen schon einen möglichen therapeutischen Weg aufzeigte. Denn nur darauf war die Art der Befragung gerichtet. Dr. Assmuth schien es gar nicht darum zu gehen, eine Diagnose zu stellen, eine hundertste Verdachtsdiagnose vielleicht, sondern ihn interessierte nur die Art der Beschwerden, wie er sie wahrnahm, wie sie ihn stimmten und wie sie von seinem Denken Besitz ergriffen. Er wollte wissen, warum Schmerzen als solche empfunden wurden.

»Ich habe mich entschlossen, bei Ihnen eine Fiebertherapie anzuwenden, einen »Status febrilis« zu erzeugen. Es ist kein neumodisches Verfahren, sondern der Denkansatz dazu ist mindestens hundert Jahre alt. Sie wurde von Ärzten aus diesem Land angewendet, vor allem um der cerebralen Form der Syphilis besser Herr zu werden. Ich werde Ihnen gleich einige Fragen dazu vorwegnehmen:

Sie werden sich sicherlich fragen, warum gerade diese seltene Therapie bei mir und warum ein Therapieschema aus der Venerologie, der Lehre der Geschlechtskrankheiten?

Es hat mit der Chronizität ihrer Erkrankung zu tun, mit dem langen, langjährigen Verlauf und mit ihrer Neigung zu Schüben. Ich habe bei ihrer Erkrankung keine exakte Diagnose gestellt, wahrscheinlich wird niemand, keine ärztliche Koryphäe zu einer wissenschaftlich exakten Benennung ihres Beschwerdebildes fähig sein. Ihr Krankheitsbild läßt sich nach dem derzeitigen Wissen nur eingrenzen. Aber dies ist im Sinne einer Besserung, vielleicht gar Heilung auch von sekundärer Bedeutung.

»Auf daß ich Sie unterbreche, Herr Doktor! Versuchen Sie mir zumindest zu erklären, was ich eigentlich habe!«

Dr. Assmuth wurde nachdenklich.

»Ich möchte Sie nicht mit wissenschaftlichem Geplapper, das übrigens noch Theorie ist, strapazieren. Aber Sie fragen mich nach der Art ihrer Erkrankung und ich sage Ihnen daher, daß es sich wahrscheinlich um eine Autoimmunerkrankung handelt. Es soll bedeuten, daß

Ihr eigener Körper gegen einen Teil seines Gewebes Abwehrkörper bildet, es also nicht als ihm zugehörig erkennt. Somit bilden sich die typischen Entzündungszeichen, entsprechend einem genau und überall gleich ablaufendenen Entzündungmechanismus. Es gibt eine Reihe verschiedenster Kollagenosen – so ist ihre medizinische Bezeichnung – mit einer spezifischer Abwehr gegen spezifische Organsysteme. Aber das haben Ihnen sicherlich andere Kollegen auch schon erklärt«.

»Ein Teil meines Körpers greift also einen anderen an und versucht ihn zu vernichten! Ja, so hat man es mir schon erklärt. Aber ich begreife jetzt erst die Zusammenhänge. Ich selbst bin der Verursacher und das Ziel der Erkrankung zugleich. Es ist sozusagen eine schizophrene Situation, die mir nicht ganz in den Kopf will. Das ist die Perfidie schlechthin! Es gilt keinen äußeren Feind zu erkennen und zu bekämpfen, keinen Fremdkörper wie irgendein Bakterium, irgendein Virus, sondern er ist in mir drin, die ganzen Jahre mitgewachsen, mitgeboren als normales, dazugehöriges Gewebe. Sagen Sie, Herr Doktor: Der eine Blenheim will dem anderen also an den Kragen, ist es nicht so? Ist es nicht absurd, daß gerade dort, wo es den ganzen Mann zur Bekämpfung einer Erkrankung bräuchte, der nur mehr halb vorhanden ist, weil der andere Teil den Krankheitsherd darstellt.«

»Sie dürfen dies nicht so philosophisch sehen. Es ist ja nicht gerade die Hälfte in Ihnen krank, sondern gewisse spezifische Gewebstrukturen, in ihrem Fall wohl die Gelenkkapseln und deren Gewebsverbände. Sie sind ja für sich gesehen gesund, fallen lediglich einem immunologischen Mißverständnis zum Opfer.«

Blenheim ließ in seiner Wißbegierde nicht locker. Es war mehr die erschütternde Einsicht, die ihn laut werden ließ.

»Aber so verstehen Sie doch! Ich selbst bin die Erkrankung! Verursacher und Opfer zugleich!«

Er war aufgestanden, es hielt ihn nicht mehr in dem Stuhl. Er blickte in das Grün des Gartens, sah es aber nicht, denn er war dabei mit den Gedanken weit weg. Er sprach wieder leiser.

»Eigentlich ist mein Körper nicht geteilt. Wir sind zu dritt. Ein Teil meines Körpers versucht den anderen zu vernichten, und ich selbst sehe zu. Sehe tatenlos zu, kann nicht eingreifen, nichts verbieten.«

Auch Dr. Assmuth war nun aufgestanden und hatte sich hinter ihn gestellt.

»Sehen Sie das bitte nicht zu eng. Es mag schon sein, daß auch diese Erkrankungen ihre Verursacher in den tieferen Schichten unserer

Persönlichkeit hat. Wie gesagt, über den genauen Auslöser ist noch nicht alles bekannt. Aber um Gottes Willen, versuchen Sie nun daraus nicht ein relativ seltenes krankmachendes Prinzip in die schon bekannten großen Zusammenhänge einzubetten. Ein naturwissenschaftliches Phänomen als ein naturphilosophisches auszugeben. Es mag Ihnen helfen, sich besser zu verstehen zu lernen, Sie kommen aber nicht darum herum, abseits jeder Tiefenpsychologie sich einer gewissen – will sagen »physikalischen« Therapie zu unterziehen. Solch einer, wie ich sie im Begriffe bin, bei Ihnen zu beginnen.«

Blenheim hörte wieder aufmerksam zu.

»Nun gut, erklären Sie mir Ihre Überlegungen. Worin besteht die Wirkung des Heilfiebers?«

»Beim Heilfieber wird nur das natürliche Phänomen der Steigerung der Körperabwehr benutzt, es wird imitiert, indem ich Ihnen eine Aufbereitung, eine Suspension von Fremdeiweißen in den Gesäßmuskel injiziere und dadurch eine Reaktion hervorrufe. Eine Art Abwehrreaktion, die sich – auch – mit Fieber äußert. Sie wissen doch von schon einmal durchgestandenen Bagatellerkrankungen, von fieberhaften Virusinfekten oder von den Kinderkrankheiten von früher her, wie da der Mechanismus abläuft: das relativ hohe Fieber bewirkt ja eigentlich die Heilung, trainiert Ihre Abwehrkörper, Ihre Leukozyten, Ihre Freßzellen oder wie immer sie hießen mögen. Nur dauerte dieses Fieber lediglich einige wenige Tage an. Bei der Fiebertherapie wollen wir es aber einen längeren Zeitraum über erhalten. Sowie es im Begriffe ist zu fallen, bekommen Sie eine neue Injektion appliziert.

Blenheim hatte aufmerksam zugehört.

»Und die Nebenwirkungen? Jede Therapie, vor allem eine wirkungsvolle, hat doch Nebenwirkungen?«

»Nun, es sind die Nebenwirkungen des Fiebers. Es wird zu einer Steigerung des Pulses, des Herzminutenvolumens – wissenschaftlich ausgedrückt – kommen, Sie werden mehr transpirieren, möglicherweise durstiger sein als sonst und Sie werden – falls sie nicht bewußt dagegen steuern – an Gewicht abnehmen. Fieber zehrt ja, aber seinen allgemeinen Wirkungen kann man entgegentreten.«

Blenheim war etwas mißtrauisch geworden.

»Und Sie haben viel Erfahrung darin, haben diese Methode schon oft, erfolgreich gar, angewandt.«

»Eigentlich nicht. Drei- oder viermal erst, bei ähnlich gearteten Erkrankungen. Zwei davon haben sich gebessert, sind aber nicht geheilt worden.«

»Also daß Sie keine Garantie für eine Heilung abgeben können, verstehe ich. Aber – ehrlich gesagt – daß diese vage Methode, eine Methode mit relativ geringen Erfolgsaussichten und mit nicht sehr großer Erfahrung Ihrerseits gerade bei mir angewendet werden soll, gefällt mir weniger.«

Dr. Assmuth war von seinem Stuhl aufgestanden und zum Fenster gegangen. Er blickte hinaus und fuhr weiter fort:

»Ich verstehe Ihre Bedenken. Sehen Sie, Herr Blenheim, den Entschluß dazu habe ich nicht aus reiner Rationalität gefaßt. Um die zu bekommen, müßten Sie andere Ärzte aufsuchen. Und das haben Sie ja schon zur Genüge getan, mit entsprechendem Erfolg, wenn man das grandiose Kortison betrachtet und mit entsprechendem Mißerfolg, wenn man dessen Nebewirkungen spürt. Ich habe mich bei Ihnen auch sehr von meinem Gefühl leiten lassen, wie es eben zur Therapie oder zu einem Therapeuten gehört. Genauso wie die exakte Diagnose mehr zur Wissenschaft gehört. Wenn ich alle Ihre Beschwerden intuitiv erfasse, sie nicht einteile und zuordne, stellt sich bei mir eben ein Gefühl ein, daß diese, und nur diese Therapie die erfolgversprechendste sein müßte. Mehr kann ich Ihnen dazu auch nicht sagen und will es auch nicht. Die Entscheidung liegt ausschließlich bei Ihnen.«

Blenheim hatte sich ebenfalls wieder vom Stuhl erhoben und war neben Dr. Assmuth getreten. Beide blickten in den wildwuchernden Garten hinaus.

»Was bleibt mir denn übrig? Ich habe doch keine Wahl. Ich hatte ursprünglich gehofft, daß Sie mir eine Heilung versprechen, mir Mut machen, denn so kann mein Leben ja nicht weitergehen und so will ich es auch nicht verbringen. Aber Sie sind wenigsten ehrlich. Ich sage zu Ihrem Therapievorschlag ja, wir wollen es doch noch versuchen, schließlich bin ich ja den weiten Weg zu Ihnen gekommen.«

Dr. Assmuth hatte sich vom Fenster weggedreht, ging einige Schritte ins Zimmer zurück. Er schien irgendetwas sagen zu wollen, zögerte aber.

»Haben SIE nun Bedenken?« Blenheim merkte, daß dem Arzt etwas auf den Lippen lag.

»Nein. Das, was ich Ihnen sagen mußte, habe ich getan. Alle anderen Spekulationen haben noch Zeit.«

»Was für Spekulationen? Verschweigen Sie mir noch etwas? Hat Ihre Therapie vielleicht doch noch einen lebensgefährlichen Aspekt?« Blenheim war wieder unsicher geworden und sah Dr. Assmuth forschend an.

»Nein, eigentlich nicht. Ich glaube, es hätte keinen Sinn, Ihnen durch Herableiern aller Eventualitäten auch das letzte Vertrauen zu nehmen. So, wie es in den Beipackschriften verschiedener Pharmazeutika aufgelistet ist, wird ja der Verdacht auf irgendwelche Nebenwirkungen geradezu geschürt. Es ist eine Form, Mißtrauen zu wecken und damit jedes therapeutische Bündnis zu untergraben.«

»Gut, ich akzeptiere, daß Sie etwas vermuten, es mir aber nicht sagen wollen. Trotzdem liefere ich mich Ihnen aus. Oder soll ich sagen Ihrer Kunst?«

Dr. Assmuth lächelte nun.

»Es ist keine Kunst, sich auf etwas unüblichere Art jemanden zuzuwenden. Aber wenn Sie so wollen ist es eine Form des Fingerspitzengefühls, die Konturen einer Persönlichkeit zu ertasten und daraufhin eine Therapieform abzustimmen. Fangen wir heute gleich damit an? Ich habe schon eine Suspension vorbereitet«.

Blenheim spürte die tief eindringende Kanüle neuerlich kaum. Er hatte nun die andere Seite seines Gesäßes hingehalten. Zu oft hatte er diese aufeinanderfolgenden Behandlungsrituale schon über sich ergehen lassen.

Dr. Assmuth versah die Injektionsstelle an seinem Gesäßmuskel abermals mit einem Pflaster.

»Normalerweise würde ich nach der ersten Injektion die Fieberreaktion bei Ihnen abwarten. Aber ich habe heute noch einen Termin auswärts bei einem Patienten. Ich gebe Ihnen aber die Telefonnummer, wo ich zu erreichen sein werde. Es wird keine Komplikationen geben, aber Sie sollen sich nicht allein gelassen fühlen. Ich denke, Sie sollten nun ins Hotel zurückgehen und sich niederlegen. Das Fieber wird kaum vor Ablauf einer Stunde ausbrechen.«

Er kramte aus seinem Schreibtisch einen Zettel hervor, kritzelte einen Namen mit einer Telefonnummer darauf und händigte ihn Blenheim aus.

Blenheim glaubte in den Gesichtszügen des Arztes eine gewisse Besorgtheit zu bemerken. Er hatte im Laufe der Zeit alle Nuancen der Mimik seiner behandelnden Ärzte zu interpretieren gelernt, er kannte ihre Bestimmtheit, genauso wie er ihre Resignation oder gar Geschäftstüchtigkeit schon kennengelernt hatte. In Dr. Assmuths Gesichtszügen lag eine bestimmte Erwartung, so wie er ihn mit leicht hochgezogenen Augenbrauen und weit geöffneten, interessierten Augen ansah.

Sie verblieben dabei, sich wieder morgen nachmittag hier zu treffen, dann also, wenn das Fieber voraussichtlich wieder gefallen sein würde. Denn es wäre ja wichtig, die Fieberkontinua aufrecht zu erhalten.

Als Blenheim am Abend still in seinem Bett lag, konzentriert in sich hineinhorchend, empfand er wieder das ohnmächtige Gefühl der Verlassenheit. Irgend jemanden hätte er nun gebraucht, der ihm beistand. Nicht als Unterstützung gegen die Schmerzunbill oder als Zuhörer für seine Klagen. Nein, lediglich als Beistehender, Anwesender. Denn er wartete auf das Fieber. Er versuchte sich zu entsinnen, wann er das letzte Mal welches gehabt hatte und wie seine Beschwerden damals verlaufen wären. Doch er entsann sich keiner bestimmten Symptome, denn es war immer überlagert gewesen von anderen Beschwerden, von einer schnupfenden Nase oder von einem trockenen Husten. Es war nur eine zusätzliche Beigabe gewesen, eine erwartete Ergänzung zur feststehenden Diagnose eines Infektes oder einer Lungenentzündung. Aber Fieber zu haben, ausschließlich und nicht als Zusat zu vielfältigen anderen Symptomen war ihm gänzlich fremd.

Er lag völlig bekleidet und mit den Straßenschuhen auf dem Bett. Die Bettdecke war noch aufgeschlagen, so wie er sie in der Früh verlassen hatte, aber es störte ihn nicht. Wie unwichtig doch gewisse Dinge werden konnten, auch solche, deren korrekte Abwicklung und deren genaue Einhaltung ihm immer sehr wichtig erschienen waren.

So war er schließlich müde geworden. Es war allerdings eine Müdigkeit ohne die Option auf einen Schlaf. Es war eine Müdigkeit, die ihn lediglich auf die Bettstatt preßte, ihn zu irgendeiner Tätigkeit unfähig machte und seine Gedanken lähmte. Sogar seine Einsamkeit nahm er schließlich nicht mehr wahr, weil die allgemeine Kraftlosigkeit sogar jede Traurigkeit umhüllte.

Die Kirchturmglocken erklangen zur Abendvesper. Nie hatte er die letzten Jahre diese Geräusche in der Stadt gehört, aber er kannte sie aus seiner Jugend. Er wußte, daß es gegen neunzehn Uhr sein mußte. Sein Herz begann etwas schneller zu schlagen, es begann zu pochen. Er spürte, wie seine Gedanken sich aus der Ummantelung der Müdigkeit langsam lösten und sich dem schneller schlagenden Herz anglichen. Sie begannen durch seine Schädelkalotte zu jagen, schienen an deren Innenseite zu prallen, als wollten sie sie verlassen. Er nahm sie als Kopfschmerzen wahr. Er lag immer noch angezogen auf dem Bett, hatte nur ein Laken um sein Gewand geschlagen und wälzte sich darin von einer Seite zur anderen. Er konnte keine Ruhe mehr bewahren, konnte nicht mehr die Glieder, nicht mehr die Hände ausgestreckt darauf halten, sondern beugte immer wieder die Kniegelenke, winkelte fortwährend die

Oberarme an, ohne sie dadurch einer zweckgerichteten Tätigkeiten zuzuführen. Alle Muskelkontraktionen schienen diskoordiniert, die verschiedenen ziellosen Bewegungen entsprachen keinem bekannten Bewegungsmuster, sondern wurden asynchron. Blenheim sah an sich hinunter, als beobachte er ein fremdes Schauspiel. Es kam ihm vor, als hätte sich die Hülle seines Körpers durch diese ziel- und sinnlosen Bewegungen verselbständigt, weil es ohne sein Wollen, lediglich mit seinem Wissen geschah. Er befühlte zwischendurch die Wangen mit den Handrücken und merkte ihre Kühle. Desgleichen ertastete er an beiden Unterarmen die kalte Haut, sah sie fleckig und marmoriert geworden. Er zog das Bettlaken enger an sich, aber sein Frösteln wurde dadurch nicht weniger. Er schlüpfte daher angekleidet vollends unter die Bettdecke, lediglich die Schuhe streifte er ab.

Er vibrierte nun am ganzen Körper. Vom Kopf bis zu seinen bestrumpften Füßen hatte ihn ein Schütteln ergriffen, dessen er sich nicht erwehren konnte. Nur indem er die Bettdecke fest umkrallte und bis unter seinen Hals zog, konnte er die rhythmisch zuckenden Hände etwas beruhigen. Aber seine Schultern, sein Haupt und vor allem seine unteren Extremitäten verfielen in einen grobschlägigen Tremor, so als habe ihn ein epileptischer Anfall überkommen. Er fühlte sich in einen Block mit Eis gelegt, so kalt war ihm und so hilflos gefangen kam er sich vor.

Wie hätte er nun hinunter in den Gastraum gelangen sollen, um Dr. Assmuth telefonisch herbeizurufen? In den Zimmern der »Goldenen Krone« gab es sicherlich Zimmertelefone, aber hier in dieser primitiven Herberge? Indes er Hilfe herbeisehnte, mit seiner Situation zu hadern begann, verminderten sich jedoch die Zuckungen und allmählich stieg Wärme von den Beinen her auf. Die fahle Haut an seinen Handrücken wurde rosa und und seine Wangen schienen nun jene Hitze zu haben, wie sonst auch, wenn er seine Sportübungen getätigt hatte. Das Gewand allerdings klebte an ihm, und endlich richtete er sich im Bett auf, um sich aller Kleidungsstücke zu entledigen.

Blenheim wußte nun, daß er Fieber hatte. Es war ihm nicht unangenehm, auf jeden Fall war das Interesse an seinen körperlichen Begleitempfindungen, deren Beobachtung und deren Abschätzung so groß, daß er kaum Unbehagen empfand. Er lag völlig ausgestreckt da und blickte an die Zimmerdecke, an der er die grauen Flecken des bröckelnden Putzes sah.

Draußen war es noch nicht dunkel, als Martin Johann Blenheim am Abend des zweiten Tages seines Aufenthaltes in Dienbach eingeschlafen war.

5. Kapitel

Es kann an dieser Stelle der Geschichte nicht gesagt werden, inwieweit Martin Johann Blenheim dadurch einer Erhöhung einer allgemeinen Veränderung anheimfiel, dass er seine seine Körpertemperatur erhöhte. Hätte er seine Normaltemperatur bewahrt, so wäre ihm doch ein Wechsel seines bisherigen Selbstverständnisses zu einer Phase der Infragestellung aller als unerschütterlich angesehenen Fakten seines bis dato verlaufenen Lebensweges aufgefallen. Die allmählich einsetzende Änderung eines Bewußtseinszustandes in einen anderen mußte also überhaupt nichts mit der neuen Therapie zu tun haben. Sie konnte allein deswegen stattfinden, weil er seine Umgebung abrupt geändert hatte, sowohl den Ort als auch seine bisherigen Partner. Es konnte also durchaus sein, daß neue Lebensgefährten, deren andersartige Denkweise und deren Gesprächsthemen Einfluß auf ihn nahmen. Möglicherweise ist es insgesamt auch banal, auf diesen so selbstverständlichen Zusammenhang hinzuweisen, da wir ihn ja tagtäglich an uns selbst erfahren. Darüber hinaus sollte noch erwähnt werden, daß unsere Selbsterfahrung ja von den ersten Tagen der Geburt bis hin zu unserem Tod einer fortwährenden Abänderung unterworfen, daß sie sozusagen höchst variabel ist, mehr noch als unser Aussehen in der so langen Zeitspanne eines Lebens. Und schließlich: wer kann schon behaupten, daß das Schicksal eines Menschen sich kontinuierlich entwickelt, daß es nicht auch Momente darin gibt, wo sich dessen Lauf beschleunigt oder auch abbremst.

Sollte solch ein Wechsel stattgefunden haben, so war er Blenheim jedoch nicht bemerkbar, nicht sofort bewußt, sondern er sollte ihn erst mit einer gewissen zeitlichen Verzögerung erfahren, wie eben alle bedeutenden Ereignisse im Leben erst aus der Distanz des Rückblickes gesehen werden können.

Martin Johann Blenheim schlief in der Nacht vom zweiten auf den dritten Tag seines Aufenthaltes in Dienbach tief wie schon lange nicht mehr. Es war ein Schlaf, wie er im Zustand des Fiebers eigentlich nicht hätte passieren dürfen, da ja alle Körperzellen anstatt einer Stoffwechselverlangsamung eine Steigerung erfuhren, sein Körper sich also in einem Zustand allgemeiner innerer Vibration befinden mußte. Daß er sich in eben dieser Nacht trotzdem in die schwärzesten Winkel seines Bewußtsein hinabfallen ließ, dorthinein lullte wie ein Ungeborenes in den Leib der Mutter, mag aber gerade mit dem oben beschriebenen

Phänomen zu tun gehabt haben: das Ende eines Zeitabschnittes und der Beginn eines neuen wurden durch die beinahe bewußtseinsauslöschende Zäsur eines Tiefschlafes getrennt. Freilich ist auch dies nur eine Annahme, so wie viele subjektive Ereignisse keine Vergleichsmöglichkeiten, schon gar nicht die wiederholbare, nachvollziehbare Bewertung durch die Erfahrung anderer kennen.

Als Martin Johann Blenheim am nächsten Morgen erwachte – es war der Mittwoch – war die erste bewußte Bewegung der Griff nach seiner Stirn. Er hätte aber nicht sagen können, daß sich die nachtschweißige Haut wärmer als sonst anfühlte, auch nicht seine Wangen, auf die er beidseits seine Handflächen legte. Er fühlte sich frisch und kräftig trotz entbehrtem Kaffee, auf keinen Fall so, wie man sich nach einem Fieberschub gemeinhin fühlt: regenerations- und erholungsbedürftig. Seine Morgenkraft führte er auf diesen festen, traumlosen Schlaf zurück. Ihm fielen die Worte seiner Mutter ein, wenn sie früher nach überstandenen Krankheiten, aber auch nach irgendeinem kräftezehrenden Ereignis zu ausgedehntem Schlaf mahnte als der Phase im Tagesrhythmus, in welcher die in die Peripherie verästelten Kraftströme in die Zellen rückfluteten, sich dort wieder neu sammelten, verbündeten, um den Erfordernissen der nächsten Stunden entgegenzutreten. Nur das völlige Zurückstellen aller Funktionen und aller Systeme in den Ruhezustand, in den Ausgangszustand und das längere Verharren darin, befähigte sie, ihre volle Leistung dann wieder zu erbringen. Das galt jedoch für den gesunden Organismus, das war ein Prinzip aller regelgerecht ablaufenden Lebensfunktionen.

Aber erholsamer Schlaf während eines Fieberzustandes? Wie war da das Wissen, wie war da die naive Erfahrung der Volksweisen, wie vielleicht auch seine Mutter eine gewesen war?

Blenheim war mit seinen Analogien zufrieden, konnte sich das Phänomen der vergangenen Nacht aber nicht erklären.

Den heutigen Tag wollte er ohne Frühstück beginnen. Als er beim Durchschreiten des Gastraumes das graue Münztelefon passierte, irritierte ihn dessen Anblick abermals. Nicht nur, weil es ihn neuerlich daran erinnerte, daß sich Helga Sorgen machen würde, sondern auch aus anderer Ursache.

Er empfand einen engen Zusammenhang zwischen dem Telefon und zeitlichen Zwängen. Es gab da eine Kongenialität zwischen dessen akustischen Signalen und den optischen Markierungen auf dem Ziffernblatt einer Uhr. Beide schnitten den Tag in bestimmte Stücke, die einen regelmäßig, jene unregelmäßig und willkürlich, wie es irgendeinem Mitmenschen beliebte. Den Tönen konnte man noch entrinnen, aber die Zeit klebte an der Haut, als wäre man mit ihr geboren. Während er in der frischen Morgenluft dahinschritt, erkannte er, daß alle seine bisherigen Tätigkeiten einen solchen zwanghaften Bezug zu einem exakten zeitlichen Plan gehabt hatten. Sie geschahen im Bewußtsein einer bestimmten Reihenfolge, die nicht aus der Logik des Sachverhaltes, sondern aus dem Zwang dieses zeitlichen Diktates vorgegeben wurde. Die Nahrungsaufnahme unterwarf sich übereingekommenen Zeitpunkten und nicht dem Hunger, so wie sich der Schlaf der Dunkelheit überließ und nicht der Müdigkeit. Und das Zifferblatt der Uhr wandelte sich weiter in die Linienzeichnungen eines Kalenders und schien bis an sein Lebensende zu reichen.

Blenheim schmerzten solche Überlegungen und so wollte er diese Prinzipien der Lebensführung fortan mißachten. Er beschloß, nicht mehr unentwegt die Stunden und die Tage zu bestimmen, vielmehr sollten sie ihm gleichgültig sein. Er gedachte alles mehr seinem Gefühl zu überlassen, den augenblicklichen Neigungen und meinte sich befreiter zu fühlen, wenn ihn das bisherige innere Zeitkonzept nicht mehr belästigte.

So wurde ihm allmählich die Hinterfragung des akkuraten Zeitpunktes auf der imaginären Zeitskala, diese automatisierte Bestimmung des genauen Ortes auf den Strich- und Zahlenkreisen, von welchen sich vielerlei Bezüge nach vorne knüpften, die ihm den Lebenrhythmus bestimmten und die ihn in die allgemeine Kommunikation einbanden, zunehmend unwichtig. Die Ziffern und die Grade auf dem Kalendarium verwischten sich, und Blenheim merkte es daran, daß er nicht mehr so oft das linke Handgelenk einwärtsdrehte und mit der darüberfahrenden rechten Hand die Sakkoärmel zurückschob, um exakt die momentane Uhrzeit zu erfahren. Er hätte doch auf einen nackten Unterarm geblickt, denn die Armbanduhr war ja zur Reparatur.

Dieser Mittwoch war somit der letzte Tag, den Blenheim benennen wollte. Fortan wollte er die Tage nehmen wie sie kamen, aber auf keinen Fall ihnen eine gewisse Reihenfolge zugestehen.

Die Zeit vor ihm war nun ausgefüllt mit ausgedehnten Spaziergängen. Die erhöhte Körpertemperatur schien ihn innerlich anzutreiben, es hielt ihn kaum an einem bestimmten Ort längere Zeit, sondern er wanderte die Straßen des Ortes entlang, durchmaß die Stadt von einem Ende zum anderen, angetrieben von seinem schneller schlagenden Herzen. Er fühlte sich unsicher, da er seine allgemeinen Reaktionen auf die erhöhte Körpertemperatur noch nicht kannte. Andauernd lotete er seinen momentanen Zustand aus, beurteilte und überinterpretierte und versuchte die äußeren Einflüsse auf seinen Herzschlag, auf seine Atemtätigkeit und auf seinen Wachzustand zu beurteilen. Indes bemerkte er, daß die Kontinua des Fiebers eigentlich keine tatsächliche war, daß sich das Niveau nicht exakt bis zur nächsten Injektion hielt, sondern einige Stunden davor langsam senkte. Er spürte es auch daran, daß er dann mehr transpirierte, daß aber auch seine Gemütsstimmung abfiel.

Er beschloß, ein Fieberthermometer zu kaufen, war er es doch leid, durch Auflegen des Handrückens auf seine Wangen oder seinen Hals die Temperatur zu schätzen. Er wurde über ihre Höhe doch im unklaren gelassen, da sein Handrücken selbst ja jede Temperaturänderung mitmachte. Außerdem waren seine Wangen oft noch kühl, wenn es in seinem Inneren schon kochte. Nach den täglichen, beinahe wortlosen Applikationen durch Dr. Assmuth – nur bei der zweiten Injektion hatte er sich beiläufig nach seinem Befinden erkundigt – stieg das Fieber ja nicht sofort an, sondern es erfolgte dabei eine Verzögerung von außen nach innen, zum Kern des Körpers hin. Am Beginn seiner Fieberkontinua konnte Blenheim äußerlich noch durchaus normaltemperiert sein. In diesen Minuten war ihm kalt, es fröstelte ihn und manchmal überkam ihn auch ein feines Zittern, vor allem an seinen Fingerspitzen und seinen Lippen.

Er wurde bei Herrn Ambrosius Ehmann vorstellig, bei dem er sich sowieso nach dem Fortschritt der Reparatur seiner Armbanduhr erkundigen wollte, wenngleich nur aus technischem Interesse. Herr Ehmann hatte mehrere Modelle solcher Temperaturmesser zur Auswahl. Er holte sie aus der Schublade unter dem Verkaufspult hervor, alle gebraucht und mit einer Quecksilberfüllung. Eigentlich wollte Blenheim ein elektronisches Thermometer kaufen, das ihm das Fieber schneller anzeigte, aber Herr Ehmann besaß keines dieser neumodischen Modelle, und schließlich erstand er ein mittelgroßes Exemplar, hinter dessen langer, schmaler Glaswölbung die Skalierung schon leicht vergilbt, dessen graue Quecksilbersäule aber durch eine übermäßige Vergrößerung deutlich zu sehen war. Die Zahlen darauf waren im unteren Bereich schwarz, begannen bei 35 Grad Celsius und endeten bei 42. Es besaß eine Zehntelgradeinteilung, und ab 37 Grad war die Beschriftung rot gehalten. Herr Ehmann meinte, daß man bei einem Quecksilberthermometer keine Katze im Sack kaufen könne, denn sie alterten inwendig nicht, da ihr physikalischer Mechanismus in einem Vakuum ablief. Es gab also keine Minderfunktion, sondern nur eine vollkommene oder gar keine. Blenheim steckte das Thermometer in die Brusttasche seines Hemdes und gedachte, es dort immer herumzuführen, um jederzeit exakt über seine Körpertemperatur Bescheid wissen zu können.

Er hatte sich bald angewöhnt, es bei jeder sich bietenden Gelegenheit herauszunehmen und mit schnell automatisierter Bewegung unter der linken Achsel einzuklemmen. Den Hemdknopf hatte er davor immer schnell geöffnet und den feinen Glasstab behend hineingeschoben. Er nahm sorgfältig Bedacht darauf, die Metallspitze genau zwischen die Innenseite des linken Oberarmes und den oberen seitlichen Bereich seines Brustkorbes einzuklemmen, um zu verhindern, daß sie in der natürlichen Höhlung der Achsel frei zu liegen käme. Er wußte, daß für eine genaue Messung ein intensiver allseitiger Hautkontakt vonnöten war. Mehr als fünf Minuten lang maß er nie, er konnte die Zeit auch nur abschätzen, chronometerlos wie er war. Aber wenn er auf der Bank neben der Kirche saß, so genügte ein Blick hinauf zum Uhrturm, um sich der Zeitspanne zu vergewissern. War er sich der endgültig zu erreichenden Grade, die die Quecksilberspitze anzeigte, nicht sicher, so steckte er das Meßgerät neuerlich unter seine Achsel und wartete noch ungefähr eine Minute zu. Damit konnte er fast sicher gehen, die momentane Körpertemperatur ziemlich exakt gemessen zu haben. Meist pendelte sie sich um die 38 Grad ein, es gab allerdings auch Momente, da sie höher war, so um die 39 Grad, aber das war meist unmittelbar nach der Applikation des Serums, wenn also die Pyrogene in seinen Blutgefäßen anfluteten.

Wenn dann, wie er zu Beginn der Messungen fasziniert beobachtete, die graue Säule des Quecksilbers langsam nach oben wanderte und dabei in den rotmarkierten Bereich eindrang, sich in diesen gar noch weit hineinschob, so empfand Blenheim dies wie das Überschreiten einer Demarkationslinie. Was nämlich auf dem Meßgerät so abrupt geschah, das Wechseln von einem definierten Zustand in den anderen, von normaltemperiert in krankhaft, vollzog sich ja nach seiner Wahrnehmung viel allmählicher. Temperaturen knapp jenseits des Beginns des roten Bereiches spürte er kaum. Aber durch das intensive Beobachten, das immer neue Vergewissern seines erhöhten Temperaturniveaus suggerierte er sich schließlich auch eine gewisse innere Hitze. Er wachte über seinen Puls, indem er häufig mit den Fingerspitzen der rechten Hand in die Vertiefung zwischen der Elle und der Sehne der Fingerbeugemuskeln des linken Handgelenks tastete und dort die erhöhte Herzfrequenz feststellte. Tat er dies nicht, so lauschte er konzentrierter auf seinen Herzschlag, indem er still verharrte und einige Sekunden nicht atmete, um die Geschwindigkeit des Herzschlages als Pochen an seinen Schläfen zu vernehmen. Hatte er es anfangs noch als störend empfunden, da es auch zu der Annahme verleitete, daß sein Blutdruck anstieg, so gewöhnte er sich allmählich daran und schließlich schätzte er es gar als ein vernehmliches Funktionsgeräusch seiner Existenz, als akustische Bestätigung seines noch intakten Lebens.

So versuchte er, jede Änderung gewohnter Zustände seiner Organe als Symptom des Temperaturanstieges zu registrieren und war zu Beginn seiner Fieberphasen hauptsächlich mit seinem Körper beschäftigt. Er spazierte durch die Gassen der Stadt, setzte sich hier auf den niedrigen Steinunterbau eines Zaunes oder lehnte dort an einer Mauer, um irgendeine Überprüfung an sich vorzunehmen. Seine Körperkräfte vergingen in der umgebenden Atmosphäre und ein Teil seiner verbrauchten Lebensenergie äußerte sich im Aggregatzustand des Schweisses. Es mußte mit seinem Salzgehalt, mit seiner Elektrolytzusammensetzung zusammenhängen, wenn er einmal als fein-, ein andermal als grobtröpfig erschien. Wenn seine Körpertemperatur zu fallen begann, spürte er die von innen aufsteigende Wärme. Beinahe gleichzeitig trieb es ihm dann die Flüssigkeit aus dem Körper. Er hob seine beiden Hände, hielt sie gegen den Himmel, drehte und wendete die Handrücken, um so besser die feinsten, beinahe mikroskopisch kleinen Tröpfchen zu sehen, die sich darauf bildeten. Sie wirkten zunächst wie angehauchter Wasserdampf, bevor sie dann zusammenflossen, um zu sichtbaren Perlen zu werden. Für die anderen war der Schweiß zuerst am Haaransatz der Stirne zu sehen, wo er die Wurzeln der Haare dunkler aussehen ließ, als sie tatsächlich waren. Gleichzeitig war er oft unangenehm zwischen den Brustmuskeln und am Rücken, also in den Hauptschweißfurchen des Oberkörpers zu spüren, wo er sich in größeren Tropfen sammelte und dann spürbar in Straßen, Bächen der Bauchregion zustrebte und ihm den Körper unangenehm klebrig anfühlen ließ. Mitunter quälend war er unter den Achseln zu ertragen, da er dort auch die Haut rötete, welche dann manchmal zu jucken begann. Auch an der Oberlippe, zwischen den Bartstoppeln, bildete sich oft Schweiß. Manchmal verfing er sich dort wie die Tautropfen einer Morgenwiese und war auch zu erschmecken, mit der nach oben gestreckten Zunge in den Mund hereinzuholen. War er besonders salzig, wußte Blenheim, daß er zuwenig getrunken hatte.

Er dachte nicht mehr daran, auf das Angebot Hausers einzugehen. Zumindest vorläufig nicht. In einem Textilgeschäft erstand er ein Dutzend Hemden, die er im Tagesrhythmus wechselte und nach der Benützung in der Bodenschublade des Schrankes verstaute. Deren Reinigung und Glätten, Bügeln wollte er sich nicht zumuten. Dagegen gedachte er seine Unterwäsche selbst zu besorgen, betrachtete sie als Intimität, die niemanden etwas anging. An den Tagen stärkerer Transpiration wechselte er sie mehrmals. In der Waschmuschel seines Zimmers hatte er ein passables System der Reinigung entwickelt. Mit einem Schnellwaschmittel aus dem Supermarkt war es ein leichtes, sie wieder frisch und sauber zu bekommen. Das Trocknen erfolgte dann an einer quer über eine Zimmerecke gespannten Schnur.

Konnte man ihn die erste Zeit manchmal beim Gehen plötzlich innehalten sehen, wenn er mit geistesabwesendem Blick und mit befremdlicher Haltung wie zur Säule erstarrt in sich hineinhorchte, so setzte bei ihm alsbald ein Gewöhnung ein. Auch den schlanken Glasstab des Thermometers, den er am Beginn der Messungen zwischendurch immer wieder behutsam herausgezogen hatte, um die augenblickliche Temperatur zu wissen, beließ er allmählich die komplette vorausberechnete Zeitspanne in der Höhlung der Achsel, und schließlich benötigte Blenheim es gar nicht mehr. Das häufige Messen und das Vergleichen der Messung mit seinem Befinden, mit seinem inneren Vibrieren machte ihn selbst so sensibel, daß er alsbald exakt die Zehntelgrade seiner Körpertemperatur erfühlte und sogar deren Tendenz, nach oben oder nach unten zu wandern. Aber obwohl er die Temperaturen in sich hineinhorchend, hineinfühlend genau wußte, beließ er das Thermometer in seinen diversen Taschen, und trug es mit sich herum wie andere eine Ansteckmedaille oder einen Talisman.

Die Veränderungen seines Körpers waren ihm alsbald zur Gewohnheit geworden. Viel mehr beschäftigte ihn aber der Wechsel seiner Umwelt. Freilich wußte er, daß diese sich nie änderte, absolut blieb, daß also vielmehr die Änderung in ihm vonstatten ging.

An einem der zahllosen Nachmittage fand er sich wieder bei Dr. Assmuth ein, um seine Injektion appliziert zu bekommen. Diesmal fragte jener ihn, ob er Schmerzen verspüre.

»Nein, meine Gelenke verhalten sich still. Ich kann mich nicht beklagen. Ich fühle mich insgesamt besser. Und doch ist eine Veränderung in mir vorgegangen, ich kann sie nicht beschreiben. Ich merke nur, daß etwas anders ist in mir.«

»Etwas? Können Sie das nicht präzisieren? Haben Sie vielleicht eine Überempfindlichkeitsreaktion entwickelt. Immerhin sind es Fremdeiweisse, die ich Ihnen injiziere. Haben Sie vielleicht einen juckenden Ausschlag oder sogar Niesreiz mit Atemnot bekommen?«

»Nein, Nein. Absolut nicht. Ich weiß es nicht genau, was es ist. Es ist ein Teil von mir, der sich zu verändern scheint. Bitte fragen Sie nicht weiter. Es beunruhigt mich schon genug. Sobald ich mir im klaren bin, werden Sie es erfahren.«

Dr. Assmuth wurde nachdenklich. Er schien angestrengt an etwas zu denken.

»Sie sollen wissen, daß mich alles interessiert, was in Ihnen vorgeht. Ich habe noch nicht soviel Erfahrung mit der Fiebertherapie. Am ehesten sind es allergische Beschwerden, aber die hätten gleich zu Beginn der Therapie, also schon am ersten Tag auftreten sollen. Nun, ich denke, Sie werden mich auf dem Laufenden halten. Wir sehen uns ja jeden Tag.«

Blenheim zermarterte sein Gehirn. Er saß nun wieder auf der Bank dort oben neben der Kirche. Sie war ihm ein vorläufiger Stützpunkt geworden in seinem Leben in Dienbach, ein zweiter Stützpunkt neben dem Zimmer in der Gaststätte. Gleichsam ein Fixpunkt seiner Exkursionen bei Tag und ein Gegenpol zu seinem Verweilpunkt in der Nachtruhe, wenn er sich zurückzog. Er saß diesmal stundenlang, bis in die Nacht hinein, während die Injektion von Dr. Assmuth nun ihre volle Wirkung entfaltete, als hochfahrende Temperatur, als leichte Beschleunigung seines Pulses. Er sah die in der Dämmerung bizarren Umrisse der Häuser, sah die angehenden Lichter in den Gassen. Hörte die Stimmen deutlich herauf, hörte ihren Tonfall, verstand die Worte, obwohl er hunderte von Metern davon entfernt war. Er spürte den Abendwind, vernahm sein Säuseln und bemerkte in seinem Rücken die alten Menschen, die wie jeden Abend ihrer Wege zur Abendvesper zogen. Er sah ihre Gesichter, ohne sich ein einziges Mal umgewandt zu haben.

Blenheim hegte einen bedrückenden Verdacht. Er erhob sich von seinem Beobachtungsplatz und ging hastigen, gebückten Schritts in seinen Gasthof zurück. Mit einer schweren innerlichen Last und mit einer zur Gewißheit gewordenen Ahnung legte er sich auf seine Bettstatt und sah an die Zimmerdecke. Sie schien ihm niedrig, so nahe bei seinem Gesicht, daß sie ihn beinahe berührte. Und schließlich meinte er, sie mit seinem Kopf zu durchstoßen, als er die allgemeinen Veränderungen der letzten Tage rekapitulierte. Aber die allgemeinen Veränderungen waren in Wahrheit spezifische, höchst subjektiv erlebte, die, als er sich in die Schwärze des Schlafes versenkte, nicht mehr die Bestätigung seines wachen Bewußtseins bekamen.

6. Kapitel

Martin Johann Blenheim war im Begriff, sich auf eine höhere Ebene der Wahrnehmung zu begeben. Er katapultierte sich gleichsam dort hinauf, anfangs ohne sein Wollen und Wissen. Die Dynamik dieser Veränderungen war eine schrittweise in den Nächten und eine kontinuierliche an den Tagen.

Aber da dieser Zustand ein außernatürlicher, in keinem Lebensplan enthaltener war, konnte Blenheim die Zusammenhänge nicht gleich erkennen. Besorgt und angstvoll beobachtete er sich, horchte hinein in seine Systeme der Atmung, des Blutflusses und vor allem der Gedankenbildung. Er probierte, bemaß und verglich seinen sich wandelnden, abändernden Zustand, so daß alleine diese Anstrengung ihn an die Grenzen des Erträglichen brachte. Und merkwürdig wie auch unheimlich waren die Beobachtungen, die er machte:

Je höher die Körpertemperatur, desto sensibler reagierten seine Perzeptoren in der Peripherie. Je feiner die Aperzeption seiner Sinne, desto vielfältiger gerieten alle Nuancen seiner Beobachtungsfähigkeiten, desto ungehemmter war der Reichtum diffiziler Lebensaspekte.

Ihm war, als würden alle physiologischen Gesetzmäßigkeiten in einer vielfach übersteigerten Form erfolgen. Griff er nach Gegenständen, so spürte er nicht nur deren Form, sondern auch deren Struktur. Die geringste Veränderung des Lichtes, seiner Intensität und seiner Farben, drang nicht nur ungehemmt an seine Netzhaut, sondern dessen Quellen waren – durch keinen Dunst absorbiert – scharf zu erkennen, als exakte Konturen und präzise Umrisse. Die Geräusche verloren sich nicht mehr in der Dichte der Atmosphäre, sondern deren Schall drang – durch keine Interferenz gestört – ungemindert an sein Trommelfell. Sie kamen an als reine Töne, die nun sehr wohl von ihrem Echo zu unterscheiden waren. Der geringste Luftzug schließlich wurde nicht nur an seiner Haut vermehrt gespürt, sondern auch dessen Richtung und Ort der Entstehung wurde – wie bei des Tieres Gesichtssinn – eindeutig wahrgenommen

Aber was noch viel erstaunlicher war: mit diesen vermehrt anfallenden Grundinformationen seines Sinnesapparates ausgestattet, steigerte sich die Leistung der zentralen Nervenzentren auf ein Vielfaches ihrer bisherigen Verarbeitungsgeschwindigkeit: da die Impulse in allen ihren Qualitäten schneller abliefen und verstärkt anfluteten, hievten sie ihn auf ein viel höheres Niveau der Bewußtmachung. Blenheim sah schärfer, hörte deutlicher, fühlte differenzierter und wußte daher mehr als je zuvor. Seine Analysefähigkeit, seine Fähigkeit der Beurteilung etablierte sich auf einer höheren Stufe der Qualität und in einer zusätzlichen Dimension.

Die Tage, die er nun verbrachte, waren somit ungemein intensiv durchlebt. Was kurz zuvor noch träge dahingeflossen, wurde plötzlich mitreißend in Form und Gehalt. Nebensächliches bekam unvermutet Bedeutung und abseits Stehendes rückte mit einem Male in den Mittelpunkt wie ebenso zuvor wertlos Erscheinendes nunmehr unverzichtbar wurde. Vermeintlich leblose Dinge fanden plötzlich zu einer Sprache, teilten sich mit und machten auf sich aufmerksam, während bislang Geschwätziges als leere Worthülsen darniederkam. Der Wert vieler Sachverhalte verkehrte sich ebenso wie der bisher angelegte Maßstab. Ja, alle vertrauten Beurteilungskriterien wurden von einem übergeordneten System der Wahrhaftigkeit relativiert.

In den Momenten, da er heiß und dampfend durch die Straßen taumelte, er äußerlich also eher krank und hilfsbedürftig wirkte, war er von einer ungeheuren Klarheit im Denken. Und doch machte ihn dieses vermehrte Wissen unsicher taumeln. In diesen Momenten, da er mehr sah, mehr hörte und mehr fühlte, wußte er zwar mehr, empfand jedoch zugleich Zweifel an seinem Geisteszustand.

Was war mit ihm geschehen?

Waren es doch die nicht vorhersehbaren Nebenwirkungen seiner Fiebertherapie, seine individuelle Reaktion, oder hatte der Rheumatismus sich in einer neuen, bislang nicht gekannten Abart auf seinen Geist geschlagen und nun vollends Besitz ergriffen von ihm, von seiner Psyche und somit von der letzten, der allerwichtigsten Bastion seiner Persönlichkeit? War nun ein völlig anders geartetes Symptom manifest geworden, war ein Krankheitsschub erfolgt, wie er ihn von vielen anderen Erkrankungen schon gehört hatte, und hatte dieser Schub nunmehr eine andere, keine »somatische«, sondern eine »geistbesetzende«, »psychotische« Richtung genommen?

Oder gemahnte die Dramatik, mit der sich der Zusammenhang seiner Umwelt änderte, gar an einen Apoplex? Ja, genau: es mußte ein Schlaganfall erfolgt sein, mithin jene Erkrankung, die rasch und blitzartig den ganzen Geist oder wesentliche Bereiche des Intellekts auslöschte. Möglicherweise ein Hirninfarkt, der nicht die primitiven, die motorischen Zentren, sondern die entfernteren, höherwertigen

Schichten seines Diencephalons erfaßte, jene Areale also, wo Denken und Bewußtsein vermutet wurden.

Blenheim wurde bei Dr. Assmuth vorstellig, dringlich und ohne sich anzumelden, da er sich mit diesem Verdacht als Notfall fühlte. Erstmals untersuchte Dr. Assmuth ihn, prüfte seine Reflexe, seine Kraft und erstellte einen groben neurologischen Status.

»Ich kann keine krankhafte Veränderung bei Ihnen feststellen. Sie haben sicherlich keinen Apoplex erlitten, auch wird nirgendwo beschrieben, daß es eine ›zerebrale Form‹ einer Autoimmunerkrankung gibt.«

Blenheim war erleichtert. Die Veränderungen seiner Wahrnehmungen mußten also doch vom Fieber verursacht sein.

Er meinte, daß Dr. Assmuth ihn nicht restlos bezüglich eventueller Nebenwirkungen aufgeklärt hätte. Er erinnere sich noch genau, daß er damals bei seinem Gespräch zögerlich gewesen wäre, daß ihm noch etwas auf der Zunge gelegen habe.

»Sie haben recht. Ich hätte Sie damals doch aufklären, Ihnen zumindest meinen Verdacht mitteilen müssen. Ich war mir aber nicht sicher, deshalb hatte ich Ihnen über diese Nebenwirkung, oder sagen wir besser über dieses mögliche Phänomen nichts erwähnt. Die Erklärung dafür scheint mir aber logisch. Es dürfte neben der Steigerung der immunologischen Abwehrmechanismen, neben der Steigerung aller Stoffwechselvorgänge auch zu einer Intensivierung aller anderen Chemismen kommen, also auch des Denkvermögens und damit der Bewußtseinslage, wenn man deren Funktionen als eine Folge von bioelektrischen Impulsen erachtet. Ich hatte ja bei den vorherigen Therapien ähnliches vermutet, aber Sie bestätigen es mir nun. Ich möchte sie beruhigen, es hat nichts mit einem intellektuellen Abbau oder einer seelischen Deviation zu tun. Sehen Sie es doch anders. Denn mehr an Informationen aus unserer Umwelt aufnehmen zu können, kann doch letztendlich auch zum Vorteil gereichen. Es sollte Ihnen ein Gefühl der Überlegenheit geben. Betrachten Sie es als angenehme Begleiterscheinung.

»Als angenehme Begleiterscheinung soll ich meine Bilder- und Tonflut empfinden. Ich möchte Ihnen diesen Sinnesrausch wünschen.«

»Wir können die Fiebertherapie auch unterbrechen. Allerdings würde ich doch noch zuwarten, denn erfahrungsgemäß sind Nebenwirkungen nur anfangs besonders ausgeprägt. Es kommt mit der Zeit zu einer Art Gewöhnung. Die Wogen glätten sich also – bildlich ausgedrückt. Wenngleich diese Erfahrung nur mit pharmakologischen Nebenwirkungen gemacht wurde, kann diese Überlegung doch auch auf die Fiebertherapie Anwendung finden. Der Körper geht sozusagen einen Pakt, ein Arrangement mit der neuen Situation ein. Es wohnt uns allen eine gewisse Anpassungsfähigkeit inne, die man nicht unterschätzen sollte.«

Blenheim ließ sich beruhigen und fand sich damit ab, seinen Zustand vorerst so zu akzeptieren, wie er ihn bisher manchmal tatsächlich empfunden hatte: als höchst faszinierend und abstoßend, als genußvoll und quälend zugleich. Ein Mehr an Wissen und Gefühlen konnte überlegen machen und – traurig, aber vor allem konnte es kritiklos machen, ähnlich der Weintrunkenheit. Davor wollte er sich hüten.

Der Prozeß der Gewöhnung setzte allmählich ein, wie es Dr. Assmuth vorausgesagt hatte, und Blenheim nahm seine sinnesscharfen Erkenntnisse als einen Teil seiner selbst an – auch deshalb, weil die Zusammenhänge dort viel mehr den Gesetzen der Logik gehorchten und dies seinen tiefsten Intentionen entgegenkam.

Seine Erkenntnisfähigkeit machte ihn vorerst ruhig und bedächtig, allein dadurch, daß ihm seine Unsicherheiten genommen wurden, die vormals aus Mutmaßungen und Verdächtigungen, ja Unwissenheiten bestanden hatten. Er empfand sein vermehrtes Wissen auch als eine Annäherung an die so oft erstrebte, begehrte Weisheit, zu der es eines langen Lebens und vieler Erfahrungen bedurfte. Er hatte also einen faustischen Pakt geschlossen – so versuchte er seinem Zustand einen erträglichen Aspekt abzugewinnen – freilich ohne vorher zu wissen, wie er sich entwickeln würde; vermittelt lediglich durch erhöhte Körpertemperatur, bewirkt nur von viel nervöser herumschwirrenden Molekülen im winzigsten Milieu seines Körpers, wo gleichwohl die Physik ihre Gesetze hatte.

Seine Feststellungen wurden allerdings getrübt von einem anderen Phänomen, dessen er gewahr wurde, von einer Begleiterscheinung, die als Gesetzmäßigkeit eben dieser Physik untrennbar damit verbunden schien. Mehr Wärmeenergie bedeutete auch die schnellere Alterung. Die schnellere Bewegung der Moleküle, das nervösere Zittern aller inneren Kristallgerüste verzehrte auch geschwinder die eigene Substanz. In dem Maße, in dem er schneller zu Erkenntnissen gelangte, weil ihn die Informationsimpulse augenblicklich und in ihrer Menge dichter anfluteten, schienen ihm auch alle Handlungen in seiner unmittelbaren Umgebung langsamer abzulaufen. Die Bewegungen der Körper, aber auch der Fluß der Zeit schien gedehnter geworden zu sein, wie in einem Cinemaskop, wo der vermehrte Bilderfluß pro Zeiteinheit eine Verlangsamung aller Bewegungen bedeutete. Blenheim hatte das Gefühl, schneller zu altern als seine Umgebung, was allerdings objektiv von niemanden festzustellen war. Lediglich der Wirt meinte einige Male, wenn er abends den Gastraum schnell durchmaß, um zu seinem Bett nach oben zu gelangen, daß er müde und abgespannt aussah. Und wenn er dann vor dem Spiegel stand, und plötzlich um den Mundwinkel eine kleine Falte mehr bemerkte, die er nie zuvor gesehen hatte, so mochte es das trübe, ungünstig einfallende Licht sein, das diese vortäuschte. Im Moment dieser Beobachtung beschlich ihn zugleich das Gefühl, daß ihn dieser vergangene Tag weit mehr als vierundzwanzig Stunden gekostet hatte, daß es vielleicht zwei oder drei Tage gewesen waren, die sich in einen einzigen gezwängt hätten. Ja, in Blenheim keimte schließlich der erschreckende Verdacht, daß die Fieberzustände seine ihm zugedachte Gesamtlebenszeit verkürzten. Es war ihm auch dies als Gesetzmäßigkeit bekannt: die auf ein Menschenleben verteilte Lebensenergie mußte, da sie sich intensiver verbrauchte, auch ihre Gesamtzeit, die zur Verfügung stand, verringern. War ihm dies nicht aus vielen Beobachtungen geläufig? Herabregelung der Körpertemperatur bedeutete ja sogar Verlängerung der Absterbezeit, wenn er an die Herzoperationen in den Krankenhäusern dachte, wo dieser Effekt genutzt wurde. Und Hinaufschalten der Temperatur bedeutete eine Steigerung der Geschwindigkeit aller Stoffwechselvorgänge, aber auch aller destruktiven, zerstörerischen Kräfte im Körper. Er war wieder bei seinen Grundsatzüberlegungen angelangt. Die kalten und damit toten Steine existierten am längsten, überdauerten am längsten. Kälte war somit Unendlichkeit, war Eis, war Ewigkeit. Und je mehr Wärme den Stoffen innewohnte, je mehr sie etwas verbrauchten, von etwas zehrten und sich ihr Zustand andauernd veränderte, desto mehr waren sie der Zeit unterworfen. Wärme, Hitze bedeutete somit Vergänglichkeit, auch Verfall.

Blenheim war zufrieden ob solch klarer philosophischer Erkenntnisse, gleichwohl war seine Angst, kostbare Lebenszeit zu verbrauchen, dadurch nicht geringer geworden. Er wollte mit Dr. Assmuth ausführlicher darüber sprechen.

7. Kapitel

Einige Tage mochten vergangen sein, als Blenheim das Problem seiner Hemden als akut erkannte. Er hatte aus dem schiefen Schrank das letzte, noch in Zellophan verpackte Hemd hervorgekramt. Er war nun längere Zeit hier und konnte somit besser abschätzen, wie lange er noch in Dienbach weilen würde. Die Therapie würde sicherlich – das ließ sich absehen – weit länger als zwei oder drei Wochen dauern. Den Umstand seiner übermäßigen Transpiration hatte allerdings niemand vorher berücksichtigen können, es handelte sich um eine dieser Unwägbarkeiten, die kein Plan voraussieht. Also würde er doch auf das Angebot von Herrn Hauser zurückkommen, der ihm ja bei der Besorgung seiner Wäsche Hilfe angeboten hatte. Im Laufe des Vormittags, vielleicht gleich nach dem Frühstück wollte Blenheim ihn anrufen.

Der Wirt Penthor weckte ihn aus seinen Grübelein.
»Wieder Kaffee mit frischem Gebäck heute? Und wieder ein weiches Ei dazu?«
Blenheim prüfte nicht, ob er wieder zweideutig dazu grinste. Er sah neben ihm vorbei, durch die Türöffnung hindurch in die Küche, wo er immer wieder kurz eine junge Frau erkannte, die geschäftig ihrer Tätigkeit nachging.
Penthor hatte seinen Blick bemerkt.
»Ja, ich bin nicht mehr alleine. Meine Aushilfe ist wieder zurück. Heute mittag können Sie wieder ein Menü bestellen. Ist wie gesagt eine dieser Flüchtlingsfrauen, sehr geschickt und ohne weiteres imstande, hier auch ohne mich alles zu schaffen. Wissen Sie, gutes Personal zu bekommen – das wird bei Ihnen in der Stadt auch nicht anders sein – ist sowieso beinahe unmöglich. Wenn Sie einmal jemanden gefunden haben, dann können Sie ihn nicht bezahlen, zumindest nicht von dem, was dieser Betrieb hier abwirft, mit Lohnnebenkosten, Steuern und so. Aber solch eine Flüchtlingsfrau ist billig und letztendlich noch dankbar für Arbeit. Sind ja alles arme Teufel, obwohl sie sich alles selbst verschuldet haben dort unten.«
Penthors Worte mißfielen Blenheim. Es hatte etwas mit Verfügbarkeit zu tun, mit Käuflichkeit, und er war von klein auf dazu angehalten worden, Frauen mit Würde zu sehen, gleich welcher Herkunft sie waren und welcher Tätigkeit sie nachgingen.
Das Gebäck, das der Wirt Penthor auf den Tisch stellte, war wie ge-

wohnt frisch und schmackhaft, nur der Kaffee war kräftiger, viel kräftiger als gestern, was Blenheim der anderen Zubereitungsart zuschrieb.

Als er Herrn Hauser am Telefon erreichte, vereinbarte er – uhr- und zeitlos wie er sich fühlte – keinen genauen Zeitpunkt für ein Zusammentreffen, sondern gab nur den ungefähren Zeitraum an, zu dem sie das Wäscheproblem besprechen wollten. Es sollte nach dem Mittagessen in der »Goldenen Krone« stattfinden, wo er neuerdings mittags speiste. Herr Hauser, der von der kaputtgegangenen Uhr ja nichts wußte, insistierte freilich auf einem genauen Zeitpunkt und verlegte sich daher auf dreizehn Uhr. Es sollte Blenheim recht sein, denn er würde ja über die ganze Mittagszeit in der Gaststube sitzen.

An diesem Vormittag war Blenheim zögerlich. Draußen hatte ein feiner Nieselregen eingesetzt, kein Wetter, das zu ausgedehnten Erkundungsausflügen einlud.

Er blieb an diesem Morgen lange in der Gaststube sitzen. Obwohl er sich schon längst das Frühstück genehmigt hatte, drängte ihn nichts nach draußen. Er blätterte in einer Tageszeitung, die grellen Aufmachungen darin interessierten ihn nicht. War er noch kurz zuvor der erste, einzige Gast gewesen, so füllte sich der Gastraum im Laufe des Vormittages. Die Männer im blauen Monteursgewand kamen wieder, standen an der Schank, und andere, ärmlich gekleidete Männer verteilten sich im Gastraum. Es waren keine fröhlichen Gesichter, sondern meist verhärmte, bar jeden Ausdrucks. Aber wer wollte sich schon hierher verirren, in einen schmucklosen, nüchternen Schankraum eines nicht einmal mittelmäßigen Landgasthauses, wenn nicht Arbeitslose, Heimatlose und – wie er – Kranke? Heute fühlte er sich nicht so, war auf jeden Fall schmerzfrei und betrachtete mit einem gewissen vergnüglichen Interesse das Geschehen um sich herum.

Allmählich nur ergriff es von ihm Besitz. Zu Beginn waren es nur unbewußte Blicke, von der Zeitung vor ihm aufgeworfen zu ihr, dann immer länger hingestarrt zu ihrer Tätigkeit und dann sie immerfort verfolgend mit gebannten Augen. Dieser Vormittag glich nicht mehr dem Einerlei aller anderen Vormittage vorher, die er einmal länger, ein ander Mal kürzer hier schon verbracht hatte. Die anfängliche Beiläufigkeit wurde hier allmählich zum Wohlgefallen und schließlich zum betäubenden Zwang, der ihn alles andere unwichtig werden ließ.

So lernte Blenheim Ana kennen. Zuerst ihren Namen, fest hineingebrannt in sein Gedächtnis von den Bestellungen der anderen hier Anwesenden, und weiters dann aus der Distanz seines exponierten Beobachtungsplatzes im Gastraum die Gefälligkeit ihrer Erscheinung.

Blenheim vermochte vom Gesicht her nicht ihr Alter zu schätzen, denn er wurde bei dessen Betrachtung eines Phänomens gewahr: wie eine Grenze, eine Demarkationslinie verlief quer horizontal eine Alterslinie hindurch. Die Nasen- und Mundpartie, desgleichen die Wangen, die sich von den hohen, breit ausladenden Backenknochen leicht eingefallen, aber trotzdem glatt und eben zum Kinn hin spannten, waren jung und entsprachen den geschmeidigen, flüssigen Bewegungen ihres Körpers. Aber die Augen waren mit Krähenfüßen versehen und schienen eingefallen, da die Tränensäcke darunter dünkler pigmentiert waren als die übrige Haut und so eine Hohlheit vortäuschten. Jedoch vollends mit tiefen, querverlaufenden Falten übersät war ihre Stirn. Sie schien einer alten Frau zu gehören, wenngleich die Haare darüber noch nicht deren Grau hatten, sondern pechschwarz waren. Ana hatte auch die Angewohnheit, bei jedem Gespräch diese furchige Stirne zu runzeln, so als ob es sie anstrengte oder zum Nachdenken bewegte, auch wenn es sich nur um beiläufige Dinge handelte. Dies vermehrte dann die tiefen Linien und wenn sie, wie es ihre Eigenart auch war, den Kopf dabei leicht zurückwarf, verstärkte das nun schräg von unten anfallende Licht die Schatten darin. Es war ein längst automatisiertes mimisches Detail, unbedeutend und abseits aller Wichtigkeit in einem Gespräch, wie es sich dabei genauso um ein Herabziehen der Stirnhaut hätte handeln können, bei welchem lediglich die senkrechten Falten zwischen den Augenbrauen sich verstärkt hätten. Durch diese so harten, unmittelbaren Gegensätze auf der so kleinen Fläche eines Gesichtes wurde jedenfalls eine eigenartige Anziehungskraft bewirkt, die ihn immer wieder zum Hinsehen bewegte.

Blenheim, der fortan ihr zweialtriges Gesicht mit seinen Blicken nicht mehr los ließ, deutete diese verwirrende Anordnung von alt und jung als spezifisch für Frauen aus dem Balkan. Dort alterten sie schnell, waren in jungen Jahren oft schon verbraucht durch harte Arbeit, dort glichen die Töchter früh schon ihren Müttern. Er konnte sich nicht entschließen, dieses Gesicht als schön oder häßlich zu empfinden. Es war jung und alt, es war schön und abstoßend zugleich, und trotzdem starrte er immer wieder zu ihr hinüber, da sie behend von einem Tisch zum anderen hastete und immer wieder zurück zum Schanktisch eilte. Sie war schlank, war es durch ihre kräftezehrende Tätigkeit, oder auch ohne sie. Er versuchte sich ihre Brüste vorzustellen, die sie unter einer weißen Bluse verbarg. Er liebte diese weißen Blusen, da sie ihr Geheimnis darunter nicht preisgaben und alles der Phantasie überließen. Waren die Brüste fest oder weich, waren sie gestützt oder wippten sie frei und den Bewegungen ihres Oberkörpers entsprechend. Er versuchte die Nacktheit ihrer Oberarme weiter abzutasten, über die kurzen Ärmel dieser weißen Bluse mit seinen Blicken über ihre Schultern darunter vorzudringen, dann weiter zu ihrer Taille, wo die Bluse unter dem engen Gürtel eines scharzen Rockes verschwand. Dieser Rock war immer schwarz. Er spannte sich über ihre Hüften, endete knapp oberhalb ihrer Knie, und in der geschäftigen Lautheit des Gastraumes, in diesem rauchgeschwängerten Dunst, wenn sie sich nach vorne beugte, abrupt umdrehte und ihren Körper bei den vielfältigsten Servierbewegungen jäh abbremste, wendete, vollendete er ihre perfekten Körperformen.

Ihr Gesicht war ungeschminkt, die Brauen nicht getönt oder die Lippen gefärbt, wie es andere Serviererinnen oft taten, um ihr öffentliches Gesicht, das sie fortwährend präsentierten, den Blicken der Gäste auslieferten, vorteilhaft zur Schau zu stellen. Vielmehr hatte sie es bei korrekt gekämmten Haaren belassen, morgens am Hinterkopf hochgesteckt, später dann nur mit einem farbigen Stoffband zu einem einzigen Haarschwanz zusammengehalten, der freilich dann mit den abrupten Bewegungen des Kopfes mitschwang und für die Arbeit mitunter lästig sein mußte.

Blenheim hatte solch ungeschminkte Gesichter immer gemocht, deren farblose Lippen in die Blässe der Haut übergingen, unscharf, nicht abgegrenzt und beschnitten durch die Grellheit einer Lippenfarbe. Das galt auch für solche Augenbrauen, die unbegradigt, unbeschnitten einander über dem Nasenrücken beinahe berührten. Blenheim tauchte mit seinen Augen gerne in solche Gesichter ein, verlor sich darin, weil die Sehnsucht seiner Blicke von keinen Kunstlinien gestört wurde. Er empfand die Natürlichkeit ihres Gesicht als Kontinuität ihrer einfachen Aufmachung, die Ungeschminktheit ihres Körpers als Ergänzung jener Unverfälschtheit, mit der sie geboren wurde. Nichts sollte etwas bezwecken, kein Hintergedanke, keine Koketterie war bei ihr zu bemerken.

Ihre Weiblichkeit war ohne Zweck oder aber war sie – gezielte Vermeidung? Ausweichen, Verhinderung und Entsagung und dadurch doch wieder Kalkül?

Während Blenheim dies dachte, wußte er zugleich, daß diese Vermutung sie umso anziehender machte, da sie sich seinen Möglichkeiten dadurch entzog. Und Entfernungen steigern Begehrlichkeiten.

Ihre Hände waren nicht kräftig, eher zart. Aber sie waren übersät mit angeschwollenen bläulichen Adern. Wenn sie diverse Tabletts kräftig umschloß, Gläser und Teller trug, traten sie besonders prall hervor und schienen ihre Arme wie ein Netz zu umschließen. Ein Netz von Gefäßen und voller Lebenskraft. Da sie diese Hände oft auch in die blecherne Spüle des Schanktisches tauchte, sie ihrer Haut mit heißem und kaltem Wasser, mit diversen chemischen Spülessenzen Gewalt antat, war das einzige Zugeständnis an irgendeine Körperpflege eine Hautcreme. Sie hatte diese in einem weißen Tiegel im untersten Fach des Gläserschrankes stehen, schritt oft dorthin, um sich ihre Hände und Unterarme damit einzucremen.

Blenheim mochte auch diese Hände sehr. Als sie zu seinem Tisch eilte, um das leere Sprudelglas wegzuräumen und schwarzen Tee zu servieren, den er zur Überbrückung bis zum Mittagessen noch zu trinken gedachte, als sie schließlich das Tagesmenü servierte, blickte er immer zuerst auf diese Unterarme. Von ganz nahe konnte er dann das feine Spiel der Armmuskel sehen, wenn sie in ihrer Anspannung die bläulichen Adern darüber dehnten und verschoben. Er sah dann schnell auf, um noch einen Blick in ihre Augen tun zu können und glaubte einmal zu bemerken, wie diese schnell zusammenzuckten, die Falten darum sich warfen, die Pupillen aber ohne Alter blieben. Hatte sie dann wortlos abserviert, sich wieder umgewandt, um sich um die anderen Tische zu kümmern, war auch die knisternde Anspannung verschwunden, die Blenheim in diesen Sekunden verspürte hatte.

Er saß den ganzen Vormittag an seinem Tisch und beobachtete sie verstohlen, während er in dieser Zeitung oder in jenem Journal blätterte. Er saß dort in absehbarer Entfernung zu ihr, aber nahe genug, um sich wortlos und stumm an seinen Beobachtungen zu ergötzen. Es war eine Sinnlichkeit aus diskreter Distanz, eine immer wieder sich erneuernde Labsal für seine Augen mit der Phantasie aller Möglichkeiten.

Und Blenheim wußte plötzlich, daß er sie heftig begehrte.

»Sie haben sich hier gut eingelebt?«

Herr Hauser stand plötzlich neben ihm.

»Sie haben zwar nicht das beste Frühlingswetter, aber trotzdem läßt es sich einigermaßen hier leben, nicht wahr? Nun zu Ihrem Problem. Problem sage ich! Selbstverständlich ist es kein Problem im üblichen Sinn. Man kann seine Wäsche auch selbst besorgen, könnte sie beispielsweise in der Waschmuschel seines Hotelzimmers waschen, aber dann bleibt immer noch das Problem des Bügelns. Aber sogar dafür gäbe es Reisebügeleisen, klein und handlich. Ich bin Junggeselle, ich kenne mich aus.«

Hauser hatte sich neben ihn gesetzt. Er machte sich tatsächlich ernstlich Gedanken über die Reinigung seiner Wäsche. Blenheim wollte ihm nicht mitteilen, daß er seine Unterwäsche selbst reinigte. Vorerst befremdete ihn die Penetranz, mit der Hauser ihn unterstützen wollte. Erst dann erkannte er, daß jener sich eher Gedanken machte, wie er irgendwie seine Nebeneinkünfte aufbessern könnte. Denn das schien klar: aus überschwenglicher Gastfreundschaft rührte dessen Fürsorglichkeit nicht her.

»Ich habe überhaupt keine Ahnung von Wäscheversorgung oder von Kleiderreinigung«, log er. Denn er gedachte, die Prozeduren an der Waschmuschel seines Zimmers zu verschweigen. Ich kann mir vorstellen, ein Sakko oder einen Mantel in eine Putzerei zu bringen. Aber eine Waschmaschine kann ich nicht bedienen. Da hat mich meine Frau offensichtlich zu sehr verwöhnt. Ich bin nur daran interessiert, meine Hemden gebügelt zu bekommen.«

Hauser lachte.

»Sehen Sie, das sind eben die Vorteile des Junggesellentums. Bin im Laufe meiner »frauenlosen« Jahre auch ein leidlicher Koch geworden. Kein Problem im Haushalt ist mir fremd. Aber ich selbst würde ihre Wäsche selbstverständlich nicht waschen. Ich habe da eher an eine Flüchtlingsfamilie gedacht. Sehr saubere Leute. Leben zu fünft in einer stillgelegten Fabrik, Mann und Frau und drei kleinere Kinder. Sind für jede Arbeit dankbar. Bekommen dadurch, daß man sie für irgend etwas braucht, eine gewisse Bedeutung, in gewisser Weise gebe ich ihrem Leben wieder einen Sinn. Und für Sie kommt es viel billiger, wenn Sie ihre Wäsche nicht von Fachleuten versorgen lassen. Die Bezahlung sollte übrigens portionsweise erfolgen, ich nehme an also wöchentlich«

Blenheim hatte aufmerksam zugehört.

Er fand es richtig, daß eine arme Flüchtlingsfamilie dadurch ihre kargen Lebenseinküfte würde aufbessern können.

»Also das finde ich auch gut. Ich bin damit einverstanden. Ich werde gleich nachher alles zusammen in einem meiner beiden Reisekoffer bereitstellen. Darf ich Sie vielleicht auf ein Getränk einladen? Einen Kaffee vielleicht?«

Blenheim fühlte sich wie nach einem abgeschlossenen Geschäftsvertrag. Solch ein Gefühl hatte er in der Bank oft, wenn eine Kundschaft einen Kredit nahm oder bei ihm eine Versicherung abgeschlossen hatte. Da war dann alles bei einem Cognac oder einem Gläschen Sekt bestätigt worden.

»Danke, heute nicht. Aber wenn Sie längere Zeit hierbleiben, dann ergibt sich schon noch die Gelegenheit dazu. Richten Sie mir für morgen den Koffer? Wir sollten damit nicht zuviel Zeit verlieren.«

»Sollte ich nicht mitkommen mit Ihnen? Oder gar selbst die Wäsche dorthin bringen? Es ist Ihnen doch nicht zuzumuten, mit fremder Wäsche durch die Stadt zu spazieren.« Blenheim wollte nicht einsehen, daß diese mindere Tätigkeit unbedingt von Hauser durchgeführt werden wollte.

»Nein, auf keinen Fall. Es macht mir nicht das Geringste aus. Es ist auch Ihnen nicht zuzumuten, diese Familie oder deren Wohnverhältnisse kennenzulernen. Und gewöhnliche Wäsche ist auch nicht etwas, was man nicht aus den Augen verlieren sollte oder was so untrennbar mit einem verwachsen ist, daß man es überwachen müßte. Ich mach das lieber alleine.«

Hauser wollte offensichtlich auf jeden Fall vermeiden, daß er bei diesen Transporten dabei wäre und vielleicht Kontakt mit der Flüchtlingsfamilie bekäme.

»Also gut. Ich wollte nachmittags eigentlich sowieso die Bibliothek aufsuchen, so soll es mir recht sein. In der Großfeldgasse soll sie sich befinden?«

»Richtig! Sie können sie nicht verfehlen. Aber ich würde Ihnen den Rat geben, vorerst ein wenig zu ruhen, denn – gestatten Sie – Sie sehen müde und abgespannt aus.«

Blenheim empfand diese Empfehlung wie eine Ohrfeige, denn offensichtlich war ihm seine chronische Erkrankung nun anzusehen.

»Ich habe etwas Fieber, vielleicht ist mir dies anzumerken.« Blenheim hätte sich auf die Zunge beißen mögen, er ärgerte sich sofort, daß er Hauser eine Erklärung für sein Aussehen gab. Er wollte künftig mit irgendwelchen Äußerungen zu seiner Erkrankung vorsichtiger sein.

Voller Erwartungen schritt Blenheim nachmittags in die benannte Gasse. Er hatte Bibliotheken immer gemocht. Ihm gefiel der Geruch nach altem Holz und schwerem Leder, und er mochte die in Reih und Glied stehenden Einbände in hohen Regalen bis unter die Decke des Raumes. Die mit farbigen Schutzumschlägen versehenen Bücher schätzte er nicht. Am liebsten hatte er die einfarbigen Bücher, solche, die ihm nur ihr Leinen oder ihre Rückentitel zuwandten und die in unauffälliger Aufmachung, eigentlich eins dem andern gleichend, die Borde säumten. Denn auf das, was in ihnen stand, sollte nicht von der äußeren Aufmachung her zu schließen sein, sondern nur seiner erwartungsvollen Phantasie überlassen bleiben.

Er konnte nicht genau sagen, was ihn immer dorthin gezogen hatte. Vielleicht war es die dezente Ruhe, die dort herrschte, wo in vollkommener Stille die Buchstaben in die Köpfe flossen, die Wörter von wißbegierigen Augen aufgesogen wurden. Vielleicht die flüsternde Sprache, die ehrfurchtsvolle Haltung, wenn ausnahmsweise ein Zuspruch oder eine Bestätigung zu einem Buch gegeben wurde. Oder es war die Spannung, was an komprimiertem Wissen hinter den grauen oder braunen Einbänden schlummerte, das vage Gefühl und die Vermutungen, was an klugen Einsichten an ihn herantreten könnte. Vielleicht war es auch nur die beruhigende Gewißheit, einen Ort zu besuchen, der Unklarheiten beseitigte und Möglichkeiten verhieß. Der die Erwartungen umschmeichelte, einen Schritt mehr aus der Lebensverwirrung tun zu können, allein dadurch, daß man an einem Tisch durch ein aufgeschlagenes Buch hineinsah in ein Geflecht von verwobenen Fakten und hinaussah in einen weiten Raum befreiender Erkenntnisse. Er empfand die Bibliotheken als Schulen der Geistesschärfung, als Ort, wo den eigenen Gedanken Klarheit und Richtung gegeben wurde.

Er entsann sich der Nachmittage, da er früher allein vor diesen mächtigen Regalen gesessen hatte, als die Sonne schräg durch die hohen Fenster gefallen und ihn ins Freie gelockt hatte. Er hatte sich unbeirrt in das weiße Papier vergraben und viel freier zu atmen begonnen, als wenn er der Verlockung der frischen Luft doch gefolgt wäre. Da hatte er lange Wanderungen begonnen, ohne auch nur einen Schritt getan zu haben, hatte fliegen gelernt, ohne daß ihm Schwingen gewachsen wären.

Deshalb war seine Enttäuschung nicht unbeträchtlich, als er an der genannten Adresse angekommen war. Die Bücherei entsprach in keiner Weise seinen Erwartungen. Ein ebenerdiger Bau war es, versehen mit einem schlichten Hinweis auf seinen Verwendungszweck, aber mit grauem Verputz und verschmutzten Fenstern, mit einer äußeren Aufmachung also, die durch nichts auf einen möglichen geistigen Genuß hinwies.

Blenheim trat ein. Die Tür quietschte – weil sie selten geöffnet oder ihre Scharniere selten gepflegt wurde –, was schließlich auf das Gleiche hinauslief. Er stand in einem kleinen Raum, durch dessen Mitte ein brusthohes Pult lief, auf welchem viele Bücher gestapelt waren. Sie waren bunt, da man die von Blenheim nicht geschätzten Schutzumschläge belassen, aber mit einer Klarsichtfolie versehen hatte.

Der Raum war darüber hinaus leer, und dies paßte wieder zu einer Bücherei, deren Wandschmuck doch nur verschwendet wäre in Anbetracht der vielfältigsten Buntheiten, die in ihren Büchern gefunden werden konnte. Vor den kahlen Wänden standen keine Regale, sondern lediglich zwei Schreibtische. Auf einem dieser Schreibtische befand sich ein langer Karteikasten. Blenheim, der an dem mittelhohen Pult stand und seine Hände darauf gelegt hatte, überlegte, welches Prinzip zur Verwaltung der Ausleihe hier wohl angewandt wurde. Die Buchstabenreiter der Karteikarten konnte er wohl sehen, nicht aber erkennen, ob nun die Titel der Bücher oder die Namen der Gemeindebewohner verwaltet wurden. Beides konnte möglich sein, denn die Anzahl der Karteikarten konnte der Gesamtzahl der hier vorhandenen Bücher, aber genausogut der Anzahl der Gemeindebewohner entsprechen. Mehr als fünfzehnhundert Bücher waren, wenn man die Regale in dem zweiten, hinteren Zimmer betrachtete, sicherlich nicht vorhanden, in etwa also genau die Zahl der Einwohner Dienbachs. Als seine Augen zwischen den sich vor ihm türmenden Büchern und den bunten Reitern des Karteikastens hin und her wanderten, hatte er vage Zweifel, ob alle Bewohner von Dienbach hier schon als Leser registriert sein konnten. Nein, es mußten die Buchtitel sein, die darin alphabetisch geordnet waren und auf deren Karteikarte der Tag der Ausleihe zusammen mit dem Namen des Entleihers eingetragen wurde. Wie er nun bei genauerem Hinsehen tatsächlich erkannte, wurden diese Karten dann in einem schmalen, eigenen Fach am Ende des Karteikastens aufbewahrt.

»Kann ich etwas für Sie tun?«

Blenheim wurde aus seinen Mutmaßungen gerissen. Ana, die Serviererin aus dem »Gasthof zur goldenen Krone« stand vor ihm.

»Sie? Hier in dieser Bücherei?«

Blenheim war überrascht. Nie hätte er Ana hier erwartet, schon gar nicht als Bibliothekarin hinter dem Pult stehend. Sie war sicherlich nur eine Aushilfe, was ja schon bedeutsam genug war.

»Sie wundern sich, mich hier zu treffen. Richtig? Es traut offensichtlich niemand einer Ausländerin zu, Bücher zu verwalten. Ich kann das verstehen, es ist ja auch sicherlich nicht die Regel.«

»Sie werden schon die notwendigen Voraussetzungen haben«. Blenheim hatte sich gefaßt und betrachtete Ana. Sie hatte ihre Hände mit den blauen Adern auf einem vor ihr liegendem Buch gefaltet.

»Ja, Sie müssen wissen, ich kann sogar lesen und schreiben.« Ihr Zynismus traf Blenheim.

»Verzeihen Sie, ich meinte es nicht so. Aber wir wissen doch alle, daß so eine Anstellung schwer zu bekommen ist und nicht gerade an Ausländer vergeben wird.«

»Ja, Ausländer werden eher zu Putzarbeiten herangezogen oder dergleichen. Ich habe diese Stelle auch nur aushilfsweise bekommen und auch nur deshalb, weil ich es kostenlos mache. Es ist ja nur eine Halbtagsarbeit und nur dreimal die Woche. Ansonsten säße schon jemand anderer hier. Ich war in meiner Heimat, also bevor ich vertrieben wurde, Lektorin bei einem Verlag. Ich kenne viele Eurer Schriftsteller, habe auch Eure Sprache schon früher gelernt.«

»Ich habe mich schon gewundert, woher Sie so gut sprechen. Nur manchmal hört man den Akzent heraus. Ich dachte, daß Sie schon länger in unserem Land sind, vielleicht schon als Tochter eines Gastarbeiters hier geboren sind.«

»Nein, ich bin erst zwei Jahre hier. Ich war eine der ersten, die hier angekommen sind. Meine Eltern sind übrigens nie hier eingetroffen. Wahrscheinlich sind sie gar nicht über die Grenze gekommen.«

Blenheim war unangenehm berührt und blickte zu Boden, dabei langsam nickend. Selten zuvor hatte er sich mit Schicksalen anderer Menschen auseinandergesetzt, umsomehr traf ihn diesmal die Vorstellung, daß heutzutage und in nächster geographischer Nähe ungeheuerliche Dinge passiert sein könnten. Solche, die er sonst aus Geschichtsbüchern erfahren hatte, bei denen zwischen dem realen Vorfall und der eigenen Bewußtmachung Jahrzehnte lagen, aber vor allem ein dicker, verwischter Dunst der Märhaftigkeit, grau wie die unscharfen Fotos, die darüber berichteten und unwirklich geworden durch viele andere Geschichtsereignisse, die sich darüber gestapelt hatten. Und obenauf saß die Überzeugung, daß es nie wieder sich würde ereignen können, da die menschliche Seele sich ja weiter entwickelt hatte, ihr Charakter sich verbessert haben mußte, da sie aus ihren Fehlleistungen gelernt hatte. Wie ja alles sich verbesserte, dazulernte, wie überall neue Strategien der Konfliktlösung sich entwickelten, wo althergebrachtes Verhalten in eine Sackgasse geraten war. So mußte es doch auch hier sein, da dieses selbstverbessernde Prinzip doch in allen Bereichen griff, welche von Menschenhand geregelt wurden.

In diesem einige Sekunden währenden Schweigen, das auch Betroffenheit sein mochte, waren es keine klaren Überlegungen, die Blenheim über die menschliche Natur anstellte, sondern nur vage Gefühle, daß er selbst noch viele Dinge nicht durchschaut, viele Sachverhalte nicht erkannt, vor allem sie nicht als Zwänge empfunden hatte, die mit gleicher Präzision abliefen, gleiche Bahnen beschritten und damit sehr wohl nachzuvollziehen waren, sofern man deren Analyse nicht ausweich.

»Es tut mir leid«.

Er sah ihr dabei wieder in die Augen und haßte den soeben ausgesprochenen Satz, den er als hohl empfand, vieltausendmal ausgesprochen als höfliche Floskel oder als flaches, banales Eingeständnis der eigenen Hilflosigkeit. Hilflosigkeit? Nein, es war vielmehr ein Eingeständnis der unzulänglichen Bereitschaft zur Hilfe, eine der eigenen Beruhigung dienende Vortäuschung von Mitgefühl.

Ana lächelte kurz und bedankte sich. Sie blickte nach beiden Seiten auf die sich stapelnden Bücher, deutete kurz mit ihren Händen darauf. Woran er Interesse hätte? Ein Roman zur Vertreibung der Kurzweil im Gasthof oder ein Abriß über irgendeine Geschichtsepoche vielleicht? Oder eine Biographie einer bedeutenden Persönlichkeit? Möglicherweise sei er an Reiseberichten oder Landschaftsbeschreibungen interessiert. Groß wäre die Auswahl ja nicht und die Titel wären eher klassische. Bücher neueren Erscheinungsdatums wären ihres Wissens in den letzten Jahren nicht dazugekauft worden. Die Existenz dieser Bibliothek sei wohl auch nur der Wissensbeflissenheit eines Gemeinderates vor vielen Jahren zu verdanken. Der habe sich berufen gefühlt, den Bewohnern hier etwas mehr »geistige Nahrung« zukommen zu lassen, wie es auf der Widmung gleich neben der Eingangstür zu lesen stünde. Sie lächelte wieder.

Blenheim wandte sich um und sah tatsächlich ein kleines Messingschild neben der Eingangstür hängen, in welches mit schräger Schrift eingraviert war: »Gewidmet den lesenden Bürgern von Dienbach. Vom Gemeinderat, der sich auch der geistigen Ernährung seiner Bewohner verpflichtet fühlt.«

Er mußte nun auch lachen.

Irgendwie liefe doch alles auf Nahrung hinaus. Auf welch geartete auch immer. Wichtig für die Menschen sei doch schließlich nur, ob sie sich überhaupt und nicht was sie sich einverleiben könnten, solange es noch dazu kostenlos wäre. So mache es schließlich keinen Unterschied, ob sie ein Buch oder ein Stück Brot nach Hause trügen.

Sein Zynismus wäre nun nicht zu überhören. Ana schien vergnügt zu sein.

Nein, es läge ihm fern, sich über irgendwas oder über irgend jemanden lustig zu machen. Er habe nur allmählich viel Zeit gewonnen, sich über Dinge Gedanken zu machen, ansonsten hätte er diesen Satz nicht so beachtet.

Aber genau darum ginge es ja. Inwieweit man irgendetwas Beachtung, Aufmerksamkeit schenkte. Er entschuldige sich nun für etwas, was im Ansatz ja äußerst positiv sei. Wer nicht richtig sähe, könne auch nicht erkennen. Wer nicht erkenne, könne nicht wissen, sei in ihrer Heimat ein Sprichwort. Ana sah ihn eindringlich an.

Aber Blenheim war empfindlich getroffen, er fühlte sich bevormundet. Er blickte Ana schroff an.

Er sei nur wegen eines Buches hier. Er wolle nicht über Grundsätzliches diskutieren. Nicht an diesem Ort und nicht heute. Und morgen und übermorgen auch nicht. Wahrscheinlich nie. Sie kenne diesen Satz schon und wüßte Bescheid. Ana sprach leise, sie blickte ihn dabei nicht an, sondern sah auf die kleine freie Stelle des Pultes zwischen den Stößen der noch nicht eingeordneten Bücher ringsumher.

Blenheim war nun wütend.

Es stünde ihr nicht zu, ihn zu belehren. Er wäre eigentlich nur an einer Ortshistorie interessiert gewesen, aber auch das möchte er nun vergessen.

Abrupt drehte er sich um und verließ den Raum, dabei schloß er unsanft die Eingangstür. Draußen atmete er tief durch. Er konnte sich seine Aufregung nicht erklären. Er schritt nach rechts die Gasse entlang, ziellos, und seine Gedanken schmerzten seinen Kopf. Vielleicht hatte ihn das Fieber so aggressiv gemacht, er würde lernen müssen, damit umzugehen. Er würde seine Reaktionen erst ausloten, seine Belastbarkeit während dieser Zustände erst erfahren müssen. Denn er wußte, daß seine Erregung in keinem Verhältnis zu Anas Worten gestanden hatte, daß es eigentlich lediglich eine harmlose Diskussion und keinerlei Belehrung war. Eigentlich nur eine kurze Reflexion über die Art, wie man etwas betrachtet. Aber es war ausgesprochen von einer Fremden, von einer Frau ohne Stand und Referenz. Er hatte sich in seinem männlichen Selbstwertgefühl verletzt gefühlt, dort eigentlich, wo es um keinerlei Männlichkeit, um keinerlei Stärkezeigen, um keinerlei geschlechtliche Identität ging. Es ging nur um eine neutrale, allgemeine Art der Wahrnehmung.

Blenheim schämte sich ob seiner Überreaktion, er wußte, daß sie lächerlich war. Ob er zurückgehen sollte? Sich entschuldigen für seine aufbrausende Abwehr? Denn eine Abwehr, ein Zurückweisen einer zunächst harmlos erscheinenden Aussage war es ja gewesen. Aber er konnte auch abends eine Entschuldigung vorbringen, er würde sie ja in der »Goldenen Krone« wiedersehen.

An diesem Nachmittag ging Blenheim früher zu Dr. Assmuth. Er fühlte sich tatsächlich so, wie Herr Hauser ihn mittags beschrieben hatte: müde und abgespannt. Für ausgedehnte Spaziergänge, »erwandernde Beobachtungen« war er einfach zu matt.

Der Arzt musterte ihn diesmal aufmerksam, sah ihn eindringlich an und erkundigte sich nach speziellen Beschwerden. Ob ihm eine besondere Veränderung an ihm selbst aufgefallen wäre? Und vor allem: ob er seine Gelenkschmerzen verspüre oder ob sie verschwunden wären?

»Eigentlich weder das eine noch das andere. Ich bin im allgemeinen etwas ungeduldiger, vielleicht auch mit meinen Stimmungen labiler. Und was die Schmerzen betrifft, so ist festzustellen, daß ich auch vor Beginn dieser Therapie längere Zeitabschnitte der Schmerzfreiheit kannte. Allerdings hat sich der Charakter der Erkrankung in den letzten Monaten doch intensiviert. In Anbetracht dieser Tatsache dürfte die Therapie bisher wirken, wenn Sie das meinen.«

»Genau das meine ich. Ich sagte Ihnen ja, daß ich noch nicht sehr viel Erfahrung damit habe. Sollten die Schmerzen dennoch kommen, wenn auch nur angedeutet, so würde ich die Dosis der Suspension erhöhen, also das Fieber steigern wollen. Haben Sie an Gewicht verloren?«

Blenheim dachte an die Worte Hausers.

»Vielleicht nur geringfügig. Aber die wenigen Bekannten, die ich bisher kennengelernt habe, sagen, daß ich schlecht und müde aussähe. Das Fieber dürfte also doch zehren. Wenn Sie es dann noch gar steigern wollen, werde ich wohl noch mehr abmagern.

»Keine Sorge, so schlimm wird es schon nicht werden. Trotzdem werde ich Ihnen an einem der nächsten Tage Blut abnehmen, um es auf die wichtigsten Parameter zu untersuchen. Vielleicht sind Sie etwas blutarm geworden, das wäre möglich. Durch die Temperaturerhöhung könnten sich die roten Blutkörperchen schneller abgebaut haben.«

Blenheim war erschrocken.

»Also doch eine schwerwiegende Nebenwirkung. Die Therapie verdünnt mir den Lebenssaft, und Sie sagen mir das so beiläufig!«

»Aber so beruhigen Sie sich doch. Die Neubildung und der Abbau der roten Blutkörperchen steht doch auch normalerweise nicht immer in einem exakten Gleichgewicht. Es gibt bei jedem Menschen Phasen, da ein Defizit eingegangen wird. Sollte es so sein, ich sage ›sollte‹, dann kompensieren Sie das freilich und Sie merken es gar nicht. Mein Gott, regen Sie sich bitte deshalb nicht auf. Oft ist es wirklich schwierig, aufrichtig zu sein und gleichzeitig das Vertrauen des Patienten nicht zu erschüttern. Manchmal ein Widerspruch in sich!«

»Aber Blutarmut ist eine schwerwiegende Nebenwirkung. Es kommt inwendig zu einer Veränderung, dort also, wo für den Laien sowieso schon ein nicht einsehbares, nicht nachvollziehbares Mysterium des Stoffwechsels stattfindet, jener Bereich also, der von vornherein schon mit diffusen Ängsten behaftet ist. Wenn ich sähe, wie mir als Nebenwirkung die rechte Hand schrumpft, so wäre es nicht so schlimm, wie schleichende Veränderungen inwendig im Bereich verschiedenster Flüssigkeiten und dunkler Hohlräume zu vermuten.«

Dr. Assmuth lächelte.

»Sie beschreiben Ihre Ängste sehr gut, Sie analysieren sie exakt. Und so wie Sie sie aussprechen, kann ich Sie sehr gut verstehen. Aber noch einmal: es handelt sich nur um eine Hypothese, um eine eventuelle Möglichkeit einer Nebenwirkung. Und überhaupt: Gemessen an der Schwere und Chronizität Ihrer Erkrankung, an deren Ende – um es hart auszusprechen – vielleicht Siechtum und Bettlägerigkeit steht, verbietet sich eigentlich jede Empfindlichkeit.«

Das war es. Dr. Assmuth sprach es wieder aus: die Chancenlosigkeit, das völlige Fehlen jeder Alternative in seiner persönlichen Zukunft. Wie aussichtslos doch alles war, wurde doch schon von der Tatsache seines Aufenthaltes hier in Dienbach bestätigt. Blenheim war leise geworden.

»Sie haben recht. Es bäumt sich manchmal in mir auf und – verzeihen Sie mir meine Ungehaltenheit – ich bin eben die letzten Tage ziemlich gereizt. Sie haben mit allem recht. Ich werde mich heute früh zu Bett begeben.«

Dr. Assmuth klopfte ihm freundschaftlich auf die Schultern.

»Keine Ursache. Sie sind ein Patient, der einige Aufrichtigkeit verträgt, sie aber auch einfordert. Das ist für mich vielleicht mühsamer, aber auf jeden Fall befriedigender. Bis morgen also.«

Auf dem Weg zurück in sein Gasthaus ging Blenheim Dr. Assmuth nicht aus dem Sinn. Er wußte, was die Qualität dieses Arztes ausmachte. Es war das Vertrauen, das er herzustellen wußte. Wußte? Vielleicht war ihm diese Fähigkeit gar nicht bewußt, sondern geschah nicht als kalkulierte Art der Behandlung, sondern intuitiv. Sie war ein Teil des Charismas oder das Charisma schlechthin. Wie einem sehr guten Freund konnte man ihm begegnen, äußerst offen sprechen und bekam auch offene Antworten zurück. Ein zynischer Kauz schien er trotzdem zu sein. Blenheim wollte dennoch bei ihm vorsichtig sein, denn zu oft hatte sich bisher das anfängliche Vertrauen als ungerechtfertigt herausgestellt, war die Hoffnung schließlich einer veritablen Enttäuschung gewichen.

8. Kapitel

Es war nicht der Regen, der mild und warm abends eingesetzt hatte. Es war auch nicht der Vollmond, der hinter den dicken, feuchten Wolken der Nacht dem Morgen entfloh. Vielleicht war es sein heftig pochendes Herz, das diesmal die fiebrigen Temperaturen nicht erdulden mochte.

Blenheim fand in jener Nacht keinen Schlaf. Er wälzte sich von der Bettkante zur Wand und wieder zurück. Kaum länger als einige Augenblicke hielt es ihn in einer Stellung. Das Gedankenjagen hatte ihn auch wieder befallen. So nannte er jenen Zustand, da wie ein kreisender elektrischer Impuls immer das gleiche Thema seinen Kopf marterte. Er war wütend auf sich und ungeduldig. Es drängte ihn, sein Fehlbenehmen zu entschuldigen. Abends hatte er noch in der Gaststube gesessen, nur um zu Ana ein Wort der Erklärung sagen zu können. Aber sie war nicht da gewesen. Den Wirt Penthor wollte er nicht fragen, es hätte zu Mißverständnissen geführt. Wahrscheinlich hatte sie wieder frei bekommen. Sie wohnte wohl irgendwo bei Freunden, denn Verwandte hatte sie ja nicht, zumindest nicht hier. Er wollte ihr morgen folgen, gleich wann sie das Gasthaus verließ, und sie die ganze Zeit nicht aus den Augen lassen.

Fast im Morgengrauen schon bekam er plastische Bilder vor seine Augen. Er sah Ana hinter dem Holzpult stehen, mit ihren großen, alten Augen und beinahe zu fassen und wollte in diesem Moment seinen Zornesausbruch rückgängig machen. Aber sie stand nur stumm da und lächelte. Und war kurz darauf wieder verschwunden, so wie sich die letzte Einstellung irgendeiner Sequenz im Kino ausblendet.

Dagegen aber sah er plötzlich Strabort vor sich, Heinrich Strabort, seinen Vorgesetzten, wie er mit einem Stück Papier an seinen Bürotisch trat und sich freundlich lächelnd halbschief an die Tischkante setzte und das eine Bein locker hin und her schwang. Er parlierte über irgend etwas, vielleicht über einen Empfang letzten Abend oder über die Unternehmungen des kommenden Wochenendes. Aber die Bilder, die sich so wirklichkeitsnah, gleichsam als Halluzinationen, zeigten, sprachen nicht für sich allein. Er bemerkte nun bei Strabort vielmehr eine niedere Absicht, so wie er das Blatt Papier lässig wie einen Fächer vor seinem Gesicht hin und herbewegte. Es war die Bewilligung zu einem Auslandstransfer einer nicht unbeträchtlichen Geldsumme, die er, weiter locker dahinplaudernd, auf den Schreibtisch vor Blenheim hinlegte, noch einmal zurechtrückte, wie um damit seinen Willen zu suggerieren und dann beiläufig um seine – Blenheims – Unterschrift bat. Ja, er entsann sich ganz genau, wie er – eingenommen von der freundschaftlichen Zuwendung, abgelenkt und irregeführt von der fordernden Autorität Straborts – seinen vollen Namen hinsetzte, nicht wie sonst, seine Paraphe hinkritzelte. Er sah es nun immer deutlicher: dieses Schriftstück hätte der Bewilligung durch den Vorstand bedurft, weil sich die Geldsumme weit oberhalb der Grenzen bewegte, bis zu welchem Wert die Angestellten selbst entscheiden durften. Der Geldempfänger trug einen ihm unbekannten Namen, mit den Insignien einer Firma versehen und selbstverständlich mit einer wohlklindenden Adresse ausgestattet. Allerdings im südlichen Ausland, dort, wo man gerne den Urlaub verbringt, vor allem Straborts Urlaub und wo dessen Yacht lag.

Blenheim, dem von seiner Gattin immer wieder Gutgläubigkeit vorgeworfen wurde, ja Naivität und Blauäugigkeit vor allem im Umgang mit seinen Vorgesetzten, wußte es mit einem Mal genau und deutlich, so als ob er den Fluß der beträchtlichen Geldmenge von seiner Bank auf dieses Auslandskonto physisch mitverfolgen konnte: Strabort betrog die Bank und hatte ihn als Bewilliger des Auslandstransfers indirekt zu seinem Komplizen gemacht. Sollte jemals dieser Betrug aufgedeckt werden, war er selbst in der Verantwortung, konnte auf jeden Fall als Straftäter verurteilt werden.

Aber nicht genug damit. Der vorgelegte Vertrag wurde juristisch überwacht und beraten von der Kanzlei Eichborn, von Helgas Arbeitgeber also.

Blenheim setzte sich in seinem Bett auf. Nichts als fiebrige Angstträume, unwahre Seifenblasen, aufgebläht durch den Schlafentzug einer vollen Nacht, dachte er. Er stand auf, obwohl es draußen noch dunkel war. Er wusch sich wieder, aber es stellte sich keine Bestürzung ein, kein unangenehmes Gefühl, daß er sich schuldig gemacht hatte. Als er sein Gesicht mit kaltem Wasser kühlte, verdichtete sich das Gesehene zu einer Gewißheit, so wie man manche Dinge einfach weiß, ohne daß man sie einer genaueren Analyse unterworfen, sie geprüft und bestätigt gefunden hatte. Er empfand keinen Groll, wie er ihn berechtigterweise hätte empfinden dürfen. Vielmehr fügte er, spät nachts in einem unterdurchschnittlichen Hotelzimmer weitab von der Hauptstadt und innerlich weit entfernt von seiner Tätigkeit und Verantwortung als Bankangestellter die Mosaiksteinchen weiter zusammen.

Es hielt ihn nicht in seinem Zimmer. Er wollte seine Wanderungen noch früher als bisher beginnen. Den fehlenden Schlaf würde er vielleicht vormittags nachholen können. Der Nieselregen draußen hatte aufgehört, also würde er einige Male um den Marktplatz gehen, um seine Lungen mit Morgenkühle vollzusaugen. Die hatte ihm wahrscheinlich auch gefehlt in dem stickigen Zimmer.

In der Ringgasse, die sich konzentrisch um den Hauptplatz wand, sah er noch Licht. Also war er in seiner Schlaflosigkeit nicht alleine. Sie mußte doch atmosphärische Ursachen haben, man konnte es offensichtlich daran sehen.

Oder – wenn Menschen zu gleicher Zeit Vergleichbares taten – bestätigte sich nur wieder jene Vermutung, die sich ihm schon oftmals angedeutet hatte und die er nun fassen konnte: Niemals schienen die eigenen Gedanken einmalig, nie die eigenen Intentionen ausschließlich, und mit keiner Tat war man originell. Dagegen schien jede Regung eingebettet in eine allgemeinere, übergeordnete Schicksalsbestimmung. Die eigene so persönliche Erfahrung war auch immer die anderer, gänzlich fremder Menschen, und was einem selbst widerfuhr an Ereignissen, das erduldeten auch andere in ähnlicher Weise. Seine einzige Originalität war das Erdulden der Krankheit. Seiner Krankheit. Die hatte wohl niemand, da hatte er das zweifelhafte und schmerzhafte Vergnügen der Ausschließlichkeit.

Nein, trotzdem war die Ursache der Schlaflosigkeit nicht in seiner speziellen körperlichen und seelischen Konstellation dieser Nacht zu suchen, sondern es dürfte sich um eine Nacht der allgemeinen Schlaflosigkeit, also eines Massenphänomens handeln. Wie sonst war zu erklären, daß in dieser Straße so viele Zimmer noch erleuchtet waren.

Blenheim trat an eines der ebenerdigen Fenster, die gelbliches Licht verstreuten. Es hatte keine Gardinen, und er empfand keine Scheu, hineinzublicken. Trotzdem wollte er vermeiden, gesehen zu werden, also verbarg er sich seitlich der Fensterbegrenzung und verrenkte seinen Kopf.

Das Zimmer war kärglich eingerichtet. Im Widerschein einer Glühbirne, deren Licht durch keinen Lampenschirm gemindert direkt auf die kahlen Zimmerwände fiel, kauerten Erwachsene an einem Holztisch. Auf je zwei Sofas an den Wänden schliefen mehrere Kinder, ineinander verknäult, wie Kinder manchmal schlafen. Sie waren angekleidet und nicht zugedeckt. Die Gesichter der Männer am Holztisch waren ungepflegt oder wirkten nur so, weil sie unrasiert waren. Die Gesichter der Frauen wirkten müde und faltig, aber allen Gesichtern war eine Besorgnis anzusehen, manchen sogar Verzweiflung. Im Zimmer verstreut lag allerlei Gepäck. Lose gebündelte Kleidungsstücke, mit Hanfseilen zusammengehalten, und unzählige prallglatt gestopfte Plastiksäcke, deren Öffnung ebenfalls mit dicken Bindfäden verschlossen war. Zwei oder drei aufgeblähte Kofferstücke standen herum, jeweils umwickelt mit Ledergürtel, da infolge der hineingestopften Habseligkeiten die Verschlüsse nicht mehr zusammenpaßten.

Blenheim trat nun direkt vor das Fenster.

Flüchtlinge wieder, dachte er, wahrscheinlich mitten in der Nacht eingetroffen von irgendwoher, aber keine verwandten Seelen, die so wie er keinen Schlaf finden konnten. Flucht hat immer mit Nacht zu tun, weil sie die Sicherheit der Dunkelheit braucht und die Lautlosigkeit der Finsternis.

Eine Tischuhr fiel ihm ins Auge, die halb aus einem Leinensack herausragte und an deren halb sichtbarem Ziffernblatt sogar die unbeweglichen Zeiger zu sehen waren. Die Uhr paßte nicht zu der Vorstellung, nur das Wichtigste bei einem überhasteten Aufbruch mitgenommen zu haben. Aber was war denn schon das Wichtigste für einen Fliehenden? Möglicherweise gerade diese voluminöse Tischuhr, die – trotz der vorhandenen Armbanduhr – an die noch verbleibende Zeit erinnern sollte oder mit der ein schönes Ereignis verbunden war.

Ana stand plötzlich im Zimmer.

Blenheim erschrak und trat zur Seite, als wollte er sich verstecken.

Was machte Ana hier?

Er schob sich wieder vor das Fenster, peinlich darauf bedacht, nicht gesehen zu werden. Es wäre ihm unangenehm gewesen.

Sie hielt einen Stoß von kleinen grünen Heften in der Hand, es mußten Reisepässe sein. Sie verteilte sie an die am Tisch Sitzenden. Dann trat sie kurz durch die Tür hinaus, um sofort mit mehreren weißen, großformatigen Blättern Papier wieder hereinzukommen. Sie setzte sich ebenfalls an den Tisch und begann auf einem der weißen Blätter zu schreiben. Offensichtlich waren es Erhebungsbögen mit vorgefertigten Feldern, wie sie oft für Behörden gebraucht werden, um amtliche Daten darauf zu schreiben. Denn sie schrieb und sah zwischendurch immer wieder eine der um sie sitzenden Personen an, um etwas zu erfragen.

Ana kümmerte sich um die eintreffenden Flüchtlinge. Das war es. Sie war ja der hiesigen Sprache mächtig, sie lebte schon längere Zeit hier. Sie tat das zu früher, noch nachtschlafener Zeit.

Blenheim betrachtete sie.

Ihr Haar hatte sie streng nach hinten gekämmt und dann zusammengeknotet. Sie trug keine weiße Bluse, sondern ein schwarzes T-shirt, das das Weiß ihrer unbedeckten Oberarme betonte. Sie saß dort, beide Ellenbogen auf die Tischplatte gestützt, und in dieser Haltung traten wieder die Adern der Unterarme hervor. Es war ein Kontrast zu dieser nun gar nicht kräftezehrenden Tätigkeit, aber gleichwohl umgab sie diese Haltung mit Anmut. Diese Sitzposition war, so dachte Blenheim, eine ihrem gelernten Beruf gemäße, wo sie schrieb und las, vielleicht korrigierte. Er starrte fasziniert zu ihr in das Zimmer hinein, hätte beinahe sein Gesicht auf die Fensterscheibe gepreßt und verfolgte jede ihrer Bewegungen.

Ein älterer Mann am Tisch schreckte auf. Er hatte Blenheim erblickt und hob nun die Hand, behielt sie einige Augenblicke länger als üblich oben. Es schien wie eine Geste der persönlichen Aufgabe, ein Zeichen der bedingungslosen Auslieferung, vergleichbar dem Hände über den Kopf halten der Kriegsgefangenen.

Kurz dachte Blenheim daran, wegzulaufen. Aber es hätte lächerlich gewirkt, da Ana ihn auch schon gesehen hatte.

»Was machen Sie denn um diese Zeit hier?« Sie war sofort nach draußen gekommen.

»Mein Gott, ich konnte nicht einschlafen und wollte einen Spaziergang machen, da habe ich Licht gesehen. Ich mache in den letzten Tagen öfters Morgenspaziergänge.«

»Wissen Sie, wie spät es ist? Es ist drei Uhr morgens! Kurgäste oder Touristen sollten um diese Zeit noch das Bett hüten.«

Blenheim sah ihr in die Augen, trat ganz nahe an sie heran. Er überragte sie um einen halben Kopf. Er unterdrückte neuerlich seinen Zorn.

»Ich habe wieder das Gefühl, von Ihnen bevormundet zu werden. Für mein unkontrolliertes Benehmen von gestern nachmittag möchte ich mich allerdings entschuldigen. Im übrigen bin ich weder Kurgast, schon gar nicht ein Tourist. Ich bin ein kranker Mann, der bei Dr. Assmuth auf eine gute Therapie hofft.«

Blenheim hätte ohne Not nie eine Intimität ausgeplaudert. Aber vor Ana hatte er das Bedürfnis, aufrichtig zu sein. Denn wer um diese Zeit Hilfe anbot, mochte sicherlich für andere Lebensunbill genausoviel Verständnis haben. Sie war ihm in der Vertrautheit dieser dunklen Morgenstunde weit außerhalb der üblichen Tageszeiten nahe.

»Sie haben recht, wie dumm von mir, Sie zurechtzuweisen. Es ist manchmal meine Art. Verzeihen Sie mir nun.«

Blenheim lächelte.

»Sie helfen offensichtlich Ihren Landsleuten. Sind wohl gerade erst angekommen. Aber nicht als Kurgäste oder Touristen, sondern als aufgezwungene Gäste. Ich weiß schon.«

Ana wurde lebhaft. Sie lehnte sich gegen die Mauer des Hauses und atmete tief durch, so daß sich ihr schwarzes T-Shirt über ihren Brüsten spannte. Dann verschränkte sie ihre Hände und massierte ihre Oberarme. Es war ihr offensichtlich kalt.

»Nein, es sind keine Touristen, keine Gäste. Es sind Niemande. Sie haben zwar alle einen Namen, aber der galt nur etwas in ihrer Heimat. Die haben sie aber nicht mehr. Es sind auch keine Flüchtlinge, es sind Vertriebene. Mit vorgehaltenen Gewehren, mit Schlägen aus ihren Häusern, von ihrem Besitz Vertriebene. Was einen großen Unterschied macht. Sie sind nicht der Gewalt ausgewichen, sondern die Gewalt hat sie hierher geschwemmt.«

»Ja, ich weiß. Seit meiner Ankunft treffe ich regelmäßig auf welche. Dienbach dürfte ein kleines Auffanglager für Vertriebene sein, dürfte eine stattliche Anzahl beherbergen.«

Ana stieß sich plötzlich von der Wand ab, an der sie gelehnt hatte. Ihr Gesichtsausdruck war ernst geworden und trotz der Dunkelheit war zu sehen, wie sich ihre Stirnfalten vertieften.

»Ich möchte Ihnen nichts unterstellen, aber ich glaube, Sie wissen nichts. Denn beherbergen ist wohl nicht das rechte Wort. Herberge definiert sich als eine Örtlichkeit des Wohnens und der Verköstigung, deren Verfügbarkeit zumindest irgendeinem Mitleid, Mitgefühl entsprungen ist. Aber so ist es hier nicht. Nein, hier handelt es sich um Gefangenenlager, wenn auch aufgesplittet auf viele kleine Räumlichkeiten und verteilt über die ganze Stadt. Es sind auch die gleichen Kennzeichen von Lagern und die gleichen Begriffe gelten hier: es gibt die Lagermentalität, den Lagerkoller, die Lageraufsicht und wenn mit der Hygiene in den kommenden Sommermonaten nichts besser wird, wird es auch die Lagerseuchen geben.

Blenheim sah kurz zu Boden, nickte, rang nach Worten. Er mußte an Hausers Redewendung denken, die er für alles mögliche parat hatte und oftmals auch passend war. Es wäre vieles außerhalb unseres Bewußtseins, so sagte er immer.

»Ja, Sie haben recht. Wir sehen es zwar, immer wieder, aber es dringt nicht in unser Bewußtsein. Es wird durch irgend etwas blockiert. Wir wollen dieses Elend nicht wahrhaben.«

Anas Worte wurden bestimmt.

»Die Blockaden heißen Indolenz und Selbstsucht. Es sind keine besonderen Schutzwälle, die das Eindringen des Gesehenen zu den Herzen verhindern. Nein, es sind immer wieder die gleichen uralten Charaktereigenschaften, die die Linderung des Elends verhindern.«

»Aber es ist doch schon sehr viel, wenn ihnen überhaupt ein Land die Aufnahme anbietet. Mehr ist niemals zu erwarten gewesen. Das wahre Elend hat doch dort unten begonnen, mit Mordgier und Blutrausch, mit Menschenverachtung. Es ist dieses Elend hier nur zweitrangig und auf jeden Fall eine Folge der Geschehnisse in ihrer aller Heimat.«

Ana war nun nachdenklich geworden.

»Ich kann Ihnen in diesem Fall nicht einmal widersprechen, da Sie mehr als recht haben. Aber ich werde wütend und traurig zugleich, wenn ich hier die Grundregeln jedes humanen Verhaltens gebrochen sehe. Die mitleidsvolle Zuwendung, der offene Zuspruch, irgendeine Art der Teilnahme. Es sind hier die Unterschiede an persönlicher Würde plötzlich so groß, von Menschen gleicher Bildung und ähnlicher Lebensauffassung. Es wirkt hier der Fall aller so tief vor dem Kontrast gut ernährter, selbstzufriedener und sozial abgesicherter Menschen, daß es mir unerträglich ist. Das Schicksal wird umso härter wahrgenommen, wenn es sich vor dem Glück anderer, in seinen besseren, konträren Möglichkeiten präsentiert. So greifbar, hautnah.«

Blenheim sah, daß Ana Tränen in ihren Augen hatte.

»Sie verlangen zuviel. Zumindest dürfen Sie niemandem Mitverantwortung aufhalsen, indem Sie ihm die Zufälligkeit der wohlgedeihlichen Lebensart vorwerfen. Sie hadern ja in Wirklichkeit mit etwas höherem, als dem durchschnittlichen Charakter der hier Lebenden. Und eines sollten Sie doch auch wahrgenommen haben: die erkleckliche Zahl Arbeitsloser, die am Rande des möglichen Existenzminimums dahinvegetieren. Genauso besitz- und würdelos wie Ihre Landsleute«

Ana fuhr hoch.

»Vergleichen Sie bitte Vertriebene nicht mit Arbeitslosen. Dort besteht noch die Integration in so etwas wie ein Heimatgebilde, dort besteht aber auch noch die Hoffnung auf eine Verbesserung, vielleicht eine Wiedereingliederung in den Arbeitsprozeß. Hier dagegen kommt zur Arbeitslosigkeit die Entwurzelung dazu, meist auch noch das Herausreißen aus dem Familienverband, die Trennung und oft auch der Verlust eines geliebten Menschen.«

Sie machte eine Pause.

»Sie haben natürlich zugleich auch recht. Es gibt immer wieder

Ausnahmen, und ich möchte mich nicht über alle beschweren. Es gibt immer und überall Menschen mit Herz. Zum Beispiel den »Verein für Flüchtlingshilfe«. Dort gibt es engagierte Mitarbeiter mit Idealismus und ehrlicher Hilfsbereitschaft. Aber es sind eben Ausnahmen. Und es gibt dann noch die Scheinbetroffenheit.«
»Scheinbetroffenheit?«
»Ja, Menschen, deren Humanität verordnet ist. Menschen, die ihr Mitleid präsentieren und sich damit zieren. Dem fehlt dann die Spontaneität, und damit demaskiert es sich. Man spürt bei ihnen den Zwang dazu, das Bestreben, einem allseits geforderten, einem ›postulierten‹ Verhalten zu entsprechen. Kurzum: es ist eine verhüllte, getarnte Herzlosigkeit und da ist die Qualität der Hilfe dann sehr dünn. Die läßt sich dann leicht erschüttern und verflüchtigt sich mit jeder Beschwerlichkeit. Und sie verkehrt sich schnell in Unterlassung und Ablehnung.«

Anas Sprache war in der Wortwahl und im korrekten Satzaufbau beinahe perfekt, auch wenn zeitweise die Härte in der Betonung und die nicht immer treffende Prononzierung herauszuhören war. Sie erinnerte Blenheim an die Diktion so mancher anspruchsvoller Journale, erinnerte ihn an die gewählte Sprache der Literatur und schöngeistiger Abhandlungen. Ana mußte ihren Wortschatz direkt dem geschriebenen Wort entnommen haben und nicht über den holprigen Umweg des Gespräches mit Menschen dieses Landes. Nicht phonetisch hatte sie die Sprache kennengelernt, mit schlampigen, umgangssprachlichen Floskeln, dialektbehafteten Redewendungen, sondern direkt und unverfälscht aus Büchern und Romanen. Sie hatte seine Sprache erlernt über ihre Augen und niemals über vernommene Worte.

Ana hielt inne. Es schien, als wäre ihr das soeben Gesagte zu bestimmt gewesen. Mit einem weicheren Tonfall fuhr sie fort.

»Sie sagten vorhin, daß Sie ein kranker Mann wären. Ich würde darüber nun nicht sprechen, aber da Sie es selbst erwähnten, will ich meinen gegenteiligen Eindruck mitteilen: Sie scheinen mir nicht krank zu sein, sondern strotzen vor Lebenskraft. Darf ich erfahren, worin Ihre Erkrankung besteht?«

Blenheim hatte keine Scheu, über seine Leiden zu sprechen. Lediglich der Umstand, daß sich hinter den Fensterscheiben, durch die er eben noch geblickt hatte, Menschen befanden, deren unmittelbares Schicksal seine Leiden doch relativierten, ließ ihn etwas zögern.

»Ich möchte nicht unbedingt darüber sprechen. Meine Beschwerden sind doch nur eine Bagatelle im Vergleich zu dem Elend, über das Sie gerade sprachen. Aber wenn Sie unbedingt darauf bestehen, so will ich es Ihnen sagen.

Es ist ein seltenes Schmerzsyndrom der Gelenke, das mich plagt. Irgendeinem Rhythmus gehorchend überkommt mich ein anhaltender Schmerz der großen und kleinen Gelenke. Es ist dann, wie wenn die Knie in einen Schraubstock gespannt und zwischen den Holzbacken langsam zerquetscht würden. An den Schultergelenken verspürt man Eisenringe, die sich langsam zusammenziehen. An den Fingergelenken könnten es Daumenschrauben sein, die ihren Durchmesser verringern und ins Fleisch einschneiden. Mein ganzer Körper ist dann so schwer, als wäre er in einen Betonblock gegossen. Es zieht mich zu Boden, und nur mit äußerster Anstrengung kann ich mich auf den Beinen halten. Alle Gelenke sind oftmals geschwollen und gerötet. Mein Körper ist starr, irgendetwas will mir die Bewegung nehmen und mich zur Statue machen. Und das Schlimmste dabei: der Schmerz nimmt die Freude, macht mißmutig, und aus Lebensbejahung wird Lebensverachtung. Es sind die Begleiterscheinungen dieser Schmerzattacken, die allmählich meinen Charakter, mein Denken vereinnahmen. Die Ziele, die man zu erreichen trachtet, sind nicht mehr weit gesteckt, sondern ganz nah, und um den Preis der Schmerzlinderung gebe ich große Pläne und ehrgeizige Verbesserungen in meinem Beruf völlig auf. Der Schmerz ist also im Begriff, mich völlig aus der Bahn zu werfen. Einfach deshalb, weil er irgendwann durch seine anhaltenden Attacken unerträglich wird. Die Krankheit zerstört meine Gelenke, vielleicht auch so manche Organe, aber sie vernichtet wahrscheinlich meine Seele.«

Blenheim hielt inne und betrachtete Ana eindringlich.

»Wollten Sie das jetzt eigentlich hören, so drastisch und eindringlich?«

»Ja, es interessiert mich. Obwohl ich glaube, daß Sie das meiste nicht ernst gemeint haben. Und dieser Doktor, von dem Sie sprachen, kann Ihnen der helfen? Ist er ein Wunderheiler? In meiner Heimat gibt es viele solcher Menschen, begabte Menschen, aber dort ist auch der Glaube an das Mystische mehr verbreitet. Denn wo Unwissenheit ist, ist auch der Aberglaube nicht fern.«

Blenheim wehrte ab.

»Nein, nein. Dr. Assmuth ist ein studierter Arzt. Er bedient sich nur etwas unkonventionellerer Behandlungsmethoden. Er unterzieht mich einer Fiebertherapie. Jetzt, da ich mit Ihnen spreche, habe ich auch eine erhöhte Körpertemperatur.«

Blenheim nahm spontan Anas Hand und hielt ihren Handrücken an seine Wange. Hätte er sie an seine Stirn gehalten, wäre es eine bekräftigende, erklärende Geste gewesen. Indem er sie aber an seine Wange preßte, länger und intensiver dort festhielt, bekam seine Bewegung etwas Intimes. Ana erschrak kurz, er sah es an ihren Gesichtszügen. Dann aber lächelte sie und entzog ihren Arm schnell seinen Händen.

»Ich spüre es, Sie sind wärmer als ich.«

Sie sah ihn kurz an, verweilte auf seinem Gesicht mit ihren großen, alten Augen, als wollte sie die Stelle, auf die kurz ihr Handrücken gepreßt war, noch einmal mustern.

»Und wirkt diese Therapie nun?«

»Doch, ich kann momentan zufrieden sein. Ich bin schmerzfrei seit einigen Tagen, allerdings könnten es auch die Medikamente sein, die ich zuvor noch in großer Zahl eingenommen habe. Aber insgesamt, ich will nur vorsichtig sein mit meiner Prognose, scheint die Therapie zu greifen. Wollen Sie mich ein Stück begleiten? Ich habe hier so meine Wege.«

Ana zögerte, wandte sich kurz um und sah durch das Fenster hinein zu den Ankömmlingen, die nun im Begriffe waren, ihre Habseligkeiten zu ordnen.

»Sie sind mit einem Lastwagen angekommen, nicht mit einem Autobus, sondern mit einem gewöhnlichen Lastwagen mit Pritsche und seitlich hochgezogenen Holzborden. Sie wissen, was ich meine?«

Ana wandte sich ihm wieder zu.

»Ich weiß, was Sie meinen. Vieh transportiert man so. Menschen auf den Holzpritschen irgendwelcher Transportmittel haben Tradition. Es ist ein fix eingebranntes Bild aus unserem Jahrhundert. Es könnten auch Eisenbahnwaggons sein, und die Geräusche von auf Holz und Metall prallenden Türen, Quietsch- und Schleifgeräusche, untermalt von irgendwelchen kommandoartigen Zurufen sind zum visuellen und akustischen Standard irgendwelcher Flüchtlingsbewegungen geworden.«

Ana sah ihn überrascht an. Blickte ihm fragend in die Augen.

»Ja, ich komme mit Ihnen mit. Sie sollen sich einmal selbst ihre Habseligkeiten auspacken, den bürokratischen Kram kann ich ihnen später erledigen. Gehn wir ein Stück Weges miteinander.«

Blenheim entledigte sich spontan seines Sakkos und legte es über ihre Schultern. Sie beachtete es gar nicht, kommentierte es nicht, schon gar nicht zierte sie sich in irgendeiner Weise, sondern ließ ihn gewähren, während sie die Oberarme wieder verschränkte. Sie schritten durch die leeren Gassen, aber der Morgen brach schon langsam an und löste ihrer beider Umrisse aus der Unkenntlichkeit der Nacht heraus. Nebeneinander gingen sie, er hemdsärmelig schlendernd und die Hände in den Hosentaschen, und sie bedeckt mit einem viel zu großen Jakett, aber aufrecht und stolz.

Was sie gemacht hätte in ihrem Verlag. Was für eine Art von Büchern es gewesen wären, die sie zu begutachten gehabt hätte. Die letzte Zeit vor Ihrer Flucht nichts Literarisches. Nur Bildbände über verschiedene Staaten, vor allem deren Landschaften. Aber fotografiert in einer künstlerischen, höchst ästhetischen Art von namhaften Fotografen und kommentiert von Dichtern ihrer Heimat. Ob er denn wüßte, welch ungeheuer schöne Landschaften es hier gäbe, ob er sich dessen überhaupt bewußt wäre.

Sie blieb stehen und deutete – da sie ohne darauf zu achten an den Stadtrand gekommen waren – in die dunstigen Wiesen hinaus.

Wo sie herkäme träume man von diesen Arrangements der pastellenen Grüntöne von Wiesen und Wäldern, der zarten Konturen des Horizontes, der sich aus dem Morgennebel erhob. Zumindest für sie selbst sei es immer ein Traum gewesen. Daß sie nun hier wäre, allerdings unfreiwillig und als Vertriebene, spräche ihren früheren Sehnsüchten Hohn.

Sie hatten über ihrer Unterhaltung einen Feldweg beschritten, der zu einem Waldstück führte. Auf den nassen Wiesen ringsum lag dünn der Morgennebel, der sich mit zunehmender Helligkeit verflüchtigte. Über den Tag heute würde sich ein blauer Himmel spannen, der nächtliche Regen hatte alles gereinigt.

Blenheim verspürte keine Müdigkeit, obwohl er die vergangene Nacht kein Auge geschlossen hatte.

»Finden Sie es nicht seltsam«, sagte er zu Ana, «daß die meisten Menschen diese Momente entbehren müssen, daß sie nur jenen vorbehalten bleiben, die unfreiwillig durch diese Stunden gehen? Um das zu genießen, muß man krank sein oder vertrieben werden. Von solchen Anblicken hatten Sie ja immer geträumt«.

»Sie haben recht. Aber ginge es uns allen gut, würden wir niemals die Schönheiten so intensiv empfinden. Nur aus der Position der Vergeblichkeit, vor dem Hintergrund des allgemeinen Zusammenbruchs bekommen solche Augenblicke etwas Einmaliges, etwas sehnsuchtsvoll Entzückendes. Die Schönheit definiert sich meist aus der Unerreichbarkeit, die Erhabenheit oft aus der Position der niedrigen Gemeinheit besonders intensiv. Vielleicht bedarf es überhaupt dieser Ge-

gensätzlichkeit. Je weiter etwas entfernt ist, je irrealer es erscheint, desto mehr umgibt es sich mit dem Anschein von unerreichbarer Exklusivität.«

Blenheim schüttelte seinen Kopf.

»Aber wir scheinen es ja jetzt, in diesen Momenten, erreicht zu haben. Es ist alles da, hautnah, greifbar.«

»Und wir wissen, daß wir es verlieren müssen. Beide wissen wir es genau. Sie, wenn sie in die Stadt zurückkehren, vielleicht ohne Schmerzen, aber wieder in Ihren Alltagstrott zurück, und ich, wenn ich einen weiteren Schritt in eine andere Ungewißheit setze, woanders hin, vielleicht weit von hier entfernt.«

Sie waren am Waldrand angelangt. Von den Tannenzweigen tropfte der Morgentau, er schien wie ein Rest des nächtlichen Regens auf das Unterholz zu fallen.

Diese Geräusche, dachte Blenheim, und diese Bilder sind wohl ein uraltes Fundament, auf das sich über lange Zeiten all unsere Gedanken und unsere Empfindungen gelegt haben. Sie brechen nun in mir hervor, ich kann sie selbst erkennen. Ich, Martin Johann Blenheim, zweiunddreißig Jahre alt, unerschütterlich mit beiden Beinen bisher im Leben gestanden. Allerdings nun höchst unsicher geworden, schwankend und vorsichtig zugleich.

Er nahm ihre Hand in die seine und drückte sie fest. Er vermeinte einen Gegendruck zu spüren. Sich so haltend gingen beide zurück.

9. KAPITEL

Die Dämmerung des Morgens geht vom dunklen Blau allmählich über ins Grau des anbrechenden Tages. Die Dämmerung des Abends jedoch geht über vom hellen Blau des endenden Tages in die graue Schwärze der Nacht.

Blenheim saß im Zimmer seiner Herberge. Er benannte sie nun so und nicht mehr als sein Hotel, da er sie eher als zufällige Unterkunft eines wahllos Suchenden empfand. Er saß mitten im Zimmer an dem folienbedeckten Tisch und blickte hinaus in die Bläue, die sich des Marktplatzes bemächtigt hatte. Für einige Momente wußte er nicht, ob die Bläue draußen grau oder schwarz werden würde. Für einige

Augenblicke konnte er nicht den Tageszeitpunkt erkennen, so wie er zuvor schon aufgehört hatte, die Tage, die er hier verweilte hatte, zu unterscheiden. Er versuchte sich zu erinnern, wann er ungefähr angekommen war, aber seine Gedanken konnten nicht zurückwandern, als seien sie im Jetzt gefangen. Die Zeit vor seiner Ankunft, so schien es, war nur über die Hürde eines neuerlichen Ortswechsels zu erfahren. Aber alles fesselte ihn an dieses Zimmer, an diesen Ort und an die Geschehnisse der letzten Zeit. Er empfand sich in einer Zeitfalle gefangen, auch weil er seinen Bewegungsradius auf die unmittelbare Umgebung beschränkt hatte. So mußte es dem Kerkerinsassen gehen, dessen Erinnerungen an früher allein deshalb verblaßten, weil er ihnen keine vertrauten Orte der Auffrischung mehr anbieten konnte. Seine Erfahrungen von früher, ob mit Erfolg oder Versagen, mit Glück oder Elend behaftet, waren in diesen Augenblicken nur vage Vermutungen, die nicht unbedingt mit seiner Biographie verknüpft sein mußten. Blenheims Erinnerungen an sich selbst, seine Herkunft, seine Identität waren die an einen ihm entfremdeten Menschen.

Er blickte starr auf den Tisch vor sich, fixierte mit seinen Augen das plastiktrübe Spiegelbild des Fensterkreuzes und atmete tief durch. Dann befühlte er seine Wangen, die heißer als sonst wirkten. Er kramte das Fieberthermometer aus seiner Brusttasche und schob es in die linke Achselhöhle. Lange schon hatte er es nicht mehr benützt, aber das bisherige Ertasten mit seinen Händen erschien ihm nun trügerisch. Er spürte, wie die Quecksilbersäule aus dem heruntergeschlagenen Bereich beschleunigte, stetig emporkletterte und beinahe am Ende der Kapillare anschlug. Nur verschwommen konnte er erkennen, daß die Skala an diesem Punkt einundvierzig Grad anzeigte. Es war ihm schwindlig und er glaubte, das Blut in seinen Ohren kochen zu hören. Das Bett in der Zimmerecke tanzte vor seinen Augen, aber er wollte es um jeden Preis erreichen. Mit einem Ruck erhob er sich vom Stuhl, um dann aber, sein Gleichgewicht verlierend, auf den Boden zu stürzen. Den Plastiküberzug des Tisches riß er dabei mit, weil er sich noch daran hatte anhalten wollen. Auf allen Vieren kriechend erreichte er die Bettkante, zog sich daran hoch und rollte dann in die Mitte der Matratze. Er hätte sich erbrechen mögen, aber sein Magen war leer, und so würgte er nur einige Male, ohne daß er dabei seinen Oberkörper aufgerichtet hätte.

Draußen war es schwarz geworden. Also war es Abend und bruchstückhaft tauchten Erinnerungsfetzen auf. Er hatte ja heute eine höhere Dosis injiziert bekommen. Weil, wie Dr. Assmuth zerknirscht zugegeben hatte, er irrtümlich die doppelte Dosis in die Injektionsspritze aufgesogen hatte. Immerhin hatte er seine Fehlleistung zugegeben, hatte zugleich aber gemeint, daß lediglich das Fieber etwas höher werden könnte. Immerhin war der Arzt ehrlich zu ihm gewesen, und das wog alle medizinischen Eventualitäten einigermaßen auf. Dr. Assmuth hatte heute nachmittag ungewollt mit ihm experimentiert. Blenheim faßte sich. Er verspürte großen Durst und griff ungelenk nach der Karaffe auf dem Nachtkästchen. Gierig setzte er ihren Hals an seine Lippen und trank nicht, sondern kippte vielmehr das prikkelnde Selterswasser in seinen Mund, so daß er es verschüttete. Nach allen Seiten verrann das Wasser, um von seinem Unterhemd aufgesogen zu werden. Er klebte am ganzen Körper.

Endlich stabilisierte sich sein Zustand. Er konnte die Zimmerdecke mit ihrem bröckelnden Putz klarer erkennen und begriff die zeitliche Reihenfolge der Tagesereignisse wieder.

Er dürfte auf keinen Fall mehr eine höhere Dosis der Suspension bekommen. Das Fieber würde ihn verbrennen. Von innen heraus, was auf jeden Fall eine Novität wäre. Er wäre somit der erste Mensch, der von der Körperhitze verzehrt würde und aus dem sozusagen die Flammen von innen nach außen schlügen. Was war überhaupt die höchste Temperatur, die ein Mensch je ertragen hatte? Irgendwo bei zweiundvierzig Grad Celsius mußte das gewesen sein. Merkwürdig, daß, wenn vom Erdulden ernstester Krankheiten gesprochen wurde, immer ein höchstmögliches Fieber genannt wurde. Fieber war in der naiven Vorstellung der Leute die Krankheit schlechthin. So erinnerte er sich zumindest. Kinder fieberten sehr hoch. Das hatte aber mit ihrem labilen Temperaturregulationszentrum zu tun. Sie verfielen auch leicht in Krämpfe, wobei sie so erschienen, als ob ihr Blut sieden würde, als ob es in seine Bestandteile zerkochte und irgendwo im Kreislauf verdampfte. Richtig, das mußte es sein: Der Tod würde dann so eintreten, daß Blutdampf sich in den extrem geweiteten Adern verflüchtigte und in dessen Gefolge die Seele. So ungefähr würde sich das Hinscheiden dann abspielen. Rein pathophysiologisch also.

Blenheim lag in einem See. Er schwamm in seinem Schweiß, obwohl er sich bereits der Kleider entledigt hatte. Die Karaffe hatte er längst leer getrunken und gedachte, sie von der Wasserleitung neu zu befüllen. Wen kümmerte denn schon die Möglichkeit, daß das Waser aus dieser vielleicht ungenießbar oder gar – da ja die warme Jahreszeit anstand – chloriert und potentiell gesundheitsschädlich war? Wie unwichtig dies doch war, wo es um essentielle Bedürfnisse ging, um einen Lebenstrieb schlechthin.

Er war schwankend und unsicheren Schrittes zur Waschmuschel gelangt, öffnete hastig den Hahn und ließ den vollen Strahl in seinen geöffneten Mund schießen. Daß er dabei das halbe Zimmer verspritzte, sich selbst bis zu den Zehen benetzte, merkte er kaum. Seine Schlucke waren so gierig, daß er gleich darauf im Schwall das soeben Getrunkene erbrach. Aber er richtete sich vor der Waschmuschel nur kurz auf, atmete durch, ohne die Hand vom Wasserhahn zu geben und hielt sodann wieder seinen weit geöffneten Mund unter den erquickenden Strahl. Weiter tauchte er sein ganzes Haupt darunter, sein Haar und seinen Nacken. Wohltuend war die Kühle und er hätte gerne länger darunter verweilt, weil ihm die innere Glut genommen wurde. Aber er vernahm ein Klopfen an der Tür. Schnell riß er das Handtuch vom Chromgestänge und rieb es hastig an seinem Oberkörper, seinen naß wegstehenden Haaren.

Er öffnete die Tür zu einem Spalt. Penthor stand draußen, etwas peinlich berührt ob seiner Aufmachung.

»Verzeihen Sie. Sie haben Besuch. Ihre Frau wartet unten und noch ein Mann, dessen Namen mir aber entfallen ist. Ihre Frau hat übrigens einmal angerufen. Ich vergaß, es Ihnen auszurichten. Verzeihen Sie mir nachträglich! Sollen beide später wieder kommen?«

»Nein, nein. Ich komme gleich. Nur einige Minuten«.

Blenheim schloß die Tür und lehnte sich dann an sie, atmete kurz durch.

Helga war also hier! Sie hatte nie vorgehabt, ihn zu besuchen. Aber es mußte klar sein, daß sie, da er sich ja bisher noch nicht bei ihr gemeldet hatte, irgendwie mit ihm würde in Kontakt treten wollen. Er hatte ihr Kommen provoziert. Er hätte eher einen Telefonanruf erwartet. So unangemeldet hier aufzutauchen hatte auf jeden Fall etwas Dramatisches an sich, etwas von Protest und Nichteinverstanden sein.

Er fühlte sich noch schwach, seine Körpertemperatur aber hatte sich offenbar wieder in die üblichen Bereiche herabgeregelt. Er wollte so schnell wie möglich nach unten gehen, denn in sein Zimmer gedachte er beide nicht zu bitten. Es sollte nur sein Zimmer sein, das die Geheimnisse seines jetzigen Zustandes mit sich trug, an dessen Wänden die Begebenheiten der letzten Tage klebten, das seine Intimitäten wußte.

Wer wohl der Begleiter von Helga war?

Er streifte frische Kleider über, so hastig, daß er die Reihenfolge der Hemdknöpfe verwechselte und sie, nachdem er leise auf den Gang hinausgetreten war, erst auf dem Weg ins Erdgeschoß korrekt richtete.

»Mein Gott, wie siehst Du denn aus?«

Helga, blond und fein geschminkt wie immer, sah ihn mit überraschten, großen Augen an. Sie kam auf ihn zu und faßte seine Hände.

»Du bist ja noch kränker als vorher. Du hast abgenommen. Deine Haare sind ja ganz naß!«

Neben ihr stand Strabort, unbeweglich und mit verlegener Miene. Er wußte nicht, wohin er sehen sollte, daher wandte er sich um und blickte auf die wenigen noch verbliebenen Männer, die trunken und müde im Gastraum diskutierten, als ob er dadurch zu mehr Diskretion gemahnen konnte.

»Was ist los mit Dir, Martin? Warum hast Du Dich bei mir nicht gemeldet? Ich habe mehrmals hier angerufen, aber nur einmal sprach ich mit dem Wirt. Du wärest gerade nicht dagewesen. Du mußtest doch wissen, daß ich mir Sorgen machen würde! Ich kann Dich nicht verstehen.«

Sie stand da und hielt noch seine Hände, hatte ihn aber nicht geküßt und auch nicht an sich gedrückt, wie es nach längerer Trennung üblich wäre.

Blenheim machte auch keine Anstalten, sie zu umarmen. Ihr letzter Satz hallte in seinen Ohren nach. Sie konnte ihn nicht verstehen! Wie trefflich sie die Situation kommentiert hatte.

»Guten Abend Herr Strabort! Ich hoffe, Sie hatten eine angenehme Reise. Verzeihen Sie meine allgemeine Adjustierung, ich hatte Sie nicht erwartet. Wir könnten uns alle an einen Tisch setzen, da spricht es sich ja angenehmer.«

Am nächsten Tisch, gleich neben der Tür zum Treppenaufgang, nahmen sie Platz. Es war Blenheim recht, daß Helga ihn weder geküßt noch an sich gedrückt hatte. Durch diese äußerliche Geste hätte sich möglicherweise entschieden, ob sein Verhältnis zu ihr wieder in die frühere Nähe gerückt werden sollte. So, wie es körperliche Rituale eben so an sich haben, den Anschein naher Beziehungen zu erwecken, ja Zuneigung vorzutäuschen, sich selbst und den Nächststehenden. Aber es war nicht geschehen, und Blenheim war darob erleichtert. Es war somit eine gewisse Distanz definiert, und das war auf jeden Fall ein sichereres Terrain für ihn.

Er bestellte das würzige Bier für alle und bemerkte dabei die neugierigen Blicke von Penthor, der sich die nächsten Minuten in geringer Distanz zu ihrem Tisch aufhielt, um das eine oder andere Wort zu erlauschen.

»Du mußt wissen Helga, daß ich eine spezielle Fiebertherapie durchmache und mich deshalb sozusagen in mich zurückziehe. Ich konzentriere mich gewissermaßen auf meinen Körper, auf mein Innerstes, versuche also, meine Körperfunktionen zu überwachen, wenn ich mich richtig ausgedrückt habe.« Er hatte damit gar nicht so unrecht und konnte auf diese Weise die Ungeheuerlichkeit teilweise mindern, daß er nicht hatte anrufen wollen.

»Für mich war es wichtig, mit meiner Krankheit ganz alleine zu sein. Im übrigen ist es ja auch für Dich nicht angenehm, für niemanden erbauend,« – und er sah dabei Strabort an, der in seinem Stuhl zurückgelehnt dasaß – »mit Krankheiten konfrontiert zu werden. Es ist einfach unangenehm, über Beschwerden zu hören, ohne dabei helfen zu können.«

Helga schüttelte den Kopf. Ihre kurzen blonden Haare, frisch geföhnt und offensichtlich erst kurz zuvor vom Friseur gestylt, umrahmten ihr schönes, puppenhaftes Gesicht.

»Aber ich bin doch Deine Frau! Wem sollst Du dich denn mitteilen, wenn nicht mir! Im übrigen,« – sie beugte sich etwas nach vorne und ihre Stimme wurde leiser – »das ist doch nicht das Hotel, das ich Dir reservieren wollte. Ich wohne im ›Goldenen Krug‹, da solltest Du auch sein. Es kommt mir hier ziemlich schäbig vor.«

»Ich bin nicht zum Urlaub hier. Es genügt mir und wird ja irgendwann zu Ende sein.« Blenheim hatte das Gefühl, vollkommen Herr der Situation zu sein. Das Recht des Kranken war bei ihm, die Rechtfertigung des seine Lebensfunktionen verteidigenden Leidenden, und Helga sowie Strabort mußten verstehen.

»Wie lange gedenkst Du noch hierzubleiben?«

Strabort fiel ihr ins Wort.

»Richtig, wie lange wollen Sie noch in Dienbach bleiben. Nicht, daß es mit Ihrem Arbeitsplatz Probleme gäbe, eine Beurlaubung kann man eventuell verlängern. Aber mich interessiert der tüchtige Mitarbeiter, den ich entbehren muß. Da wären mir exakte Zeitvorgaben lieber.«

Schäbiger Lügner, dachte Blenheim.

»Ich kann es nicht sagen. Wohl noch einige Zeit. So wie ich mich jetzt fühle, könnte man von Heilung sprechen. Denn es nützt ja niemandem, schon gar nicht der Bank, wenn ich nach kurzer Zeit wieder einen Rückfall erleide.«

»Aber Du wirkst sehr krank. Als ich Dich das letzte Mal sah, hattest Du sicherlich mehr an Gewicht. Du hast Dich sehr verändert.«

Blenheim bewahrte Gleichmut.

Alles habe sich verändert. Allein die Zeit, die man sich nicht gesehen habe, wäre schon ein Grund für Veränderung. Rein philosophisch gesehen der wichtigste Faktor. Dann käme noch seine Erkrankung hinzu und – man müsse es erwähnen – die spezifischen Erlebnisse, neue Lebenseindrücke von anderen Lebensorten und vor allem neue Ereignisse. Es wäre wohl ein Prinzip, dies habe er erkannt, daß sich alles ändere, nichts gleichbleiben könne im dahinschreitenden Leben. Und man würde mitgezogen, mitgesogen von einer anderen Dynamik, der niemand Herr werden könne.

Helga lächelte gequält. Er würde wie ein Philosoph sprechen. Ja, er sei hier einer geworden. Krankheiten, vor allem chronische, disziplinierten ungeheuer, sie zwängen zu einer anderen Sicht der Dinge, könnten auch Gewinn bedeuten. Gewinn an Einsichten, Erkenntnissen, vor allem der Erkenntnis, daß Gesundheit ein kostbares Gut sei, dessen man sich fortwährend bewußt sein müsse. Diese Aussage klinge sicherlich sehr trivial, aber es mache einen Unterschied, eine volkstümliche, allgemeingültige Redewendung nicht einfach übernommen, erlernt, sondern selbst Schritt für Schritt erfahren zu haben, so daß sie eine ureigenste Erkenntnis hätte sein könne. Daß sie also von ihm gänzlich neu formuliert sein könnte.

Helga rauchte eine Zigarette. Sie hatte ihr goldenes Feuerzeug hervorgekramt und mit geschmeidigen Bewegungen die Filterzigarette zwischen ihre Lippen geklemmt. Das Schnappen des Feuerzeugverschlusses, das Aufflackern der Gasflamme und das gleichmäßige Glühen der Zigarettenspitze waren perfekte und sich nahtlos aneinander reihende Vorgänge eines Rituals des Genusses. Es paßte zu ihrer mondänen Erscheinung.

Sie könne sich nicht vorstellen, daß er sich in dieser Umgebung – und dabei sprach sie die Worte gedehnt aus - einer besonderen Therapie unterziehen könne. Vielleicht wäre es doch ein Irrtum gewesen, auch von ihr, denn er selbst sähe ja kränker aus als bei der Abreise. In diesen knapp vierzehn Tagen, die er hier verweile, sei objektiv eher eine Verschlechterung eingetreten.

Blenheim kostete nur kurz vom dunklen Bier und schüttelte seinen Kopf.

Entscheidend wäre nur, wie er sich fühlte. Und die Schmerzen wären derzeit tatsächlich verschwunden, so ein langes Intervall hätte er nur am Beginn der Erkrankung erlebt. Für ihn selbst wäre sein Zustand schon ein Erfolg. Er möchte es noch einmal betonen: er gedenke auf jeden Fall, längere Zeit – solange es eben Dr. Assmuth empfehle – hier in Dienbach zu verweilen.

Helga legte ihre Hand auf seinen Unterarm.

»Ich bitte Dich! Komm mit mir wieder nach Hause. Wir werden nach einem Spezialisten Ausschau halten, und sollte er im Ausland zu finden sein.«

»Ich brauche keinen Spezialisten. Es gibt in unserer Stadt genug. Das System, aus dem heraus sie behandeln, ist falsch und im Ausland ähnlich. Es würde mir überhaupt nicht helfen. Und außerdem: gerade jetzt, wo ich mich mitten in einer völlig neuartigen Therapie befinde, will ich auf keinen Fall unterbrechen. Versteh mich doch bitte!«
Blenheim hatte seiner Gattin nie einen Wunsch abschlagen mögen. Auch diesmal fiel es ihm schwer. Aber er versuchte standhaft zu bleiben, auch weil sein jetziger Zustand, die Rastlosigkeit seiner Lebensweise und die Unwägbarkeiten, die durch sie bewirkt wurde, seine Faszination hatte. Die Frage, wie sein Abenteuer hier enden würde, schien ihm dermaßen interessant, daß er keinesfalls seinen Aufenthalt abbrechen wollte.

»Du bist so stur, daß ich Dein Verhalten nur auf Deine Erkrankung zurückführen kann. Es erübrigen sich also alle Worte.«

Helga war wütend aufgestanden und machte Anstalten zu gehen.

»Ich nehme an, Du willst mich auch nicht ins Hotel begleiten.«

»Nicht, solange Du so wütend bist.«

Strabort wollte die verfahrene Situation bereinigen.

»Ich möchte mich nicht einmischen. Aber so seien Sie doch vernünftig. Wie können Sie Ihrer so reizenden Gattin einen Wunsch abschlagen. Es ist nicht Ihr Platz hier, in dieser gottverlassenen Gegend.« Und dabei beschrieb er mit seiner rechten Hand eine ausholende Kreisbewegung.

»Ich muß es tun. Nur ich kann wissen, was mir gut tut. Auch wenn es meinen Arbeitsplatz bei Ihnen kosten sollte.«

Strabort beugte sich näher zu ihm.

»Sie geben mir ein Stichwort. Ich müßte unbedingt noch etwas bereinigen. Vielleicht nicht heute, aber dann auf jeden Fall morgen. Einen Augenblick noch, Frau Blenheim.«

Er hatte kurz die Hand zu Helga gehoben, um sie zur Geduld zu mahnen.

»Sie wissen doch noch, daß Sie kurz vor Ihrer Abreise eine Unterschrift gegeben haben, für die Kreditbewilligung einer Firma im Ausland. Ich bräuchte noch einmal Ihre Unterschrift und zwar für eine Vollmacht, Ihre in die Wege geleiteten Geschäfte in Ihrem Sinne weiterführen zu dürfen. Sie wissen: wir müssen in der Bank eine gewisse Kontinuität bewahren. Ich habe alles schon vorbereitet, Sie müssen nur unterschreiben.«

Blenheim wollte erstarren. Blitzartig schoß ihm die Idee in den Kopf, daß Strabort ihn weiterhin benützen wollte. Eine Unterschrift von ihm, hier in einer schummrigen Gaststätte, meilenweit von seiner Bank entfernt, spätabends und mit fieberzittriger Hand? Nach außen hin blieb er ganz gelassen.

»Das hat noch Zeit. Morgen vielleicht, wir werden uns doch sicherlich wieder treffen.

Helga fiel ihm ins Wort.

»Ich weiß nicht, ob ich morgen noch hier sein will. Deinem abweisenden Benehmen nach wäre es für alle Beteiligen besser, wenn wir dieses Zwischenspiel hier äußerst kurz halten würden. Gute Nacht!«

Sie drehte sich um und strebte an den erstaunten Blicken der Anwesenden dem Ausgang zu.

Strabort erhob sich ebenfalls, blinzelte Blenheim zu und zuckte dabei resigniert mit den Achseln.

Blenheim saß wieder alleine da. Eigentlich hatte er sich ein Wiedersehen mit seiner Frau Helga anders vorgestellt. Mit einer zärtlichen Annäherung, etwas schüchtern wieder nach so langer Trennung und dann mit einer stürmischen Umarmung in ihrem Zimmer im »Hotel zum goldenen Krug«. Mit einem Vollbad vorher und vielleicht mit Sekt nachher oder umgekehrt. Nichts war daraus geworden, aber er hätte nicht sagen können, daß er nun enttäuscht wäre. Es war eben nun so gekommen, und er wollte es nehmen, wie es war. Sollte er einen bitteren Nachgeschmack verspüren, so rührte er eher von Strabort und dessen hinterhältiger Art her. Er hatte beim Besuch hier in Dienbach weniger Interesse an seiner – Blenheims – Person bekundet, als vielmehr an seiner Unterschrift – oder an seiner Gattin Helga.

Das könnte es auch gewesen sein. Richtig. Die Indizien verdichteten sich auch in diese Richtung, Stück für Stück, wie bei einem Puzzle.

Blenheim wollte auf der Hut sein.

Abermals schien eine zusätzliche Fähigkeit in ihm zu sein. Die Fähigkeit, gewisse Ereignisse im Voraus zu erahnen. Und diese Fähigkeit bescherte ihm neue Einsichten. Er wußte nun, daß Strabort seiner Gattin nachstellte, daß dieser heute vielleicht seinen Platz im Hotel einnehmen, sie bedrängen und wärmen würde. War es da nicht auch naheliegend, ihn – Blenheim – in den Sumpf von Verfehlungen zu schicken, daß er daran ersticke und für ihn der Weg zu Helga frei würde.

Ereignisse, so dachte Blenheim, sind je nach der Betrachtungsweise leichte Seifenblasen, die nichts wiegen und – als nicht stattgefunden – schließlich zerplatzen. Aber dringt man tiefer in sie hinein, durch ihre luftigen Oberflächen hindurch, so werden sie schichtweise dichter, härter, um schließlich einen Kern der Wahrheit zu haben. Im Gedankenspiel würde er ein Leben lang mit Helga zusammenleben können, nicht ahnend, daß sie ihn ständig betrog. Nur aus dem Umstand heraus, daß es diese Realität nicht gab, weil er sie nicht erwog, weil er sie nie zu Gesicht bekam. Und sich auch nicht der Mühe unterzog, irgendwelche Umstände zu hinterfragen.

Und so schien es mit vielen Dingen zu passieren: sie waren einfach nicht vorhanden, weil sie nicht gesehen wurden, und sie geschahen nicht, weil nicht einmal die von ihnen geworfenen Schatten bemerkt wurden. Die Blindheit wiegt in selbstgefälliger Sicherheit und gibt einen ruhigen Schlaf. Sie ist aber meist nicht angeboren, sondern sie tritt immer aufs neue ein, wenn man die Augen schließt.

Blenheim lächelte. Es war mehr ein zufriedenes Grinsen, da er eigentlich erschütternde Entdeckungen mit der Gelassenheit des Außenstehenden dachte.

Penthor stand neben ihm.

»Mit den Frauen hat man manchmal sein Kreuz. Nicht wahr?« sagte er jovial.

»Ich habe mir das Joch der Ehe nicht angetan. Ich bin ungebunden, kann tun und lassen, was ich will, und nehme mir die Gelegenheiten und die Freiheiten nach Lust und Laune.«

Er hatte Blenheims in die Mitte des Tisches geschobenes Bierglas an sich genommen und hielt es mit seiner linken Hand. Mit der anderen Hand stützte er sich lässig an einer Stuhllehne ab.

»Ich habe kein Kreuz mit meiner Frau, wenn Sie das gemeint haben sollten.« erwiderte Blenheim. Er hätte sagen mögen, daß Helga eher ein Problem mit ihm habe, aber er wollte private Bekenntnisse tunlichst verschweigen.

»Aber sagen Sie, Herr Penthor«, fuhr er fort, «was für Gelegenheiten meinen sie, in dieser Gegend der Abgeschiedenheit und fehlenden Lebenslust.«

»Die Lust ist in abgeschiedenen Landstrichen die gleiche wie in der Stadt. Ja, sie hat hier den Vorteil, daß sie ohne die lauten und grellen Ablenkungen intensiver gedeihen, sich ungestörter ausleben kann.«

Schön gesprochen, dachte Blenheim. Penthor schien ein ihm äußerst genehmes Thema gefunden zu haben. Denn er sprach nun leiser und beugte sich zu Blenheim hinunter.

»Zum Beispiel denken Sie an so manche Flüchtlingsfrau, die es sich trotz ihrer traditionellen Sittsamkeit schon hie und da durch Amouren verbessern will.«

Du bist ein Schwein, dachte Blenheim und sah die kräftigen Hände, wie sie Frauentaillen umschlangen, sah seinen massigen, schwitzenden Leib, wie er Frauenkörper unter sich zu erdrücken schien. Aber er ließ sich seine Abneigung nicht anmerken und zeigte sich interessiert. Er zwinkerte Penthor zu.

»Ihre Serviererin, Ana heißt sie, nicht wahr, ist doch ein strammes Ding. Wohnt sie nicht hier im Haus?«

Penthor hatte sich nun einen Stuhl herangezogen und gesetzt.

»Sie haben einen guten Blick, fürwahr. Ich habe ihr eine Schlafstatt angeboten hier, aber sie hat abgelehnt, will woanders wohnen. Ist zu stolz, ist auf meine Avancen überhaupt nicht eingegangen. Ich hätte sie auch sofort hinausgeworfen, wenn sie nicht so gute Arbeit machte. Fühlt sich als etwas besseres, aber Chancen hat bei ihr keiner. Sie ist, glaube ich, ziemlich stark in der Flüchtlingsbetreuung engagiert. Herr Hauser hat es mir gesagt, und der muß es ja schließlich wissen, denn er ist ja sozusagen die Behörde in Person.«

Blenheim war bei Penthors Erklärungen der Puls hinaufgeschnellt, wie wenn er einen neuerlichen Fieberschub bekommen hätte. Er wollte schon aufstehen und – der unappetitlichen Ausführungen überdrüssig – gehen, aber die Tätigkeit des riesenäugigen Hauser interessierte ihn.

»Was macht Herr Hauser eigentlich wirklich?«

»Er ist im Magistrat der Bezirkshauptmannschaft Abteilungsleiter der Fürsorge. Dahinein fällt auch die Flüchtlingsbetreuung. Selbstverständlich ist die übergeordnete Behörde in der Hauptstadt angesiedelt. Aber die direkte Betreuung geht nur über Hausers Abteilung. Er ist also für alle Vertriebenen ein wichtiger, ja mächtiger Mann. Ohne ihn geht nichts.«

Blenheim dämmerte es. Daher rührte also die Nähe zu der ihm genannten Familie, die ihm die Wäsche besorgen sollte, daher also das Wissen und die Detailkenntnis aller Umstände. Penthor fuhr fort.

»Gewisse Geldsummen, ein Basisnotgroschen zum Leben gewissermaßen, laufen durch seine Hände. Denn wir alle lassen uns die Betreuung etwas kosten, Millionen sind das, über die in der Öffentlichkeit kaum gesprochen wird. Weil die Arbeitslosigkeit auch nicht gerade gering ist, verschweigt man diese Summen lieber.«

Blenheim schüttelte den Kopf.

»Aber was sollte Ihrer Meinung nach mit ihnen geschehen?«

»Ist das meine Sache? Ist das unser aller Problem? Mögen sie doch woanders hingehen. Es muß doch eine international abgestimmte Möglichkeit geben, sie zu versorgen. Sie können nicht unser Interesse sein. Der Patriotismus verbietet das.«

Der Patriotismus! Wenn Blenheim das schon hörte!

»Bitte sagen Sie mir, was ist denn schon Patriotismus. Ist damit irgendeine Zusammengehörigkeit, etwas Verbindendes gemeint? Was verbindet denn den Egoisten hier mit dem Altruisten dort, außer der gleichen Sprache. Was verbindet denn den Belesenen mit dem Analphabeten, den Kreativen mit dem Destruktiven, ja, das Genie mit dem Idioten wenn nicht lediglich der ähnliche Wohnort. Mein lieber Freund, das ist nicht genug, es ist eigentlich überhaupt nichts.«

Penthor wurde lauter.

»Aber die Zusammengehörigkeit ist doch alles, die gemeinsamen Interessen, die gleiche Sprache verbindet doch mehr als alles andere.«

»Nur scheinbar, nur die Ängstlichen und Haltlosen.«

Blenheim war über sich erstaunt. Nie hatte er sich so reden hören. Ja er vermeinte, diese Sätze gesagt, ohne sie vorher gedacht zu haben. So als hätte nicht er, sondern jemand anderer gesprochen. Wann hatte er sich denn schon für Grundsatzfragen der Politik oder der Soziologie interessiert, wann für die Analysen des Zusammenlebens. Aber wenn er sich so reden hörte, so geschah dies in voller Übereinstimmung mit seiner tiefsten Überzeugung. Seine geäußerte Meinung war ein Teil seiner selbst.

»Na, Sie sind mir einer! Scheinen kein Patriot zu sein. Scheinen auch kein Heimatgefühl zu haben. Ein Mensch muß doch an etwas glauben, sich mit etwas identifizieren.«

»Wenn diese Identifikation aber mit Herzenshärte, Menschenverachtung einhergeht, ist sie wohl nicht viel wert. Wenn Sie Phantasie haben, dann drehen Sie doch die Tatsachen einmal um, versetzen Sie sich in die Lage eines Vertriebenen. Wie bitte würden Sie dann empfinden, was würden Sie erhoffen von ihren Nächsten, wenn nicht Barmherzigkeit!«

Penthor schüttelte seinen Kopf.

»Wenn wir nun mal schon tief in der Diskussion sind: ich sage Ihnen, garantiere Ihnen, daß solch ein Schlamassel uns nie und nimmer passieren würde. Da will ich Sie versichern. Es ist der minderwertige Charakter, der solche Malaise hervorbringt, die sich tausendfache potenzierte Grausamkeit der Einzelnen da unten, ihre Unfähigkeit zu reden und zu verhandeln.«

»Und es ist noch nicht so lange her, da widerfuhr Vielen von uns Ähnliches. Und diese Grausamkeiten waren wahrlich elitär und einmalig in ihrer Dimension. Nein, nein. Grausamkeiten sind nicht rassespezifisch, schon gar nicht nationenspezifisch, sondern sie sind systemimmanent. Sie sind ein fixer Bestandteil unserer Verhaltensprogramme. Daß sie zum Vorschein kommen, sie durchschimmern, ja durchbrechen, ist wieder nichts weiter als die Folge fehlgeschlagener Erziehungsprogramme. Es ist ihrer also jeder fähig, weil er einerseits dazu die Anlagen in sich trägt, aber andererseits zusätzlich in seinen ersten Lebensjahren in einer Sphäre der seelischen Verwahrlosung aufwächst. Diese setzt sich bald darauf fort in einem Klima der Kontakt- und Sprachlosigkeit. Die ungenügende Ausstattung unserer Gene vermengt sich also mit Wortlosigkeit und Stummheit. Sie ergeben erst die unheilvolle Mixtur, die sich äußert in Mordlust und im Blutrausch. Daß sie da und dort besondere Facetten trägt, ist nur durch historische oder geographische Gegebenheiten bedingt.«

Penthor stand auf. Schüttelte seinen Kopf. Im Gehen wandte er sich noch einmal um.

»Ich bezweifle stark, daß ich irgendeine Ähnlichkeit mit denen da unten haben sollte. Sie sind ein Zyniker und halten von Begriffen Heimat und Blutsverwandtschaft nicht sehr viel, das habe ich schon bemerkt. Aber nehmen Sie sich in acht, daß Sie nicht denen zugerechnet werden, für die Sie Partei ergreifen, wenn auch nur im Gefühl. Denn es gibt welche bei uns, die von Toleranz nicht sehr viel halten.«

Sollte das eine Warnung gewesen sein? Eine Drohung? Vor wem wohl? Wer waren diejenigen, die von »Toleranz nicht sehr viel hielten?«

Seltsam, dachte Blenheim, daß Wirte so oft politisierten. Es mußte damit zusammenhängen, daß sie viele andere Standpunkte hörten. Daß sich in ihnen ein Querschnitt der Meinungen fokussierte, der durch alle Bevölkerungsschichten sich erstreckte und alle Gegensätzlichkeiten enthielt. Abstruse Ideen, abwegige Ansichten, selbstreflektierende Eingeständnisse und Projektionen der Ängste. In Summe als »Meinung des Volkes« ausgegeben, als »allgemeine Willensbildung« gesammelt und verkündet und schließlich interpretiert von einem hinter der Alkoholschank stehenden Menschen.

Aber noch etwas empfand Blenheim, wie er da am Tisch einsam der Sperrstunde entgegenharrte. Er hatte beim Gespräch mit Penthor wieder diese Mauer gespürt. Sie türmte sich vor ihm auf, dicker und unnachgiebiger als je zuvor. Sie bestand aus Unverständnis und Verschiedenartigkeit. Um sie zu überwinden, war die Gemeinsamkeit der Sprache zu wenig. Es hätte des Gleichklanges gewisser ethischer Grundmotive bedurft. Ganz wenig wäre dazu vonnöten. Zum Beispiel die Fähigkeit zum Mitleid.

Blenheim wollte es für diesen Abend gut sein lassen. Er beurteilte seinen »Auftritt« mit Helga im Nachhinein gelassen. Was der morgige Tag in seiner Ehebeziehung bringen sollte, da wollte er Fatalist sein. Das, was sich durch die Jahre an Gemeinsamkeiten ergeben hatte und an Materiellem angehäuft hatte, schien ihm nicht mehr so bewahrenswert. Sollte der schlimmste Fall eintreten, eine Trennung oder Scheidung gar, so sollte es ihm recht sein.

10. Kapitel

»Frau Blenheim ist heute morgen mit ihrem Begleiter abgefahren. Sind Sie Herr Blenheim? Dann ist dieser Brief wohl für Sie.«

Die ältere Dame an der Rezeption des Hotels zum »Goldenen Krug«, es mochte die Besitzerin sein, händigte Blenheim ein weißes Kuvert aus. Er war widerwillig hier vorstellig geworden, aber gleichwohl doch auch neugierig, ob Helga ihre Drohung abzureisen, wahrgemacht hatte. Frühmorgens schon hatte er sich auf den Weg zum Hotel begeben. Seine Erwartungen waren unbestimmt, mit einem gewissen Gleichmut, wie als ein nicht mehr Beteiligter, harrte er der Entwicklung seiner Ehebeziehungen. So akzeptierte er die Tatsache, daß Helga nicht mehr anzutreffen war, ohne weitere Fragen.

Er setzte sich in einen der beiden Fauteuils gleich neben dem Rezeptionspult und öffnete das Kuvert.

Ohne Anrede, etwa mit einem »Mein lieber Martin« oder distanziert-zynisch, sich auf die Vorfälle von gestern abend beziehend, wie etwa mit »S.g.Herr Blenheim«, hinterließ ihm Helga folgende Sätze:

»Da ich mich von Dir gekränkt und auch im Stich gelassen fühle, Du aber in Deiner Ich-Bezogenheit dies nicht erkennen willst, habe ich es vorgezogen, in die Stadt zurückzufahren. Ich werde mich nicht mehr melden, sondern überlasse nun Dir, unserer Beziehung eine Richtung zu geben. Solltes Du aber nicht innerhalb von zwei Wochen irgendeine Erklärung, irgendeine Stellungnahme abgeben bezüglich unser beider Zukunft, so werde ich die Scheidung einreichen.«

Dies war eine eindeutige Drohung. Blenheim war nicht erschüttert, nicht einmal verwundert. Er war eher erstaunt über seine fehlende Bestürzung, über seine Gleichgültigkeit, was ihn zur Einsicht brachte, daß er Helga nicht mehr liebte. Und da er sie nicht mehr liebte, konnte die Beendigung seiner Beziehung für ihn auch kein Verlust sein. Ihm blieb der fade Geschmack, nicht verstanden worden zu sein. Er hätte gerne alle Rechte ihrer beider Beziehung bei sich gehabt, das unveräußerliche Recht des Kranken auf alle Kapriolen und Dummheiten dieser Welt nur aus dem Bestreben, seine Erkrankung zu besiegen. Und sicherlich: wie konnte er ihr dieses Verständnis abverlangen als ein Lebenspartner, der lediglich in sich hineinhorchte und sich selbst ergründete in seinen Qualen und sich dadurch zwangsläufig von ihr abwenden mußte. Von einer selbstlosen Liebe hätte man das fordern dürfen, nicht aber von einer Beziehung aus Arrangement und Vorteilsschöpfung. Wobei diese letzte Einsicht sich durch die vergangenen Stunden nur zu sehr bewahrheitete.

Blenheim ließ das Blatt Papier in seinen Schoß fallen. Er würde sich wahrscheinlich bei Helga nicht melden, zumindest vorläufig nicht. Es gab ja für ihn in diesen Momenten keinen besonderen Plan noch eine besondere Strategie.

Bevor er ins Freie hinaustrat, warf er den Briefumschlag und den Brief in ein Behältnis neben der Tür. Ob es der Aufnahme von Regenschirmen diente, war nicht so genau zu erkennen, denn es lagen darin andere Papiere und verschiedenster Unrat.

Blenheim schritt hinaus in den grauen Morgen zu Ende des Mai oder zu Beginn des Juni. Er blickte zum Himmel hoch, wie er es die letzten Tage immer häufiger getan hatte. Hier in Dienbach war der Bezug zu allem atmosphärischen Geschehen enger als in der Stadt, allein schon dadurch, daß er sich viel im Freien aufhielt und seine Spaziergänge jeweils vor einer begünstigenden oder einer verhindernden Wetterkulisse erfolgten. Blenheim hatte gelernt, die Würze der Luft zu erschnuppern oder sein Gesicht in den Wind zu drehen, wie es die Tiere taten, um Witterung aufzunehmen. Er hatte auch gelernt, Wärme oder Kälte miteinzubeziehen und feinste Temperaturunterschiede zu registrieren und sie den anderen Sinnesqualitäten gegenüberzustellen. Er benannte diese sich allmählich etablierende Fähigkeit seinen zurückgewonnenen Gesichtssinn, weil er ihm augenblicklich nicht nur die Tendenz des Wetters seiner Umgebung anzeigte, sondern auch gewissermaßen ihren atmosphärischen Zustand.

Düfte, Aromen, ätzende Dämpfe setzten ihm zu. Sie umschmiegten, umwehten, sie reizten, stimulierten seine Geruchsrezeptoren, und sie drangen manchmal tief ein in seine olfaktorischen Nervengeflechte, um dort Erinnerungen heraufzubeschwören. Nervenfasern bahnten sich Querverbindungen hinauf ins Endhirn, indem sie unwesentliche, weil nicht gereizte neuronale Geflechte hemmten. Dem riechenden, schnuppernden Tiere gleich beschwor er unzählige Begebenheiten seines jungen Lebens herauf, ließ sie neu erstehen vor seinen Augen, weil das Riechhirn sich der Sehrinde bemächtigte. Er erinnerte sich über Gerüche und erkannte über Ausdünstungen, die den Poren anderer Menschen entwichen. Sie erzählten ihm, raunten ihm zu, warnten ihn. Sie weckten Antipathie oder wogen ihn in vertrauter Sicherheit.

Mit Blenheim geschah somit nichts weiter, als daß er wieder Kontakt zur natürlichen Umgebung knüpfte, ihn dort wieder aufnahm, wo er ihn am Ende der Kindheit verloren hatte. Er stellte also die geläufigen Verbindungen von früher zu ihr her und begab sich damit neuerlich in jene uralte Bestimmung, in die er als Kind hineingeboren wurde, um sich darin frei zu entwickeln.

Der Himmel war grau, aber das Licht, das er aussandte, tauchte alles in pastellene Farben. Blenheim nannte es das »wahrhaftigere Licht«, da es schatten- und kontrastarm die echteren Farbtöne der Häuser und der Landschaft hervorhob. Es umgab die Gegenstände von allen Seiten mit gleicher Intensität und war somit das Licht, das alles faßbarer machte und näher an das Wesentliche heranrückte.

Er genoß die farbigen Mauern der alten Häuser, die sich, da und dort von Erkern und Gesimsen unterbrochen, unter dem gleichmäßigen Rot der Dachschindeln ineinanderschmiegten. Er hatte noch immer nicht die Muße gefunden, in einer Ortshistorie zu lesen. Er würde es nun endgültig nicht mehr tun, obwohl es ihn fasziniert hätte, die Örtlichkeit durch die Befassung mit geschichtlichen Tatsachen neu und anders erfahren zu können.

Es zog ihn dagegen zu dem Flüchtlingshaus, wo er Ana unlängst im Morgengrauen getroffen hatte. Es zog ihn zu ihr, obwohl er wußte, daß sie nicht anwesend sein konnte, da sie vormittags ihrer Arbeit in der »Goldenen Krone« nachkommen mußte. Es war der geheime Drang des Betörten, dem sich die gewöhnlichsten und banalsten Dinge verklären durch die ihnen anhaftenden Erinnerungen. Die Mauer, nur aus Stein und abgewetzt, war besonders, da sie an ihr gelehnt, der Boden, uneben und schmutzbeschmiert, war ihm exklusiv, da sie auf ihm gestanden hatte. Die Flüchtlinge, ärmlich und bemitleidenswert, bekamen die Aura des Außerordentlichen, da sie ihre Landsleute waren.

Oder gab es da noch ein anderen Beweggrund, sich mit ihnen zu befassen, ihnen Empathie zu schenken und sich ihrer Anliegen anzunehmen? Vielleicht die Bewußtwerdung von Recht und Unrecht, oder etwa die Erkenntnis von Schuld und Sühne?. Die Beurteilung der Motive dazu ist schwierig. Deshalb schwierig, da die Zuneigung zu einem Menschen oder aber das aufrecht empfundene Mitleid mit anderen allesamt aus demselben Winkel unserer Seele stammen. Wer was mit sich zieht, ob dies jenes bedingt oder jenes auf dieses einwirkt ist ja letzten Endes auch ohne Belang. Letztlich zählt nur, daß es überhaupt passiert.

Das Fenster, durch das er damals im Morgengrauen geblickt hatte, war diesmal geöffnet. Die milde Frühlingsluft würde die stickigen Gerüche aus der überfüllten Räumlichkeit vertreiben. Blenheim wollte das Haus nicht betreten, da er ohne Auftrag war, keine Sprachkenntnisse hatte und schon gar nicht mit einer offiziellen Funktion betraut war. Also blieb er in einiger Distanz stehen und versuchte, Einblick zu bekommen. Dabei wandte er sich gelegentlich ab, um Desinteresse vorzugeben, da er sonst als herumstehender Gaffer aufgefallen wäre.

Er sah die ihm von damals vertrauten Gesichter rund um den großen Tisch sitzen, Kinder und Erwachsene und alle waren beschäftigt mit Nahrungsaufnahme. Es fiel ihm diese Bezeichnung ein, da die Vorgänge in diesem Zimmer weit entfernt waren von einem genußvollen Ritual des Erschmeckens und Verkostens.

Er beobachtete, wie ein alter Mann den Käse mit einem Taschenmesser schnitt und dazu ein Scheibe Brot von einem großen Laib abtrennte. Diese Scheibe teilte er abermals in mehrere etwa gleich große Stücke, und es hatte den Anschein, daß er dies tue, um den Eßvorgang hinauszuzögern, um den Genuß zu verlängern. Er hatte dies gestern genauso gemacht und wahrscheinlich würde er es morgen wieder tun. Er schob die Käse- und Brotstücke, eins nach dem anderen, bedächtig in seinen Mund, beinahe vorsichtig und kaute dann langsam und geräuschlos.

Blenheim merkte, wie die Nahrungsaufnahme sich auf die einfachsten Handhabungen, wie die Nahrungsmittel selbst sich auf die wichtigsten Geschmacksrichtungen beschränkten. Es bedurfte nur des Wichtigsten: für die Süße eines Stückes Zucker, für das Salzige der kleinen weißen Kristalle. Das Brot schließlich war die alles verbindende Basis. Zur Löschung des Durstes gab es lediglich schwarzen Tee, der eigentlich ja nur leicht geschmacksveränderter Wasser war, und zum Beschließen der Zeremonie ein Stück Tabak. Die Kargheit der Mahlzeiten, die Beschränkung auf das Wesentliche war zugleich das wahre Geheimnis des Genusses. Zweifelhaft blieb freilich, ob es einer so wichtigen vitamin- und kaloriengerechten Ernährung entsprach, aber was war denn schon unentbehrlich, wenn es nicht zur Zufriedenheit beitrug.

Die Kinder dagegen ergaben sich ihrer Gier. Die Eltern hatten ihnen ein Stück Fleisch abgespart, das vor ihnen mit einem Riegel Schokolade lag. Beides hatten sie behend und wahllos in ihre Münder gestopft. Blenheim dachte an die überfüllten Supermärkte zu Hause und daran, wie sich diese Kinder, mit der Erlaubnis hineingeführt, alles an sich zu raffen, darin wohl verhalten würden. Ob sie sich gierig auf all die Vielfalt stürzen, wahllos ihre Einkaufswägelchen vollstapeln oder nur ihrem momentanen Verlangen folgen würden? Vielleicht würden sie nur vor dem Käse- oder Brotstand stehen, nicht wissend, welches sie nun nehmen sollten. Vielleicht würde es ihnen den Appetit verschlagen vor soviel Entscheidungsunfähigkeit. Vielleicht würden sie hungrig den Markt verlassen, so wie sie hineingekommen waren, da sie Phantasiebilder gesehen hatten, oder sie würden aus Angst davonlaufen, weil mit soviel Nahrung an einem Ort zu kokettieren Frevel bedeutete.

Was bedeutete wohl der Begriff Hunger. Was bedeutete er ihm und was bedeutete er dem alten Mann und vor allem den vielen Kindern hinter den Fensterscheiben. Hatte er Hunger, so war der zeitlich äußerst kurz währende Moment vor der nächsten Nahrungsaufnahme zu verstehen, kurz dauernder Phasen also, da gerade noch Zeit blieb, die Wahl zu treffen.

Meinten die Vertriebenen Hunger, so verstanden sie darunter die besondere Lebensform der andauernden Entbehrung. Eine Dauerkonfrontation mit knurrenden Mägen, eine Allgegenwart des Verzichtes. Eine Beschränkung des Genusses auf die wesentlichsten Geschmacksrichtungen und, so man kurz genossen, schon die Gedanken an die nächste Mahlzeit. Und dies war dann die Prägung für alle nachfolgenden Lebensintentionen. Die Entstehung irgendeiner Moral, das Aneignen irgendeines Verhaltens war somit lediglich die Folge chronisch speichelgefüllter Münder und leerer Mägen.

Der Zynismus würde Dr. Assmuth zur Ehre gereichen, dachte Blenheim. Aber so verhielt sich doch alles. Zwar entbehrten die Neuankömmlinge nicht mehr so viel, da die Grundversorgung gewährleistet war, aber man konnte sich unschwer ausmalen, wie es den Zurückgebliebenen erging.

Blenheim war die ganze Zeit über wie angewurzelt dort gestanden.

Er hatte sich in seine Beobachtungen vertieft und nicht bemerkt, daß Ana plötzlich neben ihm stand.
»Schön, Sie hier zu treffen«.
Sie hatte wieder ihr schwarzes T-shirt an. Hätte sie ein blumengemustertes Kleid oder ein andersfarbiges T-shirt getragen, so hätte der strenge und entschlossene Ernst, der ihr ins Gesicht geschrieben war, unglaubwürdig gewirkt.
»Sie werden doch wohl nicht sentimental?«
Ihr aggressiver Kummer war nicht zu überhören. Blenheim überhörte den provokanten Ton in ihrer Begrüßung.
»Ich habe Zeit. Die Zeit, um gewisse Vorgänge zu beobachten. Um mich zu erschüttern, um mich zu entsetzen. Sie kennen doch Herrn Hauser. Sie müssen ihn kennen, da er ja ihre Aufenthaltsbestätigungen bearbeitet. Er pflegt jeweils zu sagen: Es wäre vieles außerhalb unseres Bewußtseins. Ich weiß nicht, inwieweit eine persönliche Erfahrung dahintersteht, daß er diesen Satz immer wieder einflicht in seine Unterhaltungen. Ob es eine übernommene Floskel oder eine sich selbst erarbeitete Erkenntnis ist, die er wie eine Lebensweisheit andauernd mitteilt. Aber dieser Satz hat eine solch erschütternden, bitteren Wahrheitsgehalt, daß er allein deshalb ein wenig meinen Respekt hat.«
»Er hat recht. Es ist vieles, allzuvieles außerhalb unseres Bewußtseins. Denn es ist ein paralleler Lauf der Geschehnisse. Vieler, millionenfacher Geschehnisse, die nebenher verlaufen, geradlinig ihrer Bestimmung zustreben. Und jedes läuft, geschieht für sich, ungehört und ungesehen, bis es plötzlich seinen Weg verläßt und den des anderen kreuzt, weil es aus der Bahn gestoßen wurde. Es mag dabei auch andere Bahnen kreuzen und sich so ins Bewußtsein vieler drängen als völlig neu, anders und erschreckend. Bemerkenswert erschütternd jedoch ist die Tatsache, daß es bis dahin ja immerfort da war, sich angeboten und auch auf sich aufmerksam gemacht hatte. Aber nicht gesehen, nicht erkannt wurde. Denn die vielen, zu geradlinig verlaufenden Dingen innewohnende Haupteigenschaft ist wohl die Trägheit. Die Beharrung auf der ursprünglich verliehenen Richtung und die allzustarke Verweigerung, diese ändern zu wollen.
Ihre Bahn, mein Lieber, hat solch ein Ereignis gekreuzt. Es war – um die Worte Herrn Hausers zu gebrauchen – »aus Ihrem Bewußtsein« und hat nun hineingefunden. Es fragt sich nur, wie lange. Nur so lange vielleicht, wie Sie die Augen daraufrichten, oder gar nur so lange, wie ich neben Ihnen stehe und Ihnen die Augen offenhalte.«
Blenheim spürte die Zornesröte ins Gesicht steigen.

»Sie reizen mich schon wieder. Was haben Sie nur für eine verquere Meinung von allen Menschen hier! Sie trauen wohl niemandem mehr Barmherzigkeit zu.«

Ana hatte Tränen in den Augen.

»Ich erlebe doch keine mehr!«

Sie hatte diesen Satz mehr hinausgerufen als gesprochen und sich abgewandt.

»Sie wissen doch gar nicht, was dieses Leben denn bedeutet. Sie, mit ihrer selbstgefälligen Erkrankung. Sie können ja nichts verstehen, weil sie ja andauernd über Ihre Interessen, ihre fest etablierte Lebenssicht stolpern.«

»Woher wollen Sie das wissen. Was für ein Vorurteil ist das!«

Ana wandte sich ihm wieder zu.

»Ich weiß, wovon ich spreche. Das eigentliche Problem für mich sind solche Menschen wie Sie!«

Blenheim war verblüfft.

»Wieso denn – ich? Was für einen Unsinn – verzeihen Sie diesen Ausdruck – reden Sie da nun eigentlich. Was Sie da sagen, glaube ich Ihnen einfach nicht. Die Bedrohung geht doch wohl von anderen aus, woanders und mit anderen Waffen.«

»Nein, genauso wie ich es sagte, meine ich es auch. Denn es ist eine andere Art von Kampf, den wir hier führen. Zu Hause wäre es einfach gewesen, die Front zu erkennen, auch wenn sie nicht einen geographisch definierten, räumlich eindeutigen Verlauf gehabt hätte. Es hätte aber die Guten und die Schlechten gegeben, sehr gut erkennbar an ihrem Bekenntnis zu einer bestimmten Religion oder zu einer bestimmten Herkunft. Da wäre es einfach gewesen, sich zu entscheiden, und das Parteiergreifen ist auch für die Dümmsten, die Unwissenden, die unpolitisch Denkenden problemlos. Die Identifikation mit einer Sache bereitet dort keine Probleme.

Hier bei Euch verläuft die Front diffiziler, ist die Unterscheidung des Freundes von den Feinden oder Neutralen viel komplizierter. Der Frontverlauf sozusagen ist nicht einheitlich, er verläuft gezackt, ist als keine eindeutige Linie zu erkennen. Er verläuft durch die Köpfe der Menschen und durch ihre Herzen. Das Böse definiert sich als Gleichgültigkeit, das Schlechte vielleicht nur als Ignoranz oder als Trägheit der Sinne. Denn solche Eigenschaften sind nicht überall als schlecht definiert, ja es ist auch ein bei meinem Volk übliches Verhalten. Sie verbergen sich hinter äußerlich unscheinbaren Fassaden, Mienen der Gleichgültigkeit und Passivität, ja manchmal auch des geheuchelten Mitgefühls. Da wird alles schon komplizierter, und es ist nicht so einfach, sich eindeutig gegen etwas zu wehren oder etwas zu bekämpfen. Trotzdem ist es Kampf für mich, genauso atemlos und bis an die äußerste Erschöpfung, den Menschen hier etwas Güte zu entringen. Ja, es ist für mich schon eine kleiner Sieg errungen, wenn es mir gelingt, nur ein wenig Aufmerksamkeit zu erwecken, die Augen auf die Armut gelenkt und nur kurze Erschütterung ausgelöst zu haben. Und ein Kampf ist gewonnen, wenn ich jemanden hier dazu bewegt habe, eine Spende zu geben oder irgendein bürokratisches Hemmnis aus dem Weg geräumt zu haben. Das ist meine Befriedigung, mein Gewinn.«

»Ich weiß, mit welcher Aufopferung Sie Ihre Landsleute betreuen, daß Sie sogar bis an die Grenzen ihrer Leistungsfähigkeit gehen, wenn ich an Ihre nächtlichen Eskapaden denke. Sie sind eine Idealistin, aber Ihre Mitmenschen sehen Sie zu schwarz.«

Ana schüttelte ihren Kopf.

»Sie wissen gar nichts. Sie erwähnten vorhin zum Beispiel Herrn Hauser. Oh ja, ich kenne Herrn Hauser. Er gehört zu den Menschen, an denen ich verzweifle. Er war einer der Ersten, die ich in diesem Land kennengelernt hatte. Aber nicht deshalb ist er mir in Erinnerung geblieben, sondern weil er mir kurz nach der Ankunft gewisse Tätigkeiten zukommen ließ. Gegen Bezahlung, versteht sich. Allerdings einer so geringen Bezahlung, weil er sich den Löwenanteil einsteckte. Und was für Arbeiten waren dies? Putz-, Kehr- und Reinigungsdienste für hiesige Bewohner.«

»Und sicherlich auch Wäschepflege.«

»Ja, richtig. Woher wissen Sie dies?«

»Er hat mir selbst angeboten, sich meiner Wäsche anzunehmen. Er wüßte jemanden, der dies täte.«

Blenheim war es peinlich, daß er über seine Wäsche sprach.

»Aber es ist mir nicht so wichtig. Ich komme sehr gut alleine damit zurecht.«

»Oh ich weiß schon, bei wem er es diesmal tun zu lassen gedenkt. Ich möchte Ihnen nur sagen, daß Herr Hauser auch Ihre vergleichsweise günstigen Kosten kaum weitergeben wird. Ich habe die letzten Monate bemerkt, mit welchem Eifer er seine Einkünfte vermehrt hat, natürlich immer mit dem Hinweis auf Arbeitsbeschaffung und Aufwertung der Vertriebenen. Er fühlt sich als Wohltäter, der – um der guten Tat willen – weiß der Himmel was für Mühen auf sich nimmt, um den Menschen zu helfen und ist doch in Wahrheit Räuber zugleich. Aber was soll's. Man kann es ihm ja nicht verbieten. Denn mit seiner Unterschrift entscheidet er über Verbleib oder Weitertransport. Er ist somit ein mächtiger Mann.

Blenheim fiel es wie Schuppen von den Augen.

Daher also das Interesse an seiner Person, daher also die Zuvorkommenheit, die penetrante Umsorge seines Aufenthaltes.

»Aber sagen Sie, was für Unterschriften sind das denn?«

Ana schien verblüfft.

»Wissen Sie das denn wirklich nicht? Es sind die Aufenthaltsgenehmigungen, deren Verlängerungen er mitbeeinflussen kann und unter die er seine Unterschrift setzt. Denn wir sind ja hier nur in einem Transitland, in einer Transitgemeinde. Auf Durchreise also.«

Blenheim verstand.

»Ich ahnte dergleichen schon. Und ich kann Sie auch sehr gut verstehen. Sie machen in diesem Land nur unangenehme Erfahrungen.«

»Ach, was kann denn an dem hier, das ich woanders viel schlimmer, bösartiger, mörderischer erfahren habe, noch unangenehm sein? Es sind nur Facetten der Schikanen und Boshaftigkeiten, die ich immer weniger oft wahrnehme.«

Blenheim nickte.

»Wie ist denn Penthor zu Ihnen, er ist ja Ihr Arbeitgeber?«

Ana blickte zu Blenheim, sah ihm kurz und stumm ins Gesicht.

»Ich denke, er ist – in Ihrer Sprache heißt es Macho – ein geiler Macho, der mir vom ersten Tage an Avancen gemacht hatte. Er interpretiert Vertriebensein mit allzeitiger Verfügbarkeit. Er ist im Prinzip um nichts besser, als die Vergewaltiger bei uns zu Hause. Er macht es andauernd im Kopf, wird nur zurückgehalten von den einigermaßen funktionierenden Gesetzen hier. Außerdem bin ich ihm suspekt mit meinen ihm unverständlichen Interessen. Und durch meine Aushilfe bei ihm ist er etwas abhängig von mir geworden und läßt mich vorläufig in Ruhe.«

»Genauso habe ich ihn eingeschätzt.«

Ana nahm ihn plötzlich an der Hand und zog ihn vom Haus weg.

»Kommen Sie, geben Sie mir ihre warme Hand, gehen wir wieder ein Stück Weges miteinander. Ich wollte Sie vorhin nicht kränken. Und ich glaube auch, daß Sie ihre Betroffenheit nicht heucheln. Aber ich bin wohl die letzten Tage überarbeitet, vielleicht bin ich auch etwas verwirrt.«

»Nun, ich muß Ihnen ehrlich gestehen, daß ich vor meiner Ankunft in Dienbach keinerlei Gedanken an Vertriebene verwendet habe. Sie waren, um wieder auf Hauser zurückzukommen, tatsächlich außerhalb meines Bewußtseins. Sie müssen aber auch noch etwas anderes wissen: ich glaube, das Fieber hat in mir die vielfältigsten Veränderungen bewirkt. Meine Wahrnehmung in jeder Hinsicht hat sich verändert, verbessert, und auch meine Beurteilungsfähigkeit. Und gerade die letzten Tage ist mir noch etwas anderes bewußt geworden.«

»Was meinen Sie?«

»Ich bin darauf gekommen, bitte halten Sie mich nicht für verrückt, daß die Temperaturerhöhung noch einen ganz anderen Bereich unserer Persönlichkeit mitbeeinflussen dürfte.«

»Bitte reden Sie.« Ana wurde ungeduldig, da er langsam und bedächtig in seinen Worten geworden war.

»Nun, ich bin überzeugt, daß die Höhe der Körpertemperatur ein Gradmesser für die Verfügbarkeit aller ethischen Eigenschaften ist.«

»Wie kommen Sie darauf?«

»Ich bin zur Einsicht gekommen, daß die Temperatur, die Intensität des Zitterns, des Vibrierens dieser Moleküle, wie es in der Physik definiert ist, nicht nur das intellektuelle, sondern auch das sittliche Niveau bestimmt. Und daß damit alle Eigenschaften eines Menschen nur Ausdruck eines gewissen Energienieveaus sind. Bedenken Sie doch: Fische sind kalt, sind auf einem niedrigen Energieniveau, auch auf niedrigster intellektueller Stufen. Kälte bedeute also Geistlosigkeit, Kühle der Körper Empfindungslosigkeit, Dumpfheit. Dagegen entwickelten alle Säugetiere mit dem Ansteigen der Körpertemperatur diffizilere Instinkte. Je mehr sich also das Blut erwärmte, desto mehr wurden dort gewisse Eigenschaften ausgebildet. Das warme Blut bewirkt also Eigenschaften wie Treue, Anhänglichkeit, die sich schließlich beim heißen Blut als Mitleidsfähigkeit, Empathie äußert, nebenbei auch in einer vermehrten Denkfähigkeit kulminiert.

Unser Sprachgebrauch kennt diese Einteilungen schon längst, indem er kalte, kühl-berechnende von warmherzigen, empathischen Menschen unterscheidet. Ich will in dieser Einteilung noch weitergehen, will sie präzisieren: ich würde sie als Kaltkernige bezeichnen, als Indifferenzler und als Warmkernige. Damit beziehe ich ein Phänomen mit ein, daß sich viele Menschen den inneren Temperaturzustand beim Anfassen ihrer Haut nicht sofort anmerken lassen oder vielmehr: daß sich deren Haut noch kalt anfaßt, wenn sie innerlich indes durchaus ein höheres Temperaturniveau besitzen. Es gibt also einen gewissen »Verzögerungseffekt«, allerdings nur in der äußeren Feststellbarkeit. Ich entspreche also mit dieser genaueren Bezeichnung einer allen Ärzten bekannten physiologischen Tatsache.«

Ana war nachdenklich.

»Sie sprechen unkonventionelle Gedanken aus. Ich kenne Sie nur warm und heiß. Aber das Fieber alleine kann nichts bewirken, wenn nicht im Ansatz gute Eigenschaften vorhanden sind. Es kann sie wohl mobilisieren, aber nicht aus dem Nichts erschaffen. Machen Sie sich nicht kleiner.«

»Gut, immerhin akzeptieren Sie meine Überlegungen ohne wesentlichen Widerspruch, das ist schon viel für mich«, lächelte Blenheim charmant.

So schritten beide durch das pastellene Licht des Tages, er fiebererwärmt aber aufrecht, sie bekümmert und in sich gekrümmt.

Bevor es ein großes Ereignis gibt, welches das Bewußtsein weitet, begeben sich meist kleinere Ereignisse der Einengung und Verwirrung. Ja, das untrügliche Zeichen eines großen Schrittes irgendwohin ist, daß in seinem Vorfeld eine Unzahl mißdeutiger, scheinbar unwesentlicher Details ablaufen. Sinnesverschleierungen, Irrtümer und Fehlannahmen solcherart, als wollte ein gnädiges Schicksal seinen eigenen Lauf so lang wie möglich geheimhalten. Warum es das sollte?

Um das Ereignis selbst um so gewaltiger und eindrucksvoller erscheinen zu lassen. Um Genüsse zu steigern oder aber auch den Schmerz zu verstärken, wenn beide unvermittelt eintreffen. Denn das Geheimnis vieler als nachhaltig empfundener Begebenheiten ist die scheinbare Unmittelbarkeit ihres Eintrittes. Die scheinbare Unmittelbarkeit, um es nochmals zu betonen. Denn die Deutung der in ihrem Vorfeld sich ankündigenden Indizien ist ein schwieriges Unterfangen, das Gott sei Dank kaum jemand beherrscht.

Auch nicht Blenheim, und schon gar nicht Ana. Trotz seiner durch das Fieber bedingten scharfsichtigen Augen, trotz seiner wärmevermehrten scharfsinnigen Gedanken war er blind, was die Neigung seiner Person betraf. Vielleicht wußte er es schon instinktiv, ahnte es schon mit den vielfältigen Fasern seines Körpers. Das Eingeständnis seiner körperlichen Begierde war ihm vertraut vom ersten Tage an, da er Ana erblickt hatte. Aber der weit mächtigere Teil seiner Person, der ganze »Blenheim« eben, das Ideal, die Idee seiner Person, der ahnte nicht das Geringste.

11. Kapitel

War es sein heftiges Begehren, das ihm zur Wirklichkeit wurde oder war es wirklich, weil sich nichts seiner Begierde mehr entziehen konnte? Wer weiß es schon. Es mochten sich beide Möglichkeiten vermengt haben zu einem Ereignis der Träume wie der realen Erfüllung zugleich.

Ana stand spät nachts in seinem Zimmer. Sie war darin lautlos erschienen, vielleicht hatte sie auch schon längere Zeit darin gestanden. Er erwachte aus seinem Halbschlaf und hatte sich nicht erschrocken, denn mit seinen Sehnsüchten war immer die Erwartung. Sie war ohne Kleidung, nur mit einem zarten Unterhemd angetan. Mit einer lautlosen, geschmeidigen Bewegung stieg sie zu ihm. Er hatte das Bettlaken etwas angehoben und es dann gleich wieder zugeschlagen, um sie zu bedecken, und er tat dies in der Gewißheit ihrer Ankunft. Sie war warm, aber er empfand sie nicht so, weil er einen viel heisseren Körper hatte. Er schob ihr Unterkleid nach oben und grub sein Haupt zwischen ihre Brüste. Er hörte ihr Herz schlagen, und sie hielt seinen Kopf mit ihren Händen und fuhr immer wieder zart durch sein Haar. Er preßte seinen Kopf noch stärker auf ihren weichen Oberkörper, hinauf an ihren Hals. Sie öffnete ihren Mund und er hörte sie stärker atmen, als er sich mit seinen Lenden in ihren Unterleib versenkte und dort verweilte. Lange lagen sie beide so regunglos, miteinander verschlungen, ineinander verkrallt und verfangen. Sie hielten sich beide gegenseitig und wurden doch beide gehalten von ihrer Leidenschaft. In einem kargen Zimmer, ihm fremd und ihr fern, in einer dunklen Nacht und ohne ein einziges Wort. Irgendwann gegen Morgen war sie dann wieder gegangen. Stumm hatte sie sich erhoben, aber er dachte ein Lächeln zu sehen, als sie sich nochmals zurückwandte, um ihn auf den Mund zu küssen.

Wo Ana wohnte, wußte Blenheim nicht. Er hatte nie danach gefragt, und sie hatte es ihm nie gesagt. Sie wollte es wohl für sich behalten, vielleicht aus Scham oder Stolz oder um irgendwelche Heimlichkeiten für sich zu bewahren. Es war ihm auch nicht wichtig, nicht an diesen Tagen, wo er sie täglich sah, sich regelmäßig mit ihr traf, und es sie beide wortlos in sein Zimmer zog.

Ja, Blenheim fühlte, daß er sie so am meisten liebte, wie er sie nicht ganz kannte. Wie sie sich mit Geheimnisssen umgab, mit der ungeklärten Herkunft, mit dem Verbergen ihrer Wohnstätte. Er sie also um so mehr liebte, begehrte, je mehr ihm der Zugang zu ihren Lebens- und Herkunftsverhältnissen verwehrt wurde. Die Unkenntnis irgendwelcher Verwandten, das Nichtwissen um ihre Lebensart früher zu Hause, die nur knappen Andeutungen, wer sie war und woher sie kam, belasteten daher auch kaum. Wenn ansonsten die deutlicher werdenden Konturen einer Person sie immer bekannten Konstellationen des Lebens zuordnen, sie durchschaubar und nachvollziehbar machen und von irgendwelchen Geheimnissen befreien, so geschah hier genau das Gegenteil: Obwohl er ihre Gedanken zunehmend verstand, ihm ihre Eigenschaften vertraut wurden und er selbst ihr sein ganzes Verständnis entgegenbrachte, so löste sie sich zunehmend von irgendwelchen Bindungen an einen Ort oder andere Menschen. Sie schwebte vor ihm und vor seinen Tagen wie ein Gedanke, befreit von Zeit und nirgendwohin gehörend, nur zu ihm und seinen Wünschen. Blenheim hätte sich vorstellen können, daß sie stumm wäre. Denn selbst die Worte, und wären sie noch so schön und betörend, würden den unaussprechlichen Gefühlen Gewalt antun. Er empfand es wohl: am stärksten war die Empfindung, wenn sie von keinem Ton gestört wurde, sich durch keinen Laut artikulierte.

So war sein Glück auch am vollkommensten, wenn sie beide still beinander saßen und von der Bank oben neben der Kirche auf die Stadt unter sich sahen. Sie saßen nur dort, hielten sich nicht an den Händen gefaßt und sahen sich nicht einmal an. Sie blickten nur nach vorne, ohne irgendetwas zu denken, ohne das Geringste zu wollen.

»Ich bin krank, und Du bist fremd. Und uns beiden ist der Ort hier nicht die Heimat. Wo soll sich unsere Liebe niederlassen?«

»Nirgends. Das ist eine ihrer Stärken. Es ist das Geheimnis ihrer Dauerhaftigkeit. Sie braucht nicht einen bestimmten Ort, so wie sie keine Gelegenheiten braucht. Sie ist dort und nur dort, wo wir sind. Und unsere Heimat befindet sich dort, wo sie ist. Also überall. Es ist nicht notwendig, über ein Andauern zu sprechen. Es gibt möglicherweise keines. Da ist auch nicht von Relevanz. Entscheidend ist auch nur, daß sie passiert ist. Vielleicht nur ein einziges Mal passiert ist. Aber auch wenn sie nie passiert wäre, so war sie gedacht. Ja genau: daß sie in unseren Köpfen empfunden, als möglich erachtet wurde, nur das und nur das ganz alleine ist das Wesentliche.«

Blenheim verstand. Ana sprach weise Worte.

Er selbst hätte indes auch keine Worte gefunden, um das flammende Chaos seiner Gefühle in Worte zu kleiden. Beiläufig nur erahnte er seine seelische Verfassung, freilich in dem vagen Bewußtsein eines rauschhaften Glücks.

So war zu Blenheims gesteigerten Sinnesleistungen nunmehr das machtvolle Spiel voll gegebener und empfangener Liebe gekommen.

Der Zustand, in dem er sich nun immer öfter wähnte, war dem eines Traumes nicht unähnlich. Eigentlich glich er eher dem Vorfeld der Nachtträume, jenem Stadium also, in dem die Handlungen gerade noch beinflußbar, die Situationen noch nicht ganz dem Willen entglitten sind und sich jede vermeintliche Unmoral zugleich dadurch entschuldigt, daß sie sich in einem Traum befindlich weiß. Hier galten die Gesetze des Tages nicht, nicht die Regeln des Wachseins. Alle Fesseln seiner Sittlichkeit lockerten sich im Meer geheimster Wünsche, die räumliche Entfernung zu seinem bisherigen Leben gaukelte ihm auch eine andere Zeit vor, für welche die früheren Vereinbarungen nicht mehr galten. Hier dagegen unterwarf sich das Leben den Gesetzen dieses Traumes, den Gesetzen der Leichtigkeit und der gewissenlosen Lüste. Und so wie sich Tag und Nacht nicht mehr bestimmen ließen, weil kein Chronometer mehr ihrer Herr wurde, so ließ sich seine Tugendhaftigkeit allmählich nicht mehr bemessen, weil sie sich außerhalb der alten Realität befand. Diese Wirklichkeit hier war keine Fortsetzung anderer Wirklichkeiten seines bisherigen Lebens, sondern sie bestand als zusätzliche, parallele Realität zu dem üblichen Zeitfaden, an dem seine Erlebnisse bisher abliefen. Es stand in seinem Willen, zwischen diesen Kompartimenten der Zeitläufe zu wechseln, wie es ihm beliebte. Die fieberhaften Zustände bewirkten zusätzlich, daß ihm der Blick dafür vorerst verschleiert wurde, so wie die Hitze dem Wüstenwanderer den Horizont flimmern macht.

Je mehr er aber in diesem Zustand der Unzugehörigkeit weilte, desto mehr verfiel all das, was sein Bewußtsein bisher bestimmt hatte. Das einfach zusammengefügte Gebäude seiner Weltsicht brach zusammen wie ein Kartenhaus im Windstoß. Die unvergänglich geglaubten Konstanten seiner Weltbezogenheit wurden zu Variablen, weich und biegsam. Und die Starrheit seiner moralischen Ansprüche wandelte sich zu jeweils neu entstehenden, kurzlebigen Dafürhaltungen, wandelbar und den Erfordernissen der Augenblicke gehorchend.

Freilich gab es Momente, da er sich des Ehebruchs bezichtigte, allerdings kurze Augenblicke nur, in welchen ein Anflug von Schuldgefühlen und Gewissenspein ihn überkam. Aber es war nur eine flüchtige Erinnerung an eine andere, ihm nun fremde Art der Zweisamkeit, geschehen in einer ihm nicht mehr geläufigen Realität und daher zunehmend unwahr geworden.

Ana selbst fragte nie danach, ob er verheiratet wäre oder gar Kinder hätte, es interessierte sie nicht. Er hatte nie einen Ehering getragen, denn solche äußerlichen Signale, Symboliken der Unnahbarkeit, der Unberührbarkeit hatte er nie gemocht.

Und dachte er dennoch an sein bestehendes Ehebündnis, flüchtig und befremdlich, so war er mit Begründungen, Ausflüchten schnell bei der

Hand. Dann beurteilte er jegliche Beziehung zu Frauen mit einer reifen Abgeklärtheit, mit solcher Nüchternheit, daß er zu bis zu einem gewissen Grade die Geschlechtlichkeit als Teil der notwendigen Physiologie ersah, die ihre Funktion aus sich heraus erfüllte, unkontrollierbar und nicht zu unterdrücken. Was gab es da nachzudenken? Überall auf der Welt nahmen sich Männer und Frauen gegenseitig aus Gelegenheit, aus beiläufiger Okkasion. Und vergaßen einander nachher.

So betteten sich beide ein in diesen Ort der Würdelosigkeit für sie und der Körperbezogenheit für ihn. Die Zufälligkeit dieses Erdpunktes wurde zur Lebensbestimmung und – zum Zentrum ihrer räumlichen Identität. Die gesichtslose und geschichtslose Gemeinde Dienbach hatte für beide jene Bedeutung gewonnen, die die Erinnerung später immer wieder aufsucht als Wendepunkt, Wegbiegung eines Menschenschicksals. Als Verknüpfungspunkt von Gefühlen, als Kristallisationspunkt aller Lebensbewertung. Vergleichbar dem Punkt eines Flusses, an dem man ihn verläßt oder auch von welchem man ihn befährt, vergleichbar der Uferstelle, von der man festes Land betritt.

Jene Unbeschwertheit, die alles ignoriert und die Dimensionen verzerrt, hatte Ana Bakota und Martin Johann Blenheim somit befallen. Nichts ist so selbstsüchtig wie die gemeinsam empfundene Liebe, nichts verkehrt die Sachverhalte so günstig, nichts gibt den schäbigen Konturen so schmeichelhafte Umrisse wie das milde Licht eines allgegenwärtigen Liebesglücks.

Unbeschwertheit? Will heißen leichtes Lächeln, plötzliche Entscheidungen ohne die Fesseln der Vernunft und ohne das Gewicht der Verantwortung. Will heißen, nirgendwo anhaftend und klebend und die eigene Beweglichkeit verlangsamend. Will auch heißen, sich loslösend von alten Vorstellungen und überkommenen Denkbahnen bisheriger Lebensplanung.

Tagtäglich, soweit ihre Verpflichtungen in der Gaststube und seine Termine bei Dr. Assmuth es zuließen, erkundeten sie die Landschaft um sie her. Sie verließen ihr warmes Nachtnest, um mit Interesse und Unternehmungsgeist auszuschwärmen, wie wenn etwas zu entdecken und neu kennenzulernen wäre. Waren es vorerst ausgedehnte Spaziergänge um Dienbach herum, so wurden es bald Erkundungstouren in die nähere Umgebung. Sie liehen sich ein Fahrrad, obwohl es auch möglich gewesen wäre, ein Automobil anzumieten. Doch der Tankstellenbesitzer an der Ortseinfahrt verlangte einen dermaßen hohen Preis dafür, daß sie es als unvertretbaren Luxus empfanden, hätten sie dafür Geld ausgegeben, das woanders mehr gebraucht wurde. Die Fahrräder kosteten dagegen wenig, und war das Wetter einigermaßen schön – kein Regen und trockene Fahrwege –, so schwärmten sie in die Wälder und Flure der näheren Umgebung aus. Unweit von Dienbach stand auf einer kleinen Erhebung eine alte Ruine. So alt, daß sie keinen Namen hatte und es keine Geschichte mehr darüber gab. Es mußte früher ein mächtiger Bau gewesen sein, denn vor dem teilweise erhaltenen baumbewachsenen Burgfried lagen konzentrisch angeordnet mehrere Wassergräben, die sich freilich nicht als erkennbare zusammenhängende Befestigungsanlagen zeigten, sondern als grünüberwucherte Senken mit morastigem Boden.

An besonders schönen Tagen suchten sich beide dort ein Plätzchen im Schatten des zerfallenen Donjon und breiteten eine Decke auf das Gras, um allerlei Eßbares daraufzustellen. Brot, Käse und Wurst, manchmal auch Butter und Gurken aus dem Glas. Dazu Bier aus der Dose, bei dem Blenheim sich aber meist zurückhielt. Ana brachte ihm dafür kalten, erfrischenden Tee in einer Thermosflasche mit, versetzt mit Zitronensaft und Süßstoff. Nach dem Essen lagen sie meist Seite an Seite, hielten manchmal ihre Hände und dachten an früher, während sie die Wolken beobachteten. So hatten es beide als Kinder auch getan, nur in das Blau zu starren und sich nach der Weite dahinter zu sehnen oder die Wolken davor zu zählen, wenn sie windgepeitscht in den verschiedensten weißen Formen und Figuren ihre Bahnen zogen. Blenheim schlief dann meist kurz ein, denn das Treten der Pedale, das Essen und das stets gleichmäßig dahinlodernde Fieber hatten ihn ermüdet.

Seit Beginn der Fiebertherapie hatte Blenheim nicht mehr jenen Heißhunger gehabt, der ihn noch in der Stadt mit Helga in das eine oder andere feine Restaurant geführt hatte. Er entsann sich einer wundersamen Welt. Tempel der Gaumengenüsse waren es gewesen, mit eleganten Entrees und in Kerzenlicht getauchten Tischen, die mit Seidentüchern belegt und deren Teller darauf vorgewärmt waren. Wo die Vorfreude schon den Mund wässrig machte und den Magen erwartungsvoll weitete. Dazu gab es kunstvolle Cocktails, ausgeklügelte Vermischungen von Fruchtessenzen mit Likören und exakt berechnete Verdünnungsreihen von Branntwein mit Eiswasser, in dem bunte Früchte schwammen. Der wahre Genuß verhieß sich aber durch alte Weine, dunkel gelagert und geheimnisvoll vergoren in kühlen Kellern vor vielen Jahren. Und alles getarnt mit der Etikette des Gesunden, verschleiert durch den Anspruch auf vermeintliche Bekömmlichkeit.

Geschmäcker zuhauf und Genüsse weitab von jeglichem Bedarf, vor allem vom Zwecke der Durstlöschung.

Er aber war wieder auf das Wasser gekommen. Und das Trinken hatte er wieder gelernt. Trinken als essentielle Ingestion des Lebenstreibstoffes Wasser. Wasser in seinen ursprünglichsten Erscheinungsformen, klar oder angesäuert mit Zitrone oder versetzt mit dem Exsudat von Teesäcken. Er stürzte sich auf das Naß mit einem alles mißachtenden, elementaren Trieb und sog es in sich hinein, ähnlich wie ein Flagellat oder eine Urzelle sich ihr Nährmedium einsogen: als von selbst ablaufende, eindeutige Erfordernis der Lebenserhaltung.

Sogar aus dem Dorfbrunnen hatte er schon getrunken, und Ana hatte ihn dafür gescholten. Aber die Keime, die wohl darin schwammen, hatten ihm nichts angetan. Auch an die Böschung eines kleinen Rinnsales hatte er sich gelegt, um mit weit vorgestrecktem Hals sein ganzes Haupt darin einzutauchen, um die Glut seines Gesichtes zu kühlen und um dann mit der Zunge das kühle Naß zu schmecken. Wen kümmerte schon die Sauberkeit des Wassers, wenn es nur darum ging, sich diese Lebensessenz einzuverleiben, ohne die sein Blut zähflüssig zu werden drohte. In jenen kurzen Tagen, da seine Fieber-Kontinua sich auf einem noch viel höheren Niveau befanden, stellte Blenheim einen ungeheuren Flüssigkeitsbedarf bei sich fest. Sein Herz schlug nicht nur rasend schnell, sondern es mußte auch entsprechend mehr Pumparbeit leisten, um das visköse Blut durch seine Adern zu pressen, vor allem dann, wenn in Ermangelung von zugeführter Flüssigkeit den Blutkörperchen ihre Fließfreude und Geschmeidigkeit abhanden gekommen war. Denn sie mußten den Sauerstoff geschwind dorthin transportierten, wo die Energie am schnellsten und in großer Menge verbrannte. In seine Muskeln und in sein Gehirn. Vor allem in sein Gehirn, denn dort loderte das Feuer am heftigsten. Wenn er auf dem Rad die Pedale zu heftig trat, oder wenn er sich heftig mit Ana vereinte, drohte es ihm zeitweise die Luft abzuschnüren. Und er wußte dann, daß er seinem Herzen zu viel Kraft abverlangte. Er spürte, daß es an den Grenzen seiner Leistungsfähigkeit anlangte und er spürte auch, daß er vorsichtig sein mußte.

Trotzdem war er stets guter Laune und wollte auch seine Hänseleien nicht lassen.

»Ich kenne dich schon so lange, und habe bisher noch nie gesehen wo und wie Du wohnst«, meinte er einmal belustigt. »Versteckst Du dort vielleicht jemanden?«, meinte er scherzhaft.

Aus ihrem plötzlichen Schweigen erkannte er, daß sie gekränkt war.

Sie meinte nur, daß es völlig belanglos für ihn wäre, auch noch diese Form der Armut zu sehen, wenngleich ihre Zusammenkünfte dort vielleicht noch mehr im Geheimen stattfinden könnten. Und da er ihre Verlegenheit merkte, bedrängte er sie nicht mehr, weil es ja für ihre Beziehung völlig bedeutungslos war. Sie wollte den Ort ihrer Behausung für sich behalten, zumindest gerade nicht ihm präsentieren, vielleicht um ein letztes an unveräußerlichem Privatem zu besitzen, ja vielleicht um überhaupt irgendetwas zu besitzen und sei es nur das Geheimnis einer zur Verfügung gestellten, gnadenhalber überlassenen, oder gar wucherisch vermieteten Räumlichkeit. Genauso feucht-schimmelig, ebenso dunkel und miefig wie die der anderen Vertriebenen.

Manchmal fuhren sie in die nahen Wälder, mit einem Ranzen auf dem Rücken, in den sie zu allerlei Eßbarem auch ein Pflanzenbestimmungsbuch gepackt hatten. Denn diese Wälder, Mischwälder mit Föhren und alten Ulmen, hatten es Ana besonders angetan. Sie starrte sie oft an wie wundersame Gebilde aus einem Märchen, betastete ihre Rinde und schnupperte ihren herben Geruch, dabei innehaltend und die Augen schließend. Sie kannte die Dichte und die Vielfalt solcher Gewächse nur aus den bebilderten Büchern ihres Verlages, denn dort wo sie aufgewachsen war, gab es nur Karst mit niedrigem Bewuchs. Diese Fülle von Grün hier, im späten Frühjahr besonders leuchtend und von intensivem Duft, sei gut für die Seele. Grün sei überhaupt eine die Psyche stabilisierende Farbe, auch dazu angetan, die schweren Gedanken zu vertreiben und durch eine gewisse Lebensleichtigkeit zu ersetzten. Sie träumte von einem Häuschen auf dem Baum oder, noch höher im Dach eines solchen, wo sie nur von Blättern umgeben die Strahlen der Sonne empfing, zerteilt durch diese, gefiltert von diesen und wo selbst deren eigenes Grün in den verschiedensten Nuancen und Intensitäten aufleuchtete. Ana wurde in solchen Momenten poetisch, ihre Stimme wurde weich und die Bestimmtheit aller ihrer Sätze verflog. Blenheim merkte ihr an, daß sie diese Minuten als große Sehnsucht immer in sich getragen hatte, wie andere das Meer oder die hohen Berge als großen Traum haben, der allerdings nur dann so stark empfunden wird, wenn seine Erfüllung sich durch die realen Lebensumstände verbietet.

»Dort, wo ich herkomme, gibt es solche Bäume nicht. Mein Geburtsort ist eine kleine Gemeinde, eigentlich nur ein Weiler. Er heißt Krasoloje, aber der Name ist eigentlich nicht von Bedeutung. Um ihn herum liegt eine karge Landschaft, aber wenn Du dort als Kind hineingeboren wirst, ist es auf Ewigkeit dein Platz. Obwohl es natürlich viel schönere gibt. Die weiß getünchten Häuser prägen dir die ersten Erinnerungen und der spärliche grüne Bewuchs sind dir die schönsten Farben. Ich möchte schon immer wieder dorthin zurück, nur einmal noch. Denn es ist ein ruhiger Platz, auch jetzt wahrscheinlich.«

Bei ihren gemeinsamen Ausflügen war Ana gesprächig geworden wie sonst kaum. Sie begann aus ihrer Jugend zu erzählen, erwähnte ihre damaligen Träume, ihre früheren Empfindungen, worüber sie in der Stadt nie ein Wort verlor. Dort schien sie bekümmert, denn die fortwährende Anteilnahme und die stark empfundene Verantwortlichkeit für ihre heimatlosen Schwestern und Brüder nahmen ihr Gemüt gefangen. Diese Bürde veschwand in den Momenten, wo sie die Stadtgrenze überschritt, um in die Umgebung zu gelangen. Ihre Miene hellte sich auf, und die Falten um ihre Augen wurden flacher. Und jene neuen, die an den Augenwinkeln entstanden, waren nun ihrem Lachen zuzuschreiben und daher ohne Alter.

»Wir sind von Geburt auf alle Muslime. Wir haben dort auch keine Moscheen, deren Minarette weithin über die Landschaften ragen und auf sich aufmerksam machen. Hier dagegen haben die ärmsten Gemeinden ein Gotteshaus. Und ist es auch noch so klein, so besitzt es dennoch einen Turm, der es nach allen Seiten weithin sichtbar markiert. Bei uns haben die kleinen Ortschaften keinen Muezzin, der von einem Turm zum Gebet ruft. Die Ortschaften verstecken sich daher unter dem Himmel und zwischen dem Karst. Der Glaube dort geschieht leiser, ist nicht öffentlich und kann vom anderen so nicht bemessen werden.

An schönen Tagen sieht man von den Karsterhebungen in der Ferne das Meer. Es erscheint dann oft als glitzernde, flimmernde Linie am Horizont. Weht der Wind aus einem günstigen Winkel, so scheint ein dumpfes Grollen die Luft zu erfüllen, von Wellen und Brandung. Die Luft ist dann würzig, riecht nach Salz und Tang und vor allem nach unendlicher Weite.

Und doch kann ich mich nicht erinnern, daß jemand von unserem Dorf vom Meer erzählt hätte. Wahrscheinlich ist kaum jemand dort gewesen. Wir sind also Landratten geblieben, vor unseren Augen nur vorgegaukelt die völlig anderen Möglichkeiten eines Menschenlebens. Aber das ist immerhin sehr viel, wenn man bedenkt, daß die meisten Menschen in einem Tal wohnen, an einem Hang oder zwischen zwei Hügeln, die einem den Blick verstellen und nicht einmal mehr der Phantasie eine Reise gestatten.«

»Und warum bist Du dann weggegangen?«

»Wenn es nach mir gegangen wäre, würde ich dort auf einem Karsthügel sitzen, vielleicht mit einer Schafherde und davon träumen, mit einem Boot den Horizont zu befahren. Aber meine Eltern sahen wohl keine Möglichkeit für sich und ihre beruflichen Pläne. Sie dachten auch an meine Zukunft und zogen daher in die Stadt. Wo sie jetzt sind, kann ich nicht sagen. Das Internationale Rote Kreuz müßte es vielleicht wissen, aber es ist durch die Wirren des Krieges für eine Organisation auch nicht leicht, die Spuren zu verfolgen.«

»Krasoloje« sprach Blenheim den Namen langsam und gedehnt aus.

»Ja, Krasoloje. Du müßtest es etwas gutturaler aussprechen und die letzte Silbe betonen«, lachte Ana. Und sie fuhr fort:

»Hunderte solcher Ortschaften gibt es dort, und so karg wie die Landschaft, so genügsam sind die Menschen, die dort leben. Wobei das eine wohl das andere bedingt. Vielleicht ist es jetzt auch schon anders dort geworden, nicht durch den Krieg – es ist eine strategisch völlig unbedeutende Gegend –, sondern durch die zwanzig Jahre, die vergangen sind, seit ich von dort weggezogen bin. Meine Erinnerung hat sich sicherlich verklärt, aber einige Bilder sind doch sehr lebendig geblieben.«

Ana hatte die Augen geschlossen und ein Lächeln um die Mundwinkel. Er konnte ihr ansehen, wie sie zurückwanderte zu ihren ersten Lebensjahren und dort ankam.

»Du hast nie über Dich und Deine Herkunft gesprochen.«

»Ich will es auch bleiben lassen. Bin nur vom Anblick der Wolken und des blauen Himmels nachdenklich geworden. Es ist ja nur das Jetzt wichtig.«

Sie zog ihn zu sich hinunter, umfing ihn und schien einzuschlafen. Aber er wußte, daß sie, sich an ihm festhaltend, ihre ersten Lebensjahre betastete, ungläubig wie etwas Kostbares, das es neu zu entdecken und nun zu bewahren galt.

Es war das einzige Mal, daß sie über ihre Herkunft gesprochen hatte und Blenheim wußte, daß sie Traurigkeit empfand. Er versuchte sie abzulenken und hielt einen Vortrag über die Wichtigkeit, jeweils etwas Eßbares auf ihre Wanderungen mitzunehmen.

Denn er schätzte den Kontrast, die Gegenüberstellung von Natur und Nahrungsaufnahme. Sie gemahnte ihn an die Urzeiten, wo sich genau vor solch einer Kulisse das Leben und die Nahrungsaufnahme ereigneten. Es wäre ein Atavismus in ihm, der sich über viele Generationen hinweg ins Heute gerettet hätte, meinte er scherzend. Er setzte sich dann an den Schaft eines Baumes, in das weiche Moos oder auf eine sich hervorhebende Wurzel und entleerte seinen Ranzen, in den sie diesmal nur trockenes Brot und Äpfel gelegt hatten. Das Brot hatten sie mit Stanniolpapier umwickelt, um es frisch zu halten. Ob sie denn diese Kombination kenne? Brot und Apfel zusammen gegessen? Es wäre in seiner Kindheit ein Luxus gewesen. Das Brot würde den Geschmack des Apfels eigentümlich verstärken, aber genauso gut könne man die Wirkung dem Apfel zuschreiben, denn genaugenommen erschmeckte man das Mehl. Auf jeden Fall wäre es ein elementares Geschmacksereignis. Er sei überhaupt ein Anhänger des kombinierten Essens. Was das sei? Ganz einfach verschiedenste Speisen so miteinander zu vermengen, daß die eine die andere im Geschmack beinflußte. Zum Beispiel Butterkekse. Zum Tee schmeckten diese vorzüglich, denn der Geschmack dieser Backwaren – so meinte er – wäre grundsätzlich nur durch weitestgehende Umspülung mit Flüssigkeit, durch Verbreiung also zu bekommen.

Ana sprach dagegen, schüttelte ungläubig lächelnd ihren Kopf. Blenheim wurde dann beflissener und analysierte die Physiologie des Schmeckens.

Ob sie denn wüßte, daß sich die Speisen in ihre Moleküle verflüchtigen müßten, um an den Rezeptoren der Geschmacksknospen ein elektrisches Potential hervorzurufen. So wäre denn die Zerkleinerung einer Speise die Voraussetzung, um an ihren essentiellen, ihren wesentlichen Geschmack heranzukommen. Je größer die Bissen, desto ungefährer, je kleiner dagegen, desto exakter die Richtung des Geschmackes. Brot beispielsweise wäre in seinen verschiedenen Geschmacksrichtungen am besten mit Wasser zu bestimmen. Weiter gebe es das Phänomen der Bahnung und Hemmung. Der Wein brauche den Käse und die Wurst brauche das Brot, um sich im günstigsten Aroma zu präsentieren. Was von ihm scherzhaft gemeint war, mochte auch hier als Phänomen seiner übermäßigen Sensibilisierung bestehen, durch sein Fieber, das ihm scheinbar jede Menge Geschmacksknopsen an der Zunge und am Gaumen sprießen und ihn sein täglich Brot weitaus kritischer beurteilen ließ als Ana.

In die beginnende Wärme des Sommers hinein vermengte sich beider Lust am Leben, die Tage wurden längst nicht mehr gezählt, auch von ihr nicht, sondern nur genommen, wie sie sich darboten.

Zweimal die Woche mußte Ana allerdings ihrer Tätigkeit als Bibliothekarin nachkommen. Eigentlich bestand ihre Arbeit hauptsächlich in der Anwesenheit, in der Bereitschaft für den selten vorkommenden Fall einer gewünschten Buchausleihe. Die zwei Stunden, die sie dort verbrachte, plauderte sie mit Blenheim, der sie nun immer dorthin begleitete und ihr Gesellschaft leistete. Oder sie las dies und jenes, blätterte, ordnete und schichtete Bücherstapel um. Blenheim richtete sich derweil hinter einem Bücherregal gemütlich ein, um von den gelegentlich vorbeikommenden Bücherfreunden nicht gesehen zu werden. Er las vornehmlich in einem einzigen Buch: Landois-Rosemanns »Physiologie des Menschen«, einem antiquarischen Buch aus der Zeit des beginnenden Jahrhunderts, das sich in diese Bücherei verirrt hatte. Kaum bebildert, wie es die neuzeitlichen wissenschaftlichen Bücher waren, gänzlich ohne Tabellen und Schematas beschrieb es in blumiger Sprache die vermeintlichen Funktionsabläufe des menschlichen Organismus. Auch wenn die meisten Erkenntnisse darin schon längst überholt, viele Interpretationen als Irrwege widerlegt waren, so beeindruckte ihn vor allem die bunte Sprache und die durch Worte verursachte Imagination, die die Zeilen vermittelten. Er konnte sich gut vorstellen, wie die Lebenssäfte zirkulierten, wie die Zellen atmeten, wie sie den Sauerstoff verbrannten und die Energie zum Leben weitergaben, um schließlich als Endprodukt aller kaskadenhaften Chemismen Wasser zu bilden. Gewöhnliches, ordinäres Wasser – ausgeschieden als gelber Urin, als farbloser Schweiß, als unsichtbarer Atem. Er begann zu verstehen, mehr im Gefühl als mit dem Verstand. Diese Lektüre hatte eine äußerst beruhigende Wirkung, da ihm sehr viel von den mysteriösen Vorstellungen genommen wurde.

Mit Interesse las er die Abhandlungen über den Schmerz. Über die vermutete Art seiner Nervenleitung, über die elektrischen Potentiale der Nervenscheiden, wenn ein Schmerzreiz erfolgt war, und über die Vielfalt seiner Erscheinungsformen.

»Weißt Du, wieviel Arten von Schmerz es gibt? Unzählige wahrscheinlich. Es gibt den bohrenden Zahnschmerz, der eigentlich ein pulsierender ist, der entsprechend den Pulswellen des Blutes im Sekundentakt an- und abschwillt. Dort sind es meist einzelne Nervenstränge, die im Ganzen zu vibrieren beginnen und den Schmerz gerne entlang ihren Verlaufsbahnen weiterleiten: in den Unter- oder Oberkiefer und schließlich damit die ganze Gesichtshälfte erfassen. Oder den Kopfschmerz, der oft auch einen, wenn auch langsameren Rhythmus hat, der gerne halbseitig ist, aber gleichwohl ins Zentrum des Denkens sich einnistet und daher um so mehr an den Lebensnerv geht. Oder die Kolikschmerzen, die an den Eingeweiden nagen und die ebenfalls wellenartigen Charakter haben. Oder die diffusen Schmerzen bei Verspannungen der Muskulatur oder schließlich der Vernichtungsschmerz des Herzens. Der Geburtsschmerz der Frauen, wenn das Neugeborene deren Unterleib durchschneidet und sich von der Mutter gewaltsam trennt. Ich will auch nicht den Verletzungsschmerz, den traumatischen Schmerz vergessen, wo das feine Netz der Nervenverästelungen abrupt durchtrennt, durchschnitten, zerrissen wird. Also der Schmerzcharaktere sind viele, genauso wie die Intensitäten vielfältig sind.«

Ana hörte interessiert zu. »Aber eines laß Dir gesagt sein, ich möchte es als Denkanstoß erwähnen. Man empfindet Schmerzen nur dann, wenn man sie zuläßt!«

»Was heißt zulassen? Der Schmerz, die Verletzung fragt um keine Einwilligung, er kommt ungebeten oder wird Dir von anderen zugefügt.«

»Ich meinte es nur metaphorisch. Es kommt nur darauf an, wie man den Schmerz wahrnimmt. Du erwähntest den Geburtsschmerz der Mutter. Er kann gleichzeitig ungeheures Glücksgefühl sein. Ich gehe sogar so weit zu behaupten, daß derselbe physiologische Reiz entweder als Schmerz oder aber auch als Wohlempfinden interpretiert werden kann. Dazwischen ist das ganze Spektrum der Sensibilität enthalten. Denke an manche Verletzungen, die nach Durchführung einer heftigen Bewegung oder bei Verrichtung schwerer körperlicher Arbeit entstehen. Sie werden oft erst nach Beendigung dieser wahrgenommen. Oder kaum vorhandene Oberflächenkontakte der Haut werden im Kleid der Melancholie zu stärksten Sinnesempfindungen. Alte Menschen nehmen den Schmerz viel stärker wahr als beispielsweise der verliebte Pennäler. Weil sie die Schwermut des Alters befallen hat. Es kommt immer nur darauf an, ob und wie die physiologischen Reize gebahnt oder gehemmt werden. Denk zum Beispiel auch an die Fakire, die sich spitze Gegenstände und heiße Glut antun. «

»Glaubst Du auch, meine Schmerzen haben ihre Ursache gar nicht in einer Erkrankung, sondern könnten nur deshalb von mir wahrgenommen werden, weil ich keine optimistische Lebenseinstellung habe?«

»Nein, so habe ich es nicht gemeint. Deine Schmerzen sind mit größter Wahrscheinlichkeit schon durch solch eine Autoimmunerkrankung verursacht, wie Dir Dr. Assmuth sagte. Aber die Schmerzen werden auch durch Deine Persönlichkeit, durch Deine Charaktereigenschaften gefiltert, moduliert, eben verstärkt, vermindert oder gar blockiert.«

»Du verlangst viel von mir. Das würde nämlich bedeuten, daß eine eventuelle Therapie auch noch von mir ausgehen soll. Ich bin nicht nur Verursacher und Leidender zugleich, sondern ich sollte auch noch Heiler, Selbstheiler sein. Und das alles in Personalunion!«
Ana lachte beschwichtigend.
»Ich weiß nicht, ob es bei Dir zutrifft. Ich erwähnte es nur als Hypothese, als Denkanstoß eben. Ich wollte auch nicht Deinen rechtschaffenen Schmerz von früher mindern. Vielleicht brauchtest Du ihn.«
»Brauchen?«
»Ja brauchen. Als Dir gemäße Lebensäußerung. Mehr nicht.«
»Du verwirrst mich heute!«
»Ich merke es und will es daher bleiben lassen. Aber Du bist auf jeden Fall schon längere Zeit schmerzfrei, das ist das Wichtigste.«
»Du hast recht, ich weiß gar nicht mehr, was ein Schmerz ist, zumindest nicht diese Art von Schmerz, die ich vorher ertragen mußte. Ich fühle mich wie neugeboren. Es ist so wohltuend zu spüren, wie sich die Gedanken allmählich von den Fesseln der Schmerzattacken lockern. Bis vor kurzem hat sich zwischen jedes gedachte Wort, vor jede begonnene Silbe irgendeine Form des Schmerzes gestellt. Es war mir in der Zeit vor Dienbach nur noch selten möglich, einen Gedanken klar zu fassen und ungestört zu Ende zu denken. Die Erwartung des Schmerzes, die Abschätzung seiner Attacken war schließlich zum Hauptteil meiner geistigen Beschäftigung geworden und wenn ich mir über etwas den Kopf zerbrach, dann war es die Analyse des zu erwartenden Schmerzcharakters. Solch ein Dauerzustand macht blind für andere und selbstsüchtig aus dem Schutzbedürfnis seiner selbst. Denn das ganze Sinnen ist schließlich nur mehr erfüllt von Schmerzerwartung und Schmerzvermeidung, ja, die einzige Sinnesqualität, die ich noch anerkannte und zu der ich noch fähig war, war die des Schmerzes, der mich schließlich hinabstieß auf das Empfindungsniveau irgendeiner Kreatur. Die Monate vor Dienbach erscheinen mir rückblickend dunkel und unheimlich. Weißt Du, wie befreit ich mich nun fühle? So muß ein Kerkerinsasse empfinden, der endlich an das ersehnte Tageslicht gelangt. Und alles, was sich in die dumpfe Kümmernis einer einzigen Sinnesqualität zwängte, befreit sich zunehmend als eigenständiges Gefühl wie Freude, Anteilnahme. Ich kann wieder differenzierter empfinden. Das macht mich glücklich. Aber nicht nur das.«
»Das Fieber wird aber nicht immer andauern.«
»Ich weiß das. Aber vielleicht hat es dann seine Funktion erfüllt und

die Irrtümer in mir – die immunologischen Irrtümer – verbrannt.«
Beide saßen dort, er hinter einem Bücherregal mit dem alten Physiologiebuch in der Hand, in das er sich wieder vertiefte und sie mit einem bunten Bildband folienglänzender Landschaften vor sich auf dem Holzpult, in deren Farben sie ihre Sehnsüchte versenkte.

12. Kapitel

In Dienbach war Blenheim als kränkelnder Mann aus der lauten Stadt untergetaucht, und nun tauchte er auf zu einer völlig neuen Lebensqualität. Alles war leicht und erhebend, alles schien frei und schwebend, ähnlich kühnen Phantasien, vergleichbar weiten Ideen.

War es sein Fieber, das sich mit Sinnenlust kombinierte, war es vielleicht das körperliche Feuer, in dem sich seine Hingabe härtete, oder war es nur die Liebe schlechthin, die nur erfahren konnte, wer vorher seine Sinne zum Sieden gebracht hatte?

Wenn Ana vormittags ihrer Arbeit im Gasthaus nachkam, suchte er meist den Platz neben der Kirche auf.

Blenheim schätzte aus vielerlei Gründen diesen Platz. Niemand konnte so lang und intensiv auf die Dächer der Häuser blicken wie er. Wenn er mehrere Stunden dort saß, sich zwischendurch gelegentlich erhebend und die klammen Beine vertretend, so konnte er manchmal den langen Schatten des Kirchturmes verfolgen. Er merkte sich zu Beginn seiner Session die anfängliche Stelle des Schattens, bemaß ihn an den Schindeln eines Daches und stellte nach geraumer Zeit fest, wie weit er über die Giebel gewandert war. Manchmal verharrte er während mehrerer Dachlängen voller Überlegungen und scharfäugiger Beobachtung. Mit der Zeit konnte er jedes Dach den Häusern zuordnen. Die rotschindeligen gehörten meist zu den Neubauten, während die verwitterten, moos- und farnbedeckten die Dächer der älteren Häuser deckten. Von manchen Häusern wußte er sogar die Bewohner, wußte, welches Gesicht zu welchem Dach gehörte und er versuchte alles zusammenzutragen, was er von ihnen erfahren konnte.

Er saß gerne dort oben, weil er den Ort als Verweilpunkt seines allgemeinen Weges schätzte.

Er benannte es das tiefe Durchatmen. Der sich mit Luft füllende, anschwellende Brustkorb und die darin einige Augenblicke gefangengehaltene Luft waren nur die körperliche Äußerung für das Innehalten seiner umherschweifenden Gedanken. Er atmete durch und meinte damit lediglich das kurze Rasten im Jetzt, meinte den Stillstand aller anstürmenden Ereignisse, die prüfende Rückschau, den Vergleich mit dem momentanen Augenblick und schließlich die langsame, alles bisher Erlebte mitnehmende Wendung zu den Erwartungen. Das tiefe Durchatmen bedeutete auch das Ruhebewahren, die Pause, das Festhalten und Sichten seiner bisherigen Erfahrungen und die sich daran anschließende Beurteilung der nächsten Schritte. Das tiefe Durchatmen konnte auch bedeuten, einen kleinen Schritt zurück zu tun, um nicht fortgerissen zu werden vom schnellen Strom, währenddessen er sich sammeln und kräftigen konnte.

Nachdem er Ana kennengelernt hatte, bedeutete ihm der Platz dort oben neben der Kirche auch einen Ort der Erwartung. Die Stunden, die er vorher voller Muße zugebracht hatte, waren zu solchen der Ungeduld geworden.

Am liebsten hatte er die Tage, wenn ein sanfter Frühlingswind wehte. Die Düfte, die er mit sich trug, betörten ihn, und wenn er mit seinen geweiteten Nasenflügeln die Blütenaromen einsog, war es ihm, als hätte er dessen Sträucher und Bäume auf seinen Wanderungen mit Ana schon gesehen. Der Wind wurde ihm zum Symbol der verstreichenden Zeit, zum Fluß der Zeit. Wenn er sich an seine heiße Haut schmiegte, die Wangen berührte mit steter Brise, wenn er ihm die nassen Haare an den Schläfen kühlte und schließlich sein Haupt wie mit zwei Armen umschlossen hatte, um sich hinter ihm wieder zu vereinigen und irgendwohin weiter zu wehen.

Aber welcher Zeit?

Er vermißte seine Uhr schon längst nicht mehr. Denn so maßlos wie seine Begierden erschien ihm auch diese Zeit, die ihm früher immer Grenzen gesetzt hatte. Der Begriff der Zeit war für ihn äußerst unscharf geworden. Ereignisse, die sich ihrem Diktat unterworfen hatten, waren nun ohne Begrenzung, nicht nach gestern hin zu ihrem Beginn und nicht nach morgen zu ihrem weiteren Lauf. Es gab für ihn keinen sehnsüchtigen Blick zurück, da sein Leben fiebernd pulsierte und alles in sich hineinsog, Erinnerungen mit Erwartungen vermengte und nur dem Jetzt gehorchte. Was war schon gestern, was hieß schon morgen, wenn jeglicher Versuch einer Einteilung scheitern mußte an den verwaschenen Konturen der Minuten, die selbst sich auflösten in der Nebelhaftigkeit der Stunden. Die Zeit war für ihn keinesfalls mehr geradlinig, sondern sie erschien ihm als ein Gemenge aus rückläufigen und wiederholbaren Zuständen seiner Gedanken. Seine Ideen kreisten in einem unendlich freien Raum, so weitläufig, daß sie sich in dessen Dimensionen auch selbst verlieren mußten. Blenheim versuchte, dieses Phänomen etwas differenzierter zu betrachten und Details zu ergründen. Hatte er früher angenommen, daß Augenblicke lediglich Zustände mit identischem Beginn und Ende wären, so mußte er nun bemerken, daß sich zwischen beiden sehr wohl ein Zeitraum befand. Dieser war aber lediglich subjektiv zu erkennen und wurde länger, weiter, größer, wenn er seinen Gefühlen ihren Lauf ließ. Hatte er früher gemeint, daß Momente scharfe Einschnitte in das Zeitband wären, so mußte er nun feststellen, daß sie angesichts der allmächtigen Präsenz seiner Sinnlichkeiten auch Vertiefungen, Mulden sein konnten, gedehnte Einkerbungen. Blenheim genoß das ewig beschworene Rad der Zeit zu verlangsamen, zum Stillstand zu bringen und ihm gar eine rückläufige Bewegung zu verleihen. Wohl sah er, wie die Zeiger der Kirchturmuhr unerbittlich ihre Bewegungen vollzogen, wie der Stunden- dem Minutenzeiger folgte und wie beide ihre Kreisbewegungen im gleichen Rhythmus ausführten. Aber die äußere Physik, die hier ihre Symbole hatte, war eben nur die trügerische Hülle eines anders getakteten inneren Systems, das variabel und beeinflußbar war.

Als er schließlich eines Nachmittages – Ana mußte die Einkäufe für den Gastbetrieb tätigen – doch wieder vor Ehmanns Laden stand, hatte das eher mit technischer Neugier als mit dem Wunsch nach Zeitmessung zu tun.

»Ich kann es mir nicht erklären. Ich habe alles durchgesehen, soweit es mit der Lupe möglich war.«

Ambrosius Ehmann stand hinter dem Verkaufspult und stützte sich mit beiden Händen darauf ab.

»Sicherlich sind meine Augen nicht mehr die besten. Auch zittern mir manchmal die Hände. Aber ich bin mir sicher, daß zumindest kein gravierender mechanischer Fehler die Ursache ist. Ich habe die Uhr beinahe vollständig zerlegt, aber beim besten Willen keine Malfunktion feststellen können.«

Blenheim hielt das edle Stück Feinmechanik, das nun wieder vollkommen zusammengebaut war, in seinen Händen und wendete es hin und her.

»Was sind denn die häufigsten Ursachen für die Nichtfunktion? Ist es die kraftlose, gebrochene Feder oder ein abgebrochener Zahn eines der vielen Rädchen, der sich zwischen andere Räder klemmt und die Fortbewegung blockiert?«

»Die häufigste Ursache ist Rost in den Lagern. Aber nur bei den billigen Uhren, deren Lager noch nicht aus Edelstein ausgeführt sind. Ansonsten ist es der Antrieb, also das Schwungrad oder die Feder. Allerdings nur bei den vollmechanischen Uhren wie Ihre Uhr. Das ist aber hier nicht der Fall. Ich habe hier nichts davon gefunden und stehe selbst fast vor einem Rätsel, wenn nicht ...«

Ambrosius Ehmann hielt inne und blickte Blenheim an.

»Was wollen Sie sagen, gibt es im Zusammenhang mit Uhren ein Geheimnis, das man nicht aussprechen darf?«

»Natürlich nicht. Aber Sie könnten mich für schrullig oder gar verrückt halten, wenn ich davon spreche.«

Blenheim wurde ungeduldig.

»Heraus mit der Sprache. Ich halte niemanden und nichts für verrückt, es sei denn mich selbst, daß ich mich einem mechanischen Winzling dermaßen widme, dessen Wert für mich immer zweifelhafter wird.«

»Sehen Sie, Herr Blenheim, ich hatte einmal eine Uhr zur Reparatur, da verhielt es sich genauso. Ich war noch jünger und manuell auch geschickter, aber gefunden habe ich damals ebensowenig wie bei dieser. Die Uhr lag dann längere Zeit in meinem Schaukasten und als ich eines Tages – es mochten Wochen vergangen sein – hineingriff, um nach ihr zu sehen, da tickte sie leise vor sich hin. Nachdem ich sie mehrmals vollkommen zerlegt hatte. Sie war also von alleine angesprungen. Ich möchte damit nur andeuten, daß Uhren eventuell ein Eigenleben haben. Es klingt absurd, aber ich möchte es nur als Möglichkeit zur Diskussion stellen. Das Funktionsprinzip solcher Uhren ist uralt und mitunter sehr einfach. Der kaskadenhaft ablaufende, von der Unruh geregelte Bewegungsablauf ist unschwer nachzuvollziehen. Trotzdem funktioniert dieser halbe Mikrokosmos mitunter nicht. Es gibt Teile in solch einer Uhr, die sich auch den schärfsten Augen entziehen. Aber darum geht es mir nicht. Ich meine nur, daß die sichtbar ungestörte, reibungslos sich bewegende Mechanik noch nicht zwingend das Funktionieren bedingen muß. Es könnte durchaus sein, daß der innere Gesamtwiderstand der Uhr zu hoch ist. Das läßt sich aber durch nichts erkennen oder messen, kann nur vermutet werden. Wir wissen also nicht, inwieweit ein Messingrädchen mit einem Rubinlager harmoniert, inwieweit kleinste Elektrizitäten einander hemmen oder beschleunigen.«

Blenheim lächelte.

»Das klingt mir ziemlich absurd. Soviel weiß ich von der Physik, daß in solch einem kleinen System kaum große Widerstände bestehen. Die sogenannten Koeffizienten der Dehnung durch Temperatur, Luftfeuchtigkeit und was auch immer sind beispielsweise zwischen Messing und Stahl nicht so unterschiedlich. Das beweisen doch die Millionen anderen Uhren auf dieser Welt. Also das glaube ich nicht.«

»Aber wenn ich Ihnen nun sage, daß jede Uhr eine individuelle Konstruktion ist, eine unverwechselbares Einzelstück, so sollte das Ihre Skepsis relativieren. Und vor allem eines sollten Sie bedenken: die Uhr wird erst einzigartig durch den Besitzer, der sie am Handgelenk trägt. Es ist also möglich – das heißt: ich weiß sogar, daß es sich so verhält – daß Ihr persönliches Milieu, Ihr elektrisches Feld, Ihr persönlicher Magnetismus auf sie übertragen wird. Sie bekommt also ihren letzten Funktionsschliff durch denjenigen, der sie dauernd trägt. Man kann es auch daran erkennen, daß manche Besitzer ihre Uhr niemals ablegen, sie ihnen sozusagen angewachsen scheint, ob sie nun ins Wasser tauchen oder Sport betreiben. Die Uhren werden ein Teil der Person, sie sind mit dem Träger zusammengewachsen. Sie sterben ab, wenn man sie ablegt, weggibt.

»Sie sprechen von Uhren wie von Lebewesen.«

Ehmann schüttelte sein weißhaariges Haupt.

»Unsinn. Natürlich sind es keine Lebenwesen. Aber zugleich sind Uhren doch Schnittstellen zwischen der Mechanik und der menschlichen Physiologie.«

»Nun gut, ich will es gelten lassen. Da ich die Uhr aber derzeit nicht brauche, will ich sie noch einige Zeit bei Ihnen lassen. Vielleicht springt ihr Werk auch von alleine an.

Im Zimmer war es kalt. Der Wettereinbruch war überraschend gekommen und im Mai zögert man, noch einmal die Heizung einzuschalten. Die Kälte wurde durch die hohe Luftfeuchtigkeit stärker empfunden. Die Innenseite der Glasscheiben war mit feinen Dunsttropfen beschlagen, die die Sicht in die Ferne trübten. Nur die nahen Umrisse des Dorfbrunnens und die hastigen Bewegungen der vor ihm vorbeihuschenden Passanten waren einigermaßen zu erkennen.

Im ganzen Haus war es still. Es war Samstag oder Sonntag, spätnachmittags, und das Gasthaus hatte diesmal geschlossen, weil Penthor verreist war. Er wollte Ana den Betrieb nicht mehr alleine führen lassen, obwohl sie es bisher während seiner häufigen geschäftlichen Reisen immer zufriedenstellend getan hatte. Offensichtlich war er ihr gegenüber zunehmend mißtrauisch.

Ana lag nackt neben Blenheim. Sie hatte sich an ihn gedrückt und war eingeschlafen. Seine Körperwärme hatte sie müde gemacht, entspannt und eingelullt in einen sanften Schlummer. Er spürte ihren Herzschlag und vernahm seinen eigenen, wie er schnell dazwischen einfiel. Vorzeitig einfiel, sich ihrem anglich, synchron wurde und sich dann wieder zeitlich enfernte, entsprechend seiner höheren Schlagfolge.

Die Unruh.

Das Wort wollte Blenheim nicht aus dem Sinn gehen. Eigentlich beschrieb es gar keinen Mechanismus, eher die regulierende Funktion in der Gesamtheit der Teile einer Uhr, und doch war damit der wesentlichste Teil vieler anderer Mechanismen gemeint, sieht man einmal von der energieverleihenden Feder ab: die Unruh als Taktgeber und damit als einzige Festlegung des Begriffes Zeit. Ihr war jedes Maß zuzuschreiben, von ihr hing jegliche Einteilung ab. Ohne sie wäre die Feder lediglich verpuffende Energie, ungerichtet und ziellos. Durch sie bekam die Feder aber Sinn und Auftrag, wie auch alle anderen ineinandergreifenden Zahnräder und Getriebe. Die Unruh bündelte die Energie, richtete die Kräfte zu nur einem Zweck. Sie war das Gegenteil von Beharrung und Statik.

Blenheim war von der Bezeichnung fasziniert, weil er eine Analogie zu sich erkannte. Der Vergleich des menschlichen Organismus mit den Funktionsabhängigkeiten einer Armbanduhr schien ihm überhaupt höchst treffend. Er meinte in diesem Räderwerk eine abstrakte Vereinfachung des menschlichen Organsysteme zu erkennen, seelenlos, lächerlich banal und vor allem temperaturlos, in seiner Organisation jedoch durchaus vergleichbar dem menschlichen Körper. War doch der Rhythmus, dem sich seine Tage aussetzten, nicht auch von einer inneren Unruhe geprägt, seine atemlosen Stunden nicht auch von stetig antreibenden Impulsen? Wie poetisch, wenn sich dieser Drang nicht Motor dort und Herzpumpe hier nannte, sondern sich durch eine bildhafte Umschreibung als Lebensverursacher ausgab. Nein, die Unruh war nicht Verursacherin, sondern Weiserin des Lebensweges.

Und ganz allgemein betrachtet war die Vorstellung verlockend, daß ein einziges kaputtes Rädchen in diesen Gliedern der inversen Kinematik alle anderen Rädchen ebenfalls zum Stillstand brachte. War es nicht in seinem Organismus ebenso? Ein Regulationssystem, vielleicht ein innerer Regelkreis schien funktionsuntüchtig und zwang alle anderen zum Stillstand. War es dort der Bruch eines Zahnrades, so war es bei ihm vielleicht der Verlust eines einzigen Moleküls in den

Genen seiner Zellen, ausreichend jedoch, alle anderen Moleküle aus dem Gleichgewicht zu bringen. Der Schmerz war nur das Signal, ein innerer Aufschrei, daß ein System nicht in seinen Bahnen lief. Gelänge es, den nicht funktionierenden Teil ausfindig zu machen, könnte er leichter repariert werden.

Aber genau das hatten bisher viele Ärzte versucht. Mit teuren und aufwendigen Methoden, präzise und mit viel wissenschaftlichem Enthusiasmus. Nein, man konnte ihnen keinesfalls absprechen, daß sie sich nicht bemüht hatten. Im Gegenteil, sie waren äußerst engagiert. Aber trotzdem ratlos.

Blenheim klammerte sich an diese Hypothese – deren einfacher Denkansatz doch sehr trivial schien; sie könnte den Schlüssel zu seiner Heilung zu versprechen. Er war vorerst überzeugt, daß tatsächliches ein winziges Molekül – ein Rädchen eben – aus dem Verband der anderen gekullert war und irgendwo, verfangen in der Unübersichtlichkeit anderer Myriaden von Molekülen, nur darauf wartete, auf seinen angestammten Platz zurückgestellt zu werden.

Er war mit seinen Analogien äußerst zufrieden und in diesem Moment meinte er, das Verständnis zu seiner Krankheit gefunden zu haben. Er wandte sich Ana zu, die sich im Schlaf räkelte und betrachtete sie.

Jene Phase, wo zwei Menschen eng umschlungen miteinander schliefen, mußte eine ganz bedeutende in der Beziehung sein. Denn wenn die Gedankenflut abebbte, die Hirnströme versiegten, die Amplituden der Gehirnelektrizität also kleiner wurden, müßte auch mehr Raum vorhanden sein, daß sich beider Gedanken annähern könnten. Kurz gesagt: die Beinahe-Bewußtlosigkeit des Schlafes wäre jener Zeitpunkt in einer Beziehung, da sich zwei Menschen am ehesten vereinigen könnten, obwohl sie beide stumm und blind waren. Denn es fehlte die Einschränkung, die Umzäunung aus vielen widerstrebenden, fragenden, erwartenden Gedanken. Es wäre also der Ruhezustand des Geistes, der dies ermöglichte. Die Unaussprechlichkeit einer Zuneigung wäre realer, weil sie sich nicht durch eigensinnige Gedanken stören ließ.

Blenheim betrachtete Ana unentwegt. Und die Schönheit eines Gesichtes, so dachte er weiter, ist am ehesten im Schlaf zu erkennen. Sie wird dann wahrer, wenn die Gesichtszüge sich nicht Erwartungen, Wünschen und Ängsten unterwerfen. Sogar die Falten auf Anas Stirne waren beinahe verschwunden, aus ihren Lidern und Wangen war jede Anspannung gewichen. Ihr Körper, der sich unter dem Bettlaken in seinen Rundungen andeutete, hob und senkte sich zart unter ihrer langsamen Atmung. Wäre Ana wach, würde sie diese Situation nicht dulden wollen, sie würde sicherlich meinen, es wäre unfair von ihm, sie einer solchen wehrlosen Einseitigkeit auszusetzen. Trotzdem wollte er diesen Moment nicht missen. Dieses stark aufwallende Gefühl von Bewahren und Beschützen war es wohl, das er in diesen Momenten genoß, die Gewißheit, sich nur um ihretwillen aufgeben zu können.

»Ich weiß, daß Du wach bist.«

Ana sprach, ohne ihre Körperhaltung zu ändern oder gar ihre Augen zu öffnen.

»Ich merke auch im tiefsten Schlaf, was Du tust.«

»Weißt Du auch, was ich gedacht habe?«

»Freilich weiß ich das. Du hast an mich gedacht. Ich weiß das so genau, weil ich, wäre ich wach gewesen, auch an Dich gedacht hätte. So einfach ist das.«

Ana hatte nun ihr Haupt von seiner Brust gehoben. Und lächelte.

»Weißt Du auch, was ich weiter denke?«

»Selbstverständlich weiß ich auch dies. Du hast einen Bärenhunger, weil ich auch einen habe.«

Beide lachten über die Banalität dieser Äußerung. Banal aber wäre sie nur dann gewesen, wenn sie nicht den Kontrapunkt zu einer weit jenseits niederer Bedürfnisse einhergehenden Lebensauffassung markiert hätte. Für Ana und Blenheim war es aber die erste Bewußtwerdung gemeinsamer Notwendigkeiten, eine Kongenialität zum gemeinsamen Schlaf, zum gemeinsamen Lachen, Atmen und gemeinsamen Erleben ihres Aufenthaltes an einem fremden Lebensort. Es war ein Eingeständnis ihres gemeinsam zu beschreitenden Lebensweges.

Er wollte alles auf seine Rechnung setzen lassen, und so zog Ana seinen Morgenrock über und verschwand nach unten in die Küche. Mit einem riesigen Tablett kam sie zurück, klopfte vor dem Eintreten ungelenk mit den Füßen an die Tür, und Blenheim stürzte hin, um ihr zu öffnen. Vom Geräuschpegel her war schon zu erahnen, daß sie sich mit einer Fülle von Köstlichkeiten beschwert hatte. Der warme Tee wärmte beider Magen, und auch eine weiße Kerze, die das Kulinarium von oben her beflackerte, hatte Ana nicht vergessen. So saßen beide und vergaßen die Ärmlichkeit des Zimmers um sie herum, sahen nicht mehr die schäbigen Stühle und wußten schließlich nicht mehr, wo sie sich befanden. Die leiblichen Genüsse wechselten in ein

Necken und jenes in eine tastende Zärtlichkeit, welche beide hinführte auf die Bettstatt und sie dort wieder versinken ließ in eine tiefe Umarmung. Die Kerze brannte die ganze Nacht und gab dem Raum durch den angenehmen Geruch von warmen Wachs eine ernste Feierlichkeit. Erst am frühen Morgen war sie niedergebrannt. Der Rauch strebte nach oben an die Zimmerdecke und verteilte sich unter dieser wie ein Morgennebel. Der Rest der Kerze dagegen stand auf dem Tisch neben den Tellern und Gläsern, eigentümlich verformt mit bizarren Anlagerungen und Kerben, Wülsten und Mulden, nicht mehr hitzeerweicht, sondern hart und wie zu Stein geworden.

13. Kapitel

In alten Ruinen, ob sie nun der Fertigung eines Produktes oder als Wohnstatt vermögender oder armer Leute gedient haben mögen, sammeln sich auch immer die Trümmer der Zeit. Es sind die physischen Reste alter Gewohnheiten und niemals wiederkehrender Bräuche, es sind bröckelnde Teile eigener Träume und zerstäubende Bruchstücke einmaliger Gedanken. Es gibt solche Ruinen überall auf der Welt, und sie ragen wie abgestorbene Finger von damals in das Jetzt. Es sind Mahnmale der Vergänglichkeit, wenngleich manchmal auch nur die Unfähigkeit dahintersteckt, eine Idee bewahrt oder eine Profession regelgerecht abgewickelt zu haben.

Ehmanns Laden gegenüber lag die alte aufgelassene Bleistiftfabrik. Der verfallende Industriebau hatte mit seiner gebogenen, verwinkelten und zerklüfteten Architektur bisher ein vorzügliches Spielfeld für die Kinder der Gemeinde abgegeben, bis ihn die Behörden den Vertriebenen als vorübergehende Heimstatt zudachten.

Blenheim kannte den alten Bau von seinen Wegen zu Ehmann und er bewunderte jedes Mal den blühenden Fliederbusch, der sich aus dem Schutt von Ziegeln und Holzresten erhob. Er war wie ein Farbtupfer in dem grauen und braunen Einerlei. Die rosaroten Blüten mit ihrem betörenden Duft stachen vor der verfallenden Kulisse hervor, als würde sich in ihnen alle botanische Kraft und Lebendigkeit besonders entfalten.

Ana hatte darauf bestanden, daß er einige ihrer Landsleute näher kennenlernte, jene, denen Hauser die Besorgung von Blenheims Wäsche »zugedacht« hatte. In ihren Worten lag kein Anflug von Sarkasmus, eher waren sie scherzhaft gemeint.

Neben dem Fliederbusch befand sich eine schwere, rostbraune Eisentür. Sooft sie bewegt wurde, grub sich ihre Unterkante in die Erde, und ihre Scharniere quietschten laut, als Ana und Blenheim sie öffneten. Nur durch diese Tür konnte man in das Innere der Fabrik gelangen, denn das Hauptportal war mit dicken Holzpflöcken gestützt, da es einzustürzen drohte. Sie kamen in ein große Halle, in der die alten Maschinen teilweise noch zu sehen waren, durch Rost und daraufliegenden Schutt jedoch unkenntlich geworden. Aber wer hätte denn überhaupt eine Drechsel-, Fräs- oder Verpackungsmaschine für Bleistifte von einer solchen unterscheiden können, die Metallschrauben oder gar Zigaretten herstellte?

Hinter dieser Halle hatten sich jene Räumlichkeiten bewahrt, in welchen dereinst das Kontor untergebracht gewesen war. Dessen Mauern und Türen trotzten der Zeit besser, weil Wind und Wetter nicht so große Angriffsflächen vorgefunden hatten. Da die Zimmer zentral im Innersten der Fabrik lagen, besaßen sie lediglich Fenster zur Maschinenhalle, eine früher übliche Anordnung mit dem Vorteil, alle Arbeitsprozesse unter Kontrolle zu haben, allerdings mit dem Nachteil behaftet, andauernd im künstlichen Licht arbeiten zu müssen. Die Fenster waren von außen mit braunem Pappkarton und Zeitungspapier verhangen, ein Indiz der Mittellosigkeit, das man an allen armseligen Orten dieser Welt so vorfand.

Ana klopfte an einer der Türen und sah Blenheim dabei an, wie um sich seiner Zustimmung zu versichern, dann trat sie in einen Raum ein, der künstlich beleuchtet war, obwohl draußen hellichter Tag herrschte.

Die Familie hieß Djilic. Aber nur vorübergehend und in diesem Augenblick. Denn für Blenheim fing das Nicht-Verstehen-Können bereits beim flüchtigen Hören und schnellen Vergessen dieser unaussprechlichen Namen an. Mit ihren Namen machten sie sich zwar bekannt, aber mit der Ungeheuerlichkeit dessen, was sie gemeinsam erlebt und erlitten hatten, verwischten sie zugleich ihre Personalität.

Blenheim kannte solche Gesichter, ihre Physiognomien waren ihm aus unzähligen Bildern vertraut. Ein leidender Gesichtsausdruck war ihren individuellen Gesichtsprägungen zusätzlich wie eine Maske aufgepreßt. Oder wie eine zweite Haut darübergelegt, mit tiefen Falten, Furchen und blasser Farbe. Bei den Männern verstärkten die Bartstoppeln zusätzlich den Eindruck von Verwahrlosung, bei den Frauen schrieb sich die Qual tiefer in das Antlitz, sie äußerte sich zweifach. Denn sie trugen zusätzlich das Leid ihrer Kinder, bündelten auch deren Sorgen und halsten sich deren Weinen und Wehklagen auf. Eigentlich waren diese Gesichter untereinander austauschbar. Denn die ungeheure Vervielfachung ließ aller Leid diffus werden, das einzelne Entsetzen wurde in der Summe flach, nivelliert durch die Überforderung der Mitleidsfähigkeit jedes Betrachters.

Familie Djilic bestand aus den Großeltern, Tochter und Schwiegersohn und zwei Enkeltöchtern. Ihre Hände schnellten Blenheim entgegen, als er seine zum Gruße hinhielt. Er kannte schon solches Gebaren, und die Unterwürfigkeit darin war ihm nun peinlich, denn gerne hätte er es gehabt, hätten sie Stolz gezeigt.

Ana stellte Blenheim vor. Was sie sagte, verstand er zwar nicht, aber aus den verstohlen hin- und herwandernden Blicken der Familie Djilic schloß er, daß sie ihn als gutmeinenden Wohltäter präsentierte. Er mußte an sein mitgenommenes Äußeres denken und vermeinte in den Blicken so etwas wie leise Zweifel an ihren Äußerungen zu bemerken.

Das Timbre in Anas Stimme war ganz anders, wenn sie in ihrer Muttersprache redete. Die Weichheit war verflogen, aber das rührte von der andersgearteten Kombination der Konsonanten und ihrer Vermengung mit kurzen Vokalen her und war gar nicht anders möglich. Sie schien ihm zugleich aber auch von den ihm vertrauten Gesten und Bewegungen zu entfernen. Das befremdete ihn nicht, sondern sie stellte sich nur in einer anderen, aber um nichts weniger begehrenswerten Art dar.

Die Gefühle, die bei Blenheim im trostlosen Ambiente der Familie Djilic geweckt wurden, waren ihm längst vertraut: Bekümmernis angesichts ihrer Lebensverhältnisse, Scham und schließlich Entrüstung: Familie Djilic lebte nun schon drei Jahre hier. Ohne Tageslicht in den Räumlichkeiten einer verfallenden Fabrik. Ihr Wohnort gemahnte an einen Verschlag, wenn nicht an eine Höhle aus der Urzeit, dachte Blenheim. Das Tageslicht zu vermissen, das wärmende, wachstumsfördernde Licht, Licht für die Stimmungen der Seele, kam einer Folter gleich.

Trotzdem hatte Familie Djilic versucht, sich zu arrangieren. Es war nicht zu verkennen, daß sie sich dem Verfall des Gemäuers durch Wohnlichkeit und Sauberkeit entgegenzustemmen versuchte. Blenheim und Ana, die nun beide am mitten im Raum stehenden Tisch Platz genommen hatten, bekamen eine Süßspeise aus Honig und Mandeln serviert. Dazu schwarzen Tee, dessen Variationsmöglichkeiten unerschöpflich schienen. Blenheim bat, die Wohnung sehen zu können. Diesen Wunsch hätte er gerne sofort zurückgenommen, denn er erweckte damit den Anschein, für Wohnungen in irgendeiner Weise zuständig zu sein. Bereitwillig gestattete das jüngere Ehepaar einen Blick in die Zimmer. Diese waren mit Sperrholzplatten von den ursprünglich zwei einzigen Räumen abgetrennt worden. Blenheim sah sich um, mit dem geschärften Blick und der Eindringlichkeit eines Menschen, zu dessem Interesse sich noch die Betroffenheit gesellt.

Oberflächlich betrachtet war von der Armut kaum etwas zu bemerken. Sie offenbarte sich erst bei genauerem Hinsehen. Es gab in den Wohnräumen kein einheitliches Design, keinen einheitlichen Stil oder eine Kompatibilität der Farben und Formen. Das war sowieso nicht zu erwarten. Das Mobiliar war zufällig ausgewählt oder nach der Verfügbarkeit hingestellt.

Die Armut lag auch nicht in der Ansammlung von Okkasionen, im wahllosen Zugriff auf die sich bietenden Gelegenheiten des Alltags, auf Möbelstücke, von irgendwoher zugestanden, von irgendwem großzügig gespendet und irgendwann vielleicht dem Entrümpelungsdienst im letzten Augenblick entrissen.

Nein, die Armut bestand vielmehr in den fehlenden Alternativen, in den nicht vorhandenen Reserven auch der gewöhnlichsten Gebrauchsgegenstände. Sie bestand im vergeblichen Griff nach dem zweiten Glas, so das eine zerbrochen war, und sie bestand im leeren Fach des Kleiderschrankes, so das Gewand löchrig war.

Die Armut präsentierte sich dezent, wie etwa als wackeliger Abstelltisch im Bad, dessen zerkratzte Stellfläche mit einem verwaschenen Leinentuch bedeckt und auf dem – allerdings geometrisch gerade in Reih und Glied geordnet – billiger Schmuck abgelegt wurde. Es waren Imitationen aus verchromtem Kunststoff, Devotionalien von hochheiligen Festen und Feierlichkeiten, von zu Hause mitgebrachte Kindheitserinnerungen, oder Geschenke vom nahen Verwandten zu irgendeinem Jubiläumstag. Daneben fand sich ein Stück Seife, geschrumpft zu einem unscheinbaren Klumpen. Neben der brüchigen Waschmuschel lag eine Bürste, in deren Borsten sich die Haare verschlungen hatten und darunter eine halbgeöffnete Blechdose, fast leer und mit einer nur mehr die Seitenränder bedeckenden Fettcreme darin. Fließendes Wasser hatte Familie Djilic nicht, denn neben dem Waschtisch stand ein grauer Aluminiumeimer, halb gefüllt mit Wasser. Wo das Wasser herkam, wußte er nicht, denn die Wasserleitungen der Fabrik waren verrostet. Wahrscheinlich holten sie es aus dem nahen Bach, der hinter dem Fabriksgelände seine Mäander zog. Blenheim fiel das völlige Fehlen der üblichen Ergänzungen der täglichen Gebrauchsgegenstände auf: zur Bürste war kein Kamm vorhanden, neben der Fettcreme lag keine weitere Salbe oder gar ein Kosmetikum. Die gewöhnlichsten Gegenstände mutierten durch ihre Singularität zu Kostbarkeiten. Ihr Wert steigerte sich um ein Vielfaches allein dadurch, daß es keine Option auf eine Alternative gab.

Blenheim ahnte, daß sich Armut eigentlich nicht über materielle Entbehrungen definierte, daß die Zwänge des Alltags noch dazukamen. Armut war vielmehr definiert durch die übermäßige Zeit, die aufzuwenden war, um sie zu bekämpfen, sie unwahr zu machen. Die täglichen Stunden, die man auf der Suche nach den preiswertesten Nahrungsmitteln war, bei Unterhaltungen, Gesprächen, beim Durchsehen der Werbebroschüren. Die Wochentage, die dazu verwendet wurden, um aufmerksam die Okkasionen da und dort zu erfahren. Hier verbrauchte sich die Zeit bei der verzweifelten Suche nach einem Ausweg, dort wurde sie nun immer mehr dazu vertan, um die minimalen, die einfachsten Bedürfnisse des Körpers am geschicktesten, am günstigsten, am preiswertesten zu befriedigen. Die Gespräche drehten sich nur mehr um diverse Gerüchte, daß hier das Brot um ein paar Groschen billiger sei, daß dort die Butter eine vorübergehende Preissenkung erfahren hätte und daß vielleicht morgen ein Restposten knapp vor dem Ablauf stehender Wurstwaren um einen Spottpreis zu haben sei.

Und all diese Bemühungen kosteten nicht nur Zeit, sondern auch Kraft, reduzierten die für andere, möglicherweise vorhandene Interessen verfügbare Zeit. Da war eines Tages die Anschaffung passender Kleider zweitrangig, das Erstehen eines Buches für ein geistiges, einer Zeitung für ein politisches Interesse drittrangig geworden. Alle kostbare Lebensenergie wurde nur mehr aufgewendet für die sinnvolle Verteilung, für die Einteilung der kargen Finanzressourcen.

So kannte Blenheim Wohnungen nicht mehr. Nur dumpf erinnerte er sich an die Wohnverhältnisse seiner Jugend, da hatte er diese Kargheit wohl noch gesehen. Er selbst hatte sich mit Helga in der Stadt komfortabelst eingerichtet. Großzügig seine Wohnverhältnisse, ein schwungvoller Designerwurf ihrer beider Wohnzimmer, nobel das Schlaf- und generös das Gästezimmer. Die Küche voller Chrom und bestückt mit erstklassiger Technik.

Aber dies hier?

Blenheim vermied es, seine Blicke zu sehr an die Gegenstände zu heften, und doch wirkte das Mobiliar immer eindringlicher auf ihn. In dem Maße, in dem er sich die Tristesse der Wohnverhältnisse, die allgemeine Kargheit vergegenwärtigte, genau in dem Maße gewann er Zweifel am Nutzen seiner als traumhaft schön geltenden Wohnung zu Hause. Dort schien ihm alles verwaschen, verfälscht, jeglicher Nutzbarkeit weit entrückt.

Dagegen dies hier? Die Funktion reduziert auf die denkbar einfachste Form, um Gegenstände daraufzustellen – mehr nicht. Eine Kredenz nur ein schützendes Behältnis für Dinge des zeitweiligen Gebrauches – mehr nicht. Niemand würde tauschen wollen mit Familie Djilic. Und dennoch hatten ihre Wohnverhältnisse für Blenheim einen Reiz. Es brauchte nicht viel zum Leben, nichts an ablenkenden, die Funktion verleugnenden, die Bestimmung verbergenden Äußerlichkeiten. Hier war, wenn auch aus der Zwangslage ihrer Situation heraus, die Notwendigkeit zugleich der Überfluß.

Wenn er daran dachte, wieviel Müll sich im Laufe der Jahre bei ihm als Hausrat angesammelt hatte, unnütze Gegenstände, hastig erworben einzig aus dem Grunde, sie zu besitzen. Die Schubladen, die Schränke, ja, die Zimmer vollgestopft davon, oft nur einmal in den Händen gehalten und dann wieder weggelegt und vergessen. Gegenstände der vielfältigsten Art, die nur zu dem Zeitpunkt ihre Faszination ausübten, wenn das Geld das Verkaufspult noch nicht passiert hatte und die dann unmittelbar nach dem Erwerb ein Gefühl des Verlustes hinterließen.

Blenheim trat in die Maschinenhalle hinaus. Ihm war heiß geworden und es hatte ihm den Atem abgeschnürt, denn in kleinen Räumen sammelt sich die stickige Wärme allein dadurch, daß sich vorübergehend mehr Menschen darin aufhalten. Er selbst strahlte ja Körpertemperatur ab für zwei, und da die Zimmer niedrig waren, hatte sich von oben her eine Dunstschicht auf die beim Tisch sitzende Familie herniedergesenkt. Ana hatte sein Unwohlsein bemerkt und gemeint, er solle hinausgehen, da sei es kühler.

In der Halle war es tatsächlich erfrischend, weil es durch die vielen Öffnungen und Löcher andauernd zog. Blenheim tastete sich durch den Schutt, nur der Weg vom Eingang zum Verschlag der Familie Djilic war freigeschaufelt. Ansonsten bedeckte der Schutt knöcheltief die ganze Halle – Mauerbrocken, blätternder Putz und zersplittertes Glas. Dahinein vermengt waren Holzreste, lange, teilweise schon angemoderte Holzstäbe. Bei genauerem Hinsehen waren es lose herumliegende Vorstufen von Bleistiften. Er sah Brettchen aus Zedernholz, auch solche mit ausgefrästen Minenbetten, teilweise miteinander verleimt und dann Rohlinge, schon mit abgebrochenen Minen darin. Blenheim bückte sich und hob solch einen Rohling auf. Er maß mindestens einen halben Meter, wurde also im Zuge der Weiterbearbeitung sicherlich noch mehrmals geteilt.

In seinem Rücken hörte er die Tür. Eines der Kinder war ihm neugierig gefolgt und musterte ihn mit scheuen Blicken. Es hatte die Tür noch nicht losgelassen und seine Augen fragten, was einen Erwachsenen dazu veranlaßte, in sein Spielareal einzudringen. Blenheim nestelte nach dem kleinen Messer, das er immer in seiner Geldbörse mittrug. Er begann, am Ende des Rohlings zu schnitzen, bis er auf die abgebrochene Mine stieß. Vorsichtig, mit immer zarteren, mehr schabenden Bewegungen – um dem brüchigen Graphit keine Gewalt anzutun – modellierte er eine Schreibspitze hervor. Als Kind hatte er dazu Bleistiftspitzer verwendete, aber deren Zuspitzungswinkel war vorgegeben. Mit dem Messer konnte man lange, zwar nicht unbedingt ebenmäßige, aber dafür elegante, schlanke Spitzen schaben, die ein längeres Schreiben gewährleisteten, da die Graphitspitze nicht so schnell stumpf wurde. Freilich mußte man behutsam damit umgehen, denn allzu leicht brach der innere Graphitstab, wenn die schützende Holzummantelung fehlte. Blenheim war jedoch geschickt und schnitzte eine lange, schmale Bleistiftspitze. Dann legte er den Rohling auf eine längere Betontraverse und schnitt mit rollenden Bewegungen den Teil mit der Spitze ab. Ein langer Bleistift war entstanden. Einigermaßen stolz auf sein Werk schritt er auf das ihn interessiert beobachtende Kind zu und drückte ihm den Bleistift in die Hand. Es hatte kurz eine Bewegung gemacht, als wollte es davonlaufen, den Bleistift dann aber doch an sich genommen. Wortlos verschwand es dann wieder hinein zu den immer noch am Tisch sitzenden Eltern, die leise mit Ana diskutiert hatten.

Blenheim hatte sich selbst ein Geschenk gemacht und empfand Freude, die mindestens so groß war, wie die des beschenkten Kindes. Er stakste durch den Schutt, um weitere Rohlinge zu suchen und dachte an die Vertriebenen. Er mochte sie irgendwie.

Es war nicht nur sein Mitgefühl mit ihnen. Nicht seine soziale Entrüstung und nicht nur jene Identifikation, die von der Zuneigung zu einer Frau herrührte.

Die Affinität, die er zum Schicksal der Menschen hier hatte, war sicher auch dadurch begründet, daß er eine Kongenialität zu seiner eigenen momentanen Situation erkannte. Wenn er an die Kargheit seines Gasthauszimmers dachte, das auch nach längerem Aufenthalt nichts weiter zierte als beim Tag seiner Ankunft, so war ihm diese Kongenialität um so bewußter.

Die Beschränkung auf die Mindesterfordernisse des Lebens, auf dürftige Nahrung, einfachste Wohnverhältnisse und abgetragene Kleidung, war schließlich auch seine persönliche Beschränkung. Die Annäherung an die ursprünglichsten Sinngebungen des Lebens, die erzwungene Vereinfachung komplexer Tagesabläufe zu einigen wenigen physiologischen Tätigkeiten wie Essen, Atmen und Schlaf mit Träumen, bunten und angsterfüllten, ließ sein Schicksal und das der Flüchtlinge beinahe übereinstimmen. War er doch auch ein Vertriebener, ein hierher Getriebener, wenn auch aus anderer Ursache. Dort die Gewalt, hier sein Schmerz, aber gemeinsam war beider Perspektivlosigkeit. Und der scheinbar einzige Luxus, den beide besaßen, war der Überfluß an Zeit, der in letzter Konsequenz keiner war: denn jene war lediglich das Nährmedium, in dem alle Unbill gedieh, ohne Abgrenzung zu den Unwägbarkeiten der kommenden Wochen. Und sogar diese Ungewißheit verband sie rein gefühlsmäßig, denn tatsächlich war es ja noch nicht entschieden, ob er jemals wieder zu einer geregelten Arbeit finden konnte. Ihr aller Schicksal befand sich auf einem labilen Punkt der Wegstrecke, auf einem Terrain der Unausgewogenheit und der Unebenheit, von der sich jede weitere Richtung ausschließlich dem Zufall unterwarf.

Worin er sich von den Vertriebenen unterschied, war die Interpretation seines Schicksales. Denn die vermeintlichen Beschränkungen empfand er tatsächlich als persönlichen Gewinn. So drängte es ihn nicht mehr, »sich auszustatten«, sich zu schmücken und zu verzieren, zu haben und zu besitzen. Seine körperlichen Bedürfnisse hatten sich auf fieberbeschleunigte Atmung, hastige Nahrungsaufnahme und unruhigen Schlaf beschränkt. Der Luxus und der Reichtum waren in seinem Kopf, in unübertreffbarer, an Vielfalt und Buntheit nicht mehr zu überbietenden Art und Weise.

In der Unbestimmtheit lag zugleich Befreiung, die vagen Umrisse seines weiteren Lebensweges machten seine Gedanken leicht, da ihnen viel mehr Möglichkeiten verheißen wurden. Es war reizvoll, in den Tag hineinzuleben, da er sich für nichts entscheiden und zu nichts erklären mußte. Er empfand, zu einem Urzustand der Willensbildung gelangt zu sein, zu einer Basis für vielfältigste Entscheidungsfindungen. Nur ungefähr aber erahnte er, daß sein Zustand nicht immer würde andauern können.

Die Diskrepanz zwischen seiner äußeren Erscheinung, der Phänomenologie seiner Existenz und seinem Empfinden sah er nicht. Denn objektiv gesehen steckte er unbeweglich in einer kleinen Gemeinde, bewegte sich kaum nach vorne und zurück. Rein äußerlich hatte ihn eine Erlebnisarmut sondergleichen heimgesucht, es geschah nichts und es passierte ihm nichts. Genauso wie um ihn herum nichts passierte, kein Haus zusammenstürzte, der Kirchturm nicht umfiel und keine Frühjahrsüberschwemmung stattfand. Sein Aktionsradius war doch äußerst eng gehalten, war beschnitten durch seine Therapien, durch die Bindung an einen einzigen Ort, der selbst klein und unscheinbar war. Dessen Bewohner frühzeitig das Bett aufsuchten, nicht besonders umgänglich waren und mit denen er nur oberflächliche Kontakte schloß. Der Umgang beschränkte sich auf wenige Menschen, und auch zu diesen hatte er teilweise zwiespältige Verhältnisse. Im Prinzip, so dachte Blenheim, ist dies ein Ort, an dem die Geschichte vorbeifließt, von dem nicht einmal Fuchs und Hase Notiz nehmen, wenn sie sich anschicken, einander Gute Nacht zu sagen. Diese Gemeinde ist ein Loch in der Zeit, so wie sie ihm vorher ein weißer, unbekannter Fleck war auf der Landkarte.

Und doch gab es eine verborgene Dynamik. Er dachte daran, wie eher gemächlich seine früheren Alltage dahingetrottet waren, wie sich nun aber ein Übermaß an Ereignissen in die Tage, ja Wochen zwängte. Rastlos jagte eine Änderung die andere, die Wendungen, die Drehungen erfolgten augenblicklich, und atemlos bewegte er sich darin. Er befand sich in einem unüberblickbaren Wust von nicht erkennbaren und schon gar nicht abzuschätzenden Situationen. Ein wahrer Strudel war es, ein tosendes Gekreise von neu auftauchenden und sofort untergehenden Erklärungen, Erkenntnissen, Dafürhaltungen, Anmutungen.

14. KAPITEL

Ana und Blenheim wollten ihre Beziehung so gut es ging geheimhalten. Einerseits aus strategischem Kalkül, weil die Unangemessenheit einer Liaison zwischen einem Gast und einem Flüchtling der Gemeinde zwiespältig aufgenommen, als Provokation empfunden werden könnte, wenn sich Fremde durch eine Beziehungsknüpfung zu integrieren trachteten. Die Vertriebenen wurden nur deshalb geduldet, weil die Regeln der gegenseitigen Distanzhaltung respektiert wurden.

Andererseits wurde die Intensität ihrer Beziehung durch die Heimlichkeit verstärkt. Mit zugeflüsterten Treffpunkten, mit zugeraunten Ortsbenennungen und mit angedeuteten Blicken. In der verstohlenen Gewißheit, in der Exklusivität ihrer Situation lag jene letzte Steigerung, die nicht möglich wäre, wenn sich ihre Zuneigung wie viele hundert andere auch gestaltete. So wie die verbotenen Früchte am besten schmecken, so passiert die Liebe umso hingebungsvoller vor der immerwährenden Möglichkeit der Bloßstellung und Entdeckung.

Vor allem vor Penthor mußte sie verheimlicht werden, denn dieser hatte Ana nachgestellt, und die Kenntnis, daß sein einziger Gast unter seinem Dach mit ihr ein Verhältnis unterhielt, das er selbst angestrebt hatte, würde ihn sicherlich nicht gleichgültig lassen. Da er aber abends oft seinen Geschäften nachging – welcherart Geschäfte dies auch immer waren – , manchmal erst am nächsten Morgen wieder zurückkehrte, war die Gefahr einer Entdeckung vorerst nicht groß. Aber kleine Gemeinden haben tausend Ohren und noch mehr scharfe Augen. Niemals konnten sie gewärtig sein, nicht doch zusammengebracht zu werden, wenn schon nicht durch heimliche Beobachtung, dann doch durch die Phantasie der Menschen hier, durch deren gnadenlose Kombinationsgabe und ihre Angewohnheit, eigene Intentionen auch anderen zu unterstellen.

Gelang ihnen die Geheimhaltung möglicherweise bei den ortsansässigen Bewohnern von Dienbach, so gelang sie ihnen aber sicherlich nicht bei den Vertriebenen. Denn dort erschienen sie ja tagtäglich gemeinsam, allein schon wegen der Sprachschwierigkeiten Blenheims. Und obwohl sie niemals auch nur eine Nähe andeuteten, war allein die Tatsache, daß ein Mann und eine Frau zusammen etwas taten, organisierten und dabei öfters der Sache entsprechend alleine sein mußten, Grund genug zur Annahme, daß sie etwas miteinander hätten. Die Phantasie der Vertriebenen war da eindeutig, weil ihrer Mentalität entsprechend ein Mann und eine Frau nur eine einzige Lebensbestimmung zueinander hatten.

Es war beider Angewohnheit geworden, hier dieses und dort jenes zu erfragen. Einmal Wünsche entgegenzunehmen, Hilfe oder nur Rat zu geben bei der Bewältigung von Alltagsproblemen, die sich ja in unübersehbarer Zahl auftürmten, ein anderes Mal Erledigungen vielfältigster bürokratischer Art zu machen. Meist bestand die Freude der Vertriebenen ja nur in der Möglichkeit, sich an jemanden wenden zu können, der zuhörte, ohne aber zugleich die Fähigkeit besitzen zu müssen, eine Hürde aus dem Weg zu räumen. Allein schon der Anschein einer Verheißung machte beide zu begehrten Besuchern. Sie wurden sofort umringt, nicht nur von den Kindern, sondern auch von den Alten und mit wohlwollenden Fragen zum Bleiben aufgefordert. Es gab Tee und trockenes Brot mit Salz, und in den bewundernden Blicken lag zugleich auch ein wenig Kummer, daß sie den beiden ihre Dankbarkeit nicht anders zeigen konnten.

Das erfahrene Leid, das Chaos der momentanen Lebenssituation und schließlich die Sorge vor einer ungewissen Zukunft bildeten den Nährboden verschiedenster Erkrankungen, weniger ernsthaft organischer, sondern vielmehr seelisch verursachter. Wer konnte mehr darüber wissen als Blenheim, der sich fortwährend damit beschäftigte und nun sogar selbst als Mittler und Betreuer beobachten konnte, wie solcher Nährboden beschaffen war? Einzig noch Dr. Assmuth, zu dem Blenheim nun öfters Frauen geleitete. Sie litten meist unter vielfältigsten Schmerzsyndromen. Unter Verspannungen und Myagelosen der Wirbelsäule, die doch nur Ausdruck ihrer inneren »Anspannung«, nur eine Diskoordination verschiedenster Muskelgruppen waren. Sie empfanden Schmerzen im Kreuz beim Drehen und Wenden, beim Bücken und beim Heben der Beine, es drückte sie in den Eingeweiden und es krampfte ihr Herz, vielfach, oft und immer wieder ihr Herz, so wie es ihnen auch die Luftröhre verengte, so daß sie zu ersticken glaubten. Und doch war es nur das auf ihre Organe projizierte innere Chaos, dessen sie sich nicht erwehren konnten, der an die Körperoberflächen gelangte Hilferuf ihrer gemarterten Seelen.

Dr. Assmuth verschrieb muskelentkrampfende Medikamente, um die »Fehlverspannungen« zu lösen und sehr viele Psychopharmaka. Es war eine Therapie, von der alle wußten, daß sie nicht die Ursachen solcher Erkrankungen beseitigte und die dennoch alle akzeptierten, da sie kurzzeitig vieles erträglicher machte. Auch um den Preis einer möglichen Abhängigkeit, da sie zentral im Gehirn wirkte. So schienen manche Frauen gedämpft, verlangsamt, nicht sich selbst gehörend, und es war nicht gleich zu erkennen, ob es der Stupor ihrer erworbenen Depression oder die Wirkung einer starken Beruhigungstablette war. Ein Heer von leeren und ausdruckslosen Gesichtern umgab alsbald Blenheim. Waren sie bei der Ankunft von den körperlichen Strapazen gezeichnet gewesen, so stülpte sich nun auf die eingefallenen Wangen noch die Maske der tablettenvermittelten Starre und fehlenden Mimik.

Die Aufenthaltsbewilligungen der Vertriebenen waren nur befristet. Wie Blenheim von Ana erfuhr, am Beginn der großen Flucht nur für wenige Monate ausgestellt, später dann – als das Ende der Vertreibungen in immer weitere Ferne rückte – individuell lang ausgedehnt. Das heißt, die Aufenthaltsgenehmigungen wurden dem Wert, der möglichen momentanen Verfügbarkeit jedes einzelnen Vertriebenen angepaßt. Zu grotesken Familienauseinanderreißungen war es dann gekommen, wenn die Frau mit den Kindern in ein anderes Land oder sogar nach Hause zurück mußte, während der Mann eine Hilfsarbeit in der nahen Bezirkshauptstadt bekam und hierbleiben konnte, was aber selten genug geschah. Solch unsinnige Gesetze wurden später gelockert, als auch die Behörden die Unmenschlichkeit darin erkannten, freilich erst, nachdem eine aufmerksame öffentliche Presse darauf hingewiesen hatte.

Die Hauptkoordinationsstelle für alle Flüchtlingsfragen befand sich in der Hauptstadt. In den Bezirksvororten war jedoch eine Flüchtlingsleitstelle eingerichtet, die ihre Kommissare in den jeweiligen Gemeinden »Sprechstunden« abhalten ließ. Daß diese Kommissare meist kaum der fremden Sprache mächtig waren und ihnen auch keine Dolmetscher zur Seite standen, ließ solche Maßnahmen freilich im Licht behördlicher Stupidität erscheinen. Ana war da gerade richtig, und es war wohl das übergroße Glück aller in Dienbach beherbergten Vertriebenen, diesen günstigen Umstand einer Verständigungsmöglichkeit nutzen zu können.

Blenheim begleitete Ana meist, wenn zweimal die Woche »Hof gehalten« wurde. Daran erinnerte ihn jedenfalls diese Prozedur vorgetragener Bitten und ihrer Entgegennahme. Die Räumlichkeit trug zusätzlich dazu bei, seinen Eindruck zu verstärken. In einem aufgelassenen Klassenraum der alten Schule saß ein pensionierter Beamter auf einem Stuhl. Dieser Stuhl war auf dem früher üblichen ehöhten Klassenkatheder postiert, so daß die Situation an eine Audienz bei irgendeiner mächtigen Institution erinnerte. Podmanitzky hieß der Beamte, und seiner Miene war ein allgemeiner Widerwille anzusehen, und seine Sprachlosigkeit war nur die tonlose Äußerung seines Desinteresses. Immerhin zeigte er manchmal Aufmerksamkeit für Blenheim, dessen nicht nachvollziehbares Engagement für Vertriebene offensichtlich seine Neugierde hervorrief. Ja, es war sogar wahrscheinlich, daß dessen Penetranz beim Helfen ganz zart an seinen verkümmerten früheren Neigungen rüttelte, welche längst von lästiger Routine überdeckt wurden und von dem Bewußtsein, im Alter keine

Erwartungen mehr haben zu wollen. An Ana schien er zeitweise auch Gefallen gefunden zu haben, denn bei deren Erscheinen huschte ein freundliches Lächeln über seine Gesichtszüge, und er richtete sich in seinem Stuhl gerade, in dem er meist zusammengesunken nach hinten gelehnt verharrt hatte. Auf deren Bitten nickte er sogar manchmal, und das schien sehr viel zu sein, denn auf die Bitten der anderen verharrte er nur ausdruckslos, steif und ohne Gesichtsregungen.

Ihm zur Seite standen Mitarbeiter des »Vereins für Flüchtlingshilfe«. Es waren vor allem Frauen, nicht nur solche im Pensionsalter, sonderm auch jüngere. Hausfrauen mit etwas mehr verfügbarer Zeit und vor allem mit jener praktischen Tüchtigkeit ausgestattet, die sich aus geübter Kinderbetreuung und bewährter Haushaltsführung erklärte. Sie versuchten sich in rühriger Weise der Probleme der Vertriebenen anzunehmen. Manchmal übernahmen sie die Begleitung der zahllosen Flüchtlingszüge in das Land herein, aber auch aus dem Land wieder hinaus, wenn Aufenthaltsgenehmigungen abgelaufen oder die Transitzeiten erschöpft waren, sie versuchten, die privaten Zuwendungen diverser materieller Güter mitzuorganisieren. Aber gerade die Tatsache, daß der Verein vor allem durch den vermeintlichen Idealismus seiner Mitglieder existierte, schien nach Anas Ansicht nicht die beste Voraussetzung für effektive Hilfe zu sein. Denn aus unkoordinierter Hilfe entstand oft hemmendes Chaos. Außerdem fehlte es an allen Ecken und Enden an Geld und darüber hinaus an Anerkennung durch die Behörden und nicht zuletzt der Politiker.

Neben Podmanitzky saß also meist eine der weißhaarigen, älteren Damen, die ihre besorgten Blicke von ihm zu den Bittstellern und wieder zurück schweifen ließ. Die permanente moralische Erschütterung, die ihrem Gesicht zu entnehmen war, wirkte wie eine Verschlimmerung aller Lebenssituationen. Es hätte, so dachte Blenheim, als er wieder einmal um das Zugestehen eines Kühlschrankes bat, nicht unbedingt eines jungen, aber eines fröhlichen, optimistischen Gesichtes bedurft. Die fortwährende Betroffenheit ihrer Mienen minderte bei so manchem Bittsteller die Hoffnung auf eine Verbesserung, sofern Podmanitzkys indignierter Blick nicht zuvor schon den Mut erstickt hatte, seine Lebensrechte lauter hinauszuschreien. Insgesamt schien sich die Hilfe dieser Menschen kontraproduktiv auszuwirken.

Den Kindern war Blenheim besonders zugetan. Er kümmerte sich darum, daß sie regelmäßig eine ärztliche Betreuung erfuhren. Einige Male arrangierte er persönlich einen Termin bei Dr. Assmuth, da ihm Husten oder Bauchschmerzen eines Kindes Ärgeres fürchten ließ. Der Arzt selbst kam übrigens nachmittags bei den jeweiligen Serumapplikationen mit keinem Wort auf den Umstand zu sprechen, daß er – der viel schwerwiegender Kranke – sich ihm gänzlich unbekannter Kinder annahm. Es war eine Form der Diskretion, die Blenheim an ihm besonders schätzte.

Blenheim beschäftigte sich das erste Mal in seinem Leben bewußt mit Kindern. Anfangs hatte er das mit einer gewissen Unsicherheit getan, linkisch, und nicht sofort die richtigen Worte der Ansprache gefunden. Aber auch ohne deren Sprache zu kennen, hatte er dann das Eis zum Schmelzen gebracht. Denn nicht das rechte Wort, sondern der richtige Ton, die Melodie der Stimme macht es aus, wenn man mit Kindern Kontakt haben will.

Ana war schließlich sehr angetan.

»Sie mögen Dich«, sagte sie mehrmals mit einem gewissen Stolz und hatte nun selbst Pläne, wie dies oder jenes zu bewerkstelligen sei. Überhaupt meinte sie, daß es besser wäre, sich nur der Kinder anzunehmen. Denn ihnen wäre am leichtesten zu helfen, da sie noch empfänglich für Geschenke und ihre Bedürfnisse auch eindeutiger wären.

Sooft Blenheim die Kinder besuchte und sie in ihre Spiele vertieft waren, so daß sie sein Kommen nicht gleich bemerkten, betrachtete er sie nachdenklich. Sie waren dermaßen versunken in ihre Tollheiten, daß sie sich eigentlich völlig abgekoppelt hatten von der Armut um sie herum. Sie nahmen die Gegenwart derart begierig an, als sei nur dieses Verhalten dazu angetan, eine Strategie gegen ihren individuellen Kummer zu bilden. Aber er merkte auch, wie ansteckend ihre Lebenslust war, wie es ihn drängte, ebenfalls einem bunten Ball nachzujagen und sich in ihre Reihen einzufügen. Sie waren rot und warm, wenn sie sich beim Spielen erhitzten, blaß des Abends, wenn sie in ihre Träume fielen. Aber niemals waren die Gesichter voll Harm und List, denn sie gestatteten den Blick in sich hinein, was bei den Erwachsenen so nicht möglich war. Wie sie die neue Umgebung zu ihrer altgewohnten machten, wie sie arglos Kontakte knüpften zu so manchem Gleichaltrigen hier, ohne Neid, sondern nur mit schüchterner Bewunderung anfangs und später dann mit dem Selbstverständnis der Unbedarften, Unwissenden, dies alles weckte seine Zuneigung.

So sah er fasziniert in ihre offenen Gesichter und ihr Anblick stimmte ihn fröhlich. Die Kinder spielten ihm ein Lehrstück der Lebensleichtigkeit vor, unbewußt und nur durch ihre angeborene Lebensfreude: eine Möglichkeit, die Unbilden nicht anzunehmen, sie zu ignorieren und so frei zu bleiben.

In dem Maße, in dem Blenheim mit den Vertriebenen zu tun

hatte, seine Kontakte durch Besorgungen und Beratungen vertiefte, von Ana Eigenheiten und Details erklärt bekam, die sich aus der Mentalität der Vertriebenen ergaben, wuchs auch sein Verständnis für deren zwanghaftes Schicksal an. Zunehmend erschütterten ihn die Zusammenhänge von Zuwendung und Wegsehen der Einheimischen – was auch ihn selbst betraf.

Wer wollte denn schon die Augen offen halten, nur um unangenehme Dinge zu sehen, wer wollte in den Gleichlauf seiner Tage Unruhe bringen und dadurch selbst Ängste schüren? Gleichgültigkeit war eine bequeme Form des Selbstschutzes, und es war eine allgemeine, übliche Reaktion. Trotzdem entrüstete er sich, daß die ihm von klein auf beigebrachten Grundsätze der Hilfsbereitschaft, die niedrigste Form der Hilfestellung hier oft mißachtet wurden. Und es bestürzte ihn, daß er selbst ja mitten darin gelebt hatte. Es war täglich um ihn herum passiert, es geschah weiterhin, und er hatte es nicht bemerken wollen, weil er sich gefügt hatte in das selbstgefällige Wegblicken seiner Bekannten und Freunde.

Zwar hatte er sich kopfschüttelnd geäußert mit Bekenntnissen zur Unterstützung, das war aber schließlich doch leeres, nachgeleiertes Gerede im Chor der scheinbar Aufgeschreckten gewesen, weil seine Hände schließlich weiterhin in den Hosentaschen staken, untätig und nur damit beschäftigt, sein eigenes Geld zu zählen.

Vor allem die Kinder führten ihn nun zurück zur eigenen Kindheit. Er erinnerte sich an früher gefaßte Grundsätze, die er sich zum Maß genommen hatte, unverfälscht und idealistisch und nur der guten Tat verpflichtet, damals, als er noch kein Erwachsener, aber auch kein Kind mehr war und daran ging, der Welt sein Lebenskonzept entgegenzuhalten. Es waren hehre Vorstellungen, wie die Menschen sein müßten, daß sie Menschen sein konnten, Ideale eben, wie funktionieren sollte, was als allseitige Gerechtigkeit gefordert wurde.

Wie war es doch mit dem entrüsteten Empfinden, das ihn als Heranwachsenden begleitete, wenn er vom Hunger dieser Welt erfuhr? Beiläufig gelesen, im Vorbeigehen erfahren und so schuldempfindend angeeignet, daß es ihm nachts den Schlaf raubte.

Wie war es doch mit dem himmelschreienden Unrecht, das er bemerkte und dem er sich ohnmächtig beugen mußte. Wenn er sah, freilich ohne die Zusammenhänge zu wissen, wie sich die Güter einseitig aufteilten, wie hier beschenkt und dort vorenthalten, wie hier gerafft und dort entbehrt wurde? Damals geschah das in der Welt der Erwachsenen, und er hatte sich geschworen, dies künftig vermeiden zu wollen.

Schmerzhaft erkannte er die Verdünnung, die Aufweichung seines sozialen Gewissens, schleichend über viele Jahre, allmählich vom eigenen Wunsch nach Schaffen und Anschaffung verdrängt. Er erinnerte sich des zunehmenden Abgleitens seiner ersehnten Vollkommenheit in die Nähe der hemmungslosen Selbstsucht, der Bitterkeit jener Erfahrung, da ihn seine Nächsten gar der Naivität und Dummheit ziehen, wenn er sich dieser Entfremdung erwehren wollte.

Aber sogar die Regeln des Verstandes relativierten sich in der Welt der Erwachsenen. Die Logik trennte sich von der Abstraktheit ihres Begriffs und biederte sich den Zweckdienlichkeiten und Brauchbarkeiten des Momentes an. Ihre vermeintliche Absolutheit in der Jugend gedieh im zunehmenden Alter zu vielfältiger subjektiv gefärbter Ausprägung mit Schattierungen und Intensitäten im zunehmenden Alter. Sie wurde korrumpierbar, paßte sich an und wurde manipuliert, so daß sie sich allmählich herauslöste aus der Reihe verstandesmäßiger Regeln. Wurde sie in der Jugend mißachtet, so empfand man Ungeheuerlichkeit. Geschah dies später, so empfand man Resignation. Mit der Vergeblichkeit ihrer Anwendung schwand schließlich auch ihre Brauchbarkeit. Sie kümmerte dahin als mißachtete, umgangene und geächtete Form der Gerechtigkeit.

Und schließlich die Vernunft? Sie war relativ und unterlag der Bewerbung und der Eindringlichkeit ihrer Proponenten. Sie war mißbraucht als Instrument politischer Räson und ihrer individuellen Interpretationen, sie war schließlich vom Sockel ihrer Absolutheit gestoßen und zur manipulierbaren Laune irgendwelcher Gelegenheiten geworden. Ihr zeitloser Anspruch auf die verbindliche Basis ernsthafter Kommunikation ging im Kraftfeld pekuniärer und ökonomischer Interessen verloren.

Als junger Erwachsener hatte Blenheim also nicht den Verlust der Jugend, sondern den Verlust vieler menschlicher Qualitäten beklagt.

Blenheim betrübte sich ob dieser Einsicht, aber die Sehnsucht nach dem heiligen Zorn des Rechtschaffenen, der »Recht schaffen« wollte in der Welt, mit Uneigennutz und Selbstlosigkeit bis zur Selbstaufgabe, war nun wieder da. Neu entstanden durch den Anblick des Elends hier, gesehen mit fiebrigen Blicken und neu hineingehämmert in seinen Kopf mit pochendem Puls.

Freilich war er ein Narr. Einer jener Narren, die durch ihre realitätsfernen Forderungen vielleicht mehr Unheil anrichten als sie zu verhindern sich vorgenommen hatten. Aber war es nicht viel schlimmer, kein Narr zu sein? Sondern einer jener Realisten, die mit dem Hinweis auf die Unabänderlichkeit der Welt den Sinn jeder menschli-

chen Regung leugnen und lachend auf solche Jammerfiguren zeigen?
Im Rückblick zu seiner Kindheit sah er noch etwas anderes und es betrübte ihn zusätzlich. Da gab es diese heimliche Abneigung des Nächsten, die man sich nicht eingestehen mochte. Sie war von den ersten Tagen an mit ihm auf der Welt, von frühester Kindheit mitgewachsen, aber nicht weil sie mit ihm geboren, sondern weil sie ihm vermittelt worden war. Wie man wehrlosen Kindern etwas vermittelt allein dadurch, daß man es erwähnt und als gottgegeben hinstellt. Vielleicht mochten es nicht die Eltern gewesen sein, vielleicht nur Bekannte, deren Worte von den Kindern wie Gebote aufgesogen wurden.
Es gab da diese Unterscheidung zwischen mehr und weniger. Zwischen mehr Mensch und weniger Mensch. Es ließ sich nicht leugnen: es gab da keine Gleichheit, sie wurde ihm nur als Heranwachsender vorgetäuscht und stellte sich als – scheinbar heraus.
Oh ja, Blenheim spürte es, bei ihm war es nicht anders. Und es lag keine Bösartigkeit darin, keine Überheblichkeit, keine Selbstüberschätzung, weil diese Beurteilung ja eine leise war. Sie mußte sich nicht in Worten äußern, sie war stumm und passiv. Aber sie war unverrückbar als ein mächtiger, unbeweglicher Block der Lebensungleichheit.

15. Kapitel

Die lange Zeit, die Blenheim in Dienbach weilte, ließ ihn immer mehr Wurzeln schlagen. Nicht jene kräftigen der Einwohner, die sie über Generationen an den Ort banden, sondern unscheinbare, zarte, die ihn immerhin zu einer vertrauten Person hatten werden lassen. Sie genügten, um einigermaßen Kontakt zu haben, waren aber zu dünn, um Halt für stärkere Erschütterungen zu geben.
Er hatte auf seinen unsteten, ziellosen Gängen und auf seinen regelmäßigen Wegen zu Dr. Assmuths Praxis Bekanntschaften geknüpft. Er war den Leuten vertraut geworden als der aus der Stadt Kommende, unheilbar Erkrankte, als der über das übliche Zeitmaß hinaus sich hier aufhaltende Fremde. Und eines Tages hatte sich seine leidende Physiognomie eingebettet in die Vielzahl anderer fahler, faltiger und leidender Physiognomien, die als Flüchtlinge und Vertriebene den Ort

befremdeten. Hätte einer der ab und wann durchreisenden Vertreter sich die Zeit genommen, offenen Auges durch die Ortschaft zu gehen, er hätte Blenheim eingereiht in die umherstehenden, wartenden und müßigen Fremden. Seinen Bart, der von den Mundwinkeln zu den Kiefern angegraute Strähnen zeigte und sein manchmal zu weites, schlotterndes Gewand hätte er als typisch erkannt. Er hätte seinen unruhigen, flackernden Blick für Verzweiflung und Wut, seine hängenden Schultern und seinen taumelnden Gang für die drückende Last eines ungnädigen Schicksales erkannt. So wie die Phänomenologie der Lebensauslöschung sich eben allerorten anbahnt: als Gemeinsamkeit von Auszehrung und Verfall.

Aber sein Körper nahm sich sein Lebensrecht bis zum letzen Herzschlag. Da er kaum in einen Spiegel blickte, nie seine schrumpfende Physiognomie mit den Bildern von früher verglich, konnten ihm die Veränderungen auch nicht auffallen und Bestürzung hervorrufen. Er konnte sich nicht mäßigen, weil er an sich kein Maß mehr nahm.

Vielmehr nahm er durch fortwährende Präsenz Anteil am öffentlichen Leben.

Bei der rundlichen Bäckersfrau kaufte er oft frisches Gebäck, manchmal auch einen halben Laib Brot, welches er dann mit kalter Milch zu sich nahm. Die hatte er in der Molkerei erstanden, wo ihn der weiß gekleidete Arbeiter manchmal nach seinem Wohlergehen fragte. Es war ein ehrlich gemeintes Interesse, denn die im Laufe der Wochen schmäler werdenden Wangen, seine mehr und mehr hervorstehenden Backenknochen und die hager gewordene Gestalt blieb den Ortsansässigen nicht verborgen. Es mochte schon vorgekommen sein, daß einer der Passanten an eine gefährliche Infektionskrankheit gedacht und heimlich erwogen hatte, bei Dr. Assmuth Erkundigungen einzuziehen. Ein nicht geringes Gefühl der Mitverantwortung regte sich, aber Blenheim begegnete vorsichtig vorgetragenen Fragen mit lässiger Abwehr. Eine nur vorübergehende körperliche Depression wäre es, ausgelöst durch das anhaltende Fieber, und nach Beendigung dieses würde er sofort wieder an Gewicht und auch an Aussehen gewinnen. Er lenkte dann lieber das Gespräch auf allgemeine Themen. Er fragte nach Details aus der Bäckerei, erkundigte sich nach Mehlsorten und deren Eigenheiten sowie nach der Herkunft der Milch und deren Art des Antransportes. Sein Interesse überdeckte damit allmählich die Neugier seiner Bekannten, und so akzeptierten sie ihn als eigenbrötlerischen, aber keineswegs unangenehmen Zeitgenossen, dessen fieberverursachte Marotte die Betreuung der Vertriebenen war.

Nicht allen aber schien er genehm. Denn in dem Maße, in dem er sich äußerlich seinen Betreuten anpaßte, wozu auch die Verwahrlosung gehörte, die sich fast zwangsläufig mit jeder Form des Mangels verbindet, spürte er die zunehmenden mißbilligenden Blicke, die ihm vorher verborgen geblieben waren. Es kam schon vor, daß er auf seinen Wanderungen durch die Kleinstadt kleinsten Repressalien ausgesetzt wurde, die sich freilich nur im Ansatz zu erkennen gaben. Das mochte nur ein kritischer Blick hier oder ein Schweigen auf eine Frage dort sein. Bei einigen wich die Freundlichkeit aus den Gesichtern, andere verkehrten die Gleichgültigkeit in Ablehnung. Blenheim spürte, daß er manchmal für einen der Vertriebenen gehalten wurde, und es belustigte ihn anfangs, weil es eine angenommene Rolle in einem Theaterspiel sein konnte, eine volksbühnenhafte Facette, wo den Figuren ihre gespielte Identität allzu bewußt ist. Aber als er aus dem Mund eines neben ihm stehenden Kunden in der Bäckerei die Aufforderung hörte, endlich aus der Stadt zu verschwinden, wurde Blenheim betroffen. Ja, in der leise hervorgepreßten Aufforderung lag soviel verhaltene, unterdrückte Aggressivität, daß er schließlich erschrak und ihn ein beklemmendes Gefühl überkam, das ihm vorher völlig unbekannt gewesen war..

Es gab ein weiteres Indiz für den allmählichen Wandel der Beurteilung seiner Person durch die Umgebung. Als er eines morgens schnell wie immer den Gastraum durchmaß, um seiner Wege zu gehen, trat ihm Penthor entgegen. Er verstellte ihm nicht gerade den Weg, den schmalen Durchlaß zwischen den Stühlen und Tischen, aber sein Gehabe erinnerte doch sehr an einen gewaltsamen Ausbruch lang aufgestauter und tief empfundener Ungeheuerlichkeiten.

Er wollte es ihm schon längere Zeit sagen, aber die Höflichkeit gegenüber einem Gast hätte ihm dies verboten. Nun, wie solle er sich ausdrücken, er müsse wegen der Buchhaltung monatlich eine Zwischenabrechnung machen und – er habe sowieso schon längere Zeit damit zugewartet und eine allzu lange Zeit verstreichen lassen – nun würde er deshalb gerne einen Vorschuß für die Zimmerbelegung einkassieren. Nicht, daß er ihn für nicht kreditwürdig hielte, aber es könne sich bald etwas ändern, gleichsam über Nacht und augenblicklich, da wäre es nur zu verständlich, sich einigermaßen abzusichern.

Blenheim hatte dies erwartet. Wäre er die saubere Erscheinung des ersten Tages gewesen, da er noch einen glatten, sorgfältig gebügelten Anzug getragen hatte, seine Gesichtshaut noch rasiert und seine Haare noch ordentlich gekämmt waren, so wäre seine Kreditwürdigkeit nicht zur Diskussion gestanden.

Ob er auch Kreditkarten akzeptiere. Soviel Bargeld trüge er nicht mit sich herum.

Nein, das wäre bei ihm bislang nicht üblich gewesen. Nur das greif- und fühlbare Geld, Münzen, die notfalls mit den Zähnen auf ihren Wert zu prüfen wären – Penthor versuchte belustigt zu wirken – stellten den wahren Wert dar. Er wolle schon auf Barzahlung bestehen.

Dann müsse er aber im hiesigen Geldinstitut Bargeld abheben. Noch morgen wolle er es besorgen.

Blenheim krampfte sich der Magen zusammen. Er kehrte um. Oben auf dem Gang, gegenüber seinem Zimmer, taumelte er in die Toilette und würgte Speichel hervor. Er hätte sich gerne erbrochen, aber dem Magen hatte er ja noch nichts zugeführt. Er stützte sich an der abgescheuerten Brille der Klosettmuschel mit beiden Armen ab, und die rhythmischen Kontraktionen seines Zwerchfells erschütterten seinen ganzen Körper. Krebsrot wurde er dabei im Gesicht, und die Tränen preßte es ihm aus den Lidern, aber nur zähes, ziehendes Magensekret wurde er los, nicht aber seine Übelkeit. Die Wände um ihn herum schwankten, als wäre er auf einem Schiff, und die niedrige Decke der Toilette drohte auf ihn einzustürzen. Sich an den Tapeten des Ganges entlangtastend gelangte er schließlich in sein Zimmer und legte sich in voller Bekleidung auf das Bett. Er schloß die Augen, denn Tisch und Stühle seines Zimmers verformten sich, verloren jede Kontur und vermengten sich schließlich zu einem ihn umfließenden grauen Brei der Farben und Formen.

So war es also, wenn man aus dem Gleichgewicht kam, dachte Blenheim.

Erst als er die Augen fest zusammenkniff und seinen Kopf gerade und regungslos beließ, beruhigte sich das aus dem Lot geratene Zimmer. Er blieb so den ganzen Tag liegen, auch den Termin in Dr. Assmuths Praxis nahm er nicht wahr.

Ana kam spät nachts in sein Zimmer. Sie brachte eine große Thermosflasche mit Minzetee, den er begierig in sich hineinschlürfte, aber sofort wieder erbrach.

Er solle ihn mit kleinen Schlucken zu sich nehmen, dann würde er den Magen nicht so reizen. Sie hätte gefühlt, daß es ihm heute nicht gut gehe. Schon gestern wären ihr seine spröden, trockenen Lippen aufgefallen und die Risse darin. Es wäre ein Zeichen von Austrocknung.

»Ich bin nicht ausgetrocknet! Es ist diesmal nicht das Fieber«

»Was ist passiert?«

»Ich habe mit Penthor gesprochen. Mir ist von ihm übel geworden.«
»Hattet Ihr Streit?«
»Nein, ganz und gar nicht.«
Er richtete sich in seinem Bett auf und atmete tief durch. Erneut nahm er warmen Tee zu sich, diesmal in kleinen, vorsichtigen Schlukken. Er fühlte sich etwas besser und behielt den Tee bei sich.
»Nein, wir hatten keinen Streit. Ich glaube, er wurde mir beim Gespräch nur derart widerwärtig, daß ich meine Ablehnung hinauskotzte. Meine epigastrischen Unbekömmlichkeiten scheinen also diesmal psychosomatisch zu sein. Eindeutiger kann man eine Aversion ja nicht ausdrücken. Er war mir eben zum Brechen.«
Blenheim saß nun an der Bettkante und schenkte sich neuerlich Tee in sein Wasserglas.
»Eigentlich nicht er war es, der mir die Übelkeit bereitete, sondern sein Selbstverständnis, seine Welt.«
»Seine Welt?«
Er wollte es ihr erklären. Wieder seien ihm diese blitzartig erkannten Zusammenhänge in den Kopf geschossen. Sie wüßte schon.
Der Schwindel und die Übelkeit ließen nach, und er setzte sich an den leeren Tisch.
Er hoffe, daß sie ihn verstehe. »Welt« sei wohl nicht der richtige Ausdruck.
Ihm war nie bewußt gewesen, welch vielfältige Denkkategorien es in seinem Land gab. Es gab sie wahrscheinlich überall, und sie waren keineswegs an eine bestimmte Geographie gebunden, sondern füllten nebeneinander existierende Lebensräume aus, vornehmlich in den Köpfen der Menschen. In Dienbach gab es bestimmte Formen davon eher als in der Stadt. Er empfand seinen Aufenthalt hier wie den Wechsel von einem Kulturkreis in einen anderen, obwohl es eigentlich nicht Kreise waren, die einander als Orte verschiedener Art zu denken, anders gearteter Interessen und höchst unterschiedlicher Lebensziele berührten. Vielmehr, so glaubte er erkannt zu haben, handelte es sich um diffus einander abgrenzende Schichten des Verhaltens, um Variationen von Lebensart, ja, um Spielarten eingeschworener Prinzipien. In der äußerlich so komplex erscheinenden Gesamtheit dessen, was man »Volkscharakter« nennt, erkannte er viele einzelne und sich selbst genügende Körperschaften des Bewußtseins, die alle autark und wie beiläufig den Raum ausfüllten, den man Lebensart nennt. Er meinte durch viele dieser Schichten hindurchgetaucht und

schließlich in Dienbach angekommen zu sein. Sozusagen an einem Basisareal mit für ihn befremdlichen Intentionen seiner Bewohner. Augenfällig hier war, wie ähnlich alle auf dieser Ebene Mitwirkenden dachten, an vieles gleiche Erwartungen knüpften. Und sie taten es mit dem Bewußtsein ihrer eigenen Exklusivität, die sich bei den Ärmeren als primitives Selbstbewußtsein, bei den Begüterten als selbstgefälliger Snobismus äußerte. Keiner sah eigene Peinlichkeiten, niemand seine Unzulänglichkeiten, denn sie dachten in sich abgeschlossenen Denkgebäuden, in die sie niemals fremde Gedanken einließen. Ihre äußerst beschränkte Empfindlichkeit machte sie daher blind für andere Möglichkeiten des Verhaltens.

Blenheim legte eine Pause ein, sah Ana eindringlich an, so als ob er sich ihres Verständnisses versichern wollte. Dann fuhr er fort.

Und weil ihnen das eigene beschränkte Wissen alles war, urteilten sie ausschließlich blind und taub. All die abertausende Teilaspekte, die geringfügig sind, gemessen an der mächtigen Dynamik unser aller Existenz, würden als wichtige, ja als einzige Wahrheiten präsentiert. Und weil sie nie Irrtümer bekannten, war mit solchen Leuten des irreleitenden, ja verengenden Selbstbewußtseins keine Diskussion zu führen. In ihrer Selbstbezogenheit vermeinten sie sich im Besitz aller Erkenntnis und deren Präsentation war so laut und marktschreierisch, daß jeder Anflug von Kritik im Keime erstickt wurde.

Ana nickte.

Sie könne diese Beobachtung nicht so ohne weiteres machen, da ihr die Pragmatik des täglichen Überlebenskampfes den Blick verstelle. Aber sie verstünde ihn im Gefühl.

Andererseits ahnte sie auch, warum es so ein Verhalten gab. Ging es nicht darum, eine eventuelle Änderung der eigenen, persönlichen Weltsicht, des Lebens- und Weltverständnisses verhindern zu wollen? Es wäre wohl die Angst, den vertrauten Pfad zu verlassen, sich auf ein unsicheres Terrain zu begeben, wo man die selbstprojizierten Ängste nicht mehr würde einschätzen können, die täglich neu anfallende Unruhe und die Unwägbarkeiten der nächsten Stunden nicht mehr würde beherrschen können. Die Angst der Bewohner sei nur eine besondere Form ihrer allgemeinen Schwäche, ihre Trägheit im Helfen nur eine Folge ihrer schwachen Herzensbildung.

Und Ana fuhr fort. Man müsse sich nun vorstellen, daß sich in diese »Körperschaften« – wie er es benannte – die Vertriebenen drängten, anders, nicht verstehbar und völlig fremd. Bei diesen käme zur anderen Lebensart nicht nur die Situation völliger Entfremdung von zu Hause, sondern auch die verhaltene Ablehnung durch Nicht-Verstehen hinzu.

Unverständnis und Verständnislosigkeit aufgrund einer Sprachbarriere wären geschwisterliche Formen der Ablehnung, so würde sie meinen.

Blenheim nickte. Er hatte den Tee ausgetrunken, die Übelkeit hatte sich während seiner Ausführungen verflüchtigt.

Er selbst fühlte sich als Wanderer zwischen diesen Bereichen, als einer der Wenigen, die die Ausmaße dieser in sich abgeschlossenen Areale überblickten, indem er sie täglich durchmaß. Er gehörte nicht dazu, war nur als Gast geduldet, solange er sich den Regeln anpaßte.

Ana lächelte.

Wer gehöre schon zu irgendwas, wenn nicht zu sich selbst?

16. KAPITEL

Mit einer den Vorgang verschleiernden Gemächlichkeit wurden so allmählich drei Heimsuchungen zur zentralen Konstellation seines Daseins: der ersten war er sich am ehesten bewußt, denn er hatte sie aus seinem alten Leben hier hergebracht. Es war die Besessenheit, seine Krankheit zu bekämpfen, sie zumindest zu verstehen. Die zweite war ihm erst hier geschehen, aus dem Nichts heraus über ihn hereingebrochen: die Besitzergreifung durch die Liebe zu Ana. Die dritte schließlich erwuchs ihm aus einem Teil seiner Person, der ihm bislang verborgen war: die Vereinnahmung durch die Idee zu helfen, wenn nicht sogar zu geben. Geben forderte mehr als Helfen, es hatte eine höhere Wertigkeit, da es immer verbunden war mit einer Verkleinerung, Verminderung der eigenen Person.

Der Raum, in dem seine Gedanken vermeintlich befreiter als je zuvor flogen, beschränkte sich zunehmend auf ein Areal, das von den Fixpunkten dieser Besessenheit, der Besitzergreifung und der Vereinnahmung gebildet wurde.

An der rechten Seite des Marktplatzes hatte es ihm fortwährend in die Augen gestochen, war präsent gewesen als vorgeschobener Stützpunkt seiner früheren Identität: ein Geldinstitut, die Filiale einer gro-

ßen, das ganze Land umspannenden Bank. In typischer Aufmachung, also mit einem mindestens einen Meter in den Marktplatz hineinragenden Metallständer, auf dem sich eine Geldmünze drehte, konnte es kaum übersehen werden. Solche Etablissements der pekuniären Verheißung waren in den letzten Jahre allerorten aus dem Boden geschossen, hatten sich als Netzwerk der wohlergehenden Geschäftigkeit und als Schaltstellen des allgemeinen Geldflusses etabliert.
Blenheim war nun darin vorstellig geworden.
»Ich möchte diese Summe abheben.«
Er schob dem Bankangestellten einen handgeschriebenen Zettel zu, auf dem die Bankleitzahl, seine Kontonummer und die Geldsumme stand.
Er hatte sich trotz Anas Widerstand doch entschlossen, einen größeren Betrag abzuheben. Einen Teil davon mußte er Penthor zur Begleichung seiner bisherigen Zimmermiete geben, den anderen Teil, den größeren Teil gedachte er für wohltätige Zwecke zu verwenden. Er hing nicht mehr an den Summen, die sich über die Jahre hin angesammelt hatten auf verschiedenen Konten, auf Sparbüchern mit Sonderverzinsungen und in Aktien und Fonds, die sich verzigfacht hatten in atemberaubenden Tempo. Ana hatte es nicht gewollt, hatte gemeint, Gefühle – vor allem ihr gegenüber – wären ein schlechtes Motiv. Er würde es irgendwann einmal bereuen und soviel Geld es ihm auch sein würde, ihren Landsleuten müßte es doch zu wenig sein. Außerdem wären deren Begehrlichkeiten in erster Linie menschlicher und organisatorischer, aber keinesfalls finanzieller Natur. Er hatte erwidert, daß nur die Geste zählen würde, zu zeigen, daß jemand mit seinem persönlichen Gut für sie einstehe. Außerdem wüßte er nun, woran es hier und da fehlte, es wäre ihm eben wichtig. Er wolle daher schon darauf bestehen und außerdem würde er ja nicht sein Vermögen verschenken.
Ein großgewachsener Mann etwa in seinem Alter bediente ihn. Mit randloser Brille und kurzgeschorenen Haaren stand er vor ihm, den Kopf etwas schief haltend und so Aufmerksamkeit bekundend. Dieser Typ des Bankangestellten war ihm nur zu geläufig. Er selbst hätte der Exponent dieses Typus sein können: korrekte Kleidung mit weißem Hemd und Krawatte, zuvorkommende Gesten, höfliche Floskeln, um nur jedes Anecken zu vermeiden, selbst durch und durch unprovozierbar, vom Scheitel bis zur Sohle ein widerstandsloses Entgegenkommen, in unzähligen Seminaren geschult, von erstklassigen Psychologen unterwiesen, von gewieften Werbestrategen instruiert mit dem

einzigen Ziel, den Leuten ihre Illusion von der Geldvermehrung zu bewahren. Während der hagere Angestellte – es wunderte Blenheim, daß ihn als männlichen Kunden keine Frau bediente, was ja auch Teil eines ihm geläufigen Kundenkonzeptes war – ihn um einige Minuten Geduld bat, musterte er den Schalterraum. Das sachliche Ambiente glich dem vieler anderer Geldinstitute, auch seines heimatlichen.

Blenheim mußte an Strabort denken. Wie dieser wohl sein Problem ohne ihn, ohne seine Zustimmung lösen würde. Vielleicht würde er ein anderes Opfer finden. Seine Autorität war ja unbestritten, seine glatte, zuvorkommende Art würde ihm schon weiterhelfen.

Wann hatte er, Blenheim, denn schon auf der anderen Seite eines Bankschalters gestanden. Er stand vor der Trennwand aus Milchglasscheiben, die in Chromstangen staken, und blickte hinüber zu den lautlosen Geschäftigkeiten seiner Berufskollegen. Er sah sie über großen Karteikästen hantieren, suchen, einordnen, er sah ihre Gesichter vor den Bildschirmen aufleuchten, wenn die Zahlen dort in rasender Geschwindigkeit einander auf der Suche nach dem einen exakten Betrag jagten. Er fühlte, daß diese Distanz in Wahrheit eine viel größere war, geworden war, als dieses niedere Pult versinnbildlichte. Er fühlte, daß er von dem Bankangestellten Blenheim längst Abschied genommen hatte.

Wie hatte er eigentlich früher gedacht, als er noch mit Zahlen jonglierte? Ja doch, seine Denkweise war geprägt von der Algebra, sie orientierte sich an Zahlen. Denn diese waren für sich ganz, sie waren zuzurechnen oder voneinander abzuziehen. Das Zahlengerüst bedurfte keiner Vermutungen und schon gar nicht vager Annäherungen. Nur die Beweisbarkeit hielt es zusammen. Und die Exaktheit seiner mathematischen Rechenarbeit hatte er jeweils herangezogen zur Beurteilung der Menschen, die ihn umgaben. Sie sollten so berechenbar sein, wie die Einnahmen und Ausgaben seiner Konten bestimmbar waren. Dort waren die Zahlen fein säuberlich auf glattem Papier notiert und positioniert und ihrem eindeutigen Zweck zugeordnet. Seine Bekannten dann desgleichen eingeordnet in Kolonnen gleicher Wertigkeit, sortiert in Spalten der Brauchbarkeit, aber subtrahiert in Kolonnen der Nutzlosigkeit. Alle Freunde fixen Größen zugeordnet und unumstößlich einen Teil des Ganzen bildend. Es gab kein ungefähres Zuzählen und keinen vagen Abzug, es gab schon gar nicht diffuse Teilungen und keine annähernden Vervielfachungen. Die Menschen durften nicht zufällig sein, sie mußten berechenbar werden. Das ganze Leben schließlich berechnet als Summe von wägbaren Einzelereignissen, zuzählbar, abziehbar und teilbar durch ihren Zweck.

Die Zahlen und Summen hatten schließlich Macht über ihn gewonnen durch die Faszination der Käuflichkeit und der Kaufbarkeit. Die Zahlenspielereien hatten seine Affinität zum Materiellen verstärkt, ja, beide waren, sich bedingend, untrennbar miteinander verwoben. Die Zufriedenheit war endlich nur mehr bewirkt durch Begehrlichkeiten, das Glück schließlich nur mehr definiert als verbilligte Anpreisung in irgendeiner Geschäftslokalität, die Wonne nur erlangt als lang angesparte Wunscherfüllung.

Das Netz der Mathematik in seiner Eindeutigkeit hatte schließlich nicht nur seine Gefühle umfangen, sondern sie sogar erdrosselt, bis nichts als Zahlen mehr übrigblieb, deren Zwischenraum von Leere ausfüllt wurde wie das Weiß des Papiers, auf dem sie standen.

Oh ja, er hatte immer gut rechnen können. Vielleicht hatte ihn dieses Talent zu seinem Beruf geführt, in dem er dann die Möglichkeiten der begünstigten Anschaffung, der leichten Erringung seiner Bedürfnisse schätzen lernte. Bedürfnisse? Ein schnelles Auto, eine Fernreise, gepflegtes Mobiliar, auf dem der neueste Hi-Fi-Turm matt glänzt.

Und nun hier, in der anderen Welt von Dienbach? Das Chaos selbst und dessen Dynamik, die Unordnung selbst und ihre Ziellosigkeit. Die Planbarkeit war der Intuition, jedes Konzept der Verwirrung gewichen. Und dennoch wollte er nicht mehr tauschen, sondern sich an der Vermutung zukünftiger Unwägbarkeiten berauschen.

»Wollen Sie die Summe in großen oder in kleinen Geldscheinen?«
Blenheim schreckte auf.
»In großen natürlich. Nein, nein, in kleinen bitte.«
Er mußte daran denken, daß er das Geld ja eventuell verschenken, dem einen oder anderen zustecken würde. Was würden sie dann mit einem großen Geldschein machen?
»Geben Sie mir so viel wie möglich in kleinen Scheinen.«
Der hagere Bankangestellte sah ihn fragend an und reichte ihm dann ein Bündel von Geldscheinen. Blenheim ignorierte seine Blicke und ordnete Schein für Schein in seine Brieftasche, bis deren feines Leder aus den Nähten zu platzen drohte.
»Ich möchte Ihnen nur mitteilen, daß heute schon ein Zugriff auf das Konto erfolgt ist.«
Die Diskretion ging nur bis hierher. Ein bedeutungsschwerer Satz, dachte Blenheim, der mir alles sagt, mich alles wissen läßt. Freilich

war es Helga, wer denn sonst. Sie hatte immer Zugriff auf sein Konto gehabt, es gehörte zu beider Selbstverständnis, daß sie dies könne, wie es ihm auch bei ihrem Konto nicht verwehrt war.

»Können Sie mir sagen, wieviel noch verblieben ist?«

Der hagere Mann wußte es auswendig. Die Interpretation aller mit diesem Konto zusammenhängenden Fakten war ihm mehr als geläufig, sie interessierten ihn wahrscheinlich sogar.

»Leider nicht mehr viel. Nur noch zweihundert nach dieser soeben erfolgten Abhebung.«

So hatte Helga doch von seinem Konto abgehoben. Er hätte es wissen müssen. Zwar besaß sie selbst ein Sparkonto, neben ihrem Gehaltskonto, sie besaß auch mehrere Sparbücher, besaß Anleihen, Fonds, günstig beschafft, zuvorkommend beraten durch ihn. Sie hätte es also nicht nötig gehabt, auf sein Konto zuzugreifen, und wenn sie es doch getan hatte, dann, um vorausehend zu verhindern, daß er selbst größere Summen abhob – aus welchen wahnwitzigen Überlegungen heraus auch immer – oder aber, um ihn zu kränken, Schaden zuzufügen aus einer neuerdings vorhanden Rachsucht.

Blenheim wollte nun wütend sein, aber er merkte keinen besonderen Gram, er fühlte sich unverletzbar.

Trotzdem bat er den Angestellten, sein Gehaltskonto zu sperren, desgleichen die zwei anderen Sparbücher.

Dann verabschiedete er sich und verließ die Bank.

»Ich möchte, daß Du das Geld verteilst. Du kannst die Bedürfnisse besser abschätzen.«

Blenheim hielt Ana seine prallgefüllte Börse entgegen.

Sie schüttelte ihren Kopf und verzog dabei das Gesicht.

»Du bist also doch unvernünftig gewesen. Ich meinte doch, daß es keinen Sinn hätte, daß die Ansprüche nicht wirklich durch mehr Geld zu befriedigen sind.«

»Du magst wohl recht haben. Aber Kinderspielzeug zum Beispiel ist immer gut. Ich möchte Kinderspielzeug kaufen. Oder das eine oder andere Kleidungsstück.«

Damit war Ana einverstanden, und in einem der auch in Dienbach vorhandenen Supermärkte erstanden sie diverses Plastikspielzeug. Rotes, grünes, gelbes, leuchtendes und glattes Spielzeug, das gut zu reinigen und leicht zu heben war. Traktoren, Zugmaschinen, Autos und selbstverständlich Puppen mit richtigen Kleidern und Schlafaugen sowie gelenkigen Gliedern. Bunte Bälle, die bemalt waren und prall elastisch hüpften, wenn man sie nur ganz leicht anstieß. Bälle, so schien Blenheim, wären überhaupt wichtig, um den Kindern spielerisch Bewegung zu vermitteln, um ihre Reflexe zu üben.

So hatte Blenheim Kinderaugen noch nie leuchten gesehen, als er ihnen das Spielzeug übergab. Zögerlich nahmen sie seine Geschenke entgegen, sahen unsicher ihre Eltern an, ob es ihnen überhaupt gestattet sei und verschwanden dann schnell in irgendeiner Zimmerecke, um ihr Spielzeug in Besitz zu nehmen.

Blenheim empfand dabei eine tiefe Befriedigung. Ana hatte jeweils daneben gestanden, einmal ihn und dann wieder die Kinder betrachtend, mit einer gewissen Skepsis in ihren hin- und herwandernden Blicken, so, als sei sie sich deren Reaktionen nicht sicher.

Es dauerte nicht lange und Blenheim hatte, obwohl er glaubte, sorgsam damit umgegangen zu sein, so ziemlich alles Geld in die vielfältigsten Geschenke gesteckt. Er, der bisher in penibler Weise Gelder eingeteilt, abgezweigt, überwiesen und angespart hatte, der alles andere als sorglos damit umgegangen war, mußte nun feststellen, daß es ihm unter den Händen zerronnen war.

Ana meinte, so erginge es denen, die mit dem Herzen und nicht mit dem Verstand Geld ausgaben.

Als er aber davon sprach, nun sein Gehaltskonto angreifen zu müssen, wurde Ana bestimmter. Sie konnte ihn schließlich überzeugen, daß dies schon geradezu gefährlich sei, und widerwillig fügte er sich.

Sie mußte ihm nicht verbieten, ihr irgend etwas zu schenken, so wie es zwischen Liebenden üblich ist, um die Zuneigung mit Wertsachen zu unterstreichen. Nein, er dachte gar nicht daran. Er hätte ihren Stolz verletzt. Wohl machten schöne Textilien auch auf Ana Eindruck, umsomehr, als sie sich ihrer Zuneigung zu ihm ja längst bewußt war und sich immer öfter vor irgendeiner spiegelnden Fläche einfand, an diversen Schaufenstern des Marktplatzes im Vorbeigehen wie zufällig eine Haarsträhne aus dem Gesicht wischte oder nur zart über eine der dichten Augenbrauen fuhr. Ja, manchmal schien sie irritiert davon, daß sie selbst sich vermehrt mit ihrem Äußeren beschäftigte. Und doch: hätte er etwas Persönliches geschenkt, hätte in der gutgemeinten Zuwendung auch eine Geste der Abwertung gelegen. Er hätte damit ihren Anspruch, nur für ihre Landleute dazusein, herabgemindert, ihr Selbstverständnis diskreditiert. Der Versuch, sie äußerlich aufzuwerten, wäre zugleich auch das Eingeständnis gewesen, ihr Äußeres anders haben zu wollen.

Aber gerade das Gegenteil war der Fall. Seine Liebe war fixiert auf das immerzu gleiche T-Shirt in schwarz, auf die Bluse in weiß, die sie meist während der Arbeit trug. Die Zuneigung bestand auch in der optischen Vertrautheit mit ihrer äußerst einfachen Kleidung, die zugleich am besten mit dem völligen Fehlen kosmetischer und optischer Hilfsmittel anderer Frauen harmonierte.

17. Kapitel

»Mein feuriger Geliebter«, pflegte Ana manchmal zu sagen und meinte damit gar nicht seine männlichen Begierden, sondern seine warme, hitzige Haut, an die sie sich oft anschmiegte, um einiges davon aufzunehmen.

Aber allmählich fühlte er, daß jeder Tag, den er genoß, mit allen seinen Fasern auskostete, ihm weggenommen wurde, wenn er ihn des Nachts beschloß. Schon am nächsten Tag ward er zur Erinnerung, verloren und entglitten. Er war dann traurig, auch weil zum Liebesglück die Bitternis der drohenden Einsamkeit gehört. Während solcher Anwandlungen suchte er dann ihre Nähe. Er fühlte, daß er sich an ihr festhielt. Die Zuneigung war an diesen Tagen nicht besitzergreifend, sondern sich ausliefernd. Er drückte sich an ihren Körper, um mehr Schutz zu bekommen, vor wem, hätte er nicht sagen können. An diesen Tagen war er unsicher und hatte Angst, eine unbestimmte und allgegenwärtige lähmende Angst. Er schmiegte sich dann wie ein Kind an Ana, umklammerte sie mit beiden Händen und wäre gerne in sie hineingekrochen, da nur diese Haltung die Beklemmung minderte.

Wenn sie ihn nun so in ihren Armen hielt, manchmal sanft wiegend, manchmal nur streichelnd, so war in diesen Bewegungen unendlich viel Zärtlichkeit zu spüren.

»Du wärmst mich heute«, sagte sie dann und ließ damit nicht gelten, daß er sich ihr als Schutzsuchender auslieferte. Freilich wußte er, daß er sich nicht nur innerlich verzehrte, sondern tatsächlich seine »Kontinua« hatte, wie Dr. Assmuth zu sagen pflegte. Und es mochte schon sein, daß er mit seiner Hitze für sie angenehm zu halten war, ihren weißen Körper mit dem seinen wärmte und ihr über seine heiße Haut das zurückgab, was er an Gefühlswärme von ihr zu erhalten glaubte.

Er fragte nie, ob sie um seine melancholischen Gedanken wußte.

Aber auch wenn sie darum gewußt hätte, wäre kein Wort darüber verloren worden. Denn zu verstehen war alles nur mit dem Gefühl, zu wissen nur mit dem Herzen, wie sie es immer auszudrücken pflegte.

Blenheim dagegen wollte seine Ängste analysieren, um ihrer dadurch besser Herr zu werden. War die allmähliche Ungewißheit, wie sich sein zukünftiges Leben gestalten sollte, eine der Ursachen? War es die Scheu vor den Konfrontationen zu Hause und am Arbeitsplatz? Nein, das allein konnte es nicht sein, was ihm manche Stunde vergrämte, denn diese Situationen waren einigermaßen kalkulierbar und trotz seiner – wie er glaubte – mangelnden Zivilcourage durchzustehen. Nein, es mußten nicht genau erkennbare Unwägbarkeiten sein, die in ihm selbst schlummerten, die aus seinem Ich sich abzuspalten drohten, um sich gegen ihn zu wenden.

So suchte er Dr. Assmuth auf, denn er hoffte für seine melancholischen Anwandlungen eine Erklärung, ein somatisches Substrat – wie die Ärzte zu sagen pflegen – zu erhalten. Vielleicht habe das erhitzte Blut Mikroverletzungen im Gehirn bewirkt oder er einen Gehirntumor?

Dr. Assmuth lächelte. Lächelte überlegen und selbstsicher.

»Ich hatte dies erwartet. Es ist untrennbar eine innere Erschöpfung mit diesem langanhaltenden Fieber verbunden. Sie haben nie und nimmer einen Gehirntumor. Warum sind sie nur so auf irgendein zerebrales Geschehen versessen? Ich muß mich da an Ihre Bedenken bezüglich eines Apoplexes erinnern. Nein, nein, bei Ihnen verhält es sich anders. Aber wenn Sie wollen, kann man es doch Tumor nennen.«

»Also doch!«

»Aber nicht wie Sie denken. Ein Melanchom vielmehr, wie ich ihn zu benennen pflege.«

»Ein Melanchom?«

»Ein Tumor der besonderen Art im Kopf. Eine zentrale Verdichtung von trüben Gedanken und schwerer Freudlosigkeit, behaftet mit der Tendenz, die ganze Schädelhöhle auszufüllen, um von dort her alle abgehenden Sinnesstränge zu blockieren, alle Kraftflüsse zur Peripherie zu unterbinden, jede Beweglichkeit der Muskeln zu lähmen. Ja, schließlich mit der Tendenz, den in sich beharrenden Organismus zu versteinern. Das Melanchom bewirkt das Absterben aller lebendigen Sinne, weil es die elektrischen Nervenimpulse bremst und schließlich bei weiter schlagendem Herzen und kräftigem Puls den Tod herbei-

führt. Es ist ein protrahiertes Versterben, der Betreffende wird in einem sich selbst nicht ändernden Zustand des Absterbens gehalten, in einem Gleichgewicht des Verlöschens, jedoch mit immerfort empfundenen Qualen ohne – wie beim realen Sterben – die Aussicht auf die Beendigung alles Leids.«
»Wie bitte? Was reden Sie da eigentlich?«
Blenheim war hellhörig geworden.
Dr. Assmuth hielt plötzlich inne und sah mit etwas verlegenem Gesichtsausdruck zu Blenheim.
»Verzeihen Sie. Ich habe da übertrieben. Eine meiner unangenehmen Eigenschaften ist der manchmal überbordende Zynismus. Ich sprach eben vom Vollbild einer seelischen Depression. Diese Erkrankung ist tatsächlich das schlimmste, was einem passieren kann. Und noch schlimmer: man lebt damit lange und oft lebenslang.«
Blenheim schüttelte den Kopf.
»Sie irritieren mich manchmal!«
»Ich weiß. Dieses lang anhaltende Fieber muß über kurz oder lang zu einer Erschöpfung führen. Sie sind nicht nur äußerlich abgemagert, sondern innerlich hat es Sie auch verzehrt. Sie leiden also an einer Erschöpfungsdepression. Einer Überreaktion Ihres Gemütszustandes auf das fortwährende innere Feuer. Trotzdem will ich diesmal die Therapie nicht unterbrechen. Im Gegenteil: ich gedenke das Fieber – mit Ihrer Einwilligung natürlich – noch zu steigern.«
Blenheim wehrte ab.
»Das haben wir schon einmal gemacht. Es war damals fürchterlich. Wieso glauben Sie, es machen zu müssen, wo Sie doch kaum Erfahrung mit einer Fiebertherapie haben?«
»Es gibt derzeit kaum jemanden, der Erfahrung damit hat, und sie wird wohl derzeit nirgendwo angewendet. Ich war vorher, wie Sie richtig sagten, selbst etwas skeptisch. Es war sozusagen eine therapeutische Verzweiflungstat, die mich dazu veranlaßte. Immerhin hatten Sie ja eine Odyssee der Hilfesuche hinter sich. Aber andererseits ist es unbestreitbar, daß Ihnen das Fieber hilft. Sie sind seit längerer Zeit schmerzfrei, sind soweit auch in einem leidlichen körperlichen Zustand, der eine weitere Belastung noch toleriert. Es ist momentan meine Überzeugung, daß eine nochmalige Erhöhung der Körpertemperatur um fünf bis sieben Zehntel Grad Celsius Ihnen helfen müßte.«
»Aber ich bin letztes Mal beinahe wahnsinnig geworden, habe einen Kollaps erlitten und mein Kreislauf ist aus den Fugen geraten.«

»Ich weiß. Es besteht sicherlich die Gefahr, einen Fieberkrampf zu bekommen, eine Art epileptischen Anfall und so weiter«.
»Und so weiter! Was noch weiter? Wo ist denn Ihr Referenzwissen bezüglich langandauerndem hohem Fieber. Ich sollte dann etwa Temperaturen um achtunddreißigkommafünf Grad Celsius haben. Meine Gesäßmuskeln sind außerdem übersät von Einstichen.«
»Es gibt kein Referenzwissen. Wir würden, denke ich, medizinisches Neuland betreten.«
»Nicht wir, sondern ich, ich würde medizinisches Neuland betreten«.
»Auch ich als Therapeut. Meine Überlegung dabei ist, die möglicherweise vorhandenen krankhaften Immunkomplexe im erhöhten Grundumsatz des Stoffwechsels noch konsequenter zu verbrennen. Da es bei den bisherigen Temperaturen schon so gut funktionierte, müßte es bei einer weiteren Erhöhung um so besser klappen.«
Blenheim schüttelte den Kopf.
»Sie stellen ein Experiment mit mir an. Ich bin ein Versuchskaninchen für Sie. Und Ihnen verhilft es zu wissenschaftlicher Reputation.«
»Also da möchte ich Ihnen widersprechen. Ich publiziere nirgendwo, habe kaum Kontakt zu anderen Kollegen, bin also ein medizinischer Außenseiter, der bei diversen Zusammentreffen von Kollegen meist gemieden wird.«
Blenheim wurde nachdenklich.
»Sie haben ja recht. Meine Schmerzen sind praktisch von Anbeginn der Therapie nicht mehr aufgetreten. Aber als Sie mir das letzte Mal eine konzentriertere Dosis verpaßten, glaubte ich nachher, mein Gehirn schmelze dahin. Was, glauben Sie, war das längste Fieber, das Menschen erdulden mußten.«
Dr. Assmuth dachte kurz nach.
»Ich denke, man muß diese Frage etwas differenzierter betrachten. Es kommt immer darauf an, ob es ein einzelnes Symptom ist, oder ob es im Zusammenhang mit einer Erkrankung, also mit anderen Symptomen gemeinsam auftritt. Ob es nur das äußerlich feststellbare Zeichen vieler anderer, innerer Krankheitsprozesse ist. Da wiegt es sicherlich schwerer, weil inwendig zusätzlich zehrende Prozesse den Organismus weitaus stärker belasten. Bei Ihnen wäre es eben nur das Fieber selbst.«
»Zusätzlich zu meiner wahrscheinlich immer noch im Hintergrund schwärenden Immunerkrankung, wie Sie sie benannten.«

»Ich bin beinahe überzeugt, eben nur beinahe, daß diese Autoimmunerkrankung derzeit so ziemlich unterdrückt ist.«

»Nun gut, ich werde mir Ihr Angebot überlegen, geben Sie mir Bedenkzeit.«

Blenheim war im Begriff, aufzustehen und sich zu verabschieden, da unterbrach ihn Dr. Assmuth noch einmal.

»Sie wollen sich vielmehr mit jemanden beraten.«

Verblüfft wandte sich Blenheim ihm wieder zu.

»Sie sind aber gut informiert. Ja, ich will mich auch mit jemanden beraten, mit jemand, der mir sehr nahe steht.«

»In so einer kleinen Gemeinde wie Dienbach kann einem beim besten Willen nicht viel verborgen bleiben. Ob man will oder nicht, man nimmt an jeder Bewegung, Veränderung der Menschen hier teil. Selbstverständlich interessiert mich ihr Privatleben kaum, allerdings doch wieder etwas, wenn es um Ihr Befinden geht. Sie engagieren sich auch in der Flüchtlingsbetreuung?«

»Ja. Betreuung ist aber eine übertriebene Bezeichnung. Sagen wir eher: ich nehme Anteil an ihrem Schicksal. Manchmal artet die Anteilnahme dann auch in Betreuung aus, vor allem der Kinder habe ich, oder haben wir uns angenommen, wie Sie ja schon einige Male selbst bemerkt haben.«

»Kinder sind dankbarer. Es würde mich nur interessieren zu wissen, ob Ihr soziales Engagement parallel ging zu Ihren gesteigerten Sinneswahrnehmungen. Eine angenehme Begleiterscheinung gewissermaßen.«

Blenheim hob seine Stimme.

»Angenehm? Ist es angenehm, die Ungerechtigkeit, die Gewalt in dieser Welt schärfer, überdeutlich wahrzunehmen?«

»Es gibt auch Gutes darin. Nach der Wahrscheinlichkeit müßte es annähernd gleich verteilt sein.«

»Gestatten Sie, daß ich Ihnen wieder Zynismus unterstelle!«

»Unterstellen Sie nur. Dennoch meine ich, daß die Wertung allein von der persönlichen Bewußtseinslage abhängig ist. Sie haben offensichtlich nur Kontakt zu den Flüchtlingen, zu den Ausgegrenzten. Sie lassen bei diesen armen Teufeln zuviel Mitgefühl!«

»Machen Sie mir Mitgefühl zum Vorwurf? Ich empfinde es als etwas Kostbares – und Sie verlangen von mir, daß ich es verwerfe.«

»Seien Sie doch realistisch! Ich habe anfangs genauso gedacht, nein, empfunden wie Sie. Habe sie kostenlos behandelt, ihnen Kleidung, Nahrung besorgt. Und habe schließlich Mißmut geerntet, da sie ihre Dankbarkeit nicht zurückgeben konnten. Sie sind durch meine Überbetreuung eine Schuld eingegangen, und das hat sie sogar aggressiv gemacht. Sie sehen also – und nun kommen Sie mit meinem Zynismus zurecht – daß die gute, ehrlich gemeinte Tat sich irgendwann rückverwandelt in eine unvernünftige, zumindest daß das an sich Gute äußerst kontraproduktiv sein kann.«

»Das scheint ja das Problem zu sein. Eine sogenannte gute Tat vollbringen zu wollen mit der Option auf Dankesrückerstattung. Nein, nein. Ihnen zu helfen muß außerhalb jeder Bewertung geschehen. Die Hilfe soll und darf nicht zu irgendetwas in Beziehung gesetzt werden.«

»Das ist schnöder Idealismus, gefährlicher Moralismus, wie Sie reden. Solche Leute wie Sie sind die ersten, die an dieser Art der Motivierung zugrunde gehen. Da ist der Helfende, der sich nebenbei etwas zusteckt, zukommen läßt, der Realität näher. Kommen Sie doch zur Vernunft.«

Obwohl Dr. Assmuth seine Stimme nicht erhoben hatte, ja ganz offensichtlich versucht hatte, Blenheim nicht zu kränken, war dieser nun doch einigermaßen ungehalten.

»Sie nehmen genau den Standpunkt ein, der alles so schwierig macht. Der wahrscheinlich für diese schleppende, nur vordergründige Hilfestellung allein verantwortlich ist. Lauter Halbherzigkeit, lauter Resignation, überall nur Ausflüchte mit Querverweisen. Aber keine Bedingungslosigkeit.«

»Lieber Herr Blenheim. Ich bin nur Ihr Arzt, nicht Ihr Lebensberater. Ich möchte nicht weiter über dieses Thema reden. Ich bin aber überzeugt, daß Ihre moralische Haltung derzeit, ich sage derzeit, vom Fieber herrührt. Ich nehme Sie erst dann wieder ernst, wenn sie normaltemperiert und wieder fest in ihrem Beruf verankert sind und während eines Urlaubes hierherkommen und mir dasselbe erzählen. Momentan habe ich nur eine Art Kopie des Herrn Blenheim vor mir. Das Fieber läßt nicht nur die Sinne zerfließen, sondern auch die Gedanken abgleiten.«

»Es ist möglich, daß ich schon verrückt bin. Und Sie wollen das Fieber in mir noch erhöhen!«

»Ich habe nicht von Verrücktheit gesprochen. Sie befinden sich in einem ungewöhnlichen Zustand, einer extraordinären Phase der Selbstfindung. Und alles ist nur verursacht von gewöhnlichem, jedermann bekanntem Fieber, das uns alle schon einmal in unserem Leben heimgesucht hat. Überlegen Sie sich mein Angebot?«

Blenheim schwieg und blickte zu Boden.

»Verzeihen Sie meine Ungehaltenheit. Das Fieber macht mich heftig. Ich werde mir Ihr Angebot überlegen. Bis morgen dann.«

Blenheim war irritiert. Dr. Assmuth hatte heute erstmals nicht über Zusammenhänge aus der Medizin gesprochen. Es gab da noch einen anderen Dr. Assmuth, den nahbaren, empfindsamen, ganz und gar unwissenschaftlichen. Blenheim ahnte, daß jede Form von Wissenschaftlichkeit eine Fassade sein konnte, hinter der so manche Verletzlichkeit, aber auch so manches Gefühlsanliegen geschickt zu verbergen war.

Die Irritation Blenheims lag in dem Verdacht begründet, daß alle Personen, die er bisher kennengelernt hatte, sich ihm nur von einer bestimmten Seite präsentierten.

Sein Interesse an ihnen war geweckt. Er wollte sie analysieren, Schale um Schale entblättern, um zu deren Geheimnissen vorzudringen. Denn was weiß man schon vom Nächsten? Was hört man schon von anderen, als treffende Formulierungen und wohldosierte Sätze, in denen sich die Worte sanft aneinanderreihen als zuvorkommende, höfliche Floskeln, aber immer dazu angetan, abzulenken und zu täuschen. War überhaupt etwas vorhanden an Substanz, oder würde hinter den Masken nichts als gähnende Leere sein, Kleinheiten und Peinlichkeiten gepaart mit der üblichen niederen Gesinnung? Und hatten sie nicht auch alle ihre Leichen im Keller versteckt, fein säuberlich und ohne Geruch?

Zum Beispiel Stefan Penthor. Großgewachsen, mit seiner massigen Gestalt und bis in seinen innersten Kern unumstößlich, feststehend und unverrückbar – in seiner Meinung und seinem Selbstbewußtsein. Erfüllt von einem Dogmatismus, der bis in die letzte Haarwurzel reichte. Das, was er sagte, meinte er auch so, und es hatte das Gewicht seiner Gestalt. Oder war da etwas, was ihn dennoch heimlich beherrschte, was er aber verbergen mußte, um der öffentlichen Moral oder gar der Gesetze willen? So wie Hermann Hauser, der als Samariter, Wohltäter galt und in seinem Kern das Gegenteil davon war: ein Ausbeuter voll Selbstsucht und Geldgier.

Penthor und Hauser galt sein Interesse nur bedingt. Deren Identität faszinierte ihn nicht mehr. Das, was er die letzten Wochen über sie erfahren hatte, war da so ergiebig, daß es keiner weiteren Recherchen bedurfte, weil sich der Rest wie von selbst ergänzte.

Ambrosius Ehmann jedoch verkörperte jene Unschärfe, die Aufmerksamkeit erregte. Denn konnte man von einem weit im Pensionsalter stehenden Mann annehmen, daß ihn die reine Freude an der Arbeit hinter dem Verkaufspult hielt?. Was trieb den weisen alten Mann noch aus seinem weichen, warmen Lehnstuhl hinaus in seinen Laden, was bewog ihn noch, seine Augen im künstlichen Licht der Reparaturleuchten zu quälen?

Es mochte eine Strategie sein, der drohenden Bedeutungslosigkeit des Alterns entgegenzutreten, indem man bis zur körperlichen Erschöpfung seinen Beruf ausdehnte. Ihn als nicht zeitlich begrenzbare Berufung erachtete. Das wäre aber eher Dr. Assmuth zuzugestehen oder einem Priester, nicht aber dem Besitzer eines Trödelladens, der zudem kaum Erträge abzuwerfen schien.

Dieses Interesse führte Blenheim am nächsten Tag zu ihm. Er staunte nicht gering, als er Dr. Assmuth vor dem Verkaufspult stehen sah. Nie zuvor, auch nicht bei den Besuchen der Familie Djilic, hatte er Besucher im Geschäft gesehen.

»Wünsche den Herren einen guten Tag.«

Blenheim war nicht redefaul. Aber als er beide so stehen sah, verschlug es ihm die Rede, denn es war ihm, als fügten sich zwei gänzlich veschiedene Abschnitte seiner persönlichen Lebenserfahrung zu einem einzigen zusammen. Die lineare Beziehung zu Dr. Assmuth und die ebenso lineare Beziehung zu Ambrosius Ehmann, die beide auch zeitlich voneinander abgegrenzt waren, verschmolzen zu einer kreisförmigen, flächigen. Zwei verschiedene, für sich gültige Teile verschmolzen zu einem, der ebenfalls seine Gültigkeit hatte.

»Sie lassen wohl auch Ihre technische Ausstattung hier reparieren«, wandte er sich Dr. Assmuth zu.

»Ganz und gar nicht. Herr Ehmann ist ein alter Bekannter von mir, ich besuche ihn öfters, um mit ihm zu plaudern. Das war's dann auch schon. Wir beide«, und er wandte sich Blenheim zu »sehen uns ja heute noch. Auf Wiedersehen.«

»Ich wollte Sie nicht vertreiben«, rief Blenheim ihm nach, aber jener hatte die Eingangstür schon hinter sich geschlossen.

Herr Ehmann lächelte. »Sie trauen mir zu viel zu. Ich könnte medizinisches Gerät sicherlich nicht reparieren. Da ist viel zu komplexe Elektronik drinnen. Da braucht es schon Spezialisten. Sie wollen wahrscheinlich Ihre Uhr abholen. Es tut mir leid, ich habe sie seit ihrem letzten Besuch nicht mehr in der Hand gehabt. Ich fürchte, es übersteigt meine Fähigkeiten. Sie können sie zurückhaben. Selbstverständlich verlange ich keine Reparaturkosten.«

Blenheim schüttelte seinen Kopf.

»Nein, ich möchte sie noch hier lassen. Wir haben doch vereinbart, daß wir darauf warten, daß das Federwerk von alleine anspringt.«
»Das ist ja nur eine sehr unwahrscheinliche Hypothese. Ich glaube nicht, daß es ein zweites Mal funktioniert.«
»Nein, wir wollen es trotzdem abwarten. Sollte ich irgendwann einmal abreisen, dann hole ich sie vorher ab. Und Sie müssen sich schon Ihre Reparaturversuche entgelten lassen.«
Ehmann beugte sich interessiert vor.
»Sie reden von irgendwann einmal? Wollen Sie für längere Zeit hier bleiben? Ich würde Ihnen davon abraten. Dienbach ist nichts für Sie. Es würde Ihnen nicht bekommen.«
»Wem bekommt denn solch eine kleine Gemeinde schon?« Blenheim fühlte, daß er durch eine erste Schicht hindurchtrat. »Bekommt sie Ihnen? Oder ist sie Ihnen bekommen? Wie lange leben Sie schon hier? Ich erlaube mir diese Frage, weil ich schon beinahe ein Einheimischer geworden bin.«
»Einheimischer?« Ehmann blickte ihn mit großen Augen an, unter welchen sich die Tränensäcke wölbten. »Kann man irgendwo heimisch werden? Es sind doch eher Zufall und Bequemlichkeit, die den festen Wohnsitz bestimmen. Der Zufall bestimmt die Wahl, und die Bequemlichkeit entscheidet über den Verbleib oder den Wechsel des Wohnortes. Ob man irgendwo heimisch wird, hängt aber nicht von der Topografie ab. Heimisch wird man nur in seinen Gedanken. Wenn sie am rechten Ort bleiben und dessen Schönheit aus ihrer Aufrichtigkeit und Konsequenz beziehen. Sie tragen sie immer mit sich herum, ganz gleich wohin sie gehen.«
»Sie werden poetisch.«
»Sie fragten mich. Ich möchte Sie aber nicht mit Grundsätzlichem langweilen. Um auf Ihre Frage zurückzukommen: ich bin schon sehr lange hier, eigentlich von klein auf. Mein Vater besaß schon dieses Geschäft. Es war ein schönes und ein gutgehendes Geschäft, kein Reparaturladen wie heute. Haushaltsgeräte und feinmechanische Geräte, auch die ersten Elektrogeräte damals wurden hier verkauft. In der Fabrik gegenüber arbeiteten damals mehrere hundert Menschen, die hier gerne einkauften. Aber auch aus der Umgebung kamen die Leute hierher. Dienbach war in jener Zeit eine prosperierende Gemeinde, hatte viel mehr Einwohner als heute, aber die allgemeine Stadtflucht nach dem Kriege hat sie ausgedünnt.«
Blenheim hörte interessiert zu.
»Sie selbst sind aber nicht hier geboren?«

»Nein, wir alle – auch meine Vorfahren – kamen aus der Stadt. Meine Brüder besaßen die Fabrik gegenüber. Aber das ist lange her. Man hat sie ihnen dann – weggenommen. Es ist diese unendliche Geschichte, Sie wissen schon, was ich meine. Ich selbst konnte mich kurzfristig klein machen, ducken, verstecken.«

»Ich verstehe.« Blenheim verspürte Beklommenheit. Er spürte seinen Puls wieder bis zu seinem Halse pochen.

»Wollen Sie mit mir darüber sprechen?«

»Eigentlich nicht. Wir sprechen niemals darüber, meine Kinder und ich. Man kann nicht so dahin leben und so nebenbei darüber reden. Man kann es nur wegsperren, denn es würde stören. Ich weiß auch nicht, warum ich gerade mit Ihnen darüber sprechen sollte. Aber vielleicht gerade mit Ihnen. Sie sind ein Fremder, der sich in eine zumindest äußerlich ähnliche Situation manövriert hat. So wie Sie aussehen, verzeihen Sie, geht es Ihnen auch ans Leben, wenngleich durch eine Krankheit. Spreche ich zu offen?«

»Nein, obwohl mich die Vorstellung, daß es mir ans Leben gehen könnte, doch bedrückt. Mein Zustand ist aber nach Versicherung durch Dr. Assmuth nur vorübergehender Natur. Ich befinde mich momentan in einer gewissen labilen körperlichen Verfassung. Aber es interessiert mich, warum Sie nicht ihren wohlverdienten Ruhestand angetreten haben. Mit Verlaub – soviel wird Ihr Geschäft doch nicht abwerfen, daß es sich lohnt, weiterzuarbeiten.«

Durch seine Brille sah ihn Herr Ehmann an, eindringlich und zugleich prüfend, wieviel ihm – Blenheim – zuzumuten wäre.

»Ich höre solange nicht auf, wie ich durch die Glasscheiben vor mir das Elend beobachten kann. Es ist eine tiefe Assoziation der Schicksalsverwandtschaft, die ich hier empfinde und die mich hier hält. Die Austauschbarkeit der Schicksale empfinde ich dabei und erkenne darin meine Schwestern und Brüder wieder, wenn sie gebückt in der alten Fabrik verschwinden, wenn sie um eine kleine Hoffnung ärmer den Tag beschließen. Wenn sie gebeugt am nächsten Morgen das Gemäuer verlassen, um in neuer Hoffnung auf eine günstige Nachricht über ihre Zukunft die Mitteilungen von Herr Hauser oder Herr Podmanitzky hören. Vielleicht hätte ich vor einigen Jahren, bevor die Flüchtlingsmisere begann, schon meine Pantoffeln angezogen, aber dann hat mich das Entsetzen eingeholt, die fortwährende Identifikation mit allen schrecklichen Erinnerungen.«

Blenheim schwieg betroffen und er blieb auch stumm, als Herr Ehmann zur Eingangstür schritt, um sie zu verschließen.

»Ich sperre meinen Laden heute früher zu. Wollen Sie nicht noch etwas bleiben. Sie stören mich nicht, denn ich habe niemanden, der mich erwartet. Trinken Sie mit mir eine Schale Tee.«
»Wenn ich Sie nicht störe, nehme ich Ihr Angebot gerne an.«

Ehmann sprach von alten Zeiten, und seine Erlebnisse, die er mit emotionsloser, ruhiger Stimme beschrieb, waren ohne Besonderheit. Er erzählte von seiner Jugend, von seinen unbeschwerten Tagen und von dem jähen Ende aller Leichtigkeit, als es ihm ans Leben gehen sollte.

Er erzählte von der frühzeitigen Einsicht, wie labil alle Zustände des Selbstverständnisses wären, wie schnell sie sich änderten und wie unvermittelt sie sich in Lebensbedrohung wandelten. Und er erzählte auch, wie sie ihm zu einer gewissen Weisheit verholfen hätten, später eine vermeintliche Bürde als gewichtslos und viele unlösbare Vermengungen möglicher Lebensprobleme als leicht entwirrbar zu erkennen.

Blenheim hörte fasziniert zu und er war angetan von jenen Einsichten, die ihm als eine Belehrung zugedacht waren und die er gleichwohl dankbar entgegennahm wie ein Schüler.

18. KAPITEL

Unter den allzu weiten Kleidern war sein ausgemergelter Körper nur zu vermuten. Er, der sich täglich bei der Reinigung seines Körpers im Spiegel sah, konnte den Verfall seiner Konturen und Maße nicht sogleich bemerken, da ihm dazu das zeitliche Intervall fehlte. Hätten ihn seine Sportskollegen aus der Stadt, mit denen er sich oft im Laufen gemessen und nachher gemeinsam die Duschen aufgesucht hatte, oder gar Helga gesehen, so wären sie erschrocken.

Wenn er sich bei der Morgen- und Abendtoilette ganz uneitel hin- und herwendete, fiel ihm trotzdem auf, daß sich vom Halse weg zu seinen Schlüsselbeinen Falten gebildet hatten, die bei jeder Drehung des Kopfes wie ein übergeworfenes, knitterndes Kleidungsstück wirkten. Die Gelenkshöcker seiner Schultern waren prominent geworden, die Rundungen der Muskeln dort verschwunden, und seine Silhouette erschien so schmal wie nie zuvor. Seine Rippen waren zu zählen, und zwischen ihnen vertieften sich die Zwischenräume, wenn er seine Lungen vollpumpte, um die abgestandene Luft des Nachtschlafes hinauszublasen. Die Narbe links unter dem Herzen wölbte sich hoch und plastisch über das Niveau der blassen Haut und war nun um so auffälliger. Aber nur Ana hätte ihn so sehen können, wenn sie die Augen von früher gehabt hätte. Aber sie blickte ihn ja nicht mehr aus der prüfenden Distanz einer Gleichgültigen an, sondern sah ihn mit den Blicken der Verklärtheit. Da verkehrt sich schnell der Mangel zur Attraktivität und die Blöße zum allumfassenden Glanz.

Als die leicht gerötete Haut seiner Narbe einmal besonders brannte, küßte sie sie einmal spontan und meinte dann, daß durch sie aller Kummer, aber auch aller Schmerz der Welt gekrochen wäre, nun aber durch die Therapie auch wieder seinen Körper verlasse. Bei soviel negativer Energie müßte an einer dermaßen kleinen Öffnung gezwungenermaßen ein Reibungswiderstand entstehen. Was sie scherzhaft meinte, gab Blenheim Anlaß, sich abermals mit der Physiologie seiner Erkrankung zu beschäftigen.

Die Narbe war jene Stelle in seiner Außenhaut, die die Kontinuität seines bioelektrischen Feldes unterbrach. Sie war der schwächste Punkt seines Integuments, wo die Kraftlinien am ehesten den negativen Kräften von außen preisgegeben wurden. Aber diese Theorie war nur eine von vielen und sie war nicht die verwegenste, derer er sich annahm.

Was nun, wenn sein gestörtes Immunsystem nicht die Ursache war? Sondern vielmehr ein Teil seiner Persönlichkeit, der ihm weder bekannt noch bewußt war und unter seinen fünfunddreißig Jahren und den darin verpackten Erlebnissen und Fügungen ruhte. Bedeckt war von schichtweise gestapelten Bequemlichkeiten und Zurichtungen, von Ausflüchten und Beteuerungen und vor allem von Schuldabweisungen. Genau das konnte es auch sein: das Maß des Versteckspielens und des Beiseiteschiebens war voll, es war kein Platz mehr da drinnen-unten, um irgendetwas zu verstecken. Und weil es niemand wahrhaben wollte, machte es sich bemerkbar als Schmerz, als Qual, als Rötung der Knie und als Schwellung der Handgelenke. Machte sich immer mehr bemerkbar als zur verzehrenden Energie gewandelte Schuld.

Blenheim schüttelte den Kopf. Nein, das wollte er so nicht wahrhaben. Es war doch absurd, was er hier dachte. Psychosomatosen durch nicht erfüllbare Ideale – oder aus Weltschmerz? Eine typische Fieberphantasie, was er hier dachte und wie er sie in anderer Form auch schon erlebt hatte.

Morgens, wenn Ana noch schlief, lag er oft schon einige Zeit mit offenen Augen, um die Bewegungslosigkeit seines Zimmers zu betrachten und der Stille zu lauschen. Denn wenn nach der Hitze der Nacht das Fieber in den Tag hinein abebbte, war es für ihn die beste Zeit, sich seinen Analysen hinzugeben.

Eigenartig, dachte er, ab einer gewissen Intensität braucht die Liebe keine Äußerlichkeiten mehr, um sich zu nähren. Denn seine Erscheinung hatte längst nicht mehr jene Apartheit wie bei seiner Ankunft, und alles Anziehende hatte er verloren. Er hatte keinen blendenden Besitz, längst nicht mehr irgendeine Bedeutung und schon gar nicht irgendwelche Perspektiven, die Ähnliches in Aussicht stellten. Ihm fehlten wie Ana die Attribute der Attraktivität, denn beiden war sie ja abhanden gekommen. Aber in der Bedingungslosigkeit, mit der sie sich ihm hingab, in dem selbstlosen Interesse, mit welchem sie seine Befindlichkeiten erfragte, spürte er die Aufrichtigkeit ihrer Liebe. Sie mußte ihm also ebenso verfallen sein wie er ihr, mit jener absoluten Aufrichtigkeit im Gefühl, welche niemals Begründungen und Erklärungen braucht.

Beider Beziehung schien sich zu verzögern. Und die Gesamtdynamik aller übrigen Lebenspläne, in welche beider Liebe eingebettet war, schien schließlich ihrerseits stillzustehen. Es mag solche Indifferenzstadien einer individuellen, aber auch gemeinsamen Bestimmung, das Fehlen einer Vorwärtsbewegung, öfters geben und man meint damit auch den Stillstand der Zeit. Das freilich ist falsch und wird nur dem subjektiven Empfinden gerecht. Vielmehr handelt es sich um ein Atemschöpfen, um ein Sammeln irgendwelcher Schicksalskräfte, vergleichbar dem Innehalten vor der Mühsal des Schwerarbeiters, vergleichbar der Konzentration des Künstlers vor dem Schöpfungsakt, womit konstruktive und zerstörerische, hemmende und begünstigende Kräfte die Weiterentwicklung bewirken. Die Ereignislosigkeit ringsum war also ein üblicher Vorgang der voranschreitenden Zeit, in der sie Gelegenheit gab, sich vorzubereiten, abzuwägen und zu sichten. Oder sich zu wappnen gegen die Eventualitäten irgendwelcher schlechtgesonnener Mitmenschen.

Seine Exkursionen durch die träge Sommerlandschaft gerieten indes zu Kontrollgängen durch sein Ich. Während er durch die hitzegelähmte Stadt wanderte, selbst wärmer als die schwere Luft, die sich an seine Haut legte, verglich und bemaß er. Er fühlte, begriff sich und verstand sich als wesentlichen Teil dieses Ortes und befand sich in einem Zustand wohl- und selbstgefälliger Trance.

Jäh wurde er aus der Leichtigkeit seiner Empfindungen gerissen. Denn es war nur eine Frage der Zeit, nicht des Zufalls, wann er auf seinen Wanderungen auf Hauser treffen würde. Daß jener ihn von hinten ansprach, ließ vermuten, daß er ihm gefolgt war. Mitten auf dem ovalen Marktplatz, an der Brüstung des Brunnens lehnten sie dann beide, um sich zu besprechen.

Wo er denn solange geblieben wäre, warum er sich denn nicht bei ihm gemeldet habe die ganze Zeit über, fragte er etwas indigniert.

Nun, derzeit genüge er sich selbst, erwiderte Blenheim freundlich.

»Sie legen also keinen Wert auf meine Unterstützung!« Hauser meinte wieder die Wäschepflege. Die vergrößerten Augen hinter seinen dicken Brillengläsern sahen Blenheim fragend an und funkelten plötzlich unfreundlich.

»Nicht auf diese Art der Hilfestellung. Ich mag es eigentlich nicht, fremde Menschen meine Kleidung richten zu lassen. Ich kann das ganz gut alleine. Sie selbst sagten ja, daß das Junggesellentum gewisse Vorteile habe. Den Vorteil nämlich, alles selbst machen zu müssen und dann auch zu beherrschen. Man ist auf niemanden mehr angewiesen, und Verantwortung zu tragen kann sehr spannend sein. Gewissermaßen bin ich ja nun auch Junggeselle.«

»Aber Verantwortung zu tragen lernt man doch nicht dadurch, daß man sich die Wäsche selbst besorgt. Es ist doch Ihrer unwürdig.«

»Und es von anderen machen zu lassen mindert deren Würde. Wenn man sie beschäftigen sollte, dann anderweitig«.

Herr Hauser wurde unwillig.

»Wen meinen Sie mit sie?«

»Nun die Vertriebenen, die Flüchtlinge. Sie lassen sie doch arbeiten.«

»Ach so, Sie wissen darüber Bescheid. Aber Sie erwähnen es so, als ob Sie es mißbilligend registriert hätten – habe ich zumindest den Eindruck. Und was meinen Sie, käme als Arbeit für die Vertriebenen in Frage? Wir leiden in unserem Land selbst unter einer weitverbreiteten Arbeitslosigkeit, manch einer wäre froh, hätte er diese Art von Arbeit. Ich empfinde Ihre Äußerungen als Kritik. Wissen Sie eigentlich, was nicht schon alles für die Vertriebenen durch mich bewirkt worden ist. Wissen Sie das?«

Blenheims Magen krampfte sich zusammen, und es wollte ihm wieder übel werden.

»Nun ja, Sie scheinen da sehr umtriebig. Sie umsorgen sie in gewisser Weise, so daß man meinen müßte, Sie hätten sich ihrer mit Ihrem Herzen angenommen. Sie vermitteln sie wahrscheinlich auch

noch für andere Tätigkeiten. Putz-, Reinigungsarbeiten, manchmal auch für Hilfsdienste im Baugewerbe, nehme ich an. Und« – Blenheim sah Hauser durch dessen Biconvexlinsen an, ohne sich irritieren zu lassen – »es soll auch nicht Ihr Schaden sein.«
Hausers Gesichtsfarbe wurde kurz bleich, wechselte dann aber in Zornesröte.
»Mein Gott, was haben Sie denn, was behaupten Sie da eigentlich? Das ist ja ungeheuerlich. Wie kommen Sie dazu, so zu reden?«
»Ich teile Ihnen meinen Wissensstand mit. Aber was wäre denn schon dabei an meinen Vermutungen?« Blenheim blieb ruhig und gelassen. »Ist es richtig oder nicht? Stimmt es nun, oder stimmt es nicht?«
»Selbstverständlich stimmt es nicht. Sagen Sie mir, woher haben Sie diese – Vermutungen? Ich kann es mir eigentlich schon denken. Mir ist da auch einiges über Sie zu Ohren gekommen, ich habe da meine Informationen.«
Blenheim blieb ruhig.
»Wir können all unsere Informationen darlegen. Um mit Ihren Worten zu reden: wollen wir nicht alles ins rechte Bewußtsein rücken, was vorher außerhalb stand? Es ist doch eine harmlose Geschichte, das karge Verdienst dieser Menschen durch Abgaben an Sie nochmals zu schmälern. Zum Beispiel durch die Inaussichtstellung einer Aufenthaltsverlängerung oder durch die Androhung einer entsprechenden Verweigerung. Geschäfte – lautere und unlautere werden doch überall gemacht, die laufen doch längst außerhalb jeder moralischen Bewertung. Es trifft ja außerdem niemand Besonderen, sind doch alles Verlorene, Durchziehende, die für jede Form der Aufmerksamkeit, die man ihnen schenkt, froh sein sollen. Sie haben recht. Wozu also diese aufgeplusterte Scham? Wozu die Erregung überhaupt? Ich selbst habe vollstes Verständnis dafür, habe ich doch selbst bis vor kurzem einen ähnlichen Standpunkt eingenommen. Nur gibt es in diesem Land immer wieder selbstgefällige Besserwisser, die sich als Hüter einer öffentlichen Moral aufspielen, ja vielleicht auch den Bezirkshauptmann, Ihren Vorgesetzten, der da anderer Meinung ist.«
Blenheim hatte eine Drohung ausgeprochen. Auf Hausers Wangen hatten sich kleinste Schweißtröpfchen gebildet. Er kramte ein Taschentuch aus seiner Sakkotasche und fuhr sich damit über Stirn und Wangen. Blenheim hakte ein.
»Ja, es ist heiß geworden. Wir haben auch schon Sommer.«
Hauser lockerte seinen Krawattenknopf.

»Sagen Sie, was wollen Sie eigentlich? Wollen Sie mich erpressen?«
»Ich erpresse niemanden, was sollte ich für mich auch für Vorteile erpressen. Aber gibt es überhaupt einen Umstand, der Sie erpreßbar machen würde? Ich möchte lediglich, daß Sie diesen Menschen wieder zu mehr Würde verhelfen, Ihnen zumindest das, was Ihnen davon noch geblieben ist, nicht auch noch wegnehmen.«
Blenheims Stimme stockte, klang auf einmal flehentlich.
»Denken Sie nur an die Menschen. Denken Sie an ihre Träume, an ihr Lachen und ihr Weinen. Nehmen Sie sich ihrer an, wie Sie sich selber annehmen. Ich bitte Sie darum.«
Hauser hatte sich wieder gefaßt. Er triumphierte und empfand das gönnerhafte Mitleid des Überlegenen.
»Herr Blenheim, Sie tun mir nun unrecht. Sie verkennen die Realität. Denn das, was ich mache, ist eine Zuwendung. Ansonsten würde sich niemand um diese Menschen scheren. Ich könnte mich auf meine Vorschriften berufen und die sind, weiß Gott, eng genug, so daß nur die minimalste Betreuung übrig bliebe. Seien Sie doch nicht so naiv, die Welt verbessern zu wollen. Es ist schon genug, daß sie alle hier sind und – leben dürfen!«
»Ach, es hat ja wohl keinen Sinn, mit Ihnen darüber zu reden, Sie haben ja nicht das geringste Unrechtsbewußtsein.«
Blenheim hatte mit den Händen eine wegwerfende Bewegung gemacht und schüttelte den Kopf. Hausers Stimme wurde noch freundlicher, er sprach wie mit einem Kind, dem man zur Einsicht verhelfen will.
Er, Blenheim, solle doch bedenken, daß andere Länder den Flüchtlingen sogar den Aufenthalt verwehrten. Er glaube, daß Blenheim ein Problem mit sich selbst habe. Er wüßte schließlich auch, daß er – Blenheim – schwer krank sei. Anscheinend immer kränker würde, wenn man ihn mit der Person vergliche, die vor einigen Wochen hier angekommen sei. Er wolle diesmal nur annehmen, daß sein Gerede Ausdruck einer Erschöpfung oder vielleicht sogar Zeichen einer schweren Persönlichkeitsstörung sei. Er sähe nicht mehr den jungen Mann von damals aus dem Zugabteil vor sich. Er solle sich nur im Spiegel ansehen. Er wirke nicht nur unglaubwürdig, sondern mit seinem realitätsfernen Idealismus auch lächerlich. Er habe gehört, daß er sein ganzes Geld verschenke. Welcher vernünftige Mensch tue dies denn schon. Er glaube nicht, daß ihm die Therapie bei Dr. Assmuth gut täte. Nein, Dienbach sei ihm nicht bekommen. Er solle besser wieder in die Stadt zurückkehren. In dieser Verfassung sehe er ihn als nicht

zurechnungsfähig an, für die anderen sei er aber ein Unruhestifter und Aufwiegler. So werde er hier jedenfalls nicht gelitten.

Blenheim schüttelte seinen Kopf.

Unruhe verschaffe er wohl nur jenen, die ein schlechtes Gewissen hätten. Den Geisteszustand in Frage zu stellen sei ein probates Mittel, um unliebsame Zeitgenossen zu diskreditieren. Gott sei Dank, könne er – Hauser – über ihn nicht verfügen.

Hauser triumphierte. Er hatte nun endgültig seine Fassung wiedergewonnen. Er lächelte nur, klopfte Blenheim dann auf die Schulter und verließ mit süffisanter Miene den Brunnenplatz.

Blenheim blieb nachdenklich zurück. Mit der bloßen Hand schöpfte er Wasser aus dem Brunnen und benetzte Stirn und Wangen. Nach diesem Gespräch hatte ihn ganz und gar nicht die Erleichterung erfaßt, die ausgesprochene Vorwürfe, Unannehmlichkeiten oft bewirken. Auch der Stolz, die Befriedigung, eine Meinung konsequent vertreten zu haben, für eine rechte Sache eingetreten zu sein, erfüllte ihn nicht. Er war sich nicht einmal sicher, ob die Vorwürfe an Hauser zurecht bestanden, ob er ihm aus Selbstgefälligkeit nicht unrecht getan habe. Außerdem regten sich Zweifel, ob er eventuellen Revanchegelüsten von Herrn Hauser gewachsen sein würde.

Ab diesem Tage verkehrte Blenheim nicht mehr im Gasthof »Zur goldenen Krone«. Er benutzte sein Gastzimmer nur mehr des Nachts. Speisen nahm er en passant zu sich, im Geschäft oder manchmal nachmittags bei seinen immer seltener werdenden Ausflügen mit Ana. Längst schon verspürte er keinen besonderen Appetit, schon gar keinen Heißhunger mehr. Die üblichen Essenszeiten waren ihm lediglich als Momente der gewohnheitsmäßigen Nahrungsaufnahme, der notwendigen Energiezufuhr bewußt und wurden dermaßen beiläufig eingehalten, daß Ana ihn immer öfter dazu mahnen mußte. Die ihn schleichend befallende Müdigkeit nahm er kaum wahr, denn sie wurde von der Euphorie seiner Gedankenreisen überdeckt. Daß er schon wochenlang mit erhöhter Körpertemperatur lebte und die physischen Mängel durch ein heißer loderndes Lebensfeuer kompensierte, wußte er kraft seiner scharfsinnigen Gedanken dennoch.

»Wie lange kann ein Mensch solch hohes Fieber ertragen?« fragte er neuerlich Dr. Assmuth an einem der folgenden Nachmittage, an dem er sich zur Injektion in dessen Praxis einfand.

»Ich sagte es Ihnen letztes Mal schon. Ich weiß es nicht. Es ist das erste Mal, daß so etwas in kontrollierter Weise gemacht wird.«

»Kontrolliert? Was wird kontrolliert? Daß Sie mich jeden Tag für zwei Minuten sehen, dann, wenn Sie mir zwischen zwei Patienten schnell die Injektion verpassen?«

»Ich habe Ihnen letztes Mal auch Blut abgenommen und untersucht. Einige Parameter sind leider außerhalb der Norm. Die Nieren machen mir Sorgen. Trinken Sie vielleicht zu wenig? Sie wissen doch: die Transpiration und der Wasserdampf, der sich über die Lungen verflüchtigt, machen beträchtliche Flüssigkeitsmengen aus. Sie müssen unbedingt ersetzt werden.«

»Weiß Gott, ich trinke genug, zumindest habe ich das Gefühl, daß ich es tue.«

»Sie müssen auch ohne Durst, ohne Verlangen trinken, das ist wichtig. Bitte nehmen Sie vormittags und nachmittags je einen Liter mit Brunnenwasser verdünntes Selters zu sich. Das wird Ihnen guttun. Ihr Blut zu dick. Auch das ist ein Zeichen des Flüssigkeitsdefizits. Ich würde Sie gerne zur Ader lassen und dann eine Infusion mit Elektrolyten infundieren.«

Blenheim war einigermaßen verwundert.

Der Aderlaß sei seines Wissens eine recht altertümliche Therapie. Was er damit bezwecke?

Dr. Assmuth lächelte. Er wolle damit nur die Viskosität des Blutes herabsetzen. Wenn die roten Blutkörperchen im Übermaß vorhanden seien, stünden sie sich sozusagen bei ihren Reisen durch die Kapillaren, die kleinsten Blutgefäße, im Wege. Der Aderlaß sei auch heute noch ein probates Mittel, die allgemeine Durchblutung zu steigern. Im übrigen würde er auch noch angewandt, um den Körper zu entgiften, allerdings dann in kürzeren zeitlichen Intervallen mit geringeren Mengen. Wenn er schon einmal Blut gespendet habe, dann müßte er den wohltuenden Effekt unmittelbar nachher schon einmal bemerkt haben.

Blenheim leuchteten die Ausführungen ein und so stimmter er zu. Er bettete sich komfortabel auf die Liege. Dr. Assmuth setzte ihm eine dicke Kanüle in die linke Ellenbeuge, dorthin, wo sich nach Umschließung seines Oberarmes durch die bloße Hand des Arztes bleistiftdick und bläulich angeschwollen die Blutadern wölbten. Er mußte bei diesem Anblick an die Adern an Anas Unterarmen denken und spürte so den Nadelstich kaum. Interessiert beobachtete er den Fluß seines dunkelroten Saftes in ein neben der Liege stehendes Glasgefäß, vernahm die dahineinfallenden schwerfälligen Tropfen, sah, wie sie schneller wurden, in immer kürzeren Abständen zueinander die Gefäßwand anklatschten und sich schließlich in einer zusammenhängenden Flüssigkeitssäule vereinigten, die wiederum nun lautlos am Boden des Gefäßes einen langsam ansteigenden See speiste. Fließendes Blut ist lautlos, dachte er, es plätschert nicht, es murmelt nicht, sondern nähert sich geräuschlos der Erde. Der Spiegel im Glasgefäß hob sich langsam, und in der stetig zunehmenden Menge verlor die Flüssigkeit ihre rote Farbe und wurde schwarz. In der Stille dieses Vorganges mußte er daran denken, wie vielleicht auch irgendein fremdes Gift, das ihm die chronischen Gelenkentzündungen beschert haben könnte, durch den Herzmotor hinausgepreßt und durch die Schwerkraft hinab- und hinausgezogen, seinen Körper verließ. Vielleicht sollte man sein ganzes Blut austauschen, auch dessen Reservoirs leeren, nur um solche Fremdsubstanzen zu eliminieren. Er verspürte ein Nachlassen seiner inneren Vibrationen, ihm war, als würde er, einer verzögernden Maschine gleich, die innere Drehzahl kontinuierlich vermindern, dies geschähe mit einem abfallenden, leiser werdenden hochfrequenten Summton. Eine wohlige Mattigkeit umfing ihn, und er wartete nur noch darauf, daß jenes letze Summen in die vollkommene Stille überginge.

Ob er ihm noch einen restlichen Saft zum Leben belasse, wollte er scherzend zu Dr. Assmuth bemerken. Aber dazu war er plötzlich zu kraftlos. Durch einen Nebelschleier hindurch bemerkte er, wie Dr. Assmuth plötzlich seine Beine umfaßte und hastig auf einem Schemel erhöhte, den er zuvor geschwind hinaufgehievt hatte. Mit einem ebenso schnellen Handgriff schloß er das in den Blutschlauch eingelassene Durchlaßventil. Dann maß er ihm an der anderen Hand den Blutdruck. Die Manschette dazu hatte von Anfang an den Oberarm umwickelt gehabt. Eine offensichtlich übliche Anordnung, um Eventualitäten vorzubeugen, denn Blenheim wußte sehr wohl, daß er einem Kreislaufkollaps anheimgefallen war.

Dr. Assmuth beruhigte. Er müsse sich nicht sorgen, solches käme öfters vor. Es habe überhaupt nichts mit seiner Grunderkrankung zu tun, auch ganz Gesunde träfe es. Im übrigen sei genug Lebenssaft geflossen und nun wolle er ihm physiologische Kochsalzlösung infundieren.

Eine ungehaltene Nervosität war ihm anzumerken. Blenheim schüttelte den Kopf.

Er selbst habe sich keinen Augenblick in Lebensgefahr gefühlt, ein gewisses Wohlempfinden sei nicht zu leugnen gewesen. Lediglich Übelkeit verspüre er. Und schon überkam ihn Brechreiz. Mit hochrotem Kopf drehte Blenheim sich seitwärts und würgte gelbe Galle in das graue Kreppapier, das den Kopfteil der Liege bedeckte. In rhythmischen Eruptionen hustete und speichelte er seine Magensekrete hervor und sah dann mit hilflosem Gesichtsausdruck zu Dr. Assmuth. Sie wollten es heute dabei belassen, meinte dieser. Auf die tägliche Applikation des Serums würde er heute auch verzichten wollen. Bis es ihm besser ginge und die Kochsalzinfusion leergetropft sei, könne er noch auf der Liege ruhen.

Blenheim hatte sich wieder gefaßt und betrachtete die glasklare Flüssigkeit aus der Flasche, die stetig durch einen vorgeschalteten Zylinder in einen durchsichtigen Kunststoffschlauch tropfte.

Dr. Assmuth blieb diesmal bei ihm sitzen und betrachtete ihn eindringlich.

»Wir trafen uns neulich bei Herrn Ehmann. Sie haben viel Kontakt zu ihm?«

»Nun, er versucht meine Uhr zu reparieren. Sie funktionierte von Anbeginn meines Aufenthaltes nicht. Gelegentlich erkundige ich mich nach dem Fortschritt der Reparaturarbeiten. Er wird sie wahrscheinlich nicht instandsetzen können, und wir warten beide darauf, daß sie von alleine wieder zu funktionieren beginnt.«

Dr. Assmuth lächelte. »Eine eigentümliche Art der Wiederherstellung eines mechanischen Apparates, gemeinsam auf eine Unwahrscheinlichkeit zu warten.«

»Nein, es ist ihm schon einmal passiert. Ich gebe allerdings zu, daß mich Herr Ehmann auch persönlich interessiert. Sie scheinen ja auch guten Kontakt zu ihm zu haben.«

Dr. Assmuth erhob sich nun und ging langsam im Zimmer umher. »Ich kenne ihn schon lange. Es ist eine Geschichte, die in den dunklen Momenten unseres Jahrhunderts begonnen hatte. Ich war damals noch klein, so klein, daß ich kaum eine Erinnerung mehr an diese Zeit habe. Mein Vater war damals auch Arzt hier in der Gemeinde, die einigermaßen wohlhabend war, vor allem durch die Bleistiftfabrik. Leider paßte die Gesinnung meines Vaters nicht zum Ethos eines Arztes. Kurzum, er gehörte zu denen, die die Familie Ehmann, mit deren Kindern er sogar aufgewachsen war, gespielt hatte, mit der er befreundet war, bei den damaligen Behörden anschwärzte, verpetzte, denunzierte. Sie werden sich fragen, warum ich Ihnen dies alles erzähle, denn es ist ja eine höchst private Sache. Aber es hängt mit Ihrer Person zusammen. Ich lernte Sie in den letzten Wochen, Monaten, näher kennen als so manchen anderen Patienten vorher. Sie setzen sich Extremen aus, körperlich und noch viel mehr geistig, oder besser moralisch. Sie verlangen sich und auch mir weitaus mehr ab als üblich, auch wenn ich Ihnen immer nur kurz, so zwischendurch – wie Sie es zu benennen pflegten – eine Injektion applizierte. Sie sind ein Grenzgänger geworden, mit dem Mut, den man an jeder Art von Grenze immer braucht. Sie haben daher meine Bewunderung, weil ich selbst ihre Torturen wohl nicht durchstehen könnte. Ich bin nämlich kein besonders starker Mensch. Und die Last, die mir aus der Schuld meines Vaters zur Verantwortung geworden ist, scheint mich zu erdrücken. Ich fühle mich für Herrn Ehmann verantwortlich, obwohl ich es natürlich nicht sein kann. Ich besuche ihn öfters, um nach seinem Wohlergehen zu fragen. Ich finde mich dort bei ihm manchmal ein, wie von einem Zwang besessen. Sie sehen also, Herr Blenheim, auch ich bräuchte einen Arzt, vielleicht sind Sie in diesem Moment mein Arzt, wo Sie mir so geduldig zugehört haben.«

Dr. Assmuth fuhr fort.

»Sie haben ganz recht mit ihrem Engagement bei den Vertriebenen oder Flüchtlingen oder Fliehenden. Ich sehe zwischen den Worten keine Unterschiede mehr. Es ist wie damals, auch wenn die Gewalt noch fehlt. Aber die Sphäre, in der es passiert, ist die gleiche, es ist das Verhalten wie damals, das gleiche beginnende Entsetzen, bald Grauen. Neu ist nie etwas, es ist immer der gleiche Mechanismus. Die einfachen Begehrlichkeiten werden zur Ideologie, die für die Mittelmäßigen – und es gibt davon viele – begründbar und logisch wird. Nirgends wird die Bösartigkeit gezielt und bewußt eingesetzt, sondern es ist das allmähliche, schleichende Hineingleiten, Abgleiten, der kleine Ruck einer Anschauuung von da nach dorthin. So passierte es und wird auch immer wieder passieren.

Sie werden da keinen Zusammenhang gelten lassen, aber für mich war das Verlassen der Schulmedizin ein Selbsttest, eben nicht die ausgetretenen Pfade zu beschreiten, die ja nur deshalb ausgetreten sind, weil die Massen sie begehen. Für mich bedeutete das eine Schulung, kritisch zu bleiben und nichts als endgültig, unumkehrbar zu betrachten. Die einzige Chance bleibt die Variabilität, sie allein ist die Gewähr gegen die lebensverachtende Beharrung einer Ideologie oder irgendeiner politischen Konfession.«

»Eben sprachen Sie über den Unsinn meines Engagements, wie verträgt sich das mit Ihren Worten?«

»Es ist der Zwiespalt in der Sache. Und der Neid auf Sie. Und Neid ist meist mit Abwertung verbunden. Mit abwertenden Äußerungen.

Aber es ist auch die praktische Unmöglichkeit, Hilfe entsprechend und ausreichend zu geben. Dieser Zwiespalt weckt manchmal die Verzweiflung. Und Herr Blenheim – ich fragte Sie schon – wo waren Sie vorher, als gut betuchter Bankkaufmann, wohlausgestattet und schon früh am Gipfel aller materiellen Wünsche angelangt? Sind Sie nicht erst durch ein gnädiges Schicksal, wenn auch durch Schmerz und Pein, zu einer ähnlichen Sicht der Dinge gekommen? Ist es nicht absurd, daß den Menschen erst durch ein mitunter grausames persönliches Schicksal zu solchen Erkenntnissen verholfen wird?«

Blenheim brach diesmal spät auf, etwas taumelig und den Kopf voller fremder Erinnerungen. Er wollte sich an diesem lauen Sommerabend noch mit Ana treffen. Sie hatte wieder ihre Familien besucht, war dort kurz, hier länger geblieben, um mit aufmerksamen Ohren den Bitten zu lauschen. Sie hätte ihn schon vermißt, war ein leiser Vorwurf in ihrer Stimme nicht zu überhören. Trotzdem wolle sie diesmal die Nacht über alleine sein. Sie gedenke eine Pause einzulegen, um, wie sie meinte, ihre Gefühle sich beruhigen zu lassen. So etwas bräuchte jeder einmal.

Blenheim war einverstanden, er wußte sofort, was sie meinte.

So trennten sie sich nach einer kurzen Umarmung und gingen jeder seiner Wege.

Blenheim wollte noch einen Umweg machen. Sein in der Dunkelheit tönender Schritt, widerhallend und sich mehrfach brechend, klang so, als wollte er die Stille akustisch markieren. Jene Momente, wo sich alle zur Ruhe begeben und man selbst noch den Tag ausdehnt, beziehen ihren Reiz ausschließlich aus dieser Akustik, so dachte er. Denn aus der Distanz des Abends, aus seiner Entfernung zum Tag und dessen Geschehen, kann der eigene Abstand oder die eigene Nähe viel besser abgeschätzt werden. Er war ein Einzelgänger geworden.

Den dumpfen Schlag auf seinen Hinterkopf hörte er noch, den Schmerz, den dieser verursachte, verspürte er aber nicht mehr. Er sah nur noch den Tanz einer Nachtlaterne vor sich, eine eigenartige, rasche Bewegung einer stehenden Beleuchtung zu einer schiefen. Sie rührte her von der Erschütterung und vom ruckartigen Verdrehen seines Schädels. Dann wechselte die Nachtschwärze in die Finsternis der Bewußtlosigkeit.

Die Perspektive war ungewohnt. Das schimmernde Kopfsteinpflaster verlief senkrecht vor seinen Augen, und die Straßenlaterne wuchs horizontal daraus hervor. An seinen Lippen schmeckte er Sand, seine Zunge war beklebt mit feinen Schottersteinchen, die er vorsichtig auszuspukken versuchte, während einige davon zwischen seinen Zähnen knirschten. Er spürte, daß er mit seiner rechten Gesichtshälfte in etwas Feuchtem lag. Als er vorsichtig seinen Kopf bewegte, nahm er einen dröhnenden Schmerz in seinem Genick wahr. Die Wärme, die sich von dort nach vorne über sein Ohr zur Wange ausbreitete, war sein eigenes Blut. Er kannte den süßlichen Geschmack sofort, als er mit der Zungenspitze die feinen Steinchen mit der viskösen Feuchte vermengte und schmeckte. Als er langsam seinen Oberkörper aufrichtete und mit mühsamen Bewegungen in eine sitzende Haltung gebracht hatte, fokussierte sich der Schmerz auf seinen Hinterkopf und nahm einen vibrierenden, langsam an- und abschwellenden Charakter an. Mit dem rechten Arm stützte er sich ab, mit der linken Hand betastete er seinen Schädel, um dann die blutverschmierten Finger zurückzuziehen. In diesen Momenten hatte er keine Ahnung, wo er sich befand. Er nestelte mit seiner klebrigen Hand ein Taschentuch aus seiner Sakkotasche und betupfte seinen Nacken damit. Dann preßte er das zusammengeknäulte Tuch auf den Schmerzpunkt seines Hinterkopfes.

Immerhin wußte er nun ungefähr, wo er war. Er befand sich doch in einer kleinen Gemeinde irgendwo auf dem Land. Er befand sich hier, weil ... Es war nicht der zugefügte Schmerz, der nun vom Hinterhaupt nach vorne zu seiner Stirne heftig pochend ausstrahlte, sondern es war das Bewußtsein, daß ihm etwas Ungeheuerliches passiert war, was ihn entsetzte.

Es gelang ihm, sich zu erheben. Als er dann stand, schwankte er leicht, aber der Schwindel war nur kurz. Das blutgetränkte Taschentuch auf seinen Hinterkopf gepreßt wendete er sich vorsichtig nach links und nach rechts, um jemanden in der Dunkelheit auszumachen. Aber es war niemand da. Er hatte auch niemanden bemerkt, keine Schritte gehört, kein Weglaufen vernommen. Er sah nach oben, als ob von dort, vom dunklen Nachthimmel her etwas auf ihn niedergesaust wäre, dann wandte er sich zum Boden, um einen Gegenstand zu erkennen, der nach dem Aufprall auf seinem Schädel dort noch zu Liegen gekommen wäre. Aber er sah nur die Blutlache, aus der er sich erhoben hatte. Er schlug den Staub von seinem Gewand.

Er wollte Dr. Assmuth aufsuchen. Die Wunde mußte ja versorgt werden.

Er war niedergeschlagen worden. Aus der Dunkelheit hinter ihm war etwas Schweres, Hartes auf seinen Hinterkopf niedergeprallt. Eigenartigerweise wurde ihm in dem Moment, als er sich dessen sicher war, jenes Entsetzen wieder genommen. Die Gewißheit, daß es passiert, daß ihm so etwas zugestoßen war, wandelte sich zu einem gewissen Verständnis. So als hätte er es irgendwie erwartet. Denn es war nur eine logische Folge, eine reale, körperliche Bestätigung dafür, was er die letzten Tage in Dienbach verbal, emotional erfahren hatte. Er selbst war eine unerwünschte Person hier. Einige wollte ihn hier nicht. Anonym waren sie, waren aber Teil jener leise hervorgepreßten Unmutsäußerungen, die er zuletzt bei seinen täglichen Kontakten wahrgenommen hatte. Der ablehnende Teil der Bevölkerung hier hatte ihn weggestoßen. So empfand er es.

Aber es war auch sein erster unvermittelter Kontakt mit Gewalt. Diese Art von Gewalt hatte er nie kennengelernt. Die Prügelein als Kind, die Rempeleien als Heranwachsender waren harmlos, waren nur ein Kräftemessen gewesen. Aber hinter diesem Schlag, heimtückisch, feige und aus der Dunkelheit so urplötzlich auf ihn gekommen, war mehr: es war ansatzweise zu spüren, ihn eventuell auch vernichten, auszulöschen zu wollen, zumindest wurde diese Möglichkeit durch die Form der Aggression einkalkuliert. Und doppelt bedrückend dabei: Er hatte sich nichts zu Schulden kommen lassen. Er wurde zur Rechenschaft gezogen nicht um eines Gesetzesbruches, sondern um des Ausdrucks einer gewissen inneren Haltung willen. Das war das Fuchtbare.

»Sind Sie nicht doch vielleicht gestürzt?«
In Dr. Assmuths Stimme lagen Zweifel.
»Es ist eher eine Rißquetschwunde. Und es ist auch Schmutz, es sind Schottersteinchen darin. Vielleicht haben Sie das Gleichgewicht verloren und sind gestürzt. Sie hatten ja heute schon einmal einen Kreislaufkollaps erlitten.«
»Unmöglich. Warum wollen Sie mir nicht glauben? Ich weiß doch nun wieder alles genau. Es war plötzlich ein Schlag auf meinen Kopf, ich kann mich noch an die aufrechtstehende Straßenlaterne erinnern, die dann kippte. Es muß ein Schlag mit einem stumpfen Gegenstand gewesen sein. Der Schmutz kann auch vom anschließenden Sturz herrühren, ich bin erst daraufhin auf den Hinterkopf gefallen.«
Dr. Assmuth hatte die Wunde desinfiziert und setzte die erste Naht. Er verwendete keine Lokalbetäubung, da, wie er betonte, durch die frische Verletzung die Schmerzschwelle sowieso gehoben sei. Und er hatte recht, der Nadelstich tat kaum weh. Es schmerzte ihn vielmehr, daß Dr. Assmuth seine Zweifel hatte.
»Wer sollte Ihnen denn etwas antun! Niemand kennt Sie hier so

richtig, außer den vielen Vertriebenen, und die werden sich hüten, ihre Aufenthaltserlaubnis aufs Spiel zu setzten. Außerdem hätten sie auch kein Motiv. Also wer sollte so etwas tun? Wenn Sie aber darauf bestehen, daß es Fremdverschulden war, dann müßte ihre Verletzung bei der Polizei angezeigt werden.«

»Also das will ich nun wirklich nicht. Das macht doch nur Scherereien, und ich bin sicher, daß dann in Richtung Vertriebene recherchiert wird. Dann tragen Sie eben in Ihre Kartei ein, daß ich gestürzt bin. Obwohl es nicht so war. Aber ein Motiv für irgendeinen Bewohner von Dienbach wäre schon da. Ich selbst nämlich, mein Engagement, meine Besuche bei Herrn Ehmann zum Beispiel!«

Dr. Assmuth ging nicht auf die letzte Äußerung ein.

»So das wäre es.«

Er betupfte noch einmal das Wundareal und gab einen sterilen Verband darauf, den er mit einem Klebespray besprühte.

»Die Verbände haften an den Haaren schlecht. Passen Sie also beim Schlafen auf. Liegen Sie mehr auf dem Bauch. Bis übermorgen sollte die Wunde zumindest abgedeckt bleiben. Nächste Woche entferne ich Ihnen dann die Nähte wieder.«

Als er in sein Zimmer kam, wurde er schon von Ana erwartet. Sie habe doch nicht ohne ihn sein können. Und als sie seinen Verband sah, durch den nun wieder Blut sickerte, als sie seine Erklärungen vernahm, hastig und entrüstet vorgebracht, umarmte sie ihn wortlos. Beide verharrten so längere Zeit in der Dunkelheit des Zimmers. Das Entsetzen über das Geschehene würgte sie.

Zugleich wuchs in Blenheim aber ein aus Trotz und Wut genährter Mut, gespeist nicht zuletzt von dem Gefühl, sich einer rechten Sache verschrieben zu haben. Er hatte einen Punkt überschritten, von dem es keine Umkehr mehr gab. Um keinen Preis mehr, auch nicht um den seiner körperlichen Integrität. Angst hatte er aber trotzdem. Zuschnürende, beklemmende Angst.

19. Kapitel

Die nächsten Tage verließ Blenheim sein Zimmer nicht. Ob es nun ein Schlag auf den Kopf oder ein Sturz auf den Boden war – die Entstehung seiner Verletzung wurde von Dr. Assmuth und von ihm jeweils anders beurteilt – war für seine Folgebeschwerden ohne Belang. Denn er hatte eine leichte Gehirnerschütterung erlitten, daher war eine vorübergehende Bettruhe indiziert. Dieser Umstand kam Anas Ängsten entgegen. Denn dadurch, daß Blenheim sich der Allgemeinheit entzog, konnte er auch eher vor denen da draußen geschützt werden. Ließ er die Geschehnisse der letzten Wochen Revue passieren, so ergab sich nämlich doch die eine oder andere Veranlassung für einen Denkzettel.

Dr. Assmuth hatte bei Penthor angerufen und den Zustand als nicht besorgniserregend bezeichnet. So legte dieser dann sein Mißtrauen allmählich ab, denn nichts schien ihm widerwärtiger zu sein, als einen Gast unter seinem Dach zu beherbergen, der dahinsiechte und alles andere als reputierlich war. Daher hütete Blenheim die nächsten Tage das Bett, ermattet und mit schmerzendem Kopf. Einmal am Tag, meist gegen Mittag, wurde er von Ana in Penthors Auftrag hochoffiziell, abends aber heimlich von ihr aufgesucht aus Sorge um sein Befinden. Sie pflegte ihn mit feuchten Tüchern und reichte ihm kühlen Minzetee.

Blenheim wurde es in dem beschränkten Areal nicht langweilig, denn er war mit seinen Gedanken beschäftigt. Ana hatte ihm Landois-Rosemanns »Physiologie des Menschen« aus der Bücherei mitgebracht, und er begann wieder darin zu schmökern. Er fand darin abermals zu seinen Überlegungen über Wechselwirkungen zwischen Körper und Psyche, obwohl das Buch lediglich physiologische Zusammenhänge beschrieb. Aber die Sprache war von einer Kraft und musikalischen Einprägsamkeit, daß ihm zwischen den Zeilen die Hinweise auf das den Körper umschließende System der Seelenhaftigkeit nicht entgehen konnte.

Er hatte sich mit Ana besprochen, sie um Rat gefragt bezüglich einer nochmaligen Dosissteigerung der fiebervermittelnden Suspension. Sie hatte ihn dazu ermutigt, denn sie würde als erste bemerken, ob es ihm gut täte. Eine eventuell gesundheitsschädigende Erhöhung sei sicherlich – und dies hatte ihm auch Dr. Assmuth bestätigt – problemlos durch ein fiebersenkendes Medikament zu kupieren. Und er wäre nun einen so weiten Weg gegangen, daß er auch diese letzte Strecke noch erdulden sollte.

Der Sommer strebte seinem Höhepunkt zu. Die drückende Hitze der letzten Tage kollidierte mit den Ausläufern einer herannahenden Kaltfront und lud die Luft auf zu blitzenden Elektrizitäten. Als es dann allgemein abkühlte, war auch der Regen gekommen.

Daran, daß das träge Leben in Dienbach draußen hinter den dampfbeschlagenen Fenstern seines Zimmers vollends zum Stillstand gekommen war, erkannte Blenheim, daß es ein Wochenende sein mußte. Dr. Assmuth kam an diesem Tag früher. Wortlos applizierte er ihm erstmals die doppelte Dosis der Suspension. Beim Weggehen meinte er nur, daß er telefonisch bis zum nächsten Morgen erreichbar wäre, da er Nachtdienst hätte.

So saß Blenheim wieder alleine in seinem Zimmer und sah in den Regen hinaus. Er hatte die Injektion reaktionslos vertragen. Nur ein leichtes Ziehen verspürte er in der Region des Glutäalmuskels, was aber bei der Unzahl der bisher erhaltenen Injektionen nicht verwunderte, da das Subkutangewebe seiner Haut chronisch gereizt war.

Er erhob sich und ging zum Fenster, sah auf den nassen Marktplatz hinaus und beobachtete die aufprallenden Wassertropfen, wie sie in die dicke spiegelnde Nässe kleine Krater schlugen. Er hatte Regen immer gemocht. Schon als Knabe hatte er gebannt zum Fenster hinausgeblickt, sich dann in einen Winkel des Zimmers gedrückt und dem Antrommeln der Tropfen gelauscht.

Die Nässe heute ist grau, dachte Blenheim, und sie schien ihm in sein kleines Zimmer zu fließen und sich mit dessen Kargheit zu vermengen. Aber obwohl ohne Bild und Geschmack, ohne Wohnlichkeit und Wärme empfand er es als heimeliges Nest, aus dessen Behaglichkeit er der kommenden Ereignisse harrte.

In seiner Wohligkeit irritierten ihn diesmal seine Gedanken nach Lösung und Erlösung. Er wollte sie heute gerne verwerfen, sie als hitzegesteuerte Belästigungen abtun. Aber sie waren da, kamen immer wieder und ließen sich nicht verleugnen. Er hatte etwas gravierend falsch eingeschätzt in seinem Leben, dieser Einsicht konnte er sich nicht entziehen.

Und die Einsamkeit schafft Platz für seltsame Gedanken, für Anmutungen und schleichende Mißdeutungen. In ihr keimt Absonderliches und Grüblerisches wie der Wildwuchs des Unkrautes. Oder war es die endlich wirksam gewordene Suspension, die nun die Moleküle in ihm zum Vibrieren brachte?

Er maß sein Fieber diesmal mit dem Quecksilberthermometer; es hatte sich der Vierzig-Grad-Marke genähert. Temperaturen um achtunddreißig Grad hatte Blenheim in den letzten Wochen kaum mehr wahrgenommen, denn sie waren Teil seines körperlichen Selbstverständnisses geworden. Diesen Bereich aber war er nicht gewohnt und er suchte seine Schlafstatt auf, um seinen Kreislauf stabil zu halten.

Kaum lag er im Bette, setzten die Symptome ein. Der erste Ansturm der Hitze glich einem feurigen Aufwallen seines Blutes, wie er es erwartet hatte. War vor geraumer Zeit die Beschleunigung seines Lebensmotors schon einmal allzuschnell erfolgt, so schien es diesmal nochmals eine Steigerung zu geben. Sein Herz klopfte wild, der Takt seines Pulses vermehrte sich, drehte hoch zu rasender Schnelligkeit, und mit ihm näherte sich die Körpertemperatur dem Siedepunkt seines Blutes.

Schwer atmend und in sich zusammengefallen lag er auf seinem Bett. Er verspürte wieder Kälte, wie damals nach den ersten Applikationen, und er wimmerte vor sich hin wie ein kleines Kind, das die Mutter vermißt. Aber nicht die körperlichen Begleiterscheinungen waren es, die seine Hilflosigkeit verursachten, sondern die neuerlichen, zusätzlichen Veränderungen seiner Sinnesleistungen ängstigten ihn.

Denn seine Sinne schalteten sich zu einer besonderen Form der Imagination zusammen. Nicht nur, daß ihm vor verschlossenen Augen zwanghaft Bilder, ja Szenen aus seinem Leben vorgegaukelt wurden, nicht genug, daß diesen Sequenzen auch noch der Ton anhing, sie verselbständigten sich sogar: Sie spielten ihm nicht eigene, bekannte Situationen seiner Biografie vor, die sich als Engramme in seine Hirnwindungen eingebrannt hatten und sich aufgrund des Fiebers nun als Halluzinationen bemerkbar machten. Nein, sie boten ihm auch realistische Möglichkeiten, Alternativen der Handlungen an, die er nicht mehr wissen konnte, weil sie sich noch gar nicht ereignet hatten, wurden so zur Fähigkeit der Vorhersage.

Er lag gewiß mehrere Stunden dort im Gedankensturm und konnte sich ihrer nicht erwehren. Denn wie sein Pulsschlag und seine Atmung außer Kontrolle geraten waren, so fügten sich scheinbar selbstständig gewordene Erlebnisfetzen wie ein Mosaik Stück um Stück zusammen.

So brachten sich in diesen Momenten nicht nur Vorfälle aus der Vergangenheit mit jenen aus der Gegenwart in Übereinstimmung, sondern auch solche, die sich erst ereignen sollten. Wahrscheinlichkeiten wurden zu Gewißheiten, Erwartungen bestätigten sich durch vorauseilende Gedanken.

Indizien? Gegen wen?

Gegen Penthor, gegen Hauser, gegen Strabort und auch gegen Helga.

Blenheim sah aus der Distanz des dämmrigen Zimmers, in dem er fiebergepeitscht lag, in ein anderes dämmriges Zimmer, in dem sich Kumpanei mit Ehrlosigkeit paarte.

Er sah Penthor leise mit Hauser sprechen, die Blicke suchend um sich gewandt. Ihr heimlichtuerisches Gehabe verhieß schon genug unheilvolle Absicht, dennoch konnte Blenheim deutlich die Worte hören, die sie miteinander sprachen. Es war von Geld die Rede, von finanziellen Transaktionen und davon, daß man auf der Hut sein müsse. Man sei vor niemandem sicher, überall gäbe es Schnüffler. Vor allem der neue Gast in seinem Lokal, so meinte Penthor, sei von seiner Gesinnung her mit äußerster Vorsicht zu beachten, denn er hätte ein Herz für die Vertriebenen. Hauser beschwichtigte, indem auf die Unwahrscheinlichkeit hinwies, daß die exakte Verteilung der Regierungsgelder jemals überprüft werden könnte. Das Risiko wäre äußerst gering.

Die Szene wechselte. Er befand sich wieder in einem Zimmer mit einem großen Bett darin. Die Laken schmiegten sich um ineinander verschlungene, keuchende Körper. Es waren Helga und Strabort, die sich ihrer Leidenschaft hingaben. Als sie dann ermattet nebeneinander lagen, hörte Blenheim, wie Strabort etwas von der Unmöglichkeit sagte, daß er – Blenheim – ihnen in seiner Gutgläubigkeit auf die Schliche kommen könnte. Das einzige Problem sei die von ihm noch nicht geleistete Unterschrift.

Blenheim begann unter dieser Befähigung zur Hellsichtigkeit zu leiden. Er schloß die Augen, kniff sie zusammen, weil er dadurch die Bilderflut zu bremsen hoffte. Von keinen realen Impulsen seiner Sehnerven abgelenkt, verfielfachten sich aber die Sequenzen in seinem Kopf, vermengten sich miteinander, abgehackt, ohne Übergänge, brutal einsetzend und hart beendet wie bei einem schlecht geschnittenen Kinofilm. Er war sterbensmüde und wollte nur noch traumlos schlafen, hatte aber Angst vor dem Schlaf, weil er den Bildern dann hilflos ausgeliefert sein würde. Mit Mühe erhob er sich von seinem Bett und begann in seinem Zimmer auf und abzugehen, wie früher, als er dadurch seiner Schmerzen besser Herr wurde. Diesmal aber trachtete er seine wahnwitzige Einbildungskraft abzuschütteln, indem er stereotyp, mehr torkelnd als gehend, den Tisch in der Mitte des Raumes umkreiste. Bei jeder fünften Runde blieb er am Fenster stehen, um kurz hinauszusehen. Er tat dies wie ein Gefangener in einer allzu engen Kerkerzelle, dessen Ratlosigkeit über seine Situation in der gleichmäßigen Körperbewegung verebbt. Dann fiel er wieder ermattet in sein Bett zurück, wo er sich unruhig hin- und herwarf..

Über seiner Lebensqual war es Abend geworden. Er maß neuerlich die Körpertemperatur und stellte mit Erleichterung fest, daß sie um einige Zehntelgrade gefallen war. Geschwächt schleppte er sich zur

Wasserleitung und sog das Naß in sich hinein. Weit riß er die Fensterflügel auf. Die kühle Luft umfing ihn und strömte in das stickige Zimmer.

Auf den Regen des ganzen langen Tages war am Abend ein Gewitter gefolgt. Das lautlose Leuchten, mit dem es sich näherte, bewirkte bei ihm eine Unruhe wie bei einem Tier, das einen Winkel zum Verkriechen sucht. Aber nicht verbergen wollte er sich vor dem Leuchten, sondern ihm entgegentreten, sich in ihm baden und in ihm zergehen.

Es drängte ihn, sich mit den natürlichen Erscheinungen zu vereinigen, sich mit ihnen zu vermischen. Nichts hielt ihn mehr in seinem Zimmer, dort fühlte er sich wie ein Gefangener. Ihm kam gar nicht mehr in den Sinn, sich ängstigen zu müssen vor den Nachstellungen Böswilliger da draußen, die ihm nach der Gesundheit trachteten.

In der Abenddämmerung verließ er das Haus, um zu seiner Bank zu gelangen.

Als er oben stand, schwer keuchend und nach Luft ringend, war auch das Gewitter über Dienbach angelangt. Der Regen hatte kurz aufgehört, um dann mit grellen Blitzen und ohrenbetäubendem Donner umso stärker niederzuprasseln. Es gab kaum eine zeitliche Distanz zwischen den elektrischen Entladungen und den durch sie verursachten Schallwellen. Er kam nicht dazu, wie als Kind die Sekunden zu zählen, um durch deren anschließende Division durch drei zur ungefähren Entfernung des Unwetters zu gelangen. Das Gewitter befand sich direkt über ihm.

Er beobachtete aus zusammengekniffenen, vom Regen gepeitschten Augen ein grandioses Schauspiel. Die Luft vibrierte schwer, und die wie mit einem Stroboskop grell und abgehackt beschienenen Häuser waren farblos. Die Blitze schienen ihm als hell ausgeleuchtete Momente der Wahrhaftigkeit. Die Augenblicke, die sie die Stadt mit einem weißen, gleichmäßigen Licht bis in den letzten Winkel ausleuchteten, genügten, um alles erkennbar zu machen. Schattenlos und flach, winkellos und ebenmäßig.

Seine Kleidung war klatschnaß, seine Haare klebten an der Stirn. Er sah aus, als wäre er irgendwo hinabgetaucht, in einen Fluß oder einen See. Wie er in sein Gastzimmer zurückgelangt war, wußte er nicht.

Ana erwartete ihn dort voller Sorge. Sie machte ihm Vorhaltungen, daß er sich bei diesem Wetter eine Verkühlung holen könnte und dies wäre bei seinem angegriffenen Gesundheitszustand gefährlich. Sie zog ihm seine durchnäßten Kleider vom Leib und rieb ihn mit einem trockenen Tuch ab. Er indes beachtete ihr Tun nicht, sondern war mit seinen Gedanken weit weg.

Er wüßte nun, woran es dieser Welt mangelte, sprach er fieberwirr. Er sei einem fundamentalen Irrtum auf die Schliche gekommen. Was für einem, fragte Ana. Die Körpertemperatur hätte nie gestimmt. Sie wäre von der Schöpfung irrtümlich zu niedrig angesetzt worden. Aber es ließe sich korrigieren. Ana konnte ihm nicht gleich folgen und es wurde ihr bang. Er fuhr fort mit entschlossener Stimme, so als ob während seiner Worte die Idee vollends von ihm Besitz ergriffen hätte.

Der Irrtum wäre auch daran zu erkennen, daß man etwas völlig Falsches, Nebulöses bemesse: die Zeit, die ja doch im Rhythmus der Sonnenwanderungen, der Mondwege und der Tag- und Nachtwechsel dahinflösse und daher allgemein wäre. Eigentlich müsse man die Temperatur, die Individualtemperatur, die bei jedem Menschen eine andere Höhe einnähme, messen. Nicht Uhren bräuchten die Menschen, nein, für alle wären Thermometer zu fordern. Nicht die Unterarme sollten von den Meßwerken umfangen werden, sondern in den Achselhöhlen sollten Thermometer, Meßstifte, Detektoren in verschiedener Ausprägung klemmen, um das augenblickliche unter-, norm- oder überfebrile Niveau anzuzeigen. Und jedermann sollte die Körpertemperatur individuell gestalten können, ja ein gewisses Temperaturniveau sollte als gewissermaßen allgemeine, öffentliche Notwendigkeit unabdingbar gemacht werden.

Seine übersteigerte Wahrnehmungsfähigkeit sei vielleicht doch der allen Menschen gemäße »Normalzustand einer endgültigen Bewußtwerdung«. Und das, was allgemein als »normal, üblich« erachtet wurde, nur die bequeme, zu vernachlässigende Form einer Einengung. Ein Zustand der inhumanen, ja kranken Art der Betrachtungsweise, weil er weit unter den sittlichen Fähigkeiten der Menschen stünde. Und er wäre, so gesehen, als gesund zu betrachten, wenngleich der Weg dorthin ein kräfte- und sinneverzehrender gewesen wäre. Alle um ihn herum, mit wenigen Ausnahmen, seien krank, innerlich abgefault, und befänden sich auf einem rückschreitenden, retrahierenden Niveau ihrer Entwicklung.

Ana versuchte gar nicht erst, mit ihm darüber zu diskutieren. Denn Blenheim war im Begriff, die bisherige Realität zu verlassen. Aber wessen Realität?

Die Realität der anderen, seiner Mitmenschen, mit der er nicht mehr das Geringste zu tun haben wollte. Dazu faszinierte ihn seine eigene, die neue Wirklichkeit viel zu sehr. Während Ana mehrmals mit ihren Händen über den leeren Tisch fegte, wie um irgendwelche Krumen zu entfernen, während sie ratlos zum Fenster ging, um es zu öffnen und kurz darauf wieder zu schließen, lag Blenheim stumm im Bett, hielt Zwiesprache mit sich selbst. Während er sich bisher mit der äußeren Welt beschäftigt hatte, bewirkten die nun sich seinem Inneren »zukehrenden« Sinne aber ein Chaos.

Denn weltfern im Bette liegend hatte er beschlossen, sein Bewußtsein zu analysieren. Er wollte es zergliedern, in seine Einzelteile zerlegen, seine Bausteine kennenlernen. Er maßte sich dies an, ohne zu wissen, daß er damit das System seiner Gedanken erschüttern, zerstören könnte, indem er neben es treten mußte, um es zu erblicken. Aber niemandem war es bisher gestattet gewesen, um der Selbstergründung willen neben sich zu treten, ohne daß er Schaden an seinem Geist genommen hätte.

Zu Ana murmelte er nur abgehackte Wortsilben, stammelte er lediglich Wortfetzen hervor, die für sie längst keinen Sinn mehr ergaben.

Ihm allerdings offenbarte sich das Leben. Er sah es aus einer Vielzahl fremder Informationen bestehen, die sich Stück für Stück zu einem bunten Teppich der Zufälligkeiten fügten. Er erkannte an sich das zusammenhaltende Gerüst seines Sinnesapparates, in dessen vielfältigsten Unterteilungen sich die Informationen verfingen, entdeckte, wie er sich ordnend deren Gehalt aneignen wollte. Aber die Allmacht des Fremden, Neuen gedieh zur Ohnmacht des Allzuvertrauten. Er wollte, durfte es nicht wahrhaben.

Er lallte laut vor sich hin, und Ana hielt krampfhaft seine gestikulierenden Hände fest. In seinen fiebrigen Gedankengewittern drohte eine Abtrennung seines Ichs vom Lebensfluß, der uns alle dahinzieht. Er sah sich selbst zurücktreten und Distanz nehmen, nahm sich jedoch gleichzeitig als zweite, duplizierte Person wahr, die verzweifelt, wie ein Ertrinkender um sich schlug. Solche Trennungen, Zerteilungen der Integrität in eine vermeintliche Doppelgleisigkeit der Physis und einen zwischen beiden hin und her eilenden, unbeheimateten Geist sind gefährliche Vorläufer der allgemeinen Auflösung, aber auch des Absterbens. Spaltungen des Geistes in eine zweite andere Form sind dagegen nicht mehr kontrollierbare Auswüchse der Depersonalisation. Es kann der Beginn des Wahnsinns sein.

Schließlich begann Blenheim zu vibrieren. Mit seinen zitternden Händen griff er sich an den Kopf. Er hätte damit gegen die Wände laufen wollen. Seine Wangen waren eingefallen und hohl, seine

Augenhöhlen tiefer als zuvor. Nicht sein glühendes Äußeres, sondern seine Konfabulationen machten Ana Sorge. In den kurzen Momenten der sprachlichen Zugänglichkeit, in den kurzen Intervallen des gemeinsamen Verständnisses bat ihn Ana, Hilfe holen zu dürfen. Aber Blenheim lehnte den Vorschlag, Dr. Assmuth zu verständigen, immer wieder ab.

Blenheim war der Ohnmacht nahe. Und es war eine zwiefache, in die er zu fallen drohte. Nicht nur eine im medizinischen Sinn, da ein verminderter Blutfluß zum Gehirn die Grenzen zwischen Wachheit und Besinnungslosigkeit zu verwischen droht, sondern auch die Ohnmacht, die wir als den Zustand der Machtlosigkeit meinen. Denn seine ungeordneten Sinne verflüchtigten sich im Raum der Einbildung und vermengten sich dort mit Vorausahnungen. Er glaubte Schritte zu hören, harte, laute und im Tritt verzigfachte Schritte, die sich näherten und in ihrer Vielzahl bedrohlich anschwollen. Er vermeinte Kommandos zu hören, kurze, präzise Zu- und Ausrufe, die sich an den Wänden der Hausmauern brachen und in der Enge der Gassen zu einer dräuenden Zurechtweisung wieder zusammenfanden. Hinter den Holzwänden des Verschlages, in dem Blenheim sich wähnte, wuchs die Bedrohung zur nackten Angst, und die hundertfachen Schreie, die nun von allen Seiten zu ihm drangen, wurden unterbrochen durch Stille, die sich mit Entsetzen füllte. Blenheim preßte seine Augen zusammen, um dadurch die Bilder abzuschwächen. Vergeblich versuchte er sich ihnen zu entziehen. Denn er sah unerbittliche, entschlossene Gesichter und wußte, daß nicht der Tod das Grauen war, sondern der lautlose, sprachlose Weg dorthin. Er hörte sich flehen, daß er schnell kommen möge und er schrie schließlich, daß es zu Ende sein sollte.

Sein Schreien endete in einem schrillen, hohen Ton. Seinen ganzen Körper erfaßte ein rhythmisches Schütteln, grob, weitausholend und das Bett zum Mitschwingen bringend. Er hatte seine Hände in das Bettlaken gekrallt, und vor seinem Mund bildete sich Schaum, zäher, ziehender Schaum von derber Konsistenz, der durch die zusammengepreßten Lippen schnaufend auf Ober- und Unterlippen verteilt wurde. In ihn hinein mengte sich Blut, das nun zu seinem tiefblau anlaufenden Gesicht mit dick angeschwollenen Adern des Halses in farblichem Kontrast stand. Die Augen hatte er seitwärts nach oben verdreht, so daß das Weiß seiner Skleren hervortrat. Es hatte den Anschein, als ob er irgendetwas oberhalb seines Schädels betrachten müßte.

Ana warf sich mit einem Schrei über ihn, wurde von der Gewalt der Konvulsionen aber mitgeschüttelt. Schließlich setzte seine Atmung aus, auf einen ausgepreßten Atemzug erfolgte kein Einatmen mehr. Ana versuchte in Panik seinen verkrampften Schädel durch hektisches Schütteln zu lockern, aber die verrenkte Haltung seines sich bäumenden Körpers war auch durch den stärksten Kraftaufwand nicht zu ändern.

Dann plötzlich lockerte sich die Versteifung, Blenheim ließ das Bettlaken los, bekam wieder Farbe und begann langsam einzuatmen. Von seinen Mundwinkeln zogen blutig tingierte Speichelspuren zu seinen Ohren, aber seine Gesichtshaut war wieder rosig geworden.

Ana sah seine Besserung nicht, denn sie war nach unten in das Gastzimmer gelaufen, um nach Dr. Assmuth zu telefonieren.

»Er hat wohl einen Krampfanfall gehabt. Einen epileptischen Grand Mal-Anfall. Einen Fieberkrampf wie Kleinkinder ihn manchmal haben.«

Dr. Assmuths Miene war ernst. Er kehrte mit seinen hohlen Händen die Ampullen, Kanülen und Injektionsnadeln, die wahllos auf dem Tisch gelegen waren, zu einem Haufen zusammen,.

»Ich habe Herrn Blenheim ein entkrampfendes und ein fiebersenkendes Medikament injiziert. Es war wohl alles zu viel für ihn. Ich denke, wir sollten die Therapie beenden.«

Er steckte Blenheim, der noch mit geschlossenen Augen dalag, ein Quecksilberthermometer zwischen die Achseln, zog es nach kurzer Zeit wieder heraus und schüttelte den Glaskolben, ohne die Skala abgelesen zu haben.

»Ich spüre mit meinen Händen, daß es um die vierzig Grad ist. Mit der Zeit bekommt man ein Gefühl dafür«, sagte er, wie um eine Erklärung für die unsinnige Handlung zu geben und legte dann erst, um eine nachträgliche Bestätigung für das Gesagte zu geben, seine Handrücken auf Blenheims Wangen.

»Lassen Sie mir mein Fieber, bitte nehmen Sie mir mein Fieber nicht! Ich habe sonst nichts anderes mehr!« rief dieser plötzlich.

»Ich werde die nächsten Tage keine Suspension mehr applizieren. Ich möchte die Weiterführung der Therapie nicht mehr mitverantworten. Trotzdem könnte das Fieber, wenn auch in niederigerer Höhe, noch einige Tage anhalten. Aus einer Gewohnheit heraus sozusagen, denn das Temperaturzentrum war die letzten Wochen ja hinaufgeregelt worden. Ich glaube also nicht, daß Herr Blenheim sogleich fieberfrei sein wird.«

Es wären nun beinahe drei Monate seit Beginn der Fiebertherapie und das wäre weiß Gott lange genug. Seines Wissens habe noch niemand solch einen Versuch gewagt oder zumindest unter ärztlicher Kontrolle durchgestanden.

Ana meinte, daß aus seinen Worten wissenschaftlicher Stolz klinge, der angesichts von Blenheims Zustand wohl kaum angebracht sei. Offensichtlich wäre er doch nur ein »Fall« gewesen, genauso wie für manche Ärzte in den Kliniken, nur mit einer anderen, sanfteren Behandlungsmethode, aber nicht mit menschlichem, sondern mit wissenschaftlichem Interesse begleitet.

Dr. Assmuths Miene wurde ernst. Wenn er seine Vernunft wegwerfe und nur seine Empathie einsetze für seine Patienten, dann sei es schlecht um sie bestellt. Ohne eine gewisses Maß an Wissenschaftlichkeit wäre keine Medizin zu betreiben. Was habe Blenheim denn vorher nicht alles erwogen, kalkuliert und probiert, um seine Beschwerden zu kupieren. Und das Fieber habe ihm schließlich die längste Zeitspanne der Schmerzfreiheit beschert, zumindest der letzten Jahre.

Ana bereute ihre Worte. Sie wolle den Erfolg nicht in Frage stellen, aber sie könne ihn nicht leiden sehen, er möge ihre Ungehaltenheit entschuldigen.

Dr. Assmuth nickte nur. Wenn er sich die Indiskretion der Frage gestatten dürfe – wolle Blenheim nach der Therapie in die Stadt zurückkehren oder gedächte er noch hierzubleiben?

Blenheim schnitt Dr. Assmuth ins Wort. Wie in Trance sprach er, undeutlich und lallend, aber von klarerem Bewußtsein, als wäre die Wirkung von Dr. Assmuths Gegentherapie schon eingetreten.

Ana könne dies nicht wissen, weil nicht einmal er selbst es wüßte. Vorerst müsse endlich das Honorar beglichen, die Schulden bezahlt werden. Dieser Zustand würde ihn zusätzlich krank machen.

Nun gut, meinte Dr. Assmuth, er solle an einem der nächsten Tage in seiner Praxis vorbeikommen, aber nur, wenn er sich kräftig genug fühle. Dann verabschiedete er sich.

Blenheim richtete sich auf. Ana saß auf der Bettkante und tupfte mit einem kühlen Tuch die Schweißtropfen von seiner Stirn. Er faßte nach ihrer Hand und preßte sie mitsamt dem Tuch auf seine Stirn.

»Ich habe vorhin geträumt«, atmete er schwer und hastig,«einen häßlichen Traum, und Gott sei Dank ist es nur ein Traum gewesen.«

»Ich weiß, ich hörte Dich schreien. Du schriest, es solle endlich zu Ende sein.«

»Zu Ende?«

»Ja, zu Ende.«

»Es ging mir ans Leben. Ich denke, es war der Traum.«

Blenheim ließ ihre Hand los, ließ sich zurückfallen und schloß wieder die Augen.
Er würde es schon noch aushalten eine zeitlang, zumindest rein körperlich, nur diese Phantasien wären schrecklich. Man sollte sie irgendwie verhindern, sie ausklammern können aus der Therapie. Nein, sie wären ein Teil seiner Person, meinte Ana, das Fieber würde ja nur das aktivieren, was tief in ihm drinnen wäre. Es hätte die Umhüllungen weggebrannt, sich zum Kern seiner Person durchgefressen. Es wäre unmöglich, das von ihm zu trennen. Nun sollte die Therapie wirklich beendet werden. Der Mensch sei für diese Temperaturen doch nicht geschaffen.

20. KAPITEL

Die allgemeine Abkühlung erfolgte in den nächsten Tagen. Dr. Assmuths Prognosen trafen zu. Da Blenheim keine das Fieber erhaltenden Suspensionen mehr erhielt, sank seine Körpertemperatur allmählich. Von den Beinen her stieg eine beklemmende Kälte auf, kroch über seinen Unterleib zum Herzen und schien es zu umkrallen. Die hohen, kreischenden Töne wurden leiser, nahmen wie ein Motor ihr Summen zurück. Das Licht, das von den Gegenständen seiner Umgebung bisher hell und leuchtend an seine Augen gekommen war, wechselte in eine pastellene Fahlheit. Es verebbte, nivellierte sich wie eine Welle im flachen Uferbereich, wie ein Tropfen in der glatten Oberfläche irgendeiner Flüssigkeit. Die unter dem Einfluß des Fiebers empfundene Unmittelbarkeit ging so langsam wieder über in die Mittelbarkeit der Töne und Farben. Aber auch in eine Behäbigkeit der Sinne und in eine Trägheit seiner Gedanken.
Als Martin Johann Blenheim nach Wochen der Fieber-Therapie im Begriffe war, sich wieder der allgemein üblichen, seiner Spezies gemäßen Körpertemperatur anzunähern, war es gerade der letztmögliche Zeitpunkt, seinen körperlichen Verfall noch rückgängig machen zu können. Es war augenfällig gewesen, daß seine Existenz auf der Kippe stand. In dem Maß, in dem sich seine Sinne in übermenschliche Bereiche gehievt hatten, ging ihnen ja auch jede Körperbezogenheit verloren. Denn jede Idee ist leicht und körperlos und hat die innere

Tendenz, sich vollends von der Physis zu trennen. Es wäre das Ende seines Lebens gewesen.

Seine Erscheinung, sein Äußeres berührte unangenehm, indem jedermann an die unabänderliche Konsequenz seiner eigenen Existenz erinnert wurde. In den letzten Tagen seines Aufenthaltes in Dienbach schien er eher ein Sterbender als ein abgemagerter Vertriebener zu sein.

Schon einige Tage nach dem epileptischen Anfall bekam Blenheim einen grimmigen Appetit und unsäglichen Durst. Die Klebrigkeit seiner Lippen verschwand, der Herzschlag mäßigte sich, und die Körperfunktionen näherten sich wieder der ursprünglichen Leistungsfähigkeit. Er wusch und fönte seine Haare und rasierte schließlich seinen Bart, nicht ohne vorher das Einverständnis von Ana eingeholt zu haben. Mit seinen letzten Geldscheinen erstand er eine neue Hose und ein neues Sakko, und es schien, als ob er damit selbst einen gewaltsamen Schritt zurück und hinein ins alte Leben tun wollte.

»Du kommst mir müde vor«, sagte Ana, »so warst Du vorher nicht«.

»Ja, ich komme mir ausgelaugt vor, aber ich habe noch etwas Temperatur.«

Er führte ihre Hand an seine Stirn, wie vorher oft, um ihr die Bestätigung zu geben. Aber diesmal zog sie ihre Hand schnell zurück, wie wenn sie Angst vor der Berührung von etwas Unbekanntem hätte oder vor etwas, das sie sehr befremdete.

Es schien, als ob das Fieber in der Liebe zu Ana bisher der dritte Verbündete gewesen wäre. Nun, da es schwand, fehlte auch das nährende Feuer. Zunehmend breitete sich über die Wortlosigkeit ihrer Beziehung, über die Ungebrochenheit ihrer Gefühle zueinander ein melancholischer Schleier – wie ein seidenes Tuch, ohne Gewicht und daher für beide auch ohne Bedeutung. Beide sprachen es nicht aus, weil sie ahnten, was er zu bedeuten hatte. So wie es vorher ihre Beziehung nie gegeben hatte, würde sie außerhalb dieser momentanen Geographie und jenseits dieses Zeitabschnitt nicht mehr gelten. Sie war exklusiv nur für diese Umstände geschaffen, die wohl eine gutmeinende Vorsehung gefügt hatte.

Die Liebe berauscht sich zwar oft an ihrer Neuheit, erquickt sich an ihrer vermeintlichen Einzigartigkeit und zehrt von der völlig neuen Erfahrung eines allumfassenden Gefühls der Zweisamkeit. Aber im Andauern liegt schon der Keim ihrer Vergänglichkeit. So wird sie von den Philosophen dieser Welt meist beurteilt, so von den Weisen des Volkes immer schon gesehen..

Es gibt jedoch auch die Liebe, die sich an der Unbill ihrer Umstände härtet, die sich festigt mit jedem zuwiderlaufenden Winkelzug der menschlichen Bösartigkeit.

Das Gefühl der Ausweglosigkeit verbindet, und von dort ist der Schritt über die Verzweiflung zur Unvernunft nicht weit. Es wäre aber die Unvernunft aus der Sicht der unbeteiligt Beobachtenden, die nicht betroffen und nicht involviert sind in die Gedanken Liebender. Denn jene empfinden ihre eigenen Gesetzmäßigkeiten, die nur geschaffen sind, diese Liebe zu erhalten. Selbstverständlich erwähnten beide niemals diese Möglichkeit, aber sie war da als logische Konsequenz ihrer beider Gefühle zueinander: nämlich eher sich ein Ende bereiten zu wollen, als aufeinander zu verzichten.

Beide ahnen aber auch: damit würde die Einmaligkeit ihrer Zuneigung womöglich verlorengehen, weil diese Einmaligkeit die Erinnerung braucht, die Bitternis zurückblickender Gedanken und Momente.

So ist also der melancholische Schleier zu erklären, der beide zusätzlich umhüllte als umfassendes Netz der Zusammengehörigkeit.

Es mag vorkommen, daß die Stärke im Willen zwei Menschen zugleich erfaßt. Tut sie dies, so mögen sich beide wohl nicht zueinander hingezogen fühlen. Bei den Liebenden jedoch ist sie manchmal unbeständig. Sie wechselt ihren Ort und erzeugt solchermaßen Spannung. So mochte es zwischen Ana und Blenheim geschehen sein: War gestern die Stärke Anas noch zugleich die Schwäche Blenheims gewesen, so war es an diesem Tage genau umgekehrt: die Schwäche Anas gedieh zugleich zur Stärke Blenheims. Die Gesamtkraft war nur gewichtet und immer aufs neue bereit, ihre Pole zu ändern. Entscheidend war lediglich, daß sie da war, ungebrochen und sich immer mehr verfestigend.

»Ich bekomme keine Aufenthaltserlaubnis mehr.«

Es war nur ein schlichter Satz, mit dem immer gerechnet werden mußte. Für manche bedrohlich, für einige als Erlösung empfunden, wenn sie mit dem Wechsel ihres Zufluchtsortes auch eine Verbesserung erwarteten.

Für Ana jedoch bedeutete dieser Satz Gewalt, Existenzbedrohung schlechthin und Verurteilung: zu Trennung und zu Verlust ihres Lebenszentrums.

Blenheim war betroffen.

»Wieso auf einmal? Weshalb gerade Du?«

»Ich hatte bisher immer eine Funktion hier, habe eine Anstellung gehabt und damit einen relativen Schutz vor Aus- oder Zurückweisung. Aber dies ist nun offensichtlich anders. Penthor engagiert eine andere Landsmännin. Er muß es nicht begründen. Er kann ja leicht wählen. Möglicherweise hat er auch durch Hauser von unserer Beziehung erfahren und rächt sich nun. Ich habe ihn ja einige Male zurückgewiesen.«
In Anas Gesicht lag tiefe Verzweiflung. Sie blickte zu Boden, um ihre Tränen zu verbergen.
»Das bedeutet, daß Du weiter in ein anderes Land mußt – oder daß Du heimkehrst. Es ist alleine meine Schuld. Ich habe mit Herrn Hauser zu scharf gesprochen, habe seinen Unwillen geweckt in meiner Selbstgerechtigkeit. Das hast Du nur mir zu verdanken.«
»Nein, wir haben uns zu weit vorgewagt. Wer ohne besonderes Lebensrecht ist, geht so eine Beziehung nicht ein wie wir beide. Ich mag nicht mehr in ein anderes Land gehen.«
Blenheim nahm ihre Schultern und drehte sie zu sich. Sie hob aber ihr Haupt nicht, sondern sah wie ein Schulkind, das gemaßregelt wird, weiterhin zu Boden.
»Wir könnten heiraten, dann wärst Du automatisch Staatsbürgerin.«
Nie hatten sie diese Form des Zusammenlebens erwogen, da ihre Zuneigung außerhalb irgendwelcher gesellschaftlichen Übereinkünfte war.
Ana lächelte nun gequält.
Er wüßte genau, daß dies nicht so schnell ginge. Er wäre noch nicht einmal geschieden. Und wie lange würde denn ein Scheidungsverfahren dauern, würde seine Gattin überhaupt einwilligen? Welchen gut befreundeten Anwalt hätte er, ein durch lange Krankheit Ausgegrenzter denn noch, der die Sache in seinem Sinne durchstehen würde?
Blenheim sah dies ein, meinte aber, daß man sich an diesem Hoffnungsschimmer festhalten könne. Es gäbe aber noch eine andere Möglichkeit, etwas gewagt vielleicht: nämlich unterzutauchen und mit ihm irgendwo eine Behausung anzumieten.
Die Bitternis in Anas Gesicht wich nicht. Wovon sollten sie leben? Er hätte keine Arbeitsmöglichkeit, seine Ersparnisse seien aufgebraucht und seine Gesundheit sei eine weitere Unwägbarkeit.

Beide schweigen, denn innerhalb kürzester Zeit hatten sie eine Folge von Hindernissen und Schwierigkeiten.
Ana hatte Tränen in den Augen. Ihre Gesichtszüge wurden durch

die Traurigkeit weicher, jugendlicher, und ihre Pupillen silbrig glänzend.

Nie hatte Blenheim sie weinen sehen, aber wohl geahnt, daß sie den Kummer mit sich herumtrug wie eine Last, die allmählich ihr Gewicht vervielfachte. Sie, die sich immerfort gerade und mutig dem Wind entgegengestellt, unerschütterlich seiner Kraft getrotzt hatte, wirkte nun zerbrechlich. Er hatte das Bedürfnis, Schutz zu geben, unendliche Zärtlichkeit, aber er sah sie nur schweigend an, ratlos.

Beide spürten die Ausweglosigkeit. Das drohende Scheitern aller Träume ging einher mit der Gewißheit ihrer Chancenlosigkeit. Blenheim wollte sich dagegen wehren, aber Anas Sprachlosigkeit bedeutete zugleich ihr Eingeständnis des Scheiterns. Wenn Ana keine Worte mehr fand, was sollte sie beide dann noch erretten?

Blenheim wollte aber nicht aufgeben.

Sie machten an diesem Abend keine Besuche. An diesem warmen, schwülen, schweren Abend gingen sie nicht eingehakt wie sonst. Sie hatten keinen Streit gehabt, es war keine Mißstimmung zwischen ihnen und doch gingen sie getrennt und sprachen nicht miteinander. Kein Schäkern, kein Necken, keinerlei flüchtig-zärtliche Berührung, nur stummes, getrenntes Gehen.

Das sollte nur das Vorspiel zu einer gesteigerten Begierde sein, einem mächtigen, qualvollen Verlangen nach dem andern. Es war nur eine Trennung vorübergehender Art, wie das Pendel, das vor seinem Durchschwung kurz die gegenläufige Richtung aufsucht, so wie der Atem hinausgeblasen wird, bevor er die Lungen bläht.

Bevor sie sich trennten, er, um wie immer eilig durch den Gastraum zu seinem Zimmer zu gelangen, sie, um wie schon so oft durch den Hintereingang dem gleichen Ziel zuzustreben, beschleunigten sich ihre Schritte. Gleichzeitig gelangten sie in sein dunkles Zimmer. Immer hastiger wurden ihre Bewegungen, als sie sich ihrer Kleider entledigten.

Als Blenheim sie diesmal liebte, tat er dies heftig wie nie zuvor, mit stärkster Wollust, aber auch qualvoll. Sie gab sich ihm hin, vollkommen, aber zugleich auch mit jenen Schmerzen, die nach der Lust kommen. Er schleuderte seine Säfte in sie hinein und sank mit einem Stöhnen in sein Bettlaken. Sie hatte den Mund wie zum lautlosen Schrei geöffnet und nahm sie mit ihrem zuckenden Körper entgegen, um dann in völliger Ermattung zu liegen. So hatten sie alle Stadien der Lust durchlaufen und waren beim Schmerz angelangt.

Am Vormittag des nächsten Tages übergab Penthor mit süffisanter Miene zwei Einschreiben. Einer trug Helgas Absender, der andere den ihrer Anwaltskanzlei.

Blenheim hatte längst damit gerechnet. Denn er war die Antwort auf Helgas letzten Brief schuldig geblieben, und so dürfte sie ihre Drohung, die Scheidung anzustreben, wahrgemacht haben.

Ohne Anrede begann der Brief lapidar mit der Feststellung, daß sie die Scheidung eingereicht habe. Wenn möglich, sollten beide eine einvernehmliche Lösung anstreben, ohne die üblichen langwierigen Streitereien, die unwürdig und zeitraubend seien. Sie selbst habe alle Anstrengungen unternommen, ihre Beziehung zu retten. Er möge sich bei der Kanzlei Eichhorn zwecks Terminvereinbarung zu einer Aussprache melden.

Von dieser Kanzlei kam der zweite Brief. Überraschenderweise bezog er sich nicht auf die Trennung, sondern begann mit einer kränkenden Annahme:

»Die Beobachtungen von Herrn F. Strabort lassen die Vermutung zu, daß Sie, s.g. Herr Martin Blenheim, wahrscheinlich infolge einer chronischen Erkrankung, vorübergehend und bis auf weiteres nicht geschäftsfähig sind. Ihr Verhalten erscheint in höchstem Maße selbstschädigend, wobei noch zu klären ist, inwieweit nicht auch eine Fremdschädigung (Ehegattin!) vorliegt. In Ihrem eigenen Interesse somit wäre es dringendst angebracht, sich in hiesiger Kanzlei zu melden, zumal auch ein Scheidungsantrag Ihrer Gattin vorliegt. Falls Sie nicht in der nächsten Zeit (der Termin ist bitte telefonisch zu vereinbaren) zu einer Gegenüberstellung und zur Klärung des vermuteten Sachverhaltes in hiesiger Kanzlei erscheinen, sehen wir uns veranlaßt, eine formlose Aufforderung an das Gericht Ihres Bezirkes zu versenden, die Sachwalterschaft eventuell zu übernehmen.«

Die nüchterne, schnörkellose Sprache der Gerichtsbarkeit, schoß es Blenheim durch den Kopf. Der Wortlaut tausendfach bewährt, aber immer aufs neue bedrohlich wirkend, da dahinter das finstere Dikkicht unpersönlicher, unbarmherziger Gesetze lauerte.

Sie wollten ihn also entmündigen, ihm einen Sachwalter beistellen. Er wußte nur zu gut, wie diese Prozedur ablaufen würde. Er hatte es ja selbst einige Male miterlebt, wenn ältere Kunden vor den Augen der jüngeren Verwandtschaft plötzlich unangemessen viel Geld ausgaben, Käufe weit über den persönlichen Bedarf hinaus tätigten. Eigentlich ging es immer um das Geld, das andere gerne hätten. Nie noch hatte er eine Sachwalterschaft erlebt, bei welcher die Sorge um die Strapazierung der Gesundheit des zu Entrechtenden das Ausgangsmotiv gewesen wäre.

Er würde wohl in die Stadt fahren. Wie lange war er nun schon von dort weg. Eine Ewigkeit mußte es sein. Wie schnell verlor man Freunde, wie schnell seinen Platz. Es verhielt sich wohl so wie mit dem Sterben. Um den Zeitpunkt des Begräbnisses herum wird getrauert, und nach einigen Tagen war die betreffende Person beinahe vergessen. Für viele war er ja schon längst verstorben, langsam verstorben, als er begonnen hatte, sich von seinen sportlichen Tätigkeiten, von diversen gesellschaftlichen Veranstaltungen zurückzuziehen, um sich zunehmend im Praxis- und Krankenhausmilieu zu bewegen. Sich nicht mehr regelmäßig in der Öffentlichkeit zu zeigen, kam eigentlich einem langsamen Verscheiden nahe. Er war also längst schon ein Leichnam, nur noch nicht einbalsamiert und, besonders schlimm, noch nicht eindeutig als ein solcher deklariert. Der offizielle Totenschein fehlte noch.

Blenheim las die Zeilen mit einer nie für möglich gehaltenen Distanz. Die Gesichter, die hinter den Zeilen auftauchten, waren ihm fremd geworden. Befremdend die Worte, die sie ihm sandten, noch befremdender die Beweggründe. Mit Erstaunen wurde ihm aber auch bewußt, daß seine Frau Helga, der Anwalt Eichhorn und Strabort einen ihnen selbst fremd Gewordenen zur Rechenschaft ziehen wollten. Vielleicht gar nicht so sehr um einer konkreten Tat willen, sondern aus dem Bestreben heraus, ihr Selbstverständnis verteidigen zu müssen. Da war einer, der ihre Sache verraten hatte, indem er deren Gültigkeit in Frage stellte. Blenheim analysierte seine Möglichkeiten völlig nüchtern: durch eine Entmündigung konnten sie elegant die Möglichkeit umgehen, daß er im Recht sei. Wenn sich alles außerhalb der Geschäftsfähigkeit abspielte, kamen sie gar nicht erst in Versuchung, sich selbst in Frage stellen zu müssen. Auf deklarierte Idioten hört man nicht.

Ja, er würde in die Stadt zurückfahren, aber nicht voller Ängste, sondern mit der Interessiertheit eines Zoologen, eines Verhaltensforschers, der nach reicher Erfahrung zurückkehrt, um seine Schlußfolgerungen anzuwenden und auf ihre Richtigkeit hin zu überprüfen. Er würde zwar der Angeklagte sein, das Subjekt aller Vermeidungen und Ablehnungen, aber in Wahrheit würde er der Prüfer sein, der scharfen Auges und mit dem Weitblick des Grenzgängers die Kleinheiten, die Lächerlichkeiten demaskierte. Und wahrscheinlich würden seine Worte und Gesten den Verdacht seiner Unzurechnungsfähigkeit erhärten. Mit bestätigendem Kopfnicken und ungläubigem Kopfschütteln würde er seine Sache endgültig verspielen. Aber wollte er das wirklich? Wollte er nicht vielmehr seine neue, lieb und wert gewordene Sache bewahren, festigen? Eine Entmündigung war das letzte, was er brauchen konnte, sie würde ihm wohl alle Möglichkeiten, mit Ana in irgendeiner Form und irgendwann einmal zusammensein zu dürfen, rauben.

Nein, er würde seinen Kopf aus der Schlinge ziehen müssen. Er würde in die Scheidung zugunsten von Helga einwilligen, das heißt, ihr den Löwenanteil der noch verbliebenen Realitäten überlassen. Er würde, vielleicht mit einem Attest von Dr. Assmuth ausgestattet, eine vorübergehende, krankheitsbedingte Unzurechnungsfähigkeit vorgeben. Krankheit und eine Therapie mit andauernd hohem Fieber würde alle nachsichtig und verständnisvoll stimmen. Er würde auch noch die ausstehenden Unterschriften tätigen, die Strabort so dringlich von ihm begehrte. Er würde also all das tun, was sie von ihm erwarteten.

Aber nicht aus Feigheit, nicht aus mangelnder Zivilcourage, sondern einzig und allein seiner Zuneigung zu Ana wegen.

Es galt, die Zeit in Dienbach zu beenden. Ein vages Gefühl beschlich ihn, ob außerhalb von Dienbach all das, was er die letzten Monate erdacht und erfühlt hatte, seine Gültigkeit bewahren würde. Ob er seine Zuversicht, aber auch seine Stärke im Willen, durch den Schritt hinaus aus seinen gewohnten Kreisen würde behalten können.

Der nächste Tag war mit diversen Erledigungen ausgefüllt. Während Ana noch die befristete Zeit in der »Goldenen Krone« arbeitete, bereitete er seinen Auszug aus Dienbach vor. Er suchte Dr. Assmuth auf, diesmal vormittags. Aber trotz der typischen Sprechstundenzeit traf er auch diesmal keine Patienten an. Er hatte, wenn er sich genau erinnerte, die ganze Zeit über keinen einzigen Patienten von Angesicht zu Angesicht gesehen. Er hatte lediglich von ihnen gehört, was aber nicht bedeutete, daß sie real existierten, so schoß es ihm durch den Kopf. Dieser Arzt jedoch schien ausschließlich für ihn zu ordinieren.

Dr. Assmuth war freundlich wie immer.

»Ich weiß, Sie brechen ihre Zelte in Dienbach ab. Sie waren sehr lange hier und haben tapfer durchgehalten. Ich zollte Ihnen schon letztes Mal meine Anerkennung.«

»Sie haben sich redlich Mühe gegeben. Ich bin derzeit ohne Schmerzen, wenn ich auch kränker als jemals zuvor aussehe. Aber ich will eigentlich nicht zurückkehren. Ich muß nur zurück, um meine Lebensangelegenheiten zu regeln, mein Leben neu zu ordnen. Dann will ich wieder herkommen, aber nicht als Patient, sondern als einer, der eine andere Form des Lebens annimmt. Ich möchte heute nur mein Honorar leisten. Sie nehmen doch auch einen Scheck?«

Dr. Assmuth schüttelte seinen Kopf.

»Ich habe beschlossen, kein Honorar von Ihnen zu verlangen. Verstehen Sie mich bitte richtig: ich habe auch von Ihnen profitiert und ich sage Ihnen ehrlich, daß Sie für ein gewisses Verhalten meine Bewunderung haben. Ich habe durch Sie eine kleine, aber wesentliche Korrektur meiner Beurteilungsart erfahren, wenn ich es so sagen darf. Daher fühle ich mich auch bei Ihnen in der Schuld und ich denke, so sind wir quitt.«

Blenheim war überrascht.

»Ich habe nichts Besonderes getan. Ich weiß nicht einmal, ob nicht alles ein vom Fieber gesteuertes anderes Verhalten war. Ein Fehlverhalten, wofür Sie mich in der Stadt auch für vorübergegend unzurechnungsfähig erklären wollen.«

»Ich kann mir schon vorstellen, daß Sie auf sehr viel Unverständnis stoßen. Die gewohnten Denkkategorien verlassen zu müssen, macht sehr viele Zeitgenossen unsicher. Sie wehren sich dagegen, indem sie es für verrückt erklären.«

»Ich möchte Sie in aller Ehrlichkeit fragen, wovon Sie leben, wenn sie so generös mit ihren Honoraren sind. Und mit Verlaub, den typischen Paientenandrang habe ich hier auch nie gesehen.«

Dr. Assmuth lachte.

»Ich komme gut aus, danke für Ihre Sorge. Zum Leben habe ich genug. Ich habe keine Familie, die ich versorgen muß, und mir selbst ist das, was ich hier habe« – er deutete mit einer weitschweifigen Armbewegung auf den wildgrünenden Garten hinaus – »Luxus genug. Im übrigen werden Sie eine Bestätigung für die Zeit Ihres Aufenthaltes und die Art Ihrer Therapie hier brauchen, für Ihre Firma oder Ihre Sozialversicherung oder sei es nur für einen weiterbehandelnden Kollegen, falls Sie wieder Schmerzen bekommen sollten.«

Blenheim schüttelte seinen Kopf.

»Ich werde keinerlei Therapie mehr annehmen. Ich werde, sollte es wieder so sein, keinerlei Arzt oder Wunderheiler mehr aufsuchen, ganz gleich, was für Beschwerden mich überkommen werden.«

»So spricht nur der Schmerzfreie, der sich seiner Gesundheit gewiß ist. Aber wir beide wissen ja nicht, wie sich alles entwickeln wird. Und das ist gut so. Ich werde das schriftliche Attest bei Herrn Ehmann nachmittags abgeben, wenn Sie Ihre Uhr dort abholen. Sie ist doch noch dort?«

»Ja natürlich, sie liegt noch in der Vitrine des Verkaufspults, und ich bin gespannt, ob sie wieder von alleine zu ticken beginnt, wenn ich Dienbach verlasse. Dr. Assmuth, leben Sie wohl und haben Sie Dank für alle ihre Bemühungen. Ich wünsche Ihnen das Beste.«
Der Händedruck war kräftig, es lagen darin Dankbarkeit und Ergriffenheit zugleich, dann verließ Blenheim die Praxisräumlichkeiten.

21. Kapitel

Für gewisse Lebensereignisse gibt es keine Regeln, auch keine verbindlichen Anhaltspunkte. Dennoch sind sie in ihrem Ablauf gewiß und unabänderlich. Möglicherweise ist unsere Existenz nur eine Aufeinanderfolge solcher selbständiger, nur sich selbst gehorchender Einzelszenen, eine Folge bunter Kapitel mit eigenem Beginn und entsprechendem Ende. Sie tragen keine kennzeichnende Überschrift. Nur manchmal lassen sie uns erahnen, daß wir im Begriffe sind, eine neue Seite aufzuschlagen in jenem Buche, das unveräußerlich nur uns alleine gehört, weil es unsere persönlichen, intimen, einmaligen Daten enthält, die uns großartig erscheinen, im Lichte anderer Bücher aber genausogut jämmerlich, unbedeutend sein können. Wir vermögen kaum Einfluß zu nehmen auf dessen Inhalt, und vage Angaben vermögen wir erst am Lebensende machen, wenn im Rückblick manche Buchstaben darin klarer werden, andere dagegen verblassen.

Das Gefühl eines unumstößlichen, unumkehrbaren Endes von etwas Einmaligem, von einer Ära oder einem Zeitabschnitt befiel Blenheim noch vor jenem lähmenden Entsetzen, als er von Anas Verschwinden erfuhr.

Andererseits war dieser kaum faßbare Umstand gerade der kongeniale Abschluß, sozusagen der Paukenschlag. Die Hauptperson verschwand und hinterließ ein Vakuum.

Ana war fortgegangen. Er hatte es zu Mittag schon geahnt, am Nachmittag war es ihm zum schweren Verdacht geworden. Nun, da er bei Familie Djilic in der alten Bleistiftfabrik stand, war es zur bitteren Gewißheit geworden: sie war abgereist, ohne Abschied zu nehmen.

Sie hatten sich im Morgengrauen getrennt mit der Vereinbarung, sich nachmittags in der Bibliothek wieder zu treffen, um ihre Möglichkeiten zu besprechen. Aber sie war nicht mehr bei Penthor in der Gaststube, als Blenheim dort seine Rechnung begleichen wollte. Sie wäre nicht zur Arbeit erschienen, erstmals nicht gekommen, obgleich sie wüßte, daß mehrere Mittagsmenüs zur Bestellung anstünden, da ein Bautrupp für Straßenreparaturarbeiten in der Stadt weilte. Die ganzen Tage schon und mit einer Regelmäßigkeit zu den Essenszeiten hätten die Männer ein einträgliches Geschäft garantiert, und nun täte sie ihm dies an. Ein undankbares Ding wäre sie. Wo er ihr doch die ganzen Monate hindurch Arbeit gegeben hätte, wäre es nur fair von ihr gewesen, daß sie die verbleibende Zeit bis zum Anlernen ihrer Nachfolgerin noch ausgehalten hätte.

Obwohl Bleinheim wieder diese Übelkeit, nunmehr verbunden mit ohnmächtiger Wut empfand, hatte er noch die Muße gehabt zu fragen, warum er sie überhaupt gekündigt hätte.

Sie wäre zu satt und ihres Jobs zu sicher geworden, da wäre es immer gut, einen neuen Besen kehren zu lassen. Mindestens zehn Bewerberinnen drängten sich um diese Stelle.

Blenheim hatte dann wortlos den noch ausstehenden Betrag beglichen und grußlos den Gastraum verlassen. Er war zur Sitzbank neben der Kirche gehetzt in der vagen Hoffnung, daß sie vielleicht dort säße, wie sie es in ihrer ahnungsvollen Bekümmerung gemeinsam die letzten Tage getan hatten.

Aber die Bank war leer gewesen, und sie war ihm kärglich und kümmerlich erschienen, weil er wußte, daß sie nie mehr darauf sitzen würde.

Er hatte sich nach links gewandt, wo er die Kirche erstmals bewußt wahrnahm. Die ganze Zeit seines Aufenthaltes in Dienbach war ihm der Bau nicht so mächtig erschienen.

Gerne wäre er diesmal hineingegangen, um dort den Gott seiner Jugend gezu treffen. Nun, da er vollkommen alleine war, entsann er sich seiner wie eines guten alten Freundes. Aber er hätte ihm nicht zuhören können, denn er flößte Angst ein, und Angst macht stumm. Hätte ihn der Gott seiner Jugend bis hierher begleitet, immer anwesend und in Reichweite, so wäre er wahrscheinlich mit ihm älter geworden und es hätte sich die Vertrautheit vieler gemeinsamer Jahre eingestellt.

Blenheim war es im Schatten der hochaufragenden Kirche, an dessen kalkbröckelnder Mauer er gelehnt hatte, kalt geworden. Er kreuzte seine Arme vor dem Brustkorb und verließ fröstelnd das Areal des befremdlichen Bauwerks.

Sein Zimmer war ihm freilich vertraut geblieben. An seinen zerfetzten Tapete klebten die Erinnerungen genauso wie in seinem Moderduft die Augenblicke, die er mit Ana verbrachte, gelöst schienen. Er nahm schwer Abschied von dieser muffigen Atmosphäre, weil er einen Teil seines kleinen Glücks darin zurückließ. Aber Räumlichkeiten als Identifikationorte von Gefühlen? Wie eng er doch seinen Zustand sah. Die Liebe ist überall, sagte Ana und sie hatte recht, denn den wesentlichen Teil trug er in sich.

Er war dann zur Bücherei geeilt, in der schwachen Hoffnung, daß sie dort vielleicht irgendeine abschließende, ordnende Tätigkeit vollenden wollte. Aber an der Eingangstür war nur ein hastig hingeschriebenes Schild zu lesen, daß die Bibliothek bis auf weiteres geschlossen sei. Immerhin, es war ein indirekter Beweis, daß sie noch vor kurzem hier gewesen sein mußte.

Am frühen Nachmittag stand er im Zimmer der Familie Djilic und hörte in gebrochenen Worten und mit Gesten untermalt, daß Ana abgereist war.

Er hatte es nicht glauben wollen. Ob sie nicht eine Nachricht hinterlassen habe, irgendeinen Brief oder nur einen Zettel für ihn. Die Antwort war Kopfschütteln, Achselzucken und Ratlosigkeit.

Wo habe sie denn überhaupt gewohnt, er müsse unbedingt dorthin, vielleicht sei in ihrem Zimmer eine Nachricht zu finden. In seine Verzweiflung mischte sich auch Ärger, daß er niemals ihren Wohnort kennengelernt hatte.

Familie Djilic war verwundert.

Ob er denn nicht gewußt habe, daß sie auch hier, bei ihnen in der Fabrik wohnte? Gleich neben ihrer Haupteingangstür sei eine zweite.

Frau Djilic geleitete Blenheim hinaus in die dunkle Halle, bog nach links und öffnete eine blätternde Holztür. Sie betätigte einen Lichtschalte, das Zimmer wurde in kaltes Neonlicht getaucht. Hier mußte sich früher ein Lagerraum befunden haben.

Da hatte sie also gewohnt. Das Bett stand noch dort, in dem sie geschlafen hatte, er aber nicht liegen sollte. Sie hatte nichts zurückgelassen, was an sie hätte erinnern können. Alles schien aufgeräumt, so als habe nie jemand in diesem Zimmer geschlafen, gegessen, geatmet. Nichts zurückgelassen, nichts aussortiert, keinen unnützen Ballast abgestreift, wie man es macht, wenn die Änderung seiner Lebenssituation eine Verbesserung erhoffen läßt.

Was tat Ana ihm an?

Er fühlte sich betrogen, geprellt um das einzige, was er die letzte

Zeit zu besitzen glaubte, und er empfand Wut und Ohnmacht zugleich.
Aber tat sie sich nicht selbst auch Kummer an, viel mehr vielleicht als ihm, da sie den ersten Schritt weg aus ihrer Beziehung machte? Sie war fortgegangen aus tiefer Liebe. Selbst wenn ihre Liasion eine Zukunft gehabt hätte, so wäre ihr vielleicht das tausendfache Schicksal anderer Verbindungen widerfahren: der allmähliche Verlust der Zuneigung. Das wollte Ana ihnen beiden nicht antun. Und so war sie gegangen. Sie hatte es wahrscheinlich immer gewußt, daß sie es tun würde, und er hatte es gespürt, aber nie danach gefragt.
Ja, sie war gegangen aus übergroßer Liebe. Um ihren Kummer so gering wie möglich zu halten. Denn jedes Wort des Abschieds, jede seiner Gesten schmerzte doch nur um so mehr, wenn er keine Möglichkeit auf ein Wiedersehen in sich barg. Ohne äußerliche Regung von einer Form des Lebens in eine andere zu wechseln, war sicherlich die schonendste Art der Trennung.
Frau Djilic war stumm neben ihm verharrt. Sie schien seine Gedanken nachzuempfinden, denn ihr Blick war betrübt und kummervoll

Wankend verließ er die alte Bleistiftfabrik. Er nahm seine Umgebung kaum wahr. Er vermißte Ana. Beinahe körperlich spürte er ihr Fehlen. Als ob ihm die Luft zum Atmen fehlte, würgte es ihn, jeder Schritt ließ ihn ermatten. Ihre physische Absenz war allgegenwärtig, so als wäre der Raum um ihn herum nicht mit Leere, sondern gar mit unendlichem Nichts besetzt. Mit negativer Energie, die dem Leben abhold ist. Äußerlich lange schon zerbrochen, vollzog sich die Zerstörung nun auch inwendig. Er meinte, daß er nun erlösche.
So waren denn alle seine Lebensintentionen nunmehr an der Basis angekommen: am reinen Selbsterhaltungstrieb. Der sorgte dafür, daß er Nahrung zu sich nahm, prügelte ihn vorwärts und trieb ihn stolpernd über die Unebenheiten, Hürden der nächsten Tage. Er war noch einigermaßen intakt, sonst hätte Blenheim wohl Hand an sich gelegt.
Beinahe zwanghaft gesellt sich zu solch einem Zustand die Frage des Wozu, des Warum und des Wieso. Die Sinnhaftigkeit seiner Existenz war ihm äußerst zweifelhaft.
Und dennoch gab es einen nach Kontinuität verlangenden Aspekt in seinen Widrigkeiten: das Interesse, wie es mit ihm wohl weiterginge. Hatte er sich doch soweit abseits gewagt, dermaßen tief in fremd gelegene Bereiche menschlicher Denkmöglichkeiten begeben, daß ihn nun auch eine gewisse Neugierde überkam, wie seine Biografie wohl

enden würde. Würde sie überhaupt enden? Würde er sich irgendwie durchlavieren durch die anstehenden Hindernisse? Arrangieren, anpassen und einfügen?

Objektiv standen seine Angelegenheiten schlecht. Die Ehefrau trachtete danach, sich von ihm zu trennen, seine finanziellen Angelegenheiten lagen im argen. Den Arbeitsplatz hatte er wohl auch verloren, sich vielleicht sogar eines Konkursvergehens schuldig gemacht. War nicht sein Verhalten selbst dazu angetan, seine Glaubwürdigkeit zu unterminieren, paßte umgekehrt die Tatsache, daß einer zur Entmündigung vorgeschlagen wurde, nicht genau in das Bild des Angestellten, dem nicht mehr zu trauen war?

Eigentlich konnte er getrost in die Stadt fahren. Es fehlte ihm das letzte Kapitel seiner Auslöschung. Genau darin lag der Reiz des Weiterlebens, zu erfahren, welche Version seiner Zugrunderichtung wohl in Erfüllung gehen würde.

Er entsann sich Herrn Ehmanns. Seine Zeit hier in Dienbach war abgelaufen. Das Zeitmessgerät mußte abgeholt werden, wiewohl es seine Funktion verloren hatte.

Er spürte, daß ihm das Gespräch wohltat.

»Ich werde in die Stadt zurückkehren. Ich möchte meine Uhr abholen. Funktioniert sie vielleicht doch wieder?«

Herr Ehmann stand wie immer an seinem Verkaufspult und schüttelte bedächtig seinen Kopf.

»Es tut mir leid. Ich habe den Fehler nach wie vor nicht gefunden, und von alleine ist sie doch nicht angesprungen. Ich denke, es übersteigt meine Fähigkeiten. Man müßte sie vollkommen zerlegen, in alle ihre Einzelteile – das mögen sicherlich an die tausend sein – und neu zusammenfügen. Aber wer kann das schon? Ich bin zu alt dafür, und wahrscheinlich kann das nur der Konstrukteur dieser Uhr. Ich gebe sie Ihnen unverrichteter Dinge zurück. Selbstverständlich haben Sie nichts zu bezahlen.«

»Ich bringe sie in die Stadt zurück.«

»Ja, tun Sie das. Vielleicht bekommt ihr das Klima dort besser, weil sie sich in einer Atmosphäre der allgemeinen Hektik wohler fühlt. Ich spreche jetzt wieder wie von einem Lebewesen. Aber dort, wo über allem und millionenfach ein unbarmherziger Takt schlägt, alles in ein enges Zeitkorsett geschnürt ist, springt sie vielleicht doch wieder an. Durch eine sogenannte Zeitinduktion.«

»Eine Zeitinduktion?«

»Ein seltsamer Ausdruck, ich weiß. In einer Umgebung, wo lautlos und für unsere Ohren unhörbar im Hintergrund und allgegenwärtig Millionen Uhren ticken, wird diese Uhr schließlich mitgetragen von einem heimlichen Takt. Ein Massenphänomen, bei Menschenansammlungen als Massenpsychose bekannt, wo ein gerichteter, tausendfach verstärkter, hypnotisch eingeschlichener Wille die Entscheidungen fördert.«

Blenheim verstand. Er nahm die Uhr an sich, schüttelte sie wieder, um sie dann in die rechte Tasche seines Sakkos zu stecken, wo sie den Stoff gewichtig vorwölbte.

»Ich würde sie wieder an das Handgelenk schnallen«, meinte Herr Ehmann, »Sie wissen, Ihre Körperwärme könnte ihr gut tun.«

»Meine Körperwärme!«

Für Blenheim schien ein Stichwort gefallen.

»Ich bin nicht mehr so warm wie noch vor ein paar Tagen. Es ist absurd, aber ich will es tun.«

So nahm er die Uhr wieder aus der Tasche, streifte sie über die Finger seiner linken Hand, führte den Messingdorn des Verschlusses durch das Leder und preßte dabei den linken Arm an seinen Oberschenkel, eine leicht gebückte Haltung einnehmend. Dann schüttelte er nochmals seinen Arm und hielt ihn an sein linkes Ohr. Kein Tikken war zu vernehmen.

»Nun gut. Ich will abwarten. Meine Körpertemperatur und die Zeitinduktion der Großstadt. Auf diese Kombination will ich vertrauen. Leben Sie wohl, Herr Ehmann, und danke für Ihre Bemühungen.«

»Warten Sie noch. Beinahe hätte ich es vergessen. Dr. Assmuth gab einen Brief für Sie ab. Er sagte, es sei ein Attest, das Sie für Ihren Arbeitgeber brauchen werden.«

Blenheim wandte sich noch einmal um.

»Danke. Ich weiß allerdings nicht, ob ich nochmals in meinem erlernten Beruf arbeiten werde, wer weiß, ob ich überhaupt noch einmal arbeitsfähig werde.«

Als Blenheim nach draußen ging und die Tür hinter sich schloß, hörte er zum letzten Mal den vertrauten Bimmelton der Glocke, leise und als ein Geräusch aus einer anderen Welt.

Er hatte das Gefühl, sich von dem letzten ihm bekannten, befreundeten und wohlgesonnenen Menschen verabschiedet zu haben. Jetzt erst war er gänzlich alleine. Angst, panische Angst befiel ihn. War er vor kurzem noch durch vertraute Gassen gewandelt, deren Häuserfronten ihm ein heimatlicher Anblick und ein Teil seiner räumlichen Identität geworden waren, so empfand er dieselben nun als feindlich.

Es zog ihn abermals zur alten Bleistiftfabrik, wo Ana gewohnt hatte. Er mußte sie unbedingt noch einmal betreten, um abermals mit ihr in Kontakt zu treten, um verblassende Spuren ihrer monatewährenden Anwesenheit einzuatmen. Behutsam und leise schlich er durch die große Halle, darauf bedacht, daß Familie Djilic ihn nicht bemerkte. Die Eingangstür des Zimmers war nicht verschlossen. Er betätigte den Lichtschalter, und das helle Neonlicht schlug ihm nochmals ins Gesicht. Er griff sich an die Stirn, um seine Temperatur zu überprüfen. Das allgemeine Temperaturniveau in ihm schien zu fallen. Nur in seinem Innersten war noch eine Restwärme verblieben, nicht genährt von den Molekülen der Pharmakologie, sondern erhalten von seiner Zuneigung zu Ana. Aber was sollte das? Er mußte an das alte Physiologiebuch aus der Bibliothek denken. Auch dieser Rest Feuer würde erlöschen, wie es den Gesetzen der Wärmelehre entsprach: die Wärme würde sich einem zwingenden Gradienten entsprechend zur Kälte hin verlieren. Sein Herz würde sich, kühler geworden, wieder zusammenziehen und damit den Normen der üblichen Allgemeintemperatur entsprechen.

Blenheim faßte sich.

Immerhin war er schmerzfrei, und das war ja der ursprüngliche Beweggrund seiner Reise nach Dienbach gewesen. Er konnte also höchst zufrieden sein.

In einer Ritze zwischen den sich wölbenden Holzbrettern des Fußbodens stak ein kleines Stück Papier. Er hob es auf und glättete es zwischen Daumen und Zeigefingern. Es handelte sich offensichtlich um ein Fragment eines Schriftstückes oder einen Teil eines Briefes in Anas Handschrift. Zu lesen waren lediglich einige verwaschene Buchstaben oder aber der Beginn eines Wortes.

»Wahr-« stand darauf, dann riß das Papier ab.

Blenheim drehte und wendete das Zettelchen hin und her. Er versuchte, die fehlenden Buchstaben oder Worte zu ergänzen. Es konnte Wahrheit heißen oder Wahrhaftigkeit oder Wahrnehmung oder gar Wahrsagung, vielleicht Wahrung oder Wahrscheinlichkeit. Oder gar Wahrtraum, jener Traum, der auf Zukünftiges wies.

Er war dankbar für dieses Stück Papier und steckte es in die Metalldose, die er bei Ambrosius Ehmann erstanden und in der er bisher die Kortisontabletten herumgetragen hatte. Sie herumgetragen hatte, um – wie im Aberglauben – eine Rückkehr seiner Schmerzen zu bannen. Er legte den Fetzen Papier dazu wie früher die Locke einer Angebeteten. Dann verließ er die alte Bleistiftfabrik. Er wollte morgen noch Dienbach verlassen.

22. Kapitel

»Entschuldigen Sie bitte, ich möchte mich nicht aufdrängen, aber Sie sehen krank aus. Ist Ihnen nicht gut? Kann ich Ihnen vielleicht helfen.«

Die ältere Dame mit der weißgrauen Dauerwelle hatte ihn schon länger betrachtet.

Blenheim hatte gehofft, bei der Rückreise ungeschoren davonzukommen. Er meinte damit seinen Anspruch auf Ungestörtheit, denn zum Plaudern hatte er nun wirklich keine Lust. Mit Absicht hatte er sich ein Abteil im hintersten Waggon ausgesucht, der vom Bahnsteig am weitesten entfernt war, wenn jemand zusteigen sollte. In Dienbach hatten noch viele Abteile leer gestanden. Aber mit zunehmender Annäherung an die Stadt füllten sie sich, und schließlich auch jenes letzte, in dem Blenheim saß. So hatte die alte Dame zu ihm gefunden.

Nein, nein, ihm ginge es nicht schlecht, nur müde sei er, unendlich müde.

Er wollte damit eigentlich ein Bedürfnis nach Ruhe, nach Schlaf suggerieren, aber die Besorgnis der Frau war offensichtlich so ehrlich gemeint, daß sie sie über jede Höflichkeit stellte.

So sähe aber niemand aus, der lediglich müde sei.

Er sei in Dienbach gleichsam zur Kur gewesen, und so etwas sei manchmal recht beschwerlich.

Sie habe gar nicht gewußt, daß man in Dienbach auch kuren könne, obwohl sie ja von dort gebürtig sei.

Kur meinte er lediglich in einem übertragenen Sinne.

Über alles hätte Blenheim reden mögen, nur nicht über seine Erkrankung. Oder vielmehr seine Erkrankungen. Denn die Trennung von Ana gesellte sich als wahrhaft neuer Schmerz hinzu, um nichts weniger quälend als seine früheren Gelenkschmerzen. Er verstand ihren Entschluß rein gefühlsmäßig, aber wer hatte denn die Entzugserscheinungen bedacht, die sich einstellten, als hätte er unendlich lange eine Droge eingenommen, um schließlich nur von ihr abhängig zu werden.

»Ich war bei einem Spezialisten, so ist die Kur in Dienbach zu verstehen. Und zwar etwas länger als üblich, mehrere Wochen.«

»Aber nach einer Kur sieht man höchstens etwas mitgenommen aus und nicht so, als zöge man von einem verlorenen Krieg heim.«

»Oh, Sie treffen meine Situation sehr gut. Eine äußerst gelungene Bezeichnung. Ich komme ja gewissermaßen aus dem Krieg. Einem verlorenen. Man hat mir alles genommen, alles, bis auf das, was ich am Leibe trage.«

Blenheim rückte sich in seinem Sitz neben dem Fenster zurecht. Nach kurzem Innehalten fuhr er dann fort:

»Aber ich habe zwischendurch sehr viel gewonnen, an Einsichten und Erfahrungen, ja, man kann meine Situation durchaus als glücklich und vom Schicksal begünstigt beschreiben, wenn man wichtige Lebenserkenntnisse als das Erstrebenswerteste überhaupt erachtet. Und das kann nicht jeder von sich behaupten, der aus einem verlorenen Krieg nach Hause zurückkehrt. Ich kehre übrigens nicht nach Hause zurück, diesen Ausdruck will ich nicht gebrauchen.«

Die alte Dame sah ihn zweifelnd an.

»Sie machen mir einen verwirrten Eindruck. Möchten Sie nicht doch ein Glas Wasser trinken?«.

»Lassen Sie nur, danke für das Angebot, aber ich habe die letzten Wochen zuviel Wasser getrunken. Es ist nicht meine Absicht, Sie zu verwirren. Neben allem neuen Wissen beklage ich leider auch einen Verlust, das ist alles.«

»Oh ja, das kann ich gut verstehen.«

»Verstehen Sie mich wirklich? Sie mögen auch Ihre Lebenserfahrungen haben, aber ich glaube nicht, daß Sie mich verstehen. Sie wissen ja überhaupt nichts über mich.«

Der alten Dame wurde es unbehaglich zumute. Sie gedachte die Konversation zu unterbrechen, denn sie sah zur gegenüberliegenden, lackpolierten Holzwand des Abteils, auf dem ein sonnengebleichtes Farbfoto zu sehen war. Ein blauer See, dessen Wasserflächen nun einen Stich ins Gelbliche abgaben und Berge darüber, die sich tatsächlich reliefhaft abhoben von der glatten Fläche des übrigen Fotos. Denn zwischen das Glas und das von diesem niedergepreßte Foto war irgendwann einmal Feuchtigkeit gekommen und hatte das Papier gewellt.

»Landschaften, nichts als Landschaften geben sie in diese Abteile«, fuhr Blenheim fort, »wo wir doch durch solche meistens fahren und nur durch die Fensterscheibe sehen müßten. Sie brauchen keine Angst vor mir zu haben, ich bin auch nicht verrückt, zumindest bin ich noch nicht dafür erklärt.«

Die alte Dame wirkte etwas unwillig.

»Ich sehe mir diese Bilder an, weil ich ja keinen bevorzugten Fensterplatz habe, so wie Sie. Ich müßte ansonsten auf eine Holzwand starren, da ist ein vergilbtes Foto immer noch besser. Was nagt denn übrigens an Ihrer Seele?«

»Sie haben wieder ein wunderbar treffendes Wort für meine momentane Situation getroffen! Nagen, fressen, aushöhlen. Meine Seele ist tatsächlich im Begriff, sich aufzulösen und in alle Himmelsrichtungen zu verflüchtigen. Wenn man aber keine Seele hat, kann man nicht leben, so heißt es. Nun, ich fahre jetzt aber in die Stadt zu Menschen, die trotz fehlender Seele sehr gut existieren. Selbstbewußt, makellos. Der Hohlraum ist ausgefüllt mit anderen Inhalten, die verhindern, daß diese Menschen zu gewichtslos werden.«

Die alte Dame wurde nun ungehalten.

»Es reicht mir nun aber. Lassen Sie Ihre Rätselworte. Heraus mit der Sprache. Erzählen Sie mir, von Anfang an.«

Blenheim sah sie ob ihres befehlenden Tones ungläubig an, blickte kurz zu Boden, atmete tief durch und erzählte dann.

»Es ist eine kuriose Geschichte, die mit Schmerzen begonnen hat. Sie müssen nämlich wissen, daß ich krank bin, vielleicht bin ich es nach Dienbach nicht mehr, ich weiß das noch nicht.«

Er erzählte von seiner Ankunft in Dienbach, erzählte von der Herberge und benannte alle handelnden Personen. Er erzählte ausführlich, stockte zwischendurch, um sich zu sammeln und die Reihenfolge einzuhalten und versuchte im Rückblick die rechten, nüchternen Worte zu gebrauchen.

Er zog die alte Dame in seinen Bann, sie setzte sich ihm gegenüber, um mit ihren Augen auch an seinen Lippen hängen zu können, wie Kinder, die die Gesten und die Mimik des Erzählers zur Steigerung der Phantasie benötigen.

Er ließ die Situationen der letzten Wochen neu entstehen. Er sprach so flüssig, als würde er aus einem Buch lesen. Zwischendurch schloß er die Augen, so daß seinen Worten mehr Eindringlichkeit und Andacht anhaftete. Mit seinen Worten fesselte er aber nicht nur die alte Dame, sondern er gewann durch die Reflexion seiner Beschreibungen zunehmend eine zarte Distanziertheit, die sich schließlich gar zu einer ziemlich nüchternen Beurteilung dieses gerade vergangenen Lebensabschnittes entwickelte. Aus seinen Sätzen wich so allmählich jedes Gefühl, seine Stimme, die anfangs vor allem bei Erwähnung von Ana und der mit ihr zugebrachten Momente vibriert und gezittert hatte, wurde alsbald fester. Schließlich – er mußte schon mehr als eine Stunde ohne Unterbrechung gesprochen haben – sprach er völlig emotionslos und hatte selbst das Gefühl, nicht mehr von seinen persönlichen Erlebnissen, sondern vielmehr die genau recherchierten Begebenheiten eines anderen kommentiert zu haben.

Er beendete seine lange Erzählung. Nach einer längeren Pause und als die alte Dame keine Anstalten machte, etwas zu fragen oder gar ein spezielles Interesse zu bekunden, fuhr er fort:

»Es ist möglich, daß sich alles so abgespielt hat,« meinte er schließlich, »es ist aber auch möglich, daß alles nur ein langer Fieberwahn war. Wer weiß das schon. Ich habe ja kein einziges Beweisstück meiner Erlebnisse. Doch – es stimmt nicht ganz, was ich sage.«

Er kramte aus seiner Brusttasche das Metalldöschen hervor, öffnete es und hielt wie zum Triumph das Stückchen Papier mit den Buchstaben »Wahr..« empor.

»Es ist aber genausogut möglich, daß es irgendein beliebiges Stück Papier ist und ich fieberbedingt alles fehlinterpretiert habe. Sie wissen, das Fieber fördert die Einbildung, das Phantasieren.«

Als er die Metalldose mit einer schnellen Bewegung seiner Finger zuklappte, merkten weder er noch die alte Dame, wie das Stückchen Papier herausglitt. Es fiel ungesehen auf seinen Schoß, bis der Schaffner kurz darauf zur Fahrkartenkontrolle das Abteil betrat. Als Blenheim sich dabei vom Sitz erhob, um sein Portemonnaie hervorzuziehen, in dem er die Fahrkarte verwahrte, bemerkte er abermals nicht, daß das Papier von seinem Schoß weiter zu Boden fiel. Er sah auch nicht, daß der Schaffner im Umdrehen mit seinen schweren Schuhen darauftrat und es mit grau-braunem Schmutz bedeckte, so daß es sich dem Fußboden anglich und unsichtbar wurde.

Draußen veränderte sich die Landschaft. Zwischen die Felder und Bäume drängten sich Strommasten und Telefondrähte und schließlich auch niedrige und dann höhere Häuser. Die alte Dame nickte.

»Es war trotzdem sehr interessant. Ich weiß ja um Dienbach Bescheid, kenne auch das Flüchtlingsproblem dort, es könnte sich schon so zugetragen haben.«

Blenheim sah sie eindringlich an.

Nachdem er so gesprochen hatte, spürte er eine seltsame Gleichgültigkeit dem Erlebten gegenüber. Mit der Kälte in seinem Herzen wurden aber langsam seine Gelenke warm. Es war jene dräuende Wärme – und das kannte er nur zu gut – die über die Versteifung in den Schmerz münden würde.

Er dachte an Helga. Er würde sie um Verzeihung bitten, er hatte ihr sicherlich unrecht getan. Betrogen hatte er sie nicht, nur in seinen Phantasien und Gedanken, und das war ja kein Ehebruch.

Auch Strabort würde er seine Unterschriften leisten. Er war glücklicherweise ja nur beurlaubt, wollte auf jeden Fall so schnell wie möglich wieder zu arbeiten beginnen. Die geplünderten Konten müßten wieder aufgefüllt werden. Ja, sie waren durch Fremdsuggestion von ihm geplündert worden, denn andere hatten es gewollt. Vielleicht war aber auch dies nur in seinen abstrusen Gedanken geschehen, es war ja leicht zu überprüfen, denn Zahlen waren unbestechlich. Vor allem würde er sich neu einkleiden und endlich baden. Er sah die alte Dame eindringlich an.

»Was halten Sie insgesamt von den Vertriebenen? Fühlen Sie sich durch sie belastet? Halten Sie ihre Anwesenheit in unserem Land als nicht gerechtfertigt? Glauben Sie auch, daß wir durch solche Zumutungen Schaden erleiden? Ist ihnen überhaupt tatsächlich Unrecht geschehen, trifft sie nicht auch eine gewisse Kollektivschuld? Ist ihre Anwesenheit nicht eine Beleidigung für uns, indem sie uns erinnern an jene dunklen Stellen unseres Charakters, die wir nicht mehr sehen dürfen, weil wir vermeinen, alle Ungerechtigkeiten überwunden zu haben?«

»Mein Gott, so viele Fragen. Aber nein, natürlich nicht. Ich bin auch nur eine einfache Frau, die komplizierten Zusammenhängen nicht folgen kann. Ich urteile mehr mit dem Gefühl. Aber wieso fragen Sie das? Nach dem zu urteilen, was sie mir erzählt haben, müssen Ihre Sympathien ja bei ihnen sein.«

»Ich weiß nicht so recht.« Blenheims Stimme wurde leise, unsicher. »Ich weiß ja nicht einmal mehr, ob sich alles real zugetragen hat. Es ist wahrscheinlich ein überschätztes Problem. Man sollte nicht so viel Anteil an den Problemen nehmen. Dieser Herr Hauser, von dem ich Ihnen erzählte, hat mit einigen seiner Ansichten schon recht. Jeder sollte den Schmutz vor der eigenen Tür kehren.«

»Ach, Sie müssen mir über die Vertriebenen nichts erzählen. Ich arbeite ja beim »Verein für Flüchtlingshilfe«, einem karitativen Verein. Sagte ich Ihnen das vorhin nicht? Wir betreuen die Transporte der Vertriebenen, helfen beim Organisieren und dann bei der Aufteilung in diverse Auffanglager und Wohnstätten. Ich beispielsweise bin eine Art Reisebegleiterin, wenn man das so ohne Zynismus nennen darf. Aber wir sind viel zu wenige, und es fehlt uns natürlich wie immer an Geld.«

Blenheim horchte auf.

»Wie erfolgt denn der Transport zurück oder in ein anderes Land? Mit eigens angemieteten Bussen?«

»Nein. Meistens, wie zum Beispiel bei den in Dienbach lebenden Vertriebenen, mit der Eisenbahn. Ist auch viel billiger und vor allem bequemer. Erst vor kurzem habe ich einen Rücktransport zur Grenze hinunter begleitet. Bei einigen ist die Aufenthaltserlaubnis abgelaufen. Wenn die Anzahl der Asylsuchenden steigt und diesen beispielsweise aus politischen Gründen zum Beispiel vermehrt Asyl gewährt wird, dann muß eine gewisse Anzahl der hier Lebenden die »Heimreise« antreten. Denn das sogenannte »Gesamtkontingent« darf nicht überschritten werden. Die Gewährung von Asyl geschieht mit viel Blitzlicht und Presse –um unsere humanitäre Haltung international zu dokumentieren. Die Ausweisung dagegen wird heimlich und leise, unter Ausschluß der Öffentlichkeit vollzogen. Dadurch, daß die Menschen quer durch den Kontinent hin- und hergeschoben werden, passiert immerhin etwas. Es vergeht Zeit, und es wird irgendein Wille dokumentiert. Das ist gut für das Bild in der Öffentlichkeit. Ich kann Ihnen sagen: beim Hertransport ist den Menschen so etwas wie Erlösung und Glück ins Gesicht geschrieben, beim Rücktransport das Gegenteil. Für einige kann dies den Tod bedeuten. Auf jeden Fall einen Sturz in die Armut und in alle Formen der körperlichen Tortur.«

Blenheim hatte sich in seinem Sitz aufgerichtet, er hörte aufmerksam zu.

»Sagen Sie, wieviele Menschen begleiten Sie auf diesen Transporten?«

»Oh, das ist ganz verschieden. Manchmal sind es schon an die Hundert gewesen, manchmal auch nur einige wenige. Vorgestern waren es genau zwanzig. Zwanzig Rückkehrer. Eigentlich Hierhergetriebene, die nun wieder unfreiwillig und gezwungenermaßen zurück müssen. Also Fortgetriebene, Zurückgetriebene.«

Sein Herz pochte, so als würde ihn wieder ein Fieberschub überkommen.

»War gestern auch eine junge Frau dabei?«

»Sicherlich. Es sind oft junge Frauen dabei. Denken Sie da an eine bestimmte?«

»Ja, an eine dunkelhaarige Frau etwa Mitte zwanzig«, Blenheim stockte und sah nun beim Fenster hinaus, »und mit einem apartem Gesicht, bei dem die Augen alt wirken. Ich erzählte schon vorhin von ihr.«

»Ich weiß schon, wen Sie meinen. Wenn man so an die drei Stunden unterwegs ist, lernt man die armen Teufel einigermaßen kennen. Ich erinnere mich. Eine stolze Person. Ich kann die Menschen nämlich schnell beurteilen, das lernt man mit der Zeit. Sie saß anfangs die ganze Zeit stumm in einem Abteil, lehnte den Tee und die Brote, die ich ihr anbot, ab. Sie schien sehr traurig zu sein, denn sie blickte unentwegt zum Fenster hinaus, so wie Sie vorhin.«

»Hieß sie vielleicht Ana?« Blenheim starrte die alte Dame mit großen Augen an.
»Wie die Menschen heißen, die ich begleite, heißen, weiß ich nicht. Aber ich entsinne mich ihrer, weil es ihr nicht gut ging. Rein körperlich, meine ich.«
»Was war mit ihr?«
Sie sah ihn prüfend an.
»Nun, sie erlitt einen Kollaps. Ihr wurde übel und sie bekam Brechreiz, so daß wir sie im Abteil flach betten mußten. Ihr Blutdruck schien sehr niedrig zu sein, sie sah erbärmlich aus. Als ich sie fragte, ob sie krank sei – das wäre übrigens ein Grund gewesen, daß sie hätte hierbleiben dürfen – verneinte sie. Als es ihr dann aber weiterhin nicht besser ging, sie immer wieder ein Brechreiz überkam, bot ich ihr an, bei der nächsten Station den Zug anhalten zu lassen, um einen Arzt zu verständigen. Es war ihr aber gar nicht recht und sie gestand dann ein, schwanger zu sein.«
Blenheim saß wie angewurzelt. Leise fragte er:
»Schwanger? Sind sie sicher, daß sie ›schwanger‹ sagte?«
»Ja, sie meinte, daß sie in anderen Umständen sei. Warum nicht? Die Symptome waren doch typisch. Und eine Schwangerschaft ist auch keine Erkrankung, so daß ich sie nicht weiter umsorgte. Es ging ihr dann allmählich auch besser. Sie scheinen sie doch sehr gut zu kennen. Zu gut anscheinend.«
»Ja«, sagte Blenheim leise und gedehnt, »ja, ich kannte sie gut.«
»Sind Sie vielleicht ... der Vater des Ungeborenen?«
»Ja. ich bin der Vater.« Das Wort »Ungeborenes« klang ihm seltsam. Er mußte an »ungeschützt«, an »hilflos« und an unendlich »alleine« denken. Beide waren unendlich alleine. Er empfand den Drang, Schutz zu geben und doch war er weit weg von beiden.
»Ich bin der Vater, und doch sind wir beide nicht zusammen. Sie werden sich fragen, wieso.«
»Es geht mich nichts an, Sie werden Ihre Gründe haben, denke ich.«
»Nein, ich selbst habe keinen einzigen Grund. Es liegt in der ungünstigen Konstellation unser beider Schicksal. Manchmal sind die Bedingungen für eine Beziehung zwischen Mann und Frau derart widrig, daß es eben nicht funktioniert.«
»Das ist ein Blödsinn, was Sie da reden. Verzeihen Sie, ich bin eine ältere Frau, aber da habe ich auch so meine Erfahrungen. Hören Sie, der einzige Grund, daß es nicht funktioniert, sind entweder Sie oder Ihre Partnerin – Ana sagten Sie, heißt sie? Mir können Sie doch nicht erzählen, daß Sie alles versucht haben.«

»Vielleicht haben Sie recht. Aber wenn es nach mir ginge, wären wir noch zusammen.«

»Dann wollte sie also nicht so recht. Gab es Streit zwischen Ihnen?«

»Nein, Streit gab es nicht. Es gab nur Verzweiflung, wo und wovon wir zusammen leben sollten. Wir haben uns nicht einmal verabschiedet. Sie ist vor einigen Tagen einfach gegangen.«

»Mit einem Kind unter dem Herzen? Was sie wahrscheinlich schon längere Zeit gewußt hatte. Sie ist im vollen Bewußtsein ihrer Situation gegangen. Mir wird vieles klarer. Ich denke, sie liebt Sie über alles. Es wäre interessant, noch mehr darüber zu erfahren, aber ich muß hier aussteigen, vor der Stadt. Sie fahren ja noch weiter. Übrigens, es ging ihr gestern dann tatsächlich besser. An der Grenze stiegen dann alle in einen anderen Zug, mit anderer Betreuung – leider.«

»Hat sie irgend etwas über ihr Reiseziel gesagt? Wohin sie ungefähr wollte?«

»Ungefähr! Wir kamen ins Gespräch, denn bei Schwangerschaften kann ich mitreden, ich habe zwei erwachsene Kinder. Sie spricht unsere Sprache sehr gut und erwähnte eine kleine Gemeinde. Dorthin wollte sie, weil noch Kontakte bestünden. Ich glaube, es war ihr Geburtsort, wenn ich mich recht entsinne.«

»Krasoloje.« Blenheim dämmerte es. Er entsann sich der Gespräche unter blauem, freiem Himmel, der unbeschwerten Ausflüge, ihrer beider Träume.

»Ich weiß, sie möchte nach Krasoloje, einer unbedeutenden Gemeinde irgendwo im Karst da unten. Es muß in der Nähe des Meeres sein.«

Die alte Dame hatte sich erhoben und ihr Gepäckstück in die Hand genommen.

»Ob ihr das bei den Wirren da unten gelingen wird? Ohne Bestechung, ohne Beziehung wird sie es nicht leicht schaffen. Sie wird da unten wahrscheinlich vorerst wieder in ein Internierungslager kommen. Jedenfall wünsche ich Ihnen viel Glück. Ich muß nun wirklich weiter.«

Die tiefe Sehnsucht nach Ana war wieder da. Nun, da Blenheim Konkretes über sie erfahren hatte, war ihre Beziehung wieder real geworden. Aber die Verzweiflung über die Trennung war um so bitterer und begleitet von der hoffnungslosen Suche nach einer Lösung. Er bewegte sich von ihr räumlich weg, sie trennten sich unentwegt weiter voneinander, während die Gedanken zurückirrten und im Rauschen der metallenen Räder verkümmerten.

Der Zug hielt. Es war ein Vorort der Stadt. Die alte Dame drehte sich im Gehen noch einmal ins Abteil zurück, erhob sich hastig und streckte Blenheim ihre Hand entgegen.

»Wenn ich Ihnen einen Rat geben darf, nehmen Sie alles nicht so ernst, ich bitte Sie. Bei Ihrer Jugend ist noch alles korrigierbar. Also Kopf hoch.«

»Ich werde Ihren Rat befolgen, Sie haben recht. Und vielen Dank noch.

Blenheim war alleine im Abteil. Knapp vor der Endstation, dem Kopfbahnhof der Hauptstadt, würde sicherlich niemand mehr zusteigen. Er räkelte sich in den Bezug der Sitzgarnitur, ein Wohlgefühl stellte sich aber nicht ein. In seinen Gedanken nicht, denn dazu war er noch zu sehr verwirrt, und schon gar nicht in seinem Körper – die Glieder waren bereits zu schwer und zu steif geworden.

Blenheim zog das Fieberthermometer aus der Brusttasche seines Sakkos. Er hielt das obere Ende zwischen Daumen und Zeigefinger, drehte den schlanken Glasstab kurz zwischen seinen Fingern, um die graue Linie der Quecksilbersäule besser erkennen zu können. Es zeigte 38 Grad Celsius an. In die Drehbewegungen seiner Hände mischte sich der erste zarte Schmerz in den Gelenken. Blenheim lächelte. Er ließ das Thermometer dann fallen, indem er Zeigefinger und Daumen löste, aber noch einige Augenblicke in dieser Haltung beließ.

Das Thermometer zerschellte auf dem Boden. Die feinsten Quecksilberkügelchen sah er zwischen dem Schmutz des Kunststoffbelags davonkullern. Größere, die durch die abflauenden Rüttelbewegungen des Zugabteils in sich vibrierten und kleinere, die sich zwischen Schmutzkrumen regungslos verfangen hatten. Eines der Quecksilberkügelchen kullerte weiter, vereinigte sich mit einem anderen und setzte sich auf dem schmutzbekleckerten Stück Papier fest, auf Anas kleinem Schriftfragment, das die ganze Zeit dort gelegen hatte. Es kam nach der Buchstabenkombination W-A-H-R so zu liegen, daß in der schlechten Beleuchtung bei oberflächlicher Betrachtung und unter Zusatz anderer Schmutzkrumen ohne weiteres der Buchstabe H erkennbar war. Für Blenheim war das gemeinte Wort nun ziemlich klar. Als hätte er ein Kleinod verloren, hob er den Fetzen Papier auf und legte ihn zurück in die Metalldose.

Die ersten Schrebergärten der Stadt zogen am Fenster des Zugabteils vorbei. Der Zug fuhr langsam durch die üblichen Industriebauten der Vorstadt. Je näher er dem Endpunkt seiner Reise kam, desto höher wurden die Bauten. Schließlich verdeckten die ersten Mietshäuser seinen Blick nach dem Horizont. Der Zug rollte aus.

Als er endlich stillstand, hatte sich Blenheim schon erhoben. Mit den ersten Schritten hinaus auf die lärmende Bahnstation waren endlich die Schmerzen auch wieder da. Dumpf und schwer an den großen, hell und bohrend an den kleinen Gelenken. Er betastete, wie schon so oft zuvor, seine Wangen. Zwischen Händen und Wangen gab es keinen Temperaturunterschied. Blenheim wußte nun, daß er seine Normaltemperatur wiedererlangt hatte.

Er ließ sich mit schmerzverzerrtem Gesicht auf eine Bank fallen. Er tastete nach der Metalldose, die er beim Trödler Ehmann erstanden hatte. Neben den runden weißen Tabletten lag zerknittert das abgerissene Stück Papier. Es fiel ihm auf den Schoß, während er mit zittriger Hand die Droge in den Mund schob. Er glättete das Fragment abermals und erblickte wieder die Buchstaben »Wahr«.

Der Zug, aus dem er ausgestiegen war, wurde rangiert. Dahinter sah er, nur einige Geleise weiter, einen weiteren Zug stehen. Braune, olivgrüne und vor allem verwitterte Waggons, wahllos aneinandergereiht. An den schäbigen Metallwänden waren verschiedene Destinationen angebracht. Er las die Namen, und sie klangen wie Krasoloje.

Ein Bediensteter des Bahnhofes kam vorbei. In Uniform und dienstbeflissen blieb er stehen.

»Kann ich Ihnen helfen?«

»Ich weiß schon, ich sehe krank und hilfsbedürftig aus. Sie könnten mir aber sagen, wohin der Zug fährt«, dabei wies Blenheim auf den Zug vor sich.

Der Bedienstete wandte sich kurz um.

»Das sind die Reste des Südost-Expresses. Er fährt einmal am Tag, aber es sind praktisch keine Reisenden mehr drinnen. Hauptsächlich befördert der Zug Hilfsgüter und Flüchtlinge, die in ihre Heimat überstellt werden. Von hier aus füllt sich der Zug bis zur Grenze allmählich, je nachdem, wie viele unterwegs zugewiesen werden. An der Grenze wird der Zug dann aufgelöst und die einzelnen Waggons fahren in verschiedene Richtungen. Wieso fragen Sie?«

»Weil ich auch ein Vertriebener bin. Was kostet eine Fahrkarte da hinunter?«

»Sie sind nicht ganz bei Trost. Was wollen Sie denn da unten? Wissen Sie denn nicht, daß da unten Krisengebiet ist? Da kann man zugrunde gehen.«

»Hier auch. Vielmehr, ich bin im Begriffe, hier zugrunde zu gehen, wenn ich nicht fliehe. Betrachten Sie mich als Flüchtling, nur in die andere, unübliche Richtung.«

»Soll ich Ihnen Hilfe holen? Wir haben hier eine Erste Hilfe-Station. Ein Arzt kann auch verständigt werden. Sie sehen ziemlich mitgenommen aus.«

»Nein, nein, mir geht es nicht so schlecht, wie es den Anschein hat. Ich möchte da unten jemanden suchen . Jemand, der auch ich sein könnte. Auf jeden Fall ein Teil von mir.«

Der Bahnbedienstete wurde unwillig.

»Sie wollen mich wohl auf den Arm nehmen! Für dumm verkaufen lasse ich mich nicht. Scheren Sie sich zum Teufel, vielleicht dort hinunter, denn dort finden Sie ihn auch. Und die Fahrkarte dazu können Sie sich sparen, denn für diesen Zug ist keine zu lösen!«

Sprach es und ging kopfschüttelnd den Bahnsteig weiter.

Blenheim aber spürte, wie die Qualen allmählich nachließen. Von oben nach unten, also von den Schultergelenken über die Ellenbogengelenke, weiter dann über die Hüftgelenke, die Knie- bis schließlich zu den Sprunggelenken löste sich der Schmerz in eine angenehme Leichtigkeit. Blenheim überquerte, ja sprang leicht und behende die wenigen Geleise hinüber zu einem der Waggons und setzte sich in eines der Abteile. Er war vollkommen alleine. Er streckte seine Beine von sich, legte sie auf die Sitzfläche ihm gegenüber und räkelte sich wohlig. Er tastete nach der Metalldose und dachte daran, wie gut doch wieder die Kortisontablette wirkte. Wahrscheinlich auch deshalb, weil er längere Zeit keine gebraucht hatte. Noch einmal entnahm er das Papierfragment und drehte es zwischen seinen Fingern. Dabei schien es ihm, als halte er sein Leben in Händen, und mit einem Mal war er sich nicht mehr so sicher, daß die Schmerzfreiheit ausschließlich von den Kortisontabletten herrührte.